Casa Gula
Tempestade de Pecados
Casa Preguiça
Casa Soberba
Túmulos Ardentes
Casa Inveja
Casa Avareza
Floresta Sanguínea

DARKLOVE.

Publicado mediante acordo com a autora,
aos cuidados de Baror International, Inc.,
Armonk, New York, U.S.A.

Design da capa © Hachette Book Group, Inc.
Design do mapa © Virginia Allyn
Imagens do miolo © Adobe Stock, © Freepik,
© Shutterstock e © Bon Orthwick

Tradução para a língua portuguesa
© Flávia Souto Maior, 2024

Diretor Editorial
Christiano Menezes

Diretor Comercial
Chico de Assis

Diretor de Novos Negócios
Marcel Souto Maior

Diretor de Mkt e Operações
Mike Ribera

Diretora de Estratégia Editorial
Raquel Moritz

Gerente Comercial
Fernando Madeira

Gerente de Marca
Arthur Moraes

Gerente Editorial
Marcia Heloisa

Editora
Nilsen Silva

Adap. de Capa e Projeto Gráfico
Retina 78

Coordenador de Arte
Eldon Oliveira

Coordenador de Diagramação
Sergio Chaves

Designer Assistente
Jefferson Cortinove

Finalização
Roberto Geronimo
Sandro Tagliamento

Preparação
Fernanda Marão

Revisão
Laís Curvão
Victoria Amorim

Impressão e Acabamento
Ipsis Gráfica

DADOS INTERNACIONAIS DE CATALOGAÇÃO NA PUBLICAÇÃO (CIP)
Jéssica de Oliveira Molinari - CRB-8/9852

Maniscalco, Kerri
Reino das bruxas : poder arcano / Kerri Maniscalco ; tradução de Flavia Souto Maior. — Rio de Janeiro : DarkSide Books, 2024.
368 p.

ISBN: 978-65-5598-362-3
Título original: Kingdom of the Feared

1. Ficção norte-americana 2. Bruxas 3. Ficção fantástica
I. Título II. Maior, Flavia Souto

24-0834 CDD 813

Índice para catálogo sistemático:
1. Ficção norte-americana

[2024]

DarkSide® *Entretenimento* LTDA.
Rua General Roca, 935/504 – Tijuca
20521-071 – Rio de Janeiro – RJ – Brasil
www.darksidebooks.com

JAMES PATTERSON *apresenta*

KERRI
MANISCALCO

REINO DAS BRUXAS

PODER ARCANO

DARKSIDE

TRADUÇÃO
FLÁVIA SOUTO MAIOR

Confie em seu coração, querido leitor; ele sempre o guiará para onde você precisa ir.

“À fantasia foi-me a intenção vencida;
mas já a minha ânsia, e a vontade, volvê-las
fazia, qual roda igualmente movida,
o Amor que move o Sol e as mais estrelas.”

— *Paraíso*, Dante Alighieri* —

* Tradução de Italo Eugenio Mauro, publicada em 1998 pela Editora 34. (Nota da tradutora.)

REINO DAS BRUXAS

PODER ARCANO

Antes, pensava-se que a profecia dos Temidos era um mito, uma história de vingança divina passada através dos séculos. Ela servia como um alerta do caos e da destruição que a Morte e a Fúria poderiam trazer se fossem libertas. Uma história da qual dois inimigos deveriam ter se lembrado antes de amaldiçoarem um ao outro em um acesso de raiva. Naquela noite fatídica, duas magias poderosas convergiram, impedindo cada parte de proferir — ou às vezes até de lembrar — a verdade completa. As maldições tiveram consequências ainda maiores, que ninguém havia previsto. Durante anos, demônios e bruxas aguardaram com tensão o dia em que tudo seria enfim revelado. Quando a meia-noite do dia esperado chegar, é aconselhável que se tenha um estoque de ambrosia e néctar em casa e que se reze para a deusa pedindo misericórdia.

– Notas do grimório di Carlo –

REINO DAS BRUXAS

PODER ARCANO

VINTE ANOS ANTES

As anciãs do coven quase nunca concordavam, salvo por duas questões, que eram consideradas suas maiores leis: o diabo nunca deve ser invocado. E, sob nenhuma circunstância, espelhos pretos devem ser usados para divinação.

Como uma das melhores adivinhas da ilha, Sofia Santorini acreditava que algumas regras eram feitas para serem quebradas, ainda mais quando suas últimas visões ficavam sussurrando histórias perturbadoras em seu ouvido. Foram esses insistentes murmúrios sobre a perigosa profecia conectada à maldição que convenceram Sofia a roubar o primeiro livro de feitiços: o único grimório que explicava como divinar com magia obscura. O destino do coven poderia depender de suas ações, sancionadas ou não.

No entanto, no último encontro, o conselho não parecia *tão* desgostoso. Nem precisava. Sofia tinha sentido a mudança da magia da mesma forma que os pássaros sentiam a mudança de estação, ouvindo aquele alerta inato que dizia para voarem para longe, pela sobrevivência. Uma tempestade violenta se formava no horizonte. Não tinha asas e, mesmo que tivesse, ela se recusava a voar sem sua família.

Quebrar duas regras para potencialmente salvar dezenas de bruxas parecia a coisa certa a se fazer. Qualquer informação que Sofia pudesse reunir sobre a maldição antes que os Perversos ou os Temidos tivessem sua vingança apenas beneficiaria o seu coven. Com certeza as anciãs compreenderiam.

Colocando o espelho preto no chão do templo da Morte, ao lado do livro de feitiços com letras metálicas, ela juntou as saias e se ajoelhou diante dos objetos. Sentiu um tremor que não tinha nada a ver com a pedra fria atravessando as camadas de musselina. Sofia encarou o espelho proibido, cuja superfície preta lembrava as águas calmas de um lago que certa vez visitara para coletar seixos novos para seus feitiços.

Mas esta superfície não tinha nenhum luar suave brilhando no alto, abençoando seu caminho. Na verdade, parecia devorar qualquer luz que ousasse tocar nela. Qualquer tipo de demônio poderia estar espreitando sob as profundezas desconhecidas, esperando para atacar.

Ela expirou para expulsar o medo. Era hora de fazer o que tinha ido fazer e depois voltar para casa, para sua família. Tirando uma adaga fina do bolso da saia, Sofia encostou a lâmina na ponta do dedo e pressionou até uma gota de sangue se formar, vermelha como os olhos do diabo.

Voltando a ficar em pé, ela andou até o altar no centro. Ninguém fazia magia no templo de uma deusa sem, antes de qualquer coisa, pagar tributo.

De cada lado do altar, o fogo crepitava nas tigelas de oferenda que ela havia acendido mais cedo. As espirais de fumaça serpenteavam pelo ar, como se a chamassem para entrar no submundo. Ela jurou ter sentido que havia olhos sobre si, observando das sombras, esperando para ver se ela era ousada o suficiente para cruzar o limite proibido. O olhar de Sofia percorreu a câmara silenciosa, recaindo sobre dois crânios humanos que ela havia roubado do mosteiro. Dias obscuros exigiam feitos ainda mais obscuros. Ela não hesitaria naquele momento.

Estendendo o dedo perfurado sobre a primeira das duas tigelas de oferenda, ela viu as gotículas de sangue chiarem e evaporarem assim que tiveram contato com as chamas. Sofia foi depressa para o outro lado do altar, e repetiu o gesto com a segunda tigela.

Satisfeita por ter pagado o suficiente para a deusa lhe dar proteção, ela se virou e pegou os crânios, sem se importar com a marca dos dedos sujos de sangue que deixava no osso. Ajoelhando-se mais uma vez, ela posicionou os crânios nos pontos norte e sul do espelho, abriu o livro de feitiços e começou o cântico.

Por alguns instantes tensos, o espelho permaneceu imutável. Então, uma fumaça começou a espiralar de sua superfície. Devagar no início, depois pegando velocidade, como se os ventos do inferno sobre os quais havia ouvido falar soprassem através de alguns círculos demoníacos, confundindo as pobres almas que fossem azaradas o bastante para estar ali.

"Deusa, conceda-me proteção."

Sofia se inclinou para mais perto do espelho, ansiosa para aprender tudo que pudesse sobre seus inimigos. Qualquer informação seria valiosa, principalmente porque todas as lembranças estavam sendo consumidas aos poucos pela maldição, a cada lua cheia. Enquanto ela mantinha o olhar fixo no espelho, uma janela para o submundo se abriu, dando-lhe seus primeiros vislumbres do mundo demoníaco.

"Mostre para mim como quebrar a maldição."

O espelho pulsou, como se a magia reconhecesse o pedido e concordasse em conceder tal desejo. No lugar da fumaça, imagens estranhas começaram a tremeluzir sobre o vidro escurecido, e Sofia logo se deu conta de que uma história estava sendo mostrada por meio de uma série de imagens. Ela soltou um suspiro silencioso. Apesar da magia proibida que havia usado, o que via era similar às suas visões usuais.

A magia fez as imagens saírem do espelho e girarem ao seu redor, como se ela estivesse presenciando os acontecimentos. Viu um trono escuro, um demônio furioso.

Pedaços de cenas familiares apareceram, mas a magia parecia não estar funcionando. Algumas imagens não se alinhavam à história deles ou ao que ela conhecia da profecia. Observou uma bruxa, que talvez fosse a Primeira Bruxa, amaldiçoando aquele demônio. A vingança e o ódio dela eram tão poderosos que Sofia quase podia *sentir* por meio da ilusão.

Em seguida, ela viu um estranho poço com cristais: pedras da memória, milhares delas. Mais uma vez, a cena mudou abruptamente, focando em um pequeno chalé de frente para o mar. Uma jovem bruxa, que ela conhecia bem, tinha uma pedra da memória em uma das mãos e uma adaga na outra. A Primeira Bruxa também estava ali, entregando à bruxa a pedra que levaria embora o que ela queria esquecer. As imagens foram desaparecendo, precisando de mais magia para alimentá-las.

"Espere!", gritou Sofia.

Desesperada para saber mais, ela pegou o crânio que estava no ponto sul e sussurrou um feitiço que fez com que ele se espatifasse, espalhando estilhaços de osso pela superfície escura, na esperança de que o espelho os usasse para alimentar mais imagens. E foi o que aconteceu. No entanto, mais uma vez, o que viu não era exatamente o que esperava. Sofia contemplou sua ilha, depois foi invadida por vislumbres de outras cidades e de épocas desconhecidas, que tomaram conta da visão. As imagens só podiam estar erradas.

Mas... se não estivessem, tudo que as anciãs do coven contaram tinha que ser mentira. Incluindo de onde elas eram.

Era bastante absurdo; o que ela via não podia ser verdade. Determinada a desvendar o mistério, ela pegou o último crânio. Este tinha rubis nos olhos, um presente adicional da deusa que reinava sobre os mortos. Sofia estilhaçou o crânio e, no mesmo instante, foi jogada para outra época, em que a mesma jovem bruxa de antes parecia estar... Um toque bruto recaiu sobre o ombro da jovem, arrancando-a da visão.

Com o coração acelerado, Sofia piscou até o templo da Morte voltar a entrar em foco. Com medo do que ou de quem havia lhe arrancado da visão, ela pegou a adaga e se levantou. Sua atenção foi parar na pessoa que a havia interrompido. A figura tirou o capuz do manto que a cobria, revelando um rosto familiar e severo.

Os ombros de Sofia relaxaram e ela abaixou a lâmina. Por um momento de terror, achou que havia invocado um inimigo.

"Graças à deusa é você. Eu vi uma coisa incrível sobre a nossa maldição e nossa cidade. Sei quem é a filha da Primeira Bruxa, pelo menos, acho que sei. Você nunca vai acreditar no que vi."

Sofia estava muito cheia de magia obscura, muito abalada pela verdade que havia descoberto, para notar o brilho perigoso nos olhos da outra bruxa.

"E nem você."

"Não compreendo..."

Com um movimento do pulso e uma maldição pungente, a bruxa lançou um feitiço que jogou Sofia para trás. Seu crânio rachou contra o altar, fazendo-a ver um lampejo brilhante de estrelas que a deixaram estupefata por um momento. Antes que ela conseguisse pensar com clareza e proferir um feitiço de proteção para si mesma, a mente de Sofia se fragmentou como o espelho no qual a outra bruxa pisou, destruindo a verdade que ainda transparecia em sua superfície escura.

Sofia abriu a boca para gritar, mas não conseguiu fazer outra coisa além de falar em línguas. Logo, tudo que ela podia ver eram aquelas imagens estranhas que o espelho havia mostrado.

Se estava prestes tentar gritar pedindo ajuda mais uma vez, Sofia não se lembrava de qual era a razão para isso.

Ela olhava fixamente, sem ver nada de verdade, quando a outra bruxa pegou o primeiro livro de feitiços e caminhou pelo templo devagar, sem olhar para trás, para sua amiga. O tempo todo, Sofia repetia em voz baixa uma frase, um cântico, uma benção, uma súplica.

Ou talvez fosse a chave para desvendar todo o mistério...

"Assim como é em cima, é embaixo."

REINO DAS BRUXAS

PODER ARCANO

I

De uma só vez, velas ganharam vida pelo quarto do Príncipe da Ira.

Apesar de meus esforços para não sorrir para o demônio, meus lábios traidores se curvaram sozinhos para cima. Registrando a pequena ação de onde estava, na varanda, a atenção do príncipe passou à minha boca e permaneceu ali um pouco mais do que o necessário.

Seu olhar quente provocou outro tipo de calor que se espalhou sobre mim quando chamas com ponta douradas surgiram na lareira, queimando e crepitando com fúria.

Era uma sensação agradável, principalmente depois do frio que havia se alojado em meus ossos. Ver minha irmã no Espelho das Três Luas rompeu algo vital em mim.

Algo que eu me recusava a examinar naquele momento.

Demorando-me ao lado da cama de Ira, com a túnica agora descartada aos meus pés, eu soube que não fora o pecado de seu nome que havia feito as chamas arderem em seu quarto. Era o desejo que ele estava tentando controlar; a paixão que eu havia inflamado ao escolhê-lo, sabendo *exatamente* quem ele era e ainda assim concordando em me tornar sua rainha perversa. Como ele já havia roubado minha alma, agora eu lhe oferecia meu corpo. Sem jogos ou laços de magia nos impelindo a ficar juntos. Sem me concentrar em Vittoria e na forma como meu coração doía cada vez que eu pensava no ardil de minha irmã.

Meus olhos ardiam com lágrimas não derramadas só de pensar em minha irmã, e eu tentava desesperadamente conter minhas emoções. Ira sentiria minha mágoa, e essa era uma conversa que eu não queria ter. Aquela dor poderia esperar até o dia seguinte, quando eu encontrasse minha irmã gêmea nas misteriosas Ilhas Mutantes e ouvisse o que ela queria me dizer.

Até lá, eu não queria passar nem mais um minuto me perguntando por que ela havia fingido a própria morte. Ou como pôde ter me magoado de forma tão terrível por tanto tempo. Eu já tinha dado a Vittoria meses de minhas lágrimas e fúria em minha jornada para vingá-la.

Tudo que eu queria naquele momento era ele. Ira. Samael. Rei dos demônios. O mais temido dos sete príncipes imortais do Inferno. General da Guerra e o diabo literal. Tentação e pecado em carne e osso. Um pesadelo para muitos, mas que, para mim, era como um sonho. E se o demônio amaldiçoado não rastejasse entre os lençóis comigo naquele instante, eu mesma faria um certo inferno.

"Vai ficar aí parado a noite toda, vossa majestade?"

Arqueei uma sobrancelha, mas a única resposta de Ira foi um leve estreitar de seus olhos dourados. Criatura teimosa e desconfiada. Só mesmo ele para questionar por que eu estava despida ao lado de sua cama em vez de libertar seus anseios mais básicos e carnais, como eu desejava.

"Se necessita de mais provas da minha decisão..."

"Emilia."

O modo como ele pronunciou meu nome me preparou para a decepção. Seu tom de voz indicava que precisávamos conversar, e conversar era tudo que eu não queria fazer. Conversar levaria a lágrimas, e isso me obrigaria a confrontar como havia me afetado de forma profunda ter visto Vittoria. Eu preferiria mil vezes me perder nos beijos viciantes de Ira.

"Por favor, não", pedi em voz baixa. "Estou bem. De verdade."

O demônio parecia apreensivo, nada convencido. Certa vez ele havia me dito para querer, mas jamais precisar. Mas esta noite, eu queria e precisava com toda as minhas forças, e não me importava se aquilo me enfraquecia. Torci para que ele não me mandasse para o meu quarto sozinha. Não conseguiria suportar a solidão. Precisava de conforto, de uma conexão. De um pouco da paz que só ele poderia me dar nesse instante.

Naquele momento, as cortinas leves que separavam o quarto da varanda agitaram-se com a brisa invernal, tentando-o a se juntar à sua rainha seminua. Era como se o próprio reino quisesse que nos unissemos de uma vez por todas. Com velas tremeluzindo de leve e tecidos escuros, o ambiente transpirava uma sensualidade silenciosa. Era um cômodo feito de todos os tipos de sussurros: aqueles em que as palavras eram ditas com gentileza, com reverência junto aos lábios, e os sussurros de roupas deslizando pela pele.

Duas coisas que eu desejava vivenciar com esse príncipe de uma só vez.

Ira havia confessado para mim que acreditava no poder das ações sobre as palavras. Lembrando-me disso, entrei em ação. Ainda imóvel, ele observou enquanto eu me curvava e tirava as botas. Não tinha como eu saber se ele havia percebido minhas emoções relacionadas Vittoria e interpretado de forma incorreta, ou se ainda não confiava que eu queria completar o passo seguinte na aceitação de nosso casamento.

Dormirmos juntos era um dos dois atos finais necessários para nos tornarmos marido e mulher. Podíamos fazer sexo sem sermos casados, mas eu *queria* completar nosso laço.

Por causa da maneira como tínhamos nos conhecido — eu o invoquei em Palermo e depois, em um acidente, o prendi a mim por toda a eternidade — e pelo fato de nós dois termos jurado odiar um ao outro e nunca termos compartilhado mais que alguns beijos, era compreensível que fosse essa a fonte de sua apreensão.

Vários meses antes, eu também diria que aquela noite era improvável. Mas isso foi antes de eu reconhecer que havia mais em nossa história. Que eu queimava por ele com tanto ímpeto quanto as flores rosa-douradas ardentes que eu podia invocar com a ponta dos dedos quando quisesse. Outra coisa que eu teria pensado ser impossível, e mais um mistério para resolver, assim como a verdade de quem eu realmente era. Mas isso poderia esperar. A única coisa na qual eu queria pensar era em me apropriar de meu rei demoníaco.

Flocos de neve começaram a cair ao redor dele, salpicando de leve os cabelos escuros e os ombros largos, mas ele pareceu nem notar. Os elementos árduos do inverno nunca o incomodavam, mas era provável que isso se devesse ao fato de ele ser uma força da natureza em si mesmo.

Olhei em seus olhos intensos enquanto passava a anágua pelos quadris e a tirava, jogando-a em cima da túnica. Ira quase ficou sem fôlego quando notou que eu não estava usando roupas de baixo. Com as mãos cerradas em punho, os ossinhos dos dedos ficaram brancos pela tensão. Não era exatamente a reação que eu esperava ao tirar a roupa.

Com a testa franzida, repassei nossa conversa, lembrando-me com cuidado de cada palavra. Depois de me enganar e me convencer a fazer um acordo com ele, para garantir que nenhum de seus irmãos se aproveitasse de mim quando entrei no submundo pela primeira vez, eu tinha perguntado se ele ainda me considerava sua.

Agora, parado com rigidez do lado de fora do cômodo, na neve, sem fazer um único movimento para se juntar a mim dentro de seu quente e convidativo quarto, fiquei preocupada de tê-lo entendido mal. Ele havia dito apenas que não precisava de tempo para pensar. O que, tecnicamente, não significava que ele me considerasse *sua*.

"Você mudou de ideia?", perguntei.

Ira analisou meu rosto com a expressão fechada.

"Você me escolhe de bom grado. Sabendo quem eu sou. Do que sou capaz."

Não eram perguntas, mas fiz que sim com a cabeça.

"Sim", reafirmei.

"E essa decisão não tem nada a ver com a sua irmã?"

Ele me observou com cuidado, e eu soube que estava tentando sentir a mínima mudança em minhas emoções. Ira não me levaria para sua cama se acreditasse que qualquer força além de meu próprio desejo estivesse me conduzindo a ele. Por uma das primeiras vezes desde que nos conhecemos, eu oferecia a ele nada além da verdade. Se tínhamos alguma esperança de seguir em frente juntos, os jogos entre nós precisavam terminar.

"Eu te quis naquela noite na festa de Gula. E antes disso... você se lembra de quando usou magia para remover a intoxicação de mim enquanto treinávamos contra o pecado dele? Também te quis naquele momento. Isso tudo aconteceu muito antes de eu ver Vittoria." Obriguei-me a continuar olhando nos olhos dele para provar que estava falando sério. "E hoje me dei conta de que, durante todo esse tempo, você sempre me ajudou. Seus métodos podem nem sempre ter sido os ideais pelos padrões mortais, mas tudo que você fez foi para me ajudar. Eu quero *você*, e isso não tem nada a ver com mais ninguém."

Após uma longa pausa, que me deixou tensa e com medo da rejeição, ele enfim caminhou da varanda para o quarto, diminuindo aos poucos a distância entre nós. Sua atenção vagueou dos meus olhos para os meus lábios, até mergulhar mais para baixo e observar meu corpo.

Uma selvageria de trincar os joelhos adentrou seu olhar enquanto ele me devorava mentalmente, centímetro por centímetro, pausando naquela área pulsante entre minhas coxas que, de repente, ansiava por ele. Um gemido baixo retumbou em seu peito, confirmando que ele sentia meu desejo.

Meu desejo mais sincero era que ele permitisse que *aquela* fera, qualquer que fosse ele, fosse liberta naquela noite. Queria experimentar cada coisa perversa e depravada com as quais ele só havia sonhado.

Ele abriu um sorriso repleto de promessa pecaminosa, indicando que estava mais do que disposto a ir em frente.

Mesmo com o gelo da tempestade em seu corpo, senti tudo, menos frio, quando ele se aproximou. Entre seu olhar escaldante e a forma silenciosa com que traçava cada uma de minhas curvas, como se tramasse todas as coisas que estava prestes a fazer... Era quase suficiente para me fazer derreter bem ali.

"Conte-me todos os seus desejos obscuros, Emilia." Ele inclinou meu rosto para cima. "Todas as fantasias que deseja tornar realidade." Seus dedos acariciaram de leve o ponto pulsante em meu pescoço antes de levar a boca à minha, o beijo um mero roçar de lábios que me deixou sem fôlego e cheia de desejo. Ele se afastou e contornou meu corpo aos poucos com as mãos. "Juro que vou realizar todas elas."

Meu foco pairou sobre a extensão de roupas finas e o corpo rijo escondido sob elas.

"Tenho algumas ideias."

Seu novo olhar indicava que ele também tinha algumas ideias interessantes.

Podíamos discuti-las em outros lugares, mas nisso estávamos bem-aventuradamente unidos. Puxei-o para mais um beijo, querendo apreciar o momento por toda a eternidade. Logo, o beijo doce tornou-se voraz, pois nenhum de nós estava satisfeito com a lentidão e a delicadeza. Éramos seres alimentados pela raiva, pela paixão. E eu queria que a nossa primeira vez juntos fosse tão explosiva quanto nosso temperamento.

Se Ira desejava me conceder cada desejo obscuro que eu tinha, eu esperava que ele estivesse preparado para acompanhar o meu ritmo. Mordisquei seu lábio inferior e, com um gemido de aprovação, ele respondeu na mesma moeda.

Ira logo declarou guerra em minha boca e batalhou como o general que era, sem fazer prisioneiros. Havia propriedade em seu beijo, havia posse. E eu fazia o mesmo. Ele era *meu*. Cada centímetro de sua alma perversa, cada batida firme de seu coração pertencia a mim.

As mãos dele acariciavam meu corpo e um calor doce se depositou bem no fundo de minha barriga, espalhando-se a cada passada gloriosa de seus dedos calejados. E justo agora ele estava totalmente vestido...

Arranquei seu paletó, depois puxei a barra da camisa e a rasguei, tomada pela necessidade de vê-lo, de *senti-lo* pele com pele.

Ele interrompeu o beijo, afastando a boca, entretido.

"Por mais tediosas que as virtudes costumem ser, a paciência pode se provar válida nesse momento."

"Neste caso, eu esperava que você fosse mais habilidoso com o pecado. Se eu me lembro bem, foi você que me perguntou uma vez se que gostaria de ver o quanto você poderia ser perverso." Voltei a atenção para ele, escondendo meu sorriso enquanto seus olhos piscavam. "Isso é mesmo o melhor que pode fazer?"

"Está me desafiando?"

Ergui um ombro, sabendo muito bem o que estava fazendo e gostando da reação que havia provocado nele. Dado o volume em sua calça, ele também não pareceu se importar. Demônio perturbado. .

"E se estiver, o que você vai fazer?", perguntei.

"Vá para a cama, *milady*."

A voz dele era suave, mas não havia docilidade no comando. Dei passos ousados para trás até encontrar a cama e me inclinar sobre ela, afundando os dedos na manta cor de ébano posicionada com muito bom-gosto na beirada. No passado, tinha imaginado qual seria a sensação do pelo tocando minha pele nua.

Estava prestes a descobrir.

Ira fez um sinal com o queixo, indicando que me queria *toda* sobre a cama, não apenas na beirada. Com o coração acelerado de expectativa, eu me levantei e deslizei pelo colchão enorme, contendo um gemido quando o pelo macio deu lugar aos lençóis de seda fria. A sensação era melhor do que eu imaginava. Luxúria e imoralidade misturadas com algo um pouco selvagem e indomável.

Bem como o mestre de sua Casa de Pecado.

Ira desabotoou a calça, olhando em meus olhos. Um desafio por si só para ver se eu estava mesmo preparada para o que estava por vir. Sua calça caiu no chão e sua rigidez surgiu livre, intimidante e tentadora, ávida por mim.

Mordi o lábio inferior, quase submetida ao desejo enquanto o assimilava. Deusa do céu, ele era lindo. Minha atenção passou de sua rigidez gloriosa para o restante de seu corpo. Mais de um metro e oitenta de puro músculo, com uma pele bronzeada que brilhava com vitalidade, preenchiam minha visão. Ele era um estudo de caso do poder masculino somado à beleza brusca.

Ele se aproximou e meu foco mudou da serpente metálica tatuada em seu braço para a tatuagem na coxa esquerda: uma adaga virada para baixo com rosas gravadas na superfície.

Não consegui distinguir os desenhos geométricos de seu cabo, e quando Ira envolveu a si mesmo com a mão tatuada e movimentou o pulso, minha mente esvaziou. O demônio me lançou um olhar presunçoso, como se soubesse exatamente o que sua provocação sedutora estava fazendo. *Que a deusa o amaldiçoe*. Eu queria substituir sua mão pela minha. Melhor ainda, queria usar minha...

... Um estalo violento dividiu o ar como o chicote de um deus zangado, e o quarto de Ira, assim com o demônio que era seu dono, desapareceu, substituído por um cômodo vazio, frio, sem luz alguma.

Foi uma mudança tão drástica que eu não entendi de imediato que era real. Pisquei rápido, tentando me ajustar à escuridão repentina. Sombras se moviam pelo que eu sentia ser um espaço pequeno, quase se retorcendo umas sobre as outras em um desvario.

Senti arrepios nos braços quando o ar frio se tornou cortante.

Só podia ser mais uma ilusão estranha. Eu já tivera algumas, mas nenhuma delas tão vívida assim. Elas desencadeavam toda vez que Ira e eu nos envolvíamos em atos românticos, de modo que essa devia ser a razão para o que estava acontecendo. Praguejei pelo momento importuno da intrusão, odiando que o passado de alguém tivesse me tirado do meu delicioso presente.

Tentei massagear as têmporas, mas não consegui mover as mãos. Levantei os olhos e notei um par de algemas ao redor dos meus pulsos. Puxei-as, mas estavam presas no teto. Correntes retiniam a cada movimento, o som hostilizava meus nervos rapidamente desgastados. *Sangue e ossos.* Olhei para baixo. Nesta visão eu estava nua, como em minha realidade atual. Que maravilha. Havia saído de um sonho para entrar em um pesadelo.

Soltei um longo suspiro. Minha respiração saiu em pequenas nuvens brancas, e depois ficou tensa. *Que estranho.* Ao contrário de outras ilusões, parecia que eu tinha algum controle. Não era como entrar em uma lembrança ou ver o passado da perspectiva de outra pessoa. Estreitei os olhos.

Se aquilo não era uma ilusão ou lembrança...

"Pelos sete círculos do Inferno, o que está acontecendo?"

O som inconfundível de uma bota raspando na pedra fez meu pulso acelerar e eu senti uma pontada forte de medo.

"Ira?"

Em algum lugar próximo, um fósforo foi riscado. O som precedeu o cheiro de enxofre que se espalhou pelo ar. Uma pequena chama tremeluzia do outro lado do espaço, mas quem quer que houvesse acendido a vela havia desaparecido como um passe de mágica. Sacudi as correntes mais uma vez, puxando com o máximo de força que pude, mas elas não cederam nem um centímetro. A menos que eu arrancasse minhas mãos, não escaparia até meu sequestrador me libertar.

Para aplacar o pânico que aumentava, estreitei os olhos para tentar ver alguma coisa na semiescuridão, tentando encontrar alguma pista da minha localização ou do meu sequestrador. Estava em uma câmara de pedra, acorrentada em uma espécie de alcova.

No centro do espaço principal havia um altar esculpido a partir da pedra clara que compunha as paredes e o chão. Palha e ervas secas ocupavam o piso. Era um pouco parecido com o mosteiro de minha cidade, onde minha amiga Claudia trabalhava com os mortos, mas não muito.

Pensar naquelas câmaras incitava lembranças dos espiões mercenários invisíveis que me assombraram por lá. Parecia que fazia uma eternidade que eu havia encontrado um demônio Umbra. Lutei contra um calafrio. Se eu nunca mais visse um daqueles demônios horripilantes, teria uma vida boa e feliz.

"Quem quer que esteja aí, revele-se."

Agitei as correntes. O eco do metal retinindo foi a única resposta que recebi, embora pudesse jurar ter ouvido um leve som de alguém respirando por perto. Não vi nenhum sopro de respiração, mas sabia que aquilo não significava que eu estava sozinha. Ira nunca me pregaria esse tipo de peça, ainda mais considerando o que estávamos prestes a fazer, o que excluía a possibilidade de isso ser algum tipo de preliminar demoníaca.

Reuni uma falsa coragem.

"Até quando estou acorrentada você tem medo de falar comigo?"

"Não tenho medo", uma voz grave e com sotaque soou na escuridão.

Perdi o fôlego. Eu já tinha ouvido aquela voz, mas não me lembrava onde. Não era Anir, o aliado de confiança de Ira. Nem parecia nenhum dos irmãos do príncipe demoníaco. Aquele sotaque era da minha ilha no mundo mortal. Tinha certeza disso.

"Se não está com medo, então não tem motivo para se esconder de mim."

"Estou esperando novas ordens."

"De quem?"

Um silêncio desconfortável pairou entre nós. Era difícil simular autoridade estando nua, acorrentada e falando com um sequestrador fantasma, mas tentei mesmo assim.

"Quem quer que seja, seu mestre logo vai estar aqui. Não há necessidade de guardar segredo."

"Você não precisa se preocupar comigo."

Uma frase que todo assassino e criminoso provavelmente disse a suas vítimas pouco antes de cortarem suas gargantas. Engoli em seco. Eu precisava que ele continuasse falando para me lembrar quem ele era, e havia descoberto que perturbar uma pessoa fazia com que ela reagisse, mesmo se não quisesse. Ira e eu tínhamos usado este método um com o outro nos últimos meses, e eu poderia beijá-lo em agradecimento pelo treino.

"Seu mestre ordenou que permanecesse nas sombras?"

"Não."

"Hmm. Entendi."

"O quê?"

"Você não passa de um pervertido que gosta de observar suas vítimas, sabendo que elas não podem vê-lo. Diga uma coisa, você está se tocando agora? Imaginando qual a sensação de minha pele enquanto acaricia a sua? Por que não chega mais perto?"

E me deixa dar uma joelhada na sua virilha até ela ir parar em seus pulmões.

O homem se materializou na minha frente com um olhar de pura provocação no rosto. De fato, não era um demônio, mas isso não me tranquilizava. Respirei fundo.

"Domenico Nucci."

O jovem que vendia *arancini* com sua família em Palermo me encarou com intensidade. Garras com aparência mortal surgiram na ponta de seus dedos e depois se encolheram, lembrando-me de que ele não era mais humano do que eu. Eu tinha quase esquecido que o homem que eu havia pensado que minha irmã gêmea estava cortejando em segredo era um transmorfo. Lobisomem, para ser mais exata. Criaturas temperamentais, na melhor das hipóteses, e, com base no que eu me lembrava de seu pai ter me dito, eu tinha acabado de provocar um recém-transmutado. Eu não fazia ideia de quanto controle ele tinha sobre o seu lobo, mas apostaria que não era muito.

Os olhos de Domenico, que costumavam ser de um castanho quente, brilhavam em um tom de lilás sobrenatural ao se firmarem em mim, confirmando minha suspeita. Ele estava prestes a se transmutar.

Prendi a respiração, esperando que desse o golpe fatal. Parecia que ele ia se aproximar, com a mandíbula trincando por estar se contendo enquanto a raiva irradiava dele como um sol furioso. O lobo respirou fundo várias vezes e girou os ombros, rompendo a crescente tensão. Com um movimento de sua mão com garras, algumas das sombras se libertaram do desvario e me cercaram, criando uma espécie de robe.

"Onde estamos?", perguntei, ignorando a estranheza do robe que se acomodava sobre minha pele e o fato de o lobisomem ter feito essa magia sem ao menos sussurrar um feitiço.

"No Mundo das Sombras."

Absorvi a informação em silêncio. Durante a minha infância, a *nonna* Maria nos ensinou sobre os transmorfos e sobre algumas outras criaturas mágicas. Segundo as histórias de minha avó, os lobos travaram guerras sobrenaturais contra os demônios no mundo dos espíritos, o que deve ser o que ele quis dizer com Mundo das Sombras.

Eu sempre havia imaginado que o mundo dos espíritos estaria cheio de fantasmas assustadores e etéreos atravessando paredes, como eram retratados em novelas góticas. Mas aquilo era bem diferente da minha imaginação. Domenico era totalmente corpóreo. E eu, com certeza, podia sentia o peso das algemas geladas que apertavam minha pele.

Também senti algo que não tinha sentido antes: o leve zunido da magia no metal. Aquelas não eram algemas comuns; tinham sido enfeitiçadas para afastar meus poderes.

Dei uma leve incitada em minha fonte de magia e, como eu suspeitava, atingi uma barreira que me impediu de invocar fogo.

Tive a sensação terrível de que sabia quem era o mestre dele, e não queria que minha magia estivesse limitada em nosso encontro. Olhei para o meu sequestrador. Nunca ouvira falar de lobos transportando pessoas com eles para o mundo dos espíritos e, até aquele momento, não acreditava que isso fosse possível, ainda mais para um lobisomem recém-transmutado. Domenico devia ser imensamente poderoso. Um futuro alfa em formação.

"Meu corpo físico ainda está nos Sete Círculos?", perguntei.

Domenico me percorreu com o olhar, seus olhos perdendo um pouco daquele brilho transmorfo.

"Está."

Não sabia como aquilo era possível, e o olhar do lobisomem indicava que não responderia outra pergunta sobre o assunto. Sabendo como ele seria perigoso caso se transformasse em lobo, deixei para lá. Ele já havia me dado informações importantes de que eu precisava.

Meu corpo ainda estava no quarto de Ira, e o demônio, sem dúvida, estaria procurando uma forma de me trazer de volta. Se eu não conseguisse escapar sozinha, teria que aguardar até ele buscar minha alma e liberar seu poder. Qualquer um que fosse tolo o bastante para atacar sua noiva em sua Casa real merecia sentir o pecado que lhe dava nome. Eu quase sorri, imaginando a carnificina que ele provocaria para fazer justiça, mas me contive.

"Está muito frio aqui."

"Eu não acho."

Eu queria esfregar meus braços, forçando o calor a voltar para o meu corpo, mas não conseguia devido às correntes. Domenico me observava de perto, com um brilho ameaçador adentrando os olhos. Um movimento errado e ele prensaria os dentes em minha garganta, fossem quais fossem as suas ordens. Ele estava muito mais volátil do que da primeira vez que o vira, embora provavelmente isso se devesse à transmutação. Eu havia ouvido falar que lobos jovens às vezes levavam anos para amadurecer por completo.

Incapaz de tolerar seu olhar silencioso, pigarreei.

"Quando eu te vi no mosteiro após o 'assassinato' de Vittoria, achei que estava orando por ela. Mais tarde, descobri que você estava lá porque havia transmutado pela primeira vez. Você não suspeitava mesmo do que era antes daquele dia?"

Um músculo em sua mandíbula se contorceu.

"Você sabe o que é, Emilia?"

Não deixei de notar que ele disse *o que* e não *quem*. Eu tinha minhas suspeitas, mas ele não precisava saber quais eram.

"Sei que sou sua prisioneira. Sei que Ira vai te perseguir e arrancar membro por membro seu se alguma coisa acontecer comigo."

Sorri, deixando meus lábios formaram uma curva cruel e perversa. O lobo pareceu se dar conta de que ele podia ter me acorrentado e limitado minha magia, mas que não era o único predador naquela câmara.

"E não há um mundo sequer em que você possa se esconder antes que ele te encontre", continuei. "Isto é, se eu não te pegar primeiro. Ira é o misericordioso de nós dois. Não se esqueça disso."

"Ora, ora, irmã."

Mesmo que eu já estivesse esperando isso, de certa forma, ouvir a voz da minha irmã gêmea fez meu coração se apertar de dor. Minha atenção foi parar no outro lado da câmara, recaindo de uma vez sobre Vittoria.

Minha irmã deslizava pelo pequeno cômodo como um fantasma do passado, usando um longo vestido branco que fluía atrás dela como se levado por uma brisa imaginária. Havia uma qualidade onírica em sua presença, mas ela era tão real quanto eu e Domenico. Olhei para ela com atenção, procurando algum ferimento, embora soubesse que era ela que controlava o lobisomem, e não o contrário.

Lágrimas fizeram meus olhos arderem quando tudo ficou claro. Vittoria estava mesmo ali. Viva. Era difícil acreditar que fazia apenas uma ou duas horas que eu havia descoberto que ela não estava morta. Apesar de sua traição, eu queria envolvê-la nos braços e nunca mais soltar. Era um milagre abençoado pela deusa.

"Vittoria."

Mal passou de um sussurro, mas ao ouvir o som da minha voz, os lábios de minha irmã gêmea se curvaram em um sorriso familiar e cheio de malícia. Se eu não estivesse acorrentada, teria caído de joelhos. Vê-la no Espelho das Três Luas era uma coisa; tê-la na minha frente era estarrecedor. As palavras me faltaram quando minha irmã se aproximou, observando-me com curiosidade.

"Vamos desacorrentar você para ver que truques aprendeu." Seus olhos cor de lavanda brilhavam, lembrando-me de que ela havia mudado por completo. Aquela não era a garota dos olhos castanhos iguais aos meus. A jovem que amava criar suas próprias bebidas e perfumes. Aquela estranha era outra coisa. Algo que fazia os pelos finos de meus braços se arrepiarem. "A deusa sabe que eu mesma tenho alguns para mostrar. Transmorfo?"

Domenico se moveu com uma velocidade sobrenatural e agarrou meu cabelo, forçando minha cabeça para o lado. Ele levou o nariz ao meu pescoço e deu uma boa fungada, provavelmente para memorizar o meu cheiro caso eu tentasse escapar. Contraí os músculos devido à dor repentina, mas consegui conter o grito.

Ele rosnou. Quando aproximou a boca do meu ouvido, o som estava longe de ser humano.

"Tente qualquer coisa idiota e eu vou arrancar mais do que apenas seu coração mortal, Bruxa Sombra."

"Chega, cachorrinho" repreendeu Vittoria. "Não seja muito duro. Ainda."

Antes que eu pudesse absorver a mágoa que aquela declaração gerou ou me perguntar como as coisas poderiam ficar mais duras, além de eu estar acorrentada, Domenico me empurrou para longe e, fazendo outro movimento de mão preguiçoso, abriu as trancas de minhas algemas. Minhas contenções caíram no chão emitindo um ruído tão agourento quanto a lâmina de um executor descendo sobre o condenado.

Era isso, esse era o momento que eu temia, e para o qual me sentia completamente despreparada.

Com o coração acelerado, virei as costas para o lobisomem enfurecido e encarei minha gêmea não morta, fortalecendo-me quando nossos olhares se encontraram e nos encaramos.

Vittoria tinha deixado que eu acreditasse que ela estava morta durante meses. Assassinada de forma violenta. Permitira que eu descobrisse seu corpo sem coração, violado e ensanguentado em uma tumba. Sua "morte" tinha acabado com o meu mundo e destruído quem eu era no nível mais básico. O ardil de Vittoria era uma ferida que nunca se fecharia de verdade; ela deixaria cicatrizes emocionais em minha alma e em meu coração para sempre.

Mesmo vendo-a parada diante de mim, viva e bem, não havia esperança de algum dia voltarmos a ser o que éramos *antes*. Muita coisa tinha se passado entre nós para apenas esquecermos e seguir em frente, e aquilo, mais do que qualquer outra coisa, era algo que eu lamentava. Não importa quanto eu desejasse que fosse diferente, nós duas havíamos mudado de maneira irrevogável. E eu não sabia ao certo se as peças de nossa nova vida ainda se encaixariam.

Para enfrentar a dor crescente em meu peito, pensei em meu prometido. Em como minha irmã gêmea também havia arruinado esta noite. Em vez do sofrimento, concentrei-me na fúria, *na ira* que me movera em meu próprio inferno pessoal. E todas as emoções, à exceção de uma, desapareceram.

Se eu conseguisse sentir preocupação em vez de pura ira, talvez o sorriso triunfante de minha irmã tivesse me causado certo desconforto. Mas *ela* estava prestes a descobrir que não era a única que podia provocar apreensão. Era hora de Vittoria temer a *mim*.

Mergulhei em minha fonte de magia, aliviada por sentir o enorme poço de poder que crepitava sob minha pele. Se minha irmã queria ver do que eu era capaz, eu ficaria feliz em lhe mostrar.

"Você tem cinco minutos para se explicar." Minha voz era mais fria do que o ar que nos cercava, mais fria do que o mais perverso círculo do Inferno. Juro que as sombras pararam e logo desapareceram, escondendo-se do grande acerto de contas que sentiam estar por vir.

"Senão?", perguntou Vittoria.

Meu sorriso era um belo pesadelo. Pela primeira vez, Vittoria franziu a testa, como se tivesse acabado de se dar conta de que havia uma falha fatal em seu plano. Monstros podiam ser criados, mas nunca domados.

"Senão, cara irmã, você vai conhecer a bruxa que me obrigou a me tornar."

2

“Morda sua língua, ou vou arrancá-la!”

Domenico deu um passo à frente, mostrando as garras e rosnando em reação à ameaça que fiz, mas Vittoria ergueu a mão, fazendo-o parar. Eu estava furiosa demais para me surpreender com a velocidade com que ele se afastou com um simples comando silencioso.

“Você não ficou mais poderosa? Mais… ousada?”, comentou Vittoria, erguendo uma sobrancelha. “Enfim você saiu do buraquinho seguro em que estava se escondendo para viver uma vida digna da pena de um bardo. Por acaso eles entoam canções sobre *bruxas* entediantes, que desperdiçam o tempo em cozinhas quentes, desejando homens santos igualmente tediosos como Antonio? Acho que um grande romance com o rei dos demônios é muito mais interessante. Principalmente na cama. Pelo amor da Grande Divindade do céu, Emilia. Você devia me agradecer pela morte de sua ex-vida. Antonio, Mar & Vinha… Nós nascemos para coisas mais importantes.

“Entediante?” A raiva tomou conta de mim. “Eu *amava* a vida na nossa cozinha. Desculpe se o que eu considero divertido, ou quem acho atraente, é algo tão repulsivo para você. E desde quando você odeia o Mar & Vinha? Você amava nossa família e o tempo que passávamos cozinhando juntas. Ou já se esqueceu de nós, nessa busca por… seja lá o que você está buscando. Como pôde fazer isso conosco, *comigo*?”

Minha voz falhou na última pergunta, e eu me apeguei com força à fúria outra vez, centrando-me. Vittoria me observava com atenção.

"Fiz o que tinha que ser feito *por nós*. Pode não parecer, mas eu juro que tudo isso foi por você e por mim. A maldição..." Ela interrompeu o que ia dizer.

"Ah, sim, a maldição." Golpeei o ar como se a maldição fosse uma mosca irritante. "A porra da maldição sobre a qual ninguém pode falar. Para mim já chega dessa magia inconstante e qualquer ser enfeitiçado envolvido com ela! Por que você fingiu seu assassinato? Como isso poderia me ajudar?"

Ela escolheu as palavras seguintes com cuidado.

"Até mesmo o combustível mais volátil precisa de uma faísca para causar chamas." Sempre enigmática quando se tratava da maldição.

"Por que você precisa de tanto fogo?"

O olhar dela se transformou em uma pedra dura e brilhante de ódio. Por um segundo, não era a cor lavanda que brilhava de suas íris, mas um profundo vermelho rubi.

"Para ver nossos inimigos queimarem. Para reivindicar o que é nosso por direito de nascença. E para romper de uma vez por todas as últimas correntes que nos prendem."

"E nossa família? Eles são seus inimigos? Eles mereceram te enterrar naquela cripta? Acreditar que você está se decompondo com nossos ancestrais?"

"Sim. Embora eu duvide muito que eles acreditem que eu estava me decompondo. Aquela mentirinha foi algo que imaginei que diriam a você, a preferida. Ou devo dizer a mais temida?" A confissão de Vittoria recaiu sobre nós com o peso da verdade que ela acreditava estar dizendo. "E eles não serão os únicos a nos temer. Segui um pequeno conselho de nossa querida família. Mantenha os amigos por perto, e os inimigos mais perto ainda."

Olhei para a estranha que usava o rosto de minha irmã. Havia dureza nessa Vittoria; obscuridade onde antes brilhava a luz. Minha irmã era divertida, amigável. Fazia amigos com facilidade e dançava por horas a fio. Uma qualidade que sempre admirei e quis ter. Esta versão dura de Vittoria era difícil de aceitar.

"E se eu não quiser ser temida?", perguntei.

O sorriso de Vittoria foi um rápido mostrar de dentes, afiados como navalhas e ameaçadores.

"Um pássaro sem asas ainda é um pássaro, minha irmã."

"Você andou falando com o Príncipe da Inveja?" Soltei um suspiro. "Juro que você está falando exatamente como ele, depois de tomar muito vinho de fruta-das-trevas com feitiço da verdade."

"Inveja?" O olhar dela voltou-se para dentro com uma lembrança. "Montei seu vampiro de estimação só para ver aqueles olhos verdes queimarem com seu pecado preferido ao nos surpreender. Vampiros são excelentes amantes, uma vez que são criaturas da noite e tudo mais. Eles são mestres em misturar prazer com uma pitada de dor. Quando você terminar de brincar com o seu demônio, deveria visitar a corte dos vampiros e montar em um ou dois. Eu visitei o príncipe deles e não fiquei nem um pouco decepcionada. As coisas que ele fez com aquelas presas..."

Domenico rosnou, e minha irmã gêmea lançou a ele um olhar apaziguador. Estava claro que ele não sabia que sua — seja lá o que minha irmã era para ele — tinha se deitado com alguns de seus inimigos mortais. Eu não sabia que existia uma corte dos vampiros e, por enquanto, perguntar sobre ela não era uma prioridade. A menos que isso de repente se tornasse uma questão, era a última de minhas preocupações naquele momento.

"Eu..."

Eu queria arrancar da mente a imagem de minha irmã gêmea na cama com aquele vampiro em particular. Havia tido o azar de encontrá-lo uma vez, e Alexei era assustador. Não de um modo proibido, de uma fantasia obscura. Ele parecia pronto para arrancar um coração e beber todo o seu sangue por esporte.

"Por que você está aqui? Achei que íamos nos encontrar amanhã nas Ilhas Mutantes."

Vittoria ergueu um ombro, evitando me olhar nos olhos.

"Quis passar a mensagem eu mesma, caso você não recebesse o crânio."

Não acreditei, mas não quis chamar a atenção dela pela óbvia mentira. Minha irmã estava guardando outro segredo, e acredito que tenha alguma coisa a ver com o Reino das Sombras, pois era onde estávamos.

Talvez fosse um teste para ver se Domenico conseguiria me levar até ali com facilidade. O que significava que nosso tempo devia ser limitado e eu precisava de respostas.

"Como fingiu remover seu coração?"

"Eu não fingi."

"Eu vi o sangue. O buraco em seu peito. Está claro que foi algum tipo de magia ou ilusão, a menos que você não precise mais de coração para viver. Não continue mentindo na minha cara. Você já mentiu o suficiente nos últimos meses. Eu mereço saber a verdade, Vittoria."

A temperatura caiu abruptamente. Cristais de gelo subiam pelas paredes e crepitavam como chamas congeladas enquanto se espalhavam depressa. A vela tremeluziu com a brisa repentina, antes de apagar, deixando-nos no escuro. Uma faixa fina de fumaça enroscava-se no ar, o cheiro de enxofre permeando o frio; um presságio enviado por um feroz deus do Inferno. Um deus que eu conhecia bem.

Domenico deu um passo à frente, pegando no braço de minha gêmea e a puxando para perto.

"Temos que ir. Ele rompeu as proteções das Sombras."

Meu coração acelerou. Eu sabia exatamente quem era *ele*. Ira tinha ido buscar minha alma, atravessando a barreira do mundo dos espíritos. O pecado de seu nome era poderoso o bastante para fazer até o chão daquele local tremer com sua aproximação. Senti sua fúria de maneira palpável, e fiz algo peculiar para mim neste mundo. De repente, não estava pensando na traição de minha irmã nem me sentindo magoada. O calor arrastou-se sobre mim onde o frio havia fincado seus dentes. O pecado de Ira fez eu me sentir viva, energizada. Também me fez querer deixar a civilidade de lado e me tornar uma força elementar alimentada pelos instintos mais básicos.

Os lábios de Vittoria formaram um meio sorriso.

"Lembre-se, irmã. Aprecie a linguiça o quanto quiser, mas não compre o porco. É o único alerta que posso oferecer."

"Por que eu daria ouvidos a você?"

"Sou sangue do seu sangue." Domenico a arrastou pela câmara, depois fez um gestual com uma das mãos até um portal cintilante se abrir diante deles. Vittoria parou um pouco e olhou de novo para mim. "Alguns laços não podem ser rompidos, Emilia. E algumas escolhas têm consequências semelhantes à morte. Digo isso como alguém que sabe muito bem do que está falando."

Arrepios dançaram por minha coluna na primeira parte do alerta. Ira havia me dito algo parecido na noite em que descobri a verdade sobre o motivo de ele ter me dado sua Marca real.

Passei os dedos sem pensar sobre o *S* quase imperceptível em meu pescoço. A magia provocou um leve e agradável formigamento que desceu por meu não corpo.

"O que isso significa?", exigi saber. "Chega de jogos, Vittoria."

"Escolha a ele e abrirá mão de parte de si", disse ela, oferecendo uma resposta que só gerava mais dúvidas. "Vejo você amanhã. Não se atrase."

"Pare! Por que devemos nos encontrar nas Ilhas Mutantes?", perguntei. "Por que não me diz o que precisa agora?"

"Você vai ter que esperar para ver."

Vittoria me soprou um beijo, então passou pelo portal, com o lobisomem em seu encalço. Aparentemente, Domenico, um alfa *per se*, sabia que uma ameaça maior havia entrado em seu território. A opção mais inteligente era se retirarem. Ou talvez ele só tivesse sufocado seu orgulho para salvar minha irmã gêmea. Não sabia como eu me sentia após nosso encontro; muitas emoções guerreavam umas com as outras, mas eu era grata por ela ter um aliado leal. Ela precisava de um.

"Emilia."

Ira entrou na câmara um instante depois, o corpo agitado com a ameaça de uma guerra iminente. Uma batalha que ele trazia aos nossos inimigos. Ele olhou feio para o portal que se fechava, então passou os olhos sobre mim, afiados como a lâmina em sua mão, prometendo o mesmo nível de violência a qualquer um que me ferisse.

Olhei para baixo, notando que o robe de sombras também tinha abandonado meu corpo com a chegada dele. Eu estava nua mais uma vez, mas não intimidada.

"Eles te feriram?" A voz dele era cortada, como se estivesse poupando toda sua energia para a briga. Domenico podia ter escapado, mas Ira o perseguiria. O olhar frio e implacável em seu rosto não prometia nada além de dor e tormento.

Neguei com a cabeça, sem confiar em mim mesma para contar uma mentira parcial. Ferimentos nem sempre são físicos.

"Foi minha irmã. Ela queria ter certeza de que eu havia recebido a mensagem do encontro amanhã. Onde ficam as Ilhas Mutantes?"

"Bem perto do continente." O olhar do demônio vasculhou metodicamente cada centímetro da câmara até parar sobre as algemas. Em uma fração de segundo, sua lâmina havia desaparecido e ele estava na minha frente, tocando meus pulsos com cuidado para uma inspeção mais detalhada. Manchas vermelhas, que logo se transformariam em hematomas feios, fizeram a raiva de Ira aumentar ainda mais.

"Se *alguém* te acorrentar de novo, vou me transformar em todos os pesadelos que os mortais já tiveram sobre mim e mais um pouco." Sua voz estava tomada por uma promessa fatal, e o ar ficou tão gelado que meus dentes começaram a bater.

O gelo subia pelas paredes e cobria o teto conforme a temperatura caía. Pedaços de pedra racharam e caíram no chão. Se ele não contivesse o temperamento logo, ambos seríamos cobertos de gelo e enterrados sob pedra.

"E se eu pedisse para *você* me amarrar?"

A expressão dura no rosto de Ira vacilou quando ele olhou para mim. Ele não esperava por isso. Ótimo. Talvez chegássemos a seu mundo antes de nos transformarmos em esculturas de gelo. Eu me desembaracei de sua leve pegada e envolvi seu corpo com os braços, ouvindo seu coração bater mais forte. Quase de imediato, me senti mais aquecida.

"Dizer 'eu te amo e estou feliz por você estar bem' também seria suficiente."

Um segundo de silêncio se passou e eu quase podia sentir Ira se esforçando para se conter. Apenas sua determinação de aço seria capaz de reprimir o imenso poder que lutava para se libertar, para atacar. Eu não conseguia imaginar a disciplina, o controle absoluto que ele tinha sobre o pecado que lhe dava nome, para conseguir persuadir sua ira a lhe obedecer. O ar ficou um pouco mais quente, embora ainda estivesse fatalmente frígido.

Ele me puxou um pouco mais para perto, como se estivesse confortado pelo fato de eu estar sã e salva.

"Torturar e eviscerar seus inimigos seria um *ato* de amor."

"Ninguém pode negar que você é um demônio de ação."

Eu ri e me afastei o suficiente para ver a alegria entrar em seus olhos, substituindo a ira fria, por mais que ainda houvesse algo de assombroso em sua expressão que não desapareceria tão rápido.

"Você pode me levar para casa, por favor. Foi uma noite longa. Preciso de um banho quente e de uma garrafa inteira de vinho de fruta-das-trevas."

E, independentemente do que havia acabado de acontecer ou do alerta que Vittoria tentou me dar, eu ainda queria me apropriar de meu rei em carne e osso. Mais do que qualquer coisa, isso me acalmaria: mente, corpo e alma amaldiçoada.

*

Ira nos levou magicamente de volta a seu quarto, reunindo nossas almas com nossas formas físicas, e eu pisquei os olhos ao ver um quarto coberto de gelo. Teto, paredes, lareira, *tudo* estava congelado, exceto a cama. O gelo era tão espesso que chegava a ter um tom azulado. Achei que o Mundo das Sombras tivesse sido ruim, mas aquilo era extremo.

Eu me levantei com cuidado de onde estava deitada e ergui as sobrancelhas, expressando dúvida. Ira passou a mão pelos cabelos, e a ação chamou minha atenção para cortes nos ossinhos de seus dedos que eu não havia notado.

"Você teve que lutar com lobos?", perguntei, fazendo sinal para ele se aproximar. "Por favor. Deixe que eu veja isso." Com relutância, ele deixou, oferecendo-me a mão machucada. "Por que isso não está se curando?"

"Eu esmurrei para atravessar os mundos."

A expressão dele era de uma frieza aristocrática, e se eu não o tivesse conhecido melhor durante esses meses, poderia ter perdido os sinais sutis de que ele ainda estava agitado devido à emoção. Sua boca sensual formava uma linha dura, o queixo esculpido estava tenso. Havia uma centelha implacável em seu olhar, como uma promessa inflexível de que cometeria terríveis atos de violência, que mostrava o quanto ele chegou perto de destruir aquele mundo. Um arrepio percorreu minha espinha e o lugar obscuro em que ele estava desapareceu.

"Está tudo bem", disse ele. "É fácil de resolver."

"Não me importo com o estado do *quarto*. *Você* está bem?"

O príncipe demoníaco abriu um sorriso tenso.

"Agora estou."

Nunca tinha visto ele perder a cabeça com uma demonstração tão gigantesca de poder, e fiquei imaginando a severidade de sua reação. O que não podia, ou não queria me contar. Senti que ele precisava de tempo para organizar tudo isso na cabeça, então abri um pequeno sorriso em resposta.

"Contanto que tenha certeza disso."

"Eu tenho."

Ele fez o quarto voltar ao normal e tinha acabado de pedir para encherem a banheira quando alguém bateu na porta. Se eu pudesse lançar um feitiço sobre alguém naquele momento, eu o teria feito.

"Não atenda", resmunguei. "Eu suplico."

Ira pareceu dividido, mas atendeu o meu pedido. Depois de lançar uma proteção para que ninguém entrasse em seus aposentos privados, ele me pegou no colo e nos levou à casa de banho, fechando a porta.

Eu ainda não tinha visto esse cômodo, então observei sua beleza elegante. Piso cor de ardósia, paredes de mármore preto com veios dourados, velas pingando cera cor de ébano, torneiras e acessórios dourados e brilhantes e, no centro, uma enorme banheira que comportaria várias pessoas.

Um enorme lustre de cristal preto pendia sobre a banheira, completando o visual. O cômodo era escuro, sensual e muito relaxante. Justamente o que eu precisava depois daquela noite estressante.

O príncipe me acomodou com cuidado na banheira, depois voltou com uma taça gelada de vinho de fruta-das-trevas. As sementes prateadas brilhavam como estrelas em miniatura à luz de velas. Pela primeira vez no que pareciam horas, expirei, sentindo paz.

Ira puxou um banquinho para perto da banheira e se sentou, observando-me bebericar o vinho e me afundar até os ombros na água em temperatura perfeita.

"Quer falar sobre sua irmã?"

"Não muito." Suspirei. "Ainda não entendo por que ela quer me encontrar nas Ilhas Mutantes. Seria muito mais fácil conversar aqui. Você consegue pensar em alguma razão?"

Ira não respondeu de imediato.

"Talvez haja algo lá que ela queira que você veja."

"Você deve ter razão. Mas ela também poderia apenas me dizer isso. Não compreendo tanto drama. Embora ache que é bem do estilo de Vittoria fazer isso. Talvez um dos *únicos* aspectos familiares a respeito dela."

Tomei outro gole de vinho, saboreando os sabores nítidos que explodiam em minha língua.

"Como abriu caminho a socos até o Mundo das Sombras?"

"Sou o rei do submundo. O mundo espiritual está sob o meu domínio. E mesmo se não estivesse, acredita mesmo que um único lobisomem me impediria de chegar até você?"

"Não sei se alguma coisa conseguiria impedi-lo. Como é ser invencível?", brinquei.

A expressão de Ira ficou contemplativa, então ele puxou uma toalha de linho de uma prateleira perto da banheira e a mergulhou na água. Virou um pouco de sabão de um frasco sobre ela e depois fez sinal para eu me virar.

"Levante o cabelo."

Atendi de bom grado o pedido de me mimar. Ele passou o tecido ensaboado em meus ombros, lavando meu corpo com cuidado, depois o mergulhou de volta na água. Ira, o poderoso demônio da guerra, estava me dando banho. E a sensação era incrível.

Para alguém que tinha acabado de congelar seu quarto inteiro em um ataque de fúria, ele podia ser caloroso e gentil. Pelo menos no que dizia respeito a mim. Duvidava que mais alguém já tivesse visto esse lado do demônio, o que me fez apreciar suas ações ainda mais.

Ele provocou arrepios pelas longas linhas que traçava partindo de meu pescoço, seguindo a curva de minha coluna, e chegando ao meu traseiro. Com ternura, levantou um braço de cada vez, tomando cuidado especial com meus pulsos machucados. Havia um leve frio no ar, e eu me dei conta de que ele devia estar se esforçando muito para não deixar sua raiva afetar a temperatura mais uma vez.

Depois que cuidou de minhas costas e braços, passou lentamente para as laterais, ensaboando a parte de baixo de meus seios, deixando meus mamilos rígidos ao chegar mais perto deles. Acho que ele não estava tentando me seduzir de forma intencional, mas isso não impediu meu corpo de reagir aos seus cuidados. Um calor se formou entre minhas coxas e pensei de imediato qual seria o próximo destino daquela toalha. Se minha sorte tivesse virado, talvez ele usasse os dedos em vez da toalha. Eu recostei, dando-lhe melhor acesso àquele lugar em particular...

"Existe uma lâmina enfeitiçada capaz de me matar."

Senti um arrepio que apagou toda a sensação agradável de uma vez. Rapidamente me sentei, girando o corpo. O movimento repentino espalhou água no chão imaculado.

"O quê?"

"Aquela que vocês chamam de Primeira Bruxa criou objetos enfeitiçados. Nossos registros indicam três, mas o número real nunca foi confirmado. Descobriu-se apenas um que seja perigoso de verdade para um príncipe do Inferno: a Lâmina da Destruição."

Como se isso melhorasse as coisas.

"Por favor, diga que ela está com você."

Ira olhou em meus olhos. A força e poder de seu olhar tinham a intenção de fortalecer meus nervos, mas tiveram o efeito contrário. O príncipe suspirou.

"Nenhum dos objetos foi recuperado. Eles desapareceram com a bruxa e seus espiões."

"Você pode ser morto."

Ele inclinou a cabeça de lado e confirmou. A ideia de alguém extinguir sua chama fez um pânico irracional tomar conta de mim. Passamos tantos meses discutindo, brigando um com o outro e combatendo nossa atração. E tudo isso poderia desaparecer. Alguma criatura egoísta e odiosa poderia tirá-lo de mim. Achei que ele era invencível, e essa única lâmina enfeitiçada o tornava muito vulnerável para o meu gosto. Tornava cada pequena coisa, à exceção de aproveitar nosso tempo juntos, insignificante. Com as adagas das Casas demoníacas rivais ele poderia ser ferido, mas não *morto*.

Talvez tenha sido a reaparição de minha irmã em minha vida — o fato de ela ser capaz de tudo, incluindo fingir o próprio assassinato — que me fez desabar. Ou talvez tenha sido o que quer que ela estivesse testando ao me levar àquele mundo. Talvez eles quisessem ver quanto tempo Ira levaria para me encontrar.

Eu não fazia ideia se ele podia ser ferido naquele mundo, com a alma separada do corpo. Mas de uma coisa eu tinha certeza: eu não podia confiar em minha irmã.

Se Vittoria colocasse as mãos naquela lâmina, acredito que atacaria Ira. Ela havia me alertado a não completar o laço do matrimônio com ele, e eu podia vê-la garantindo que isso nunca acontecesse. Não fazia ideia de quem eram seus inimigos, mas sabia que ela faria o possível e o impossível para destruí-los. Se ela acreditasse que meu casamento com Ira fosse me obrigar, de alguma forma, a renunciar a uma parte de mim mesma de que ela necessitava para seus planos, ele se tornaria um inimigo para ela.

Com uma força que pareceu pegar o demônio desprevenido, puxei Ira para a frente, tirando-o do banquinho e o jogando dentro da banheira, de roupa e tudo. Precisava senti-lo. Vivo, respirando e sólido embaixo de mim. Subi em seu colo e puxei sua camisa molhada. Botões voaram pelo chão e caíram na banheira quando pressionei a mão no coração dele. Meu coração batia acelerado.

Se alguém o tirasse de mim... Minha magia ascendeu, pronta para incinerar este e qualquer outro mundo existente. Aquele poder ancestral e retumbante que eu já havia sentido antes abriu um olho bem em meu centro. O que quer que fosse aquele monstro, ele ficava cada vez mais voraz à medida em que permanecia acordado. Ele queria ser libertado, queria arruinar e destruir. Eu mal conseguia contê-lo.

Botões rosa-dourados de chamas brotaram no ar sobre nós. As flores de fogo abriram-se com raízes ardentes e caules espinhosos. Era um jardim feito de brasas e chamas. E, de repente, eu já não sabia se meus olhos estavam abertos ou fechados; só via uma névoa rosa-dourada enquanto minha raiva tomava forma de magia. Respirei fundo e soltei o ar, meio convencida de que as chamas e a fumaça acompanhariam. Vinhas com espinhos afiados e enormes retorciam-se ao redor da banheira e subiam pelas paredes; em instantes, seríamos dominados por elas...

Mãos fortes e poderosas deslizaram por meu corpo e a sensação me aterrou, acalmando o redemoinho dentro de mim. Engoli em seco, com a garganta ressecada, enquanto respirava fundo e prestava atenção no demônio. Ira me lançou um olhar confuso, mas não parou de me acariciar de leve, como se soubesse que eu ainda estava um pouco sob o feitiço da minha fúria. Minha atenção seguiu o caminho cuidadoso que suas mãos faziam e minha respiração se equilibrava a cada carícia longa e leve.

Minha raiva ferveu em fogo brando e se apagou, levando a intumescência da magia com ela. Aos poucos, as flores ardentes voltaram a ser brasas e apagaram. As cinzas foram levadas por um vento mágico que Ira deve ter invocado. As vinhas também recuaram para o lugar de onde eu as havia tirado. Eu nem sabia que podia fazer aquilo, mas Ira não pareceu surpreso.

Observei o cômodo voltar ao normal em silêncio, mas por dentro minhas emoções ainda se agitavam como um mar após uma tempestade brutal. As carícias de Ira diminuíram até pararem. Suas mãos estavam em minha cintura. Olhávamos um para o outro, sem reconhecer que eu havia perdido o controle.

"Achei que minha morte não empolgaria mais você como antes." Seu tom era leve e provocativo, mas eu detectei um quê oculto de tensão. "Eu deveria me preocupar?"

Deveria? Olhei para baixo, notando que, de alguma forma, eu havia montado nele e minhas mãos estavam cerradas, agarrando suas roupas meio rasgadas. Eu parecia estar à beira da selvageria.

Talvez ele devesse se preocupar. Tinha sido difícil me conter quando entrei naquele lugar obscuro e repleto de raiva. Era como se toda a humanidade tivesse sido eliminada e eu não passasse de uma força elementar feita para destruir.

No entanto, ao observar com atenção, percebi que o volume duro aninhado junto ao meu ápice dizia que Ira havia gostado de meu manejo bruto. Afrouxei a mão em suas roupas.

"Quero encontrar essa lâmina."

O sorriso que havia se formado em sua boca ficou perverso.

"Embora eu admita que gosto de brincar com facas, essa está fora do nosso alcance. Podemos brincar com a minha adaga. A magia incutida nela não vai me ferir."

"Não brinque com isso. Se Vittoria colocar as mãos na lâmina enfeitiçada antes de nós..."

"Ela vai ter que entrar em uma longa fila de demônios que a procuram. Os espiões de Inveja, por exemplo, sempre ouvem falar dela. Se ela estiver nos Sete Círculos, ele vai encontrá-la."

"Porque Inveja, entre todos os demônios, é precisamente a quem eu confiaria uma lâmina que pode te matar."

Contei até dez em silêncio. Como os príncipes esqueciam rápido quando esfaqueavam e evisceravam uns aos outros. Cem séculos poderiam passar e eu nunca esqueceria como o sangue de Ira cobriu minhas mãos depois que Inveja fincou a adaga de sua Casa nele.

"Meu irmão é muitas coisas, mas não é um assassino."

Ira ajeitou uma mecha molhada de cabelo atrás da minha orelha. Ele até podia afirmar isso com certeza, mas eu não podia. Minha irmã massacraria nossa família se fosse necessário para alcançar seu principal objetivo. Eu parecia estar isenta de sua vingança, o que significava que ela precisava de mim para seu plano. Por enquanto, pelo menos.

"Quando a lâmina está por perto, posso sentir sua impressão mágica", continuou ele. "Não estou sem defesas, *milady*. A maioria pensaria duas vezes antes de me atacar."

A menos que tivesse confiança de que a arma que tem poderia matá-lo.

"Perto quanto?" Notei um leve recuo, que ele não escondeu rápido o suficiente, e me enchi de terror de novo. "Entendi. Então tem que estar *extremamente* perto para você sentir. Que maravilha."

Eu me levantei, com os fios de água do banho escorrendo por meu corpo ao sair da banheira. A ideia de relaxar já não me atraía mais. Eu queria desmantelar aquele mundo, centímetro por centímetro, e encontrar a adaga enfeitiçada. Ira arqueou uma sobrancelha, mas não disse nada quando passei pela toalha e caminhei para o seu quarto, deixando a água pingar sobre os ladrilhos imaculados.

Minhas roupas limpas estavam no quarto ao lado e, sem pensar, abri a porta que dava para o corredor que conectava nossos quartos. O homem parado do outro lado desfez o punho com que estava prestes a bater. A pele áurea ficou vermelha.

"Pelo sangue do diabo, Em!" Anir se encolheu. "Avise antes de sair andando por aí assim..." Ele apontou para mim. "Desse jeito."

Contive o ímpeto de revirar os olhos.

"Nunca viu uma mulher nua?"

"Bem, já vi, mas..."

"E homens? Já viu um homem tomando banho ou se pavoneando por aí sem roupa? Considerando onde vivemos, imagino que tenha visto muito mais do que isso."

"Eu já vi, mas..."

"Então me dê licença e pare de ficar corado como um menino de calças curtas."

O aliado humano de Ira olhou para o teto, como se pedisse assistência divina. Quando voltou a olhar para baixo, encarou um ponto acima de meu ombro. A pontada de calor indicava que Ira estava atrás de mim.

"Algum problema?", perguntou ele, colocando um robe sobre meus ombros.

"Sim, vossa majestade." Amir não estava mais corado. "A Casa Avareza solicitou sua presença imediata."

Uma sensação terrível correu pela minha pele como uma horda de aranhas enquanto amarrava o robe ao redor da cintura.

"O que aconteceu?"

"O círculo de Avareza foi invadido." Anir alternou o olhar entre mim e o demônio às minhas costas com uma expressão amarga. "Houve um assassinato."

3

A Casa Avareza não dava a impressão de que algo nefasto estava acontecendo.

Pelo menos, nada mais nefasto que os clientes do clube de apostas fazendo fila para entrar no covil de iniquidade alimentada pelo pecado.

Fiquei ao lado de Ira no andar principal pelo qual entramos, esperando nossa escolta. Minhas mãos enluvadas apertavam com força o corrimão de bronze decorado, e eu olhava para o hall da recepção, dois andares abaixo.

No breve percurso de carruagem através do Rio Sombrio até essa Casa de Pecado, Ira havia pedido para eu não falar até entrarmos nos aposentos privados de Avareza. Demônios curiosos estariam prestando muita atenção à nossa Casa rival e à aparição do rei que era melhor Ira disse deixá-los imaginando. Avareza não queria que se espalhasse a notícia do assassinato, que ele chamou em sua carta de um "incidente muito infeliz". Sempre preocupado em aumentar o próprio poder, ele queria que seus súditos se concentrassem apenas em se entregar à avareza.

Aproveitei os momentos de silêncio para inspecionar a Casa Avareza, interessada em ver como os pecados moldavam a corte de cada demônio. Quatro escadarias curvas e grandes convergiam no centro do cômodo, cuspindo clientes de cada canto que chegavam, embora a câmara circular abaixo fosse apenas um lugar para os membros da Casa esperarem as gôndolas.

Água cor de merlot fluía em diferentes direções. As placas acima de cada canal indicavam um salão de jogos diferente, que os clientes poderiam escolher para se entreter. De onde estávamos, a combinação da água com as escadarias lembrava um coração batendo e suas válvulas. Nunca tinha ido a Veneza, mas algo nos barcos de fundo chato e nos canais me lembrava aquela famosa cidade.

A diferença era que tudo estava contido em um enorme castelo, e equipado ao extremo com opulência. O inferno dos jogos que eu tinha visitado em Palermo não era nada se comparado ao esplendor da Casa de Pecado. No mundo mortal, o covil de Avareza era um estabelecimento secreto e subversivo que mudava de lugar sem aviso prévio, digno de ser chamado de "inferninho". Era fácil entender por que o local seduzia inocentes como o pai de Domenico, que acabavam trapaceados pelos tubarões das cartas e completamente tomados pela influência do demônio da avareza.

Na Casa Avareza a história era diferente. Os ornamentos brilhantes e os ladrilhos de mosaico elegantes tinham sido escolhidos com tanto cuidado quanto as expressões neutras dos clientes. Ninguém parecia correr o perigo de perder a inocência; eram vários tipos de predadores cercando uns aos outros, um mais perigoso que o outro. Mulheres e homens usavam suas melhores roupas: sedas, brocados e bordados que atestavam a riqueza de cada um. E se suas vestimentas não inspiravam avareza, as joias brilhantes cumpriam essa função. Metade dos adornos valiam o suficiente para alimentar um vilarejo durante um ano.

O que mais me surpreendeu foi que nem todos apenas usavam as joias: muitos as tinham fundidas à pele. Diamantes, pérolas e todo tipo de pedra preciosa brilhavam em lábios, narizes e sobrancelhas.

Algumas mulheres ostentavam pedras preciosas com muito bom gosto na lateral das mãos e dos antebraços, como se fossem luvas. E algumas demônias mais ousadas usavam apenas saias longas e fluidas, com fendas que subiam em cada coxa, deixando nus os peitos, que também brilhavam com joias.

Para não ficarem para trás, os homens desciam as escadas na direção das filas de apostadores que esperavam pela gôndola usando nada além de joias em seus bem-favorecidos membros e sorrisos afetados no rosto. Pelo visto, havia uma linha tênue entre inspirar avareza, luxúria e inveja. Como eu estava aprendendo, isso valia para a maioria dos círculos demoníacos. Pecado e vício se sobrepunham com frequência, embora o modo como eram expressos em cada círculo fosse um pouco diferente.

Antes que eu perguntasse a Ira sobre os adornos corporais, dois demônios menores entraram e fizeram sinal para que os seguíssemos. Um tinha a pele verde-clara e os olhos de um réptil. O outro, coberto de pelo curto, tinha os olhos cor de betume aquoso de um cervo e uma galhada grande que saía da cabeça. Engoli em seco, lembrando-me da primeira vez em que encontrei esses dois guardas. À exceção de um encontro por acaso com Domenico Nucci Senior, eu estava sozinha na noite em que encontrei Avareza no escritório privado de seu inferno de apostas itinerante, com esses mesmos demônios vigiando.

Eles foram minha introdução aos demônios menores. Porém, depois de meu encontro com o demônio Aper, sedento por sangue de bruxa, eles foram de longe os mais civilizados.

Ira assentiu e fez sinal para eu caminhar. Passamos por uma escadaria sinuosa secreta que nos levou a um túnel privado, onde uma gôndola aguardava em uma doca silenciosa. Tochas lançavam sombras sobre as paredes de pedra, escuras o suficiente para esconder um espião.

O demônio réptil apontou com o queixo para a gôndola.

"Este barco está enfeitiçado para levá-los diretamente até sua majestade. Não tentem sair até ele atracar."

Depois das palavras de alerta, os dois guardas inclinaram a cabeça de leve e desapareceram escadaria acima. Uma leve ruga se formou entre as sobrancelhas de Ira quando ele olhou para o nosso meio de transporte. Parecia igual aos outros barcos, talvez um pouco mais dourado.

"O que foi?", perguntei, desviando a atenção para as preocupantes sombras por um instante, antes de retorná-la ao meu príncipe.

Ira ficou olhando para o canal e para o barco por mais algum tempo.

"O poder de Avareza impulsiona os barcos, e a água alimentada pelos demônios estimula, ou melhor dizendo, reflete, seu pecado. É um sistema que faz com que ele gaste o mínimo de energia possível, ainda que utilize sua magia."

"Então seria como passar pelo Corredor dos Pecados, mas focando apenas na ganância?"

"Sim." Ira olhou nos meus olhos. "Você vai precisar bloquear todas as emoções. Minhas seções de treinamento foram poderosas, mas isso vai ser ainda mais desafiador, por causa da água demoníaca. Ela vai sentir seus desejos ocultos e identificá-los, como foram identificados no Corredor dos Pecados."

O barco e o canal demoníaco cor de merlot, que até então pareciam inocentes, de repente se tornaram ameaçadores.

"Teria sido melhor saber desse problema em potencial antes. Eu teria tomado um tônico."

"Não achei que meu irmão fosse querer se encontrar no coração de seu clube. Avareza tem um recinto fora do castelo, que usa para reuniões." Ele estendeu a mão, ajudando-me a entrar na gôndola e entrando em seguida. "Você consegue combater isso, Emilia. Você é forte e treinou bastante. Lembre-se de que deve identificar aquela leve lambida de magia e bloqueá-la.

Meu pé tocou o fundo do barco no instante em que ele disse "lambida", e o momento não poderia ter sido mais infeliz. O desejo arrastou as garras por minha pele antes de eu conseguir bloquear a magia. Ira não havia exagerado; o canal demoníaco aumentava mesmo a magia do círculo. Eu desejava o toque de Ira com mesquinhez, havia passado a noite toda desejando isso, e o círculo sabia.

Sem perder tempo, eu me sentei no banco de frente para Ira, ajeitando a roupa para ter o que fazer com as mãos. Eu havia escolhido uma roupa com saias de tule rosadas e um corpete de veludo preto com florezinhas douradas e cor-de-rosa costuradas nas alças e posicionadas com cuidado no decote coração. Podia ser considerada modesta para os padrões da moda dos demônios, mas era suave e bonita, e eu me sentia como ela. Talvez até um pouco demais. Assim como o meu príncipe.

A atenção de Ira movimentou-se sobre o corpete quando o barco saiu da doca e começou a deslizar pelas águas calmas. Talvez fosse a magia do mundo, ou nosso laço de noivado, ou o excesso de avareza bombeando pelo canal, mas aquela leve fagulha de desejo voltou a arder quanto mais meu príncipe me admirava. Eu só conseguia pensar no quanto queria estar no quarto de Ira.

Juntei bem os joelhos, tentei contar as ondas que nossa gôndola fazia, mas aquilo apenas agiu contra mim. Pensar nas ondas saltando me fez pensar na língua habilidosa de Ira e em todas as coisas que ele fizera comigo usando-a. Apertei bem os olhos, mas aquilo só me trouxe lembranças dele entre minhas coxas, um rei desfrutando de um banquete real.

Sangue e ossos. Eu precisava de um alívio.

"Emilia." A voz de Ira tinha uma nota de alerta, mas não me tranquilizou nem controlou meu desejo. No máximo, fez com que eu o desejasse ainda mais. "Respire."

Soltei o ar devagar, pensando no motivo pelo qual havíamos sido convidados para aquele lugar. Assassinato. Pelo amor da deusa. Isso deveria ser o suficiente para apagar os fogos da paixão, mas o rosto tenso de Ira demonstrava que ele também estava se esforçando. Fantástico. Minha falta de controle estava passando para ele. Se ele se descontrolasse, estaríamos em apuros.

Concentrei-me no canal, na superfície ondulada das ondas cor de merlot. Havia menos tochas a essa altura do túnel, trechos maiores de escuridão. Minhas emoções estavam quase contidas em um punho cerrado no momento em que vi a protuberância nas calças do demônio. Foi o necessário para eu me submeter ao mar de pecado e a meus próprios desejos.

Sem deixar de olhar em seus olhos, retirei as luvas e me levantei, balançando de leve o barco com o movimento, e me ajoelhei diante dele. O poder, diferentemente da magia que eu havia invocado antes, preencheu-me quando algo obscuro e poderoso brilhou no olhar dele.

"O que você está fazendo?"

Um sorriso recatado curvou meus lábios enquanto eu abria as calças dele. "Conquistando, vossa majestade."

"Emilia..." Antes que ele me lembrasse do porquê aquilo não era uma boa ideia, como se eu já não estivesse ciente, libertei sua rigidez e a lambi devagar, da ponta à base. "Sangue do demônio", gemeu Ira quando fechei a boca ao redor dele e chupei com um pouco mais de força, testando a ação. Ele cerrou as mãos em punho nas laterais do corpo. "Você vai me destruir."

Lembrando do que eu tinha visto na Casa de Pecado de Gula durante o Banquete do Lobo, segurei-o com força e repeti o movimento usando a boca e a língua, movimentando-me com um pouco mais de rapidez e o segurando com um pouco mais de força a cada movimento, adorando sua respiração irregular.

Ira ficou parado, permitindo que eu estabelecesse o ritmo, mas pela tensão de suas coxas dava para sentir que ele estava se contendo. E eu não queria que fosse assim. Aquele momento era para nos libertarmos. Olhei para cima, ordenando em silêncio que ele cedesse à paixão obscura. Que me mostrasse o quão perverso podia ser. Porque era aquilo que eu queria. E ele também.

Ele continuou parado, então fui mais ousada.

"Levante-se, vossa majestade."

A compreensão queimava em seus olhos. Praguejando, ele obedeceu a minha ordem, fincando os dedos em meus cabelos e me guiando para aprofundar o contato. O barco balançava de maneira perigosa, mas o fundo plano garantia que ele não viraria. Talvez essa fosse a razão para o seu uso. Era improvável que fôssemos os primeiros visitantes a ceder ao desejo ganancioso que corria por nossas veias.

Segurei no quadril de Ira, amando a perda de controle do poderoso demônio. Embora estivesse ajoelhada, era eu que o dominava. E ele sabia muito bem disso.

Ele puxou os meus cabelos com mais força, possessivo e quase doloroso, fazendo os meus joelhos se apertarem com o prazer que vinha se formando em *mim*. Não importava que estivéssemos na Casa de um demônio rival. Que a qualquer momento alguém pudesse nos ver em uma posição comprometedora. Só o prazer importava. E talvez fosse a ganância me alimentando, ou talvez eu não me importasse com a ideia de outros nos observando mesquinhamente das sombras. Na verdade, aquele pensamento escandaloso fez o doce calor em minha barriga se espalhar, fez com que eu ficasse ainda mais ousada, mais sedenta pelo máximo de prazer que pudesse ter. Eu o puxei para mais perto, encorajando-o a ir mais fundo, a não me negar o desejo alimentado pela ganância de saboreá-lo. Eu queria que ele me marcasse de todas as formas, assim como eu pretendia marcá-lo.

"Porra." Ele não precisava de mais estímulos.

Ira investia em minha boca como se estivesse golpeando aquela junção escorregadia de meu corpo, apropriando-se de mim com o mesmo fervor que eu logo exigiria dele. Aquela área do meu corpo latejava de tanto anseio, dominando meus sentidos, pois eu desejava ele dentro de mim, mas só no momento certo.

Sua ciência de minha excitação crescente deve tê-lo enfim deixado no limite. Com uma última investida e um gemido mais animal do que humano, ele se perdeu. Acariciou meus cabelos para trás com gentileza, massageando minha cabeça de forma carinhosa, como se tivesse acabado de se dar conta do quanto estava puxando.

Eu o engoli e depois dei uma lenta lambida final, sorrindo enquanto ele se contorcia com os tremores adicionais de prazer.

"Caramba, Emilia."

"Isso foi... incrível." Levantei-me, sentindo-me muito satisfeita. "Não sei quem gostou mais."

"Estou curioso para testar essa teoria." Ele tentou me alcançar com um brilho pecaminoso nos olhos, mas o transe em que estávamos foi quebrado pelo som de alguém pigarreando.

Levantei os olhos e paralisei. O Príncipe da Luxúria estava encostado, de braços cruzados, na porta que levava a um corredor estreito. Eu não tinha visto o corredor nem o príncipe. Não que tivesse me dado ao trabalho de procurar, pois Ira tinha toda a minha atenção.

"Se os dois já terminaram", disse Luxúria, conseguindo soar entediado apesar do que testemunhara, "há uma pequena questão de assassinato para cuidarmos".

Mesmo totalmente vestida, eu ainda sentia o calor do rubor que beijava minhas bochechas por ter sido flagrada. Luxúria observava seu irmão, balançando a cabeça de leve.

"Guarde o pau e venha comigo. Você vai ter muito tempo para dar prazer à sua noiva mais tarde. Avareza me mandou para ver por que estavam demorando tanto. Ele está perdendo a cabeça. E você sabe como pode ser irritante quando um de nós sente outro pecado."

"Deixe-nos a sós." A voz de Ira era glacial, como sua expressão. "Logo estaremos lá."

"Não posso fazer isso", rebateu. "Não quero que vocês se distraiam de novo."

A influência da ganância tinha desaparecido, mas o desejo não. Eu ainda estava tentada a ignorar Luxúria e Avareza em favor de terminar aquilo que Ira e eu havíamos começado. Queria saber o que meu príncipe tinha planejado para mim.

"Por acaso..."

"Vi você chupar meu irmão até ele questionar sua crença no Divino?" Um sorriso tortuoso curvou o canto de seus lábios. "Digamos apenas que fiquei impressionado, Bruxa Sombra. E isso é muita coisa, vindo do lorde do prazer."

"Não era isso que eu ia perguntar." Olhei feio para ele enquanto Ira me ajudava a sair do barco. "Você usou sua influência em nós?"

"Não precisei. Vocês foram gananciosamente atrás do prazer sozinhos. Aquela pequena cena veio só de vocês, e de nosso anfitrião demoníaco. Se faz vocês se sentirem melhor, eu os chamei várias vezes. Presumi que queriam que eu olhasse, então foi o que fiz." Luxúria inclinou a cabeça. "Está pretendendo colocar essa boquinha depravada em mim enquanto meu irmão te agrada por trás?"

Meu corpo todo ficou vermelho.

"Você é nojento."

"Seu rubor diz outra coisa", comentou Luxúria. "Se está se perguntando, sim, seria duas vezes melhor do que você imagina. Embora eu suspeite que meu irmão arrancaria minhas bolas por tentar. Lembre-me depois de mandar um presente da Casa Luxúria."

O príncipe do prazer enfiou as mãos nos bolsos e se virou, caminhando pelo corredor como se tivesse saído para um passeio noturno.

"Vamos logo!", gritou, olhando para trás. "Alguns de nós ainda não desfrutaram de seus desejos mais básicos. Assassinato, infelizmente, parece ser afrodisíaco apenas para a Casa Ira. O que não é surpresa para ninguém."

O REINO DAS BRUXAS

PODER ARCANO

4

O Príncipe da Avareza, atrás de sua mesa dourada, fez uma careta.

"Vocês estão atrasados."

Paramos assim que entramos em seus aposentos privados, observando os ocupantes. Avareza, Luxúria e dois guardas demônios. Ira roçou os ossinhos dos dedos no dorso de minha mão, então entrou no que parecia ser o gabinete de Avareza, ocupando uma das poltronas de veludo sem dizer uma palavra. Sua expressão não mudou, mas eu senti a frieza nela. O frio e imperial integrante da realeza havia substituído o amante caloroso de alguns minutos antes.

Cada centímetro de Ira distinguia o rei que ele era, soberano de seu trono. Dele, emanava um poder que não era apenas pura mágica natural, era sua confiança, sua sabedoria que dominava cada espaço no qual ele entrava, mesmo em uma Casa de Pecado que não lhe pertencia. As palavras que Ira dissera em um jogo de cartas que jogamos certa vez me vieram à cabeça: *"Eu acredito que sou poderoso, logo sou"*.

Os outros também acreditavam nisso. Avareza o observava com certa repreensão, mas não atacou.

Entrei no cômodo, mas fiquei no fundo, analisando os príncipes e a agressividade que continuava a irradiar de cada um deles. *Adentre um recinto, aja como se fosse a dona, e não abaixe a cabeça para ninguém*. Eu precisaria me lembrar disso. Avareza mal continha sua raiva, o que só alimentava o pecado de Ira, dando-lhe a vantagem.

O silêncio se estendia, a tensão na sala aumentava quanto mais os irmãos se encaravam. Os olhos de Ira brilharam quando Avareza segurou o copo com mais força. Ele parecia quase prestes a jogar o copo de bebida no irmão, mas deve ter pensado melhor quando notou o sorriso perigoso do demônio da guerra.

"Você estava dizendo alguma coisa?" O tom de Ira era de conversa, mas havia um quê perigoso na forma casual com que ele se inclinou para a frente, como se quisesse fazer o irmão pensar que ele estava prestes a compartilhar um segredo. A promessa de violência fervilhava logo abaixo da superfície de sua aparência elegante, algo primitivo demais para permanecer muito tempo escondido sob suas roupas finas.

Avareza deve ter sentido o mesmo perigo. Ele puxou o ar devagar, depois soltou.

"Fiquei sabendo que você chegou aqui há 45 minutos. Deixar seu anfitrião esperando é rude, ainda mais dadas as circunstâncias de nosso encontro."

De onde estava agora, encostado em uma cornija de lareira entre duas pinturas que iam do chão ao teto, Luxúria soltou uma risadinha, mas não fez comentários sobre o comportamento de nenhum dos irmãos. Fiquei surpresa por ele não contar o motivo de nosso atraso.

Depois da forma com que Luxúria tinha tirado toda a felicidade e prazer de mim em Palermo, durante a festa na fogueira, ele era de longe o irmão de Ira de quem eu menos gostava. Ele não percebia que transformar as pessoas em uma casca vazia por esporte não era a melhor forma de fazer amigos, ou não se importava com isso. Se Ira não tivesse me tirado do lugar obscuro em que eu me perdera, é provável que eu ainda estivesse encolhida na cama.

"Você tem sorte de estarmos aqui." Ira se recostou, ignorando a risada de Luxúria diante de sua escolha de palavras. Soltei um suspiro silencioso, sem perceber que o estava prendendo por tanto tempo, e balancei a cabeça. Adolescentes malditos. "Um assassinato no meio da noite em seu círculo dificilmente seria uma grande preocupação da Casa Ira. Talvez pudesse esperar até amanhã de manhã."

"Discordo." Avareza abaixou o copo. "Theo? Traga o crânio enfeitiçado."

Um demônio de pele azul, olhos vermelhos brilhantes e presas de vampiro saiu de um painel secreto escondido em meio à estante de livros ao lado da mesa. Em suas mãos, algo familiar: um crânio humano. Diferente dos que eu havia recebido, este tinha rubis escuros nos olhos, o que o deixava ainda mais aterrorizante.

Engoli em seco, temendo o que estava prestes a acontecer. Quando o crânio foi colocado na beirada da mesa de Avareza, ele magicamente ganhou vida, falando com uma voz que fez todos os pelos de meu corpo se arrepiarem. Só que dessa vez, a voz não parecia a de minha irmã gêmea; soava como um verdadeiro pesadelo.

"Tique-taque, as horas passam, contando quanto tempo falta para o seu terror. A menos que desista, com certeza verá mais sangue dessa natureza. Para me vingar, o último ataque será a cabeça mais alta, caro Príncipe da Avareza."

Avareza voltou a olhar para Ira.

"A monstruosidade deve ter descoberto nossa aliança. Ela, sem dúvida, acredita que eu estava agindo em seu nome o tempo todo e, por isso, quis me ensinar uma lição por traí-la." Ele apontou com o queixo para um segundo demônio com cabeça de sapo, que deu um rápido passo à frente, empurrando um carrinho com uma mortalha. "Isto foi o que sobrou de minha prezada terceira em comando."

O demônio sapo puxou a mortalha de cima do corpo, e o fedor me atingiu ao mesmo tempo que a visão horrorosa. De imediato, levei a mão à boca. Quase não havia nada reconhecível do demônio. Pedaços de carne ensanguentada, tendões fibrosos, alguns ossos. Ossos que pareciam ter sido roídos por grandes dentes serrados. Meu estômago revirou.

"Deusa do céu."

A atenção de todos os príncipes se voltou para mim, mas não retribuí nenhum dos olhares. Cravei os olhos no cadáver. Eu seria rainha. E uma rainha, ainda mais a rainha da Casa Ira, não evitava as partes terríveis do reinado. Ela as recebia de bom grado.

"O que você acha que atacou..." Do que havia sobrado, não dava para dizer o gênero da vítima.

"Vesta." Avareza se moveu para parar sobre o que restava do corpo, e sua voz era baixa. Era a primeira vez que eu o via agir com certa humanidade. Dentre os príncipes que eu havia conhecido, sempre pensei que ele não se importava em desempenhar outro papel que não fosse o de príncipe do Inferno. "Ela era a comandante de meu exército. Singular. Cobiçada por muitos."

"Por que ela era cobiçada?", perguntei.

Antes de me responder, Avareza fez um sinal para ela ser.

"Por causa de seu imenso talento para estratégia e batalha."

Eu não disse em voz alta, mas seu imenso talento para batalha não a havia salvado de seu destino.

Um demônio desconhecido entrou na sala no momento em que o que havia restado do corpo era levado. Ele se demorou ao tirar um par de luvas ensanguentado e o jogar na lata de lixo. Seus cabelos tinham um tom que ficava entre o prateado e o dourado, como se ele fosse muito preguiçoso para se dar ao trabalho de escolher uma cor. Observei os olhos astutos que me analisavam com atenção, um azul tão claro que só poderia ser descrito como gelo. Devagar, ele voltou sua atenção aos príncipes.

"Como eu suspeitava." Ele falou baixo, arrastando as palavras. "Ataque de lobisomem."

"Tem certeza?", perguntou Ira, levantando-se para ficar ao meu lado.

"Ou foi isso ou foi um cão do Inferno", respondeu o demônio de olhos azuis. "Você tem soltado os seus em outros círculos?" A única resposta de Ira foi um olhar penetrante. "Achei mesmo que não. Existem outras criaturas com a força e o poder de causar essas marcas no osso. Dado o que sabemos sobre a nossa principal suspeita e com quem está aliada, esta é a conclusão que faz mais sentido. Ainda mais quando a associamos aos rubis, embora eu não possa eliminar com certeza qualquer outra fera. As lacerações definitivamente foram feitas por garras, e não por uma lâmina."

"Que os deuses me matem!", resmungou Luxúria. "Você precisa sempre falar como se estivesse recitando um texto médico?"

Desviei o interesse de meus próprios pensamentos e olhei para os demônios. Os príncipes não costumavam falar com outros demônios de maneira tão depreciativa, o que significava que o ser de olhos azuis tinha alguma ligação com eles. Havia apenas um príncipe ao qual eu não tinha sido formalmente apresentada, embora tivesse ficado curiosa depois de ter um breve vislumbre dele na Casa Gula durante o Banquete do Lobo.

Analisei o demônio de olhos azuis mais uma vez.

"Você é o príncipe da Preguiça", concluí. Ele inclinou a cabeça, mas não elaborou. "Achei que você seria..."

"Mais preguiçoso?", perguntou Luxúria. "Ele é. Acredite em mim. Tudo que ele faz é descansar com seus livros. A Casa dele é uma biblioteca gigantesca e bagunçada. Não acontece orgia nem nada pecaminoso em todo o seu círculo. Não sei dizer qual foi a última vez que ele fez algo devasso. Aposto que ele nem acaricia o próprio pau há uma década. Isso é ofensivo a todos os demônios."

Preguiça olhou para o irmão e abriu um sorriso lento e nem um pouco agradável.

"São muitos os textos em minha coleção que descrevem posições sexuais aventureiras. Talvez eu saiba mais formas de fazer um corpo tremer de prazer do que você."

"Você pode saber *como*", "mas *fazer* de fato é uma coisa bem diferente. Você precisa largar os livros e se esforçar um pouco mais".

"Consigo ler mesmo com a boca de alguém no meu..."

"Basta", interrompeu Ira ao mesmo tempo que uma adaga voou pelo ar, fincando-se no ombro de Luxúria.

"Que porra é essa, Avareza?" Luxúria arrancou a lâmina, olhando feio para Avareza e se aproximando, exalando agressão em ondas. "Quer brigar, irmão?" Ele tirou a jaqueta, e seus olhos brilhavam enquanto arregaçava as mangas. "Vamos."

"Luxúria, retire-se." Ira entrou na frente do irmão, bloqueando-o com seu corpo enorme. "Ou você fica e é útil ou vai dizer suas baboseiras triviais em outro lugar."

"Avareza arremessou a adaga de sua Casa em mim, e isso não é uma baboseira trivial. Estou aqui fazendo um favor para ele. Eu poderia estar bebendo e festejando em vez de ouvir crânios enfeitiçados e as observações nada brilhantes de Preguiça."

"Você ainda está inteiro. Avareza não acertou nada vital." Ira se virou para Avareza, sem dar a Luxúria a chance de responder. "Onde você encontrou o corpo de Vesta?"

Uma fração de segundo se passou antes de Avareza responder.

"Na casa de banho dela. Após terminar de treinar, ela foi se lavar antes de nos encontrarmos para jantar. Como ela não chegava, soube que havia algo errado. Vesta nunca se atrasava para nada." Ele caminhou até o copo que tinha deixado sobre a mesa e bebeu o restante do líquido. Quase mais rápido do que eu pude processar, ele arremessou o copo contra a parede, observando-o se estilhaçar. "Vesta era especial. Nunca haverá outra como ela. Você *sabe* quem fez isso. Ela até colocou rubis nos olhos do crânio para mandar uma mensagem. Em honra de minha Casa, exijo uma retaliação de sangue. Se você não me conceder isso, a Casa Avareza irá declarar você e sua casa como inimigos."

Ira se virou para mim.

"Emilia."

Sua voz baixa, a forma com que Luxúria e Preguiça de repente encontraram um fiapo interessante e invisível em seus ternos, o olhar duro de Avareza. A insistência de que o assassino era um lobisomem. Eles estavam expondo provas. Contra minha irmã.

Eu sabia muito bem o que significava a retaliação de sangue, mas não podia deixar que ferissem Vittoria sem que viessem à tona mais fatos. Ao mesmo tempo, sabia que não seria nada bom se Avareza declarasse guerra contra nós.

Ira olhou para mim com a expressão de sua máscara fria de príncipe dominante do Inferno, antes de voltar a olhar para seu irmão.

"Preguiça, qual a probabilidade de uma fera, e não um transmorfo, ter infligido aqueles ferimentos?"

"Baixa. Não tenho as porcentagens exatas, mas é muito improvável que outra criatura tenha ultrapassado as paredes e proteções que cercam o castelo sem ser notada. Agora, um transmorfo capaz de atravessar mundos teria muito mais chance de se transportar para o interior dessas paredes."

"E Inveja disse que a abominação não teve problemas para passar por suas proteções", acrescentou Avareza. "Ela foi até sua ala privada, onde deu um show e tanto, mas Inveja suspeitou que ela ter tomado Alexei de forma tão pública fosse um ardil para distraí-lo. Não dá para saber o que ela pretendia aprontar. Ele tentou descobrir se algo foi roubado, mas não relatou nada."

"Duvido que Inveja seria afável se descobrisse que algo está faltando", disse Preguiça.

Balancei a cabeça. Aquilo era prova suficiente para confirmar que a culpa era de minha irmã? Eu me virei para Avareza.

"Vittoria tinha uma aliança com você. Por que ela atacaria a sua Casa? Quais eram os termos de seu acordo?"

Parecia que Avareza não iria responder minha questão, mas Ira lançou um olhar duro que o fez repensar se ignoraria sua futura rainha. Relevei a atitude de Avareza naquele momento, mas não toleraria tal comportamento desrespeitoso uma segunda vez.

"Sua irmã queria um aliado nos Sete Círculos por razões que não vou revelar na frente de cortes de demônios rivais. Parte dos termos incluía a promessa de não ferir nenhum lobo. O termo pareceu justo, uma vez que ela já tinha formado uma aliança com eles e exigido o mesmo em troca. Eu estava interessado na ideia de domar tais feras. Ver o que elas poderiam oferecer. Em geral, divergíamos, então foi uma aposta interessante de se fazer.

"Não parece que Vittoria teria motivo para tornar você um inimigo." Olhei para ele. "Por que ela não cumpriria com a palavra? Você fica dizendo quanto Vesta era especial, mas não compartilha conosco *como* ela era especial, além de seus talentos para batalha. Talvez minha irmã tenha descoberto algo nesse sentido?"

"Não me digno a agir como se entendesse a forma como a mente perturbada de Vittoria funciona. Sua irmã talvez tenha descoberto que eu estava agindo como espião de Ira e quis se vingar. Imagino que seja simples assim."

Olhei para o meu príncipe, sem conseguir esconder minha surpresa. "Você o fez espionar minha irmã?"

"Queria olhos sobre toda ameaça potencial a você." Ira não soava nem parecia arrependido.

"Está vendo?", Avareza disse. "Até seu noivo sabe que deve observá-la com atenção. Ela é uma desgraçada vingativa e rancorosa." Avareza me olhou nos olhos, pronto para exigir vingança. "Ela enviou o crânio enfeitiçado para nos insultar. Ela não só matou, mas *mutilou* minha terceira em comando, deixando-a irreconhecível. Sua irmã precisa pagar por seus crimes e encontrar seu criador. E se meu irmão não sancionar sua morte, eu vou atrás de você e de sua família, e não vou parar até a última gota do sangue corrompido dela ter sido retirada deste mundo. Vittoria tirou algo de mim, e agora vou retribuir o favor, para ficarmos quites."

Meu coração falhou. Sim, as evidências eram incriminadoras, mas qualquer um poderia ter feito parecer que foi isso que aconteceu.

"Você não pode..." Afastei-me dos príncipes, precisando de um segundo para pensar. "O crânio. A voz não era a de minha irmã gêmea."

"E como você saberia como deve ser a voz de seus crânios encantados?" Avareza desafiou. "Ela mandou ameaças para a Casa Ira também?"

Eu me virei. Esperança preenchia minhas veias quando olhei para Ira. Vittoria tinha admitido para mim mais cedo que ela havia me enviado pelo menos um crânio encantado. Não sabia ao certo se Ira queria compartilhar um segredo de sua Casa, mas ele não deu indício algum de que eu tinha que guardar aquilo para mim mesma.

"Recebi crânios encantados nos últimos tempos, mas não eram ameaças. E em cada crânio a voz se parecia com a dela de forma assustadora. O que não é o caso deste. Ela também nunca enviou um crânio com rubis." Olhei nos olhos de Ira. "Ainda temos os crânios, não temos? Vamos pegá-los e trazê-los aqui para todos poderem ouvir."

"Isso não prova nada", argumentou Avareza. "Ela poderia apenas ter pedido para alguém dizer o verso. Talvez quisesse plantar a semente da dúvida. Além disso, os rubis são uma pedra pela qual ela é muito conhecida."

"Mais um motivo para pensar que alguém pode ter armado para ela."

"Quem?", questionou Avareza.

"Sabe de alguém que gostaria de ferir Vesta?", perguntei. "Alguém que gostaria de ferir *você* ao atacá-la? E como você tem tanta certeza de que aqueles restos mortais pertencem à sua terceira em comando?", perguntei a Avareza, ganhando a atenção de todos os príncipes. "Não sobrou muita coisa identificável. Além de ter encontrado o corpo no quarto dela, como sabe que é Vesta e não uma de suas criadas? E como sabe o gênero, aliás?"

"Eu..." Avareza andava ao redor de sua mesa. Ele olhou para Preguiça. "Você analisou o sangue?"

"Analisei, mas havia dois perfis diferentes, demônio e lobisomem, o que dificultou a identificação, embora lobisomem fosse a suspeita mais forte. Mas não seria uma surpresa, dado que o conteúdo do sangue de lobisomem é mais forte do que o de qualquer outra criatura. E Lady Emilia tem razão; não consegui determinar o gênero."

"O que significa que você não pode saber com certeza que Vesta está morta, e não que foi apenas sequestrada ou foi embora por vontade própria." Olhei para os olhos de Preguiça. "Correto?"

Preguiça soltou um suspiro lento.

"Correto, embora eu acredite que seja improvável."

"E o sangue de lobisomem?", perguntei a Avareza. "Por que a comandante do seu exército teria algo além de sangue de demônio?"

Avareza fez cara feia.

"Imagino que possa ser de quem a atacou. Mais uma prova de que lobisomens agiram em nome de sua irmã gêmea."

"Você não pode saber com certeza quem agiu sob o comando de quem. Isso é pura especulação." Voltei a olhar para Ira, falando diretamente com ele. "Se vai condenar minha irmã, desejo que o faça com base em fatos, não apenas na probabilidade de sua culpa. Você diz que rubis são pedras pelas quais ela é muito conhecida, mas qualquer um que soubesse disso poderia armar para ela com facilidade. Até Avareza."

"Você está passando dos limites, Bruxa Sombra." A voz de Avareza era um rosnado baixo.

"Se não tem nada a esconder, minha conjectura não deveria ofendê-lo, vossa alteza. Os crânios que ela me mandou não tinham rubis. É estranho que este contenha. Se eu fosse você e estivesse em busca da verdade, estaria curiosa para saber o que Vesta fez nas horas anteriores à sua morte. Alguém ouviu algo inusitado ou estranho perto dos aposentos dela?"

"Não", respondeu Avareza, curto e grosso.

"Vesta estava em conflito com alguém da corte?", pressionei.

O príncipe do círculo em que estávamos me olhou feio.

"Ela era comandante do meu exército. Tinha um talento descomunal e era focada em seu dever. Tinha pouco interesse em agradar quem quer que fosse, mesmo da corte. Ela devia ser temida, não adorada."

"Com todo o respeito, vossa majestade, alguém conseguiu passar pelas defesas dela e a atacou. Se ela foi atacada com tanta facilidade, quem pode dizer que o mesmo não poderia acontecer com você?" Olhei ao redor da sala, mas ninguém, exceto Ira, olhou em meus olhos.

"Meu irmão já determinou que a criatura com a maior probabilidade de ter rompido nossas proteções e entrado nos aposentos dela sem ser detectada era um transmorfo." Avareza apontou para Preguiça, que inclinou a cabeça. "Sua terrível irmã tem uma criatura dessas como amante. É óbvio que ela deseja incitar uma guerra interna. Por que outro motivo ela se daria ao trabalho de formar uma aliança que não tinha intenção alguma de honrar? Você precisa aceitar a verdade e parar de julgar inocentes. Vesta está morta. Sua irmã é responsável. Fim de história. É nítido que seu sentimentalismo mortal está obscurecendo sua capacidade de enxergar o óbvio.

Minha irmã podia ser culpada de coisas terríveis, mas ela era sangue do meu sangue. Eu lutaria por ela até saber toda a verdade. E isso era algo que deveria ser feito por qualquer um que fosse acusado de um crime tão sério. O fato de Avareza estar satisfeito em liderar o que só podia ser descrito como uma caça às bruxas, sem nenhuma prova verdadeira de culpa, era espantoso. Para piorar, seus irmãos estavam alimentando a acusação, o que era enlouquecedor. Senti a atenção de meu noivo sobre mim e me virei para ele.

Quando olhou em meus olhos, o olhar de Ira era penetrante. E indecifrável. Algo parecido com temor foi crescendo em minha barriga quanto mais ele me olhava nos olhos. Não era meu futuro marido olhando profundamente dentro de meus olhos; era um demônio apavorante o bastante para dominar a todos.

Avareza deu a volta em sua mesa, apoiando as mãos de ambos os lados da adaga que tinha acabado de recuperar após arremessar em Luxúria.

"Qual a sua decisão, irmão? Você declara guerra à Casa Avareza ou à monstruosidade que pretendia chamar de irmã?"

Uma centelha de algo frio e calculista na expressão de Ira me fez querer cair de joelhos e suplicar por misericórdia, mas me obriguei a manter o contato visual, deixando minhas emoções trancadas. Ele parecia prestes a tomar uma decisão, então falei em prol de minha irmã gêmea mais uma vez.

"Um general e rei deve tomar decisões duras, mesmo sendo impopulares. O julgamento, para ser justo, deve ser baseado em fatos, não em emoções."

Um músculo trincou em seu maxilar.

Ira começou a falar sem encarar nenhum de seus irmãos.

"Ao atacar um membro da Casa Avareza, causando ferimentos severos e morte, Vittoria Nicoletta di Carlo declarou abertamente guerra aos Sete Círculos e, como tal, é considerada inimiga do reino. Se ela for vista em qualquer lugar de qualquer círculo, qualquer príncipe do Inferno pode atacá-la como julgar adequado para garantir a segurança de seu povo. A Casa Ira aceita, portanto, o pedido da Casa Avareza de uma retaliação de sangue. Se algum membro oficial das sete Casas de Pecado for descoberto abrigando a condenada sem me notificar de sua captura, também será executado."

Encarei Ira. Sabia que o havia escutado direito, mas não conseguia acreditar. Mal conseguia *pensar* por causa do apito repentino nos ouvidos. Meu noivo, o demônio com o qual eu estava prestes a completar um laço eterno de casamento, tinha acabado de sentenciar minha irmã à morte. Seus irmãos murmuravam em aprovação, e eu olhava feio para eles enquanto a raiva fervilhava dentro de mim. Eles não tinham os fatos. Não tinham evidências, não tinham provas de culpa.

"Vou mandar escrever o juramento de sangue." Avareza balançou a cabeça para alguém que não me preocupei em ver quem era. "Pode levar um tempo, pois precisamos usar uma linguagem aceitável para as Casas Luxúria, Preguiça, Avareza e Ira. Por enquanto, por favor, aceitem uma suíte de hóspedes para descansar ou desfrutem de um de meus muitos salões de jogos."

Ira assentiu e se virou para mim. Sua expressão não era de desgosto ou clemência. Parecia obrigação e justiça fria. Parecia triunfo.

A fúria fez minha visão ficar quase tão vermelha quanto no dia em que eu mergulhei na Fonte, e uma dúzia de rosas queimou ao redor da sala. Luxúria e Preguiça se afastaram, com um vislumbre de medo no rosto. O calor das chamas enfurecidas fez suor escorrer pela testa deles.

Era a primeira vez que minha magia produzia fogo que tivesse a capacidade de causar danos. E era adequado, porque eu queria vê-los queimarem. O fogo crepitava e estourava, necessitando de um lugar para ir, para destruir.

Olhei para a pintura ao lado de Luxúria e minha magia reagiu de uma vez. Cada botão de rosa colidiu com a tela, incendiando-a.

Avareza gritou uma ordem e um demônio apareceu, pegando um jarro de água de um aparador. Ele nem precisou se dar ao trabalho. Em silêncio, fiz as chamas recuarem, olhando nos olhos arregalados de cada um enquanto o cheiro da tela queimada permeava o ar. Talvez minha irmã estivesse certa. Talvez fosse a hora de os demônios nos temerem, para variar.

"Desculpe, fui dominada por minhas emoções."

Suspendi minhas saias e dei meia-volta, acompanhando o criado trêmulo para fora da sala. Eu tinha acabado de ter minha irmã de volta, e o Inferno teria seu dia mais gelado antes que eu permitisse que qualquer dano fosse causado a ela. Por mais ardilosa e conspiradora que fosse, ela era sangue do *meu* sangue, e eu a protegeria com cada gota do meu próprio sangue, quer ela merecesse minha lealdade, quer não.

5

"Não vou pedir para você não tramar nada", disse Ira quando entramos no quarto de hóspedes, e ele lançou uma proteção para manter nossa conversa privada. "Apenas para ter cuidado."

"Como você pôde... *O quê?*"

No mesmo instante, parei de andar de um lado para o outro e me virei, encarando-o. Mal podia acreditar que ele estava me dizendo para desconsiderar sua ordem real. Ele olhou para mim com atenção, e foi assim que eu soube. Ele próprio estava tramando. Pensei em suas palavras cuidadosas: *Se algum membro oficial das sete Casas de Pecado for descoberto abrigando a condenada sem me notificar de sua captura, também será executado*. Ira estava ciente de que, antes de completarmos o casamento, eu ainda não era oficialmente membro de nenhuma Casa de Pecado, e seu decreto real não se aplicava a mim.

Meus olhos ardiam com lágrimas não derramadas. Para o bem ou para o mal, ele era meu parceiro e estava protegendo meus interesses. Só que esse decreto complicava um aspecto: ele não poderia me auxiliar de forma direta em minha investigação, ou quebraria o juramento. Toda minha ira se esvaiu.

"Seus irmãos vão querer sua cabeça se descobrirem essa negociação traiçoeira."

"Não seria a primeira vez." Seu sorriso era predatório. "E não será a última. Você esquece, mas a raiva deles alimenta o meu poder. Eu saúdo as tentativas de guerra deles."

Aproximei-me e o abracei com força. Seus braços logo me envolveram, abraçando-me também, e eu suspirei de felicidade.

"Você é um demônio perspicaz e magnífico. E fico feliz por você ser meu. Mesmo eu querendo estrangulá-lo."

"Ou me incinerar?" Ira parecia satisfeito e nada preocupado com minha demonstração de poder.

"Sinto muito se aquele lapso de controle causar complicações para você."

"Não vai. E mesmo se causar, eu gosto bastante da sua raiva."

Agora que minha fúria estava sob controle, concentrei-me no que tínhamos acabado de ficar sabendo sobre o assassinato. Não conseguia engolir partes da história, mas eu não sabia dizer o porquê.

"Você sabe alguma coisa sobre o histórico de Vesta?"

"Só sei que Avareza procurou especificamente por ela durante alguns anos, antes que fosse para a Casa dele. Não costumamos compartilhar segredos relativos ao nosso conselho mais próximo, então não sei muito mais que isso."

"E Inveja sabe?"

Ira soltou o ar devagar, refletindo.

"Ele pode saber, com seus espiões. Mas eu tenho meus próprios espiões e eles nunca descobriram por que Avareza queria que Vesta comandasse seus exércitos."

"É estranho, não é?"

"Dependendo do talento ou da magia que ela possuía, faria sentido ele cobiçá-la. Seu pecado o impulsiona a adquirir coisas que inspirem ganância, incluindo demônios."

Ainda assim, Preguiça tinha mencionado que havia tipos de sangue diferentes.

"Ela *era* uma demônia?"

"Não tenho motivos para desconfiar que não fosse." Ira apoiou o queixo em minha cabeça e depois me deu um beijo. "O que você está pensando?"

"Que talvez ela fosse outra coisa, e não apenas demônio. Por que outro motivo Avareza engrandeceria a razão de ela ser tão especial e não poder ser substituída? E por que havia tanto sangue de lobisomem?"

"Durante uma luta tão brutal, restaria sangue dos agressores, além do da vítima."

"Eu compreendo isso. Mas Vesta foi destroçada. Mesmo que ela tivesse machucado severamente um lobo, ela teria perdido mais sangue que o assassino, sangue de *demônio*..."

"É um argumento válido. Mas a potência do sangue de lobisomem inunda nossos sentidos. É similar ao cheiro de um adstringente forte. Se você sentir o cheiro de amônia, fica difícil identificar outras notas. A amônia sempre domina."

"Sangue e ossos. Então tudo que um assassino precisa fazer para escapar ileso é jogar um pouco de sangue de lobisomem na cena do crime."

"Essa é parte da razão pela qual lobisomens não querem ter nada a ver com demônios e vampiros. Eles costumavam ser caçados por esse exato motivo."

Curvei o lábio de desgosto. Não era de se estranhar que os lobos desprezassem vampiros e demônios.

Colocando de lado essa parte horrível da história, pensei em outras opções viáveis para o caso em questão.

"Se falássemos com a família de Vesta, talvez pudéssemos ter informações sobre quem poderia querer machucá-la. Com quem ela passava o tempo quando não estava treinando o exército de Avareza. Se soubermos o que ela fazia além de suas obrigações, podemos ter uma pista sólida para seguir."

"Vou ver o que consigo descobrir quando for assinar o juramento." Ele passava a mão em minhas costas com movimentos lentos e carinhosos. "Por falar nisso, teremos que encontrar uma desculpa para você não assinar o juramento de sangue. Se assinar aquele documento, meus artifícios não vão importar."

Encostei a cabeça no peito dele, pensando.

"Bem, eles sabem que eu estava furiosa com você quando saímos. E se descermos para um dos salões de jogos e eu, por acaso, beber muito vinho de fruta-das-trevas? Não vou ficar embriagada de verdade, e, se ficar, você pode remover os efeitos com magia, como fez quando me testou para gula. Vou fazer um escândalo terrível e você pode me encorajar a voltar para o quarto e dormir até passar. Só temos que atuar de forma convincente na frente de um de seus irmãos, para ele confirmar nossa história."

Ira se afastou para olhar nos meus olhos.

"Se fizer um escândalo, terá que ser muito feio, para chamar atenção em uma sala de jogos de uma Casa de Pecados. Vai ter que causar um verdadeiro alvoroço digno de nota, e isso é extremamente difícil. Além de destruir parte do castelo ou liberar outro pecado, não sei nem se é possível. Está à altura desse desafio?"

Ele estava perguntando *para mim*, mas eu tinha a sensação de que estava se perguntando a mesma coisa a respeito de *si mesmo*. Porém, talvez *essa* fosse a chave. Lembrei do salão de recepção de Avareza enquanto esperávamos para sermos escoltados, e uma ideia perversa surgiu em minha mente. Eu estava bastante confiante de que poderia criar um alvoroço. E o temperamento lendário do meu noivo ajudaria a garantir isso.

Eu não precisaria causar um escândalo; apenas provocar Ira.

"Vá procurar Luxúria ou Preguiça em um salão de jogos e peça para me avisarem onde você está. Você pode plantar as sementes, dizendo que está dando espaço para eu me acalmar, então eu faço minha entrada triunfal."

"Eu não..."

"Você precisa confiar em mim, Samael." Sussurrar o seu nome verdadeiro o deixou completamente imóvel. Eu confiava nele, sabendo sua verdade. Era hora de ele retribuir o favor. "Você precisa ser tão afetado pela minha performance quanto todos os outros. Se souber meu plano antes do tempo, não só vai arruinar minha surpresa, mas você não será capaz de mentir. Agora vá." Fiquei na ponta dos pés e o beijei depressa antes de empurrá-lo na direção da porta. "E, por favor, peça para me mandarem uma criada assim que possível."

*

Entrei no salão de jogos escurecido, rebolando um pouco mais do que o necessário e já pegando uma taça de vinho de fruta-das-trevas de uma bandeja. Tomei um gole lento, curvando os lábios pintados de maneira sedutora e passando os olhos pelo recinto. Mesas de cartas cobertas com feltro demarcavam o perímetro, rodeadas de lordes e ladies deste círculo. Todos os móveis de madeira eram escuros, esculpidos de maneira elegante e felpudos o bastante para atrair os apostadores a sentarem-se e permanecerem por algum tempo. Garçons passavam o tempo todo servindo álcool e comida, garantindo que os demônios não precisassem sair de suas cadeiras.

O tapete era decorado, o que podia ser notado se alguém parasse para admirá-lo, mas também se misturava à sensação obscura e cativante do salão de jogos. Tochas tremeluziam por todos os cantos, criando uma ambientação confortável. Estava nítido que Avareza queria que os clientes esquecessem o mundo exterior em sua Casa de Pecado. Perto do centro da sala, havia um palco elevado com alguns demônios tirando a roupa. Havia várias mesas diante dele, oferecendo aos clientes a oportunidade de sentarem-se e assistirem ao show sensual. Estavam quase vazias, à exceção de alguns demônios bebendo sozinhos ao pé do palco. Se minha primeira ideia não desse certo, aquele palco poderia ser uma segunda opção perfeita.

À direita, no bar, havia um longo e reluzente balcão que exibia torres de garrafas de bebida alcoólica e vinhos, tudo pronto para o consumo. Como eu havia suspeitado, senti as primeiras pontadas do poder de Avareza reforçarem minhas ações. Eu desejava atenção, portanto, aqueles que estavam felizes em me fazer um favor estavam atraídos por mim. Em vez de afastar a magia, eu a saudei; eu a usaria como combustível para minha missão secreta.

Ira tinha entrado no gabinete de Avareza com confiança, então adotei seu comportamento e fiz o mesmo, apesar do coração acelerado.

Avistei meu alvo em uma mesa onde estavam jogando dados com uma aparência séria, e parei para analisar os ocupantes antes que eles me vissem. Os demônios sentados ao redor dele pareciam bastante refinados, e eu esperava que aquilo significasse que fossem da alta nobreza. Além de fazer um escândalo, eu precisava perguntar por alguém que conhecesse Vesta. Não era apenas para eliminar minha irmã gêmea como suspeita, eu queria saber a verdade. Avareza tinha se convencido a respeito de Vittoria com muita rapidez, o que achei suspeito, embora os outros príncipes não tivessem achado.

Aproximei-me de Luxúria, gostando da sensação das franjas de pérola batendo na parte de trás de minhas coxas. Mal se podia chamar o que cobria meu quadril de saia. Não havia tecido, apenas centenas de fileiras de pérolas que quase chegavam ao meio da coxa. Por baixo, eu não vestia nada, então cada passo e movimento extra do quadril garantia um belo show aos clientes. A parte de cima era tão ousada quanto a de baixo. Uma gargantilha com fileiras de pérolas conectadas a faixas e meias-taças. Não era mais do que a metade de um espartilho feito por inteiro de pedras preciosas, deixando pouco espaço para a imaginação quando eu me movia.

Naquele ambiente, a nudez não era algo escandaloso, mas a reação de Ira ao que eu havia planejado deixaria os demônios desse círculo pensativos. Soube o momento em que Ira me avistou no meio da multidão de apostadores, pois sua atenção era ardente e palpável. Ignorei-o por completo e fui me aproximando de Luxúria. A temperatura ao nosso redor esfriou um ou dois graus, mas ainda assim não olhei para o meu noivo. Ele tinha que cumprir seu papel, eu tinha que cumprir o meu. A vida de minha irmã dependia de eu conseguir evitar a assinatura daquele juramento de sangue e reunir informações para liberá-la da culpa.

"Está com sorte, vossa alteza?" Inclinei-me sobre a mesa de feltro ao lado de Luxúria, sabendo que qualquer um que estivesse perto o bastante teria uma boa visão de minha bunda e um vislumbre de meus seios que se moviam com as pérolas. Como era de se esperar, a atenção de Luxúria se demorou em todos os pontos em que não deveria.

Senti uma pontinha de seu pecado, embora tivesse a impressão de que ele o estivesse contendo. Ele temia mesmo o irmão. Suponho que a adaga de uma Casa no peito tenha deixado uma impressão e tanto. Um inconveniente que eu teria que superar. Ira e eu precisávamos do pecado de Luxúria para a cena funcionar.

"Parece que minha sorte virou." Ele abriu um sorriso, depois voltou a olhar para a mesa. Ao seu lado, um demônio com uma quantidade excepcional de ouro deu uma olhada para mim. Em sua mão direita havia o que parecia ser um anel de sinete. Ele só podia ser da alta nobreza, o que o tornava perfeito para este jogo.

Dei um sorriso recatado para ele enquanto me apoiava em Luxúria. "Quem é o seu amigo?"

Luxúria parou de jogar os dados e acompanhou meu olhar.

"É o duque de Devon. Um dos maiores conselheiros de Avareza."

Meu sorriso aumentou.

"Prazer em conhecê-lo, vossa graça. Eu sou..."

"Não há nenhum demônio aqui que não saiba quem você é, Lady Emilia." Devon sorriu. Para o azar dele, o sorriso pareceu sincero. "Já jogou Orgulho do Homem Morto?"

Observei outro demônio soprar os dados e jogá-los sobre a mesa.

"Não sou muito de jogos de azar."

A atenção dele foi parar sobre meus seios, indicando que podia estar intrigado para saber se eu preferia um outro tipo de jogo.

"Gostaria de jogar comigo?"

Eu preferiria arrancar meus olhos.

"Vou só assistir por enquanto. Talvez, se for talentoso o bastante, vossa graça possa me persuadir a mudar de ideia."

A irritação de Ira fez o ar esfriar um pouco mais.

Eu me espremi entre Luxúria e o duque, roçando o quadril no braço deste último de propósito. Eu me virei para Luxúria e sussurrei alto o bastante para Devon escutar: "Hoje, mais cedo, você disse que me daria um presente da Casa Luxúria". Tomei um gole de vinho, descartei a taça e peguei outra, cheia. Ninguém pareceu notar que eu não tinha terminado a anterior. Cheguei mais perto de Luxúria e abaixei a voz. "Você atiçou minha curiosidade. Ele é como o seu último presente ou eu vou gostar de verdade?"

"Ah, é *muito* melhor." Luxúria se virou para mim, esquecendo-se do jogo enquanto ele me olhava de cima a baixo. O que quer que tenha visto em meu rosto, deve tê-lo convencido a decidir entrar no meu jogo. "Posso dar prazer sem tomar. Gostaria de experimentar?"

"Aqui?" Olhei na direção do duque. Ele estava fingindo não escutar, mas quando se inclinou para a frente na cadeira, parecia ávido por ouvir a resposta.

O Príncipe da Luxúria apontou com a cabeça para o palco onde diversos demônios dançavam em estados variados de nudez. Um homem, que não usava nada além de pedras preciosas em seu membro, acariciava-se devagar, parecendo apreciar os olhares de cobiça sobre ele. Outro homem ao lado sussurrou algo em seu ouvido, depois se abaixou para tomar sua ereção na boca, satisfazendo o outro na frente de todos.

Luxúria me observava com atenção.

"Você poderia se juntar a eles, experimentar o poder de dois pecados ao mesmo tempo. Esses ornamentos que eles usam no corpo aumentam cada sensação. Imagine a sensação dessas pérolas deslizando em pontos sensíveis, atingindo áreas de prazer dentro de você com as quais você nunca nem sonhou."

Voltei a atenção para Luxúria e dei uma olhada para o duque de Devon. "Eu preferiria ficar aqui, na verdade. Você ainda pode me dar uma amostra ou isso vai distraí-lo do jogo?"

O poderoso frio da raiva de Ira me atingiu como uma tempestade um segundo antes de ele chegar ao meu lado. A julgar pela forma como vários apostadores à mesa saíram abalados, abandonando o jogo e sua pilha de moedas, não fui a única que senti.

Dedos quentes roçaram em minha cintura.

"Emilia."

"Não." Embora meu corpo gritasse o contrário, eu o afastei. "Estou no meio de uma conversa *prazerosa* com pessoas que não condenaram minha irmã gêmea." Voltei a atenção ao duque e dei um sorriso educado para ele. "Príncipe Ira, por favor, cumprimente o duque de Devon."

Ira mostrou os dentes.

"Cai fora, Devon."

"Calma." Luxúria sorriu para o irmão. "Se continuar assim, Lady Emilia vai experimentar três pecados de uma vez."

"Não se eu cortar sua maldita cabeça e servi-la para os meus cachorros."

Com isso, Ira conseguiu assustar outro apostador. Por sorte, o duque não foi dissuadido. A deusa devia estar me protegendo, porque Devon tinha a observação como forma preferida de pecado daquela corte, e nosso showzinho estava alimentando com louvor sua cobiça.

Por fim, olhei nos olhos furiosos de Ira. Deusa do céu, era magnífico contemplar quando ele deixava sua magia escapar da jaula. O demônio estava desempenhando seu papel com habilidade. Logo, ficaria furioso. E eu mal podia esperar para ver aquela parte feral dele ser libertada.

"Se me der licença, já experimentei o suficiente de *alguns* pecados para uma noite. Por favor, volte para a sua mesa." Eu me contive antes de mentir, sabendo que Luxúria notaria com a mesma facilidade que Ira notava. Virei-me para Luxúria, mas olhei para Devon de propósito quando disse: "Vai me dar uma amostra agora? Ou melhor esperar?".

Luxúria desviou sua atenção para onde Ira ainda estava, atrás de mim, e depois se inclinou para a frente.

"Algo me diz que se receber seu presente agora", murmurou junto ao meu ouvido, "você pode incitar uma revolta".

"É um risco que estou disposta a correr." Tropecei perto do duque e permiti que ele me estabilizasse com a mão um pouco baixa demais em minhas costas. No instante em que ele me tocou, o pecado de Luxúria me envolveu. Mas eu estava preparada para isso, então puxei o poder para mim e usei isso como uma extensão do que eu queria, em vez de deixá-lo me dominar.

O duque de Devon logo tirou a mão, mas a sensação de ser tocada não diminuiu. Senti o pecado da Luxúria como se o experimentasse pela primeira vez; como se houvesse mãos invisíveis sobre mim, dançando pelo meu corpo. Dessa vez, as mãos invisíveis eram mais ousadas, um provável resultado de estar na Casa de Pecado Avareza e desejar atenção abertamente.

Uma música que eu não tinha notado antes ficou mais alta, as batidas de tambor eram urgentes e primitivas. Carnais. Era hora de colocar meu plano em ação. Sentei-me no colo de Devon. O duque soltou uma bufada surpresa, embora evidenciasse estar muito satisfeito em me ter ali como um prêmio que não fez nada para ganhar e que estava feliz de exibir.

Ele roçou o peito em minhas costas quando e se inclinou para a frente. "Seu companheiro não vai me matar, vai?"

"É improvável, vossa graça. Não quando nos pediram para investigar um assassinato."

As mãos mágicas com que Luxúria havia me presenteado não perderam tempo com sedução; elas deslizaram pela frente do meu corpo, indo mais para baixo. Com aquela sensação mágica se movendo sobre mim, seria muito difícil me concentrar em reunir informações, mas seria bem fácil executar a segunda parte de meu plano.

Aproximei-me do duque enquanto aquelas perversas mãos invisíveis continuavam seu caminho lento e tentador pelo trecho de pele desnuda que ia da parte de baixo de meus seios até o umbigo, e voltavam a subir. A magia era como uma gota de calor escorrendo e subindo pelo meu pescoço, entre os seios, circulando os mamilos, acariciando-me com languidez e sem trégua.

Escorreguei devagar pela coxa do duque, dividindo minha atenção entre ação e a reação que eu sentia vindo de um outro ponto do salão.

"É uma pena o que aconteceu com ela, não é?", perguntei.

"Está falando de Vesta?" Devon quase perdeu o fôlego quando mexi o corpo.

"Estou", sussurrei ofegante, ainda de olhos fechados. Que a deusa amaldiçoasse o poder de Luxúria. Era bom demais. "Você a conhecia?"

Outra pontada de calor, que não tinha nada a ver com o desejo alimentado pela magia de Luxúria, fez com que eu abrisse um olho. Ira havia se apossado de um lugar do outro lado da mesa de jogos. Seu olhar duro e ardente estava fixado em mim e no duque, sobre o joelho no qual eu estava me roçando.

Dei um sorriso secreto para meu noivo. Ter Ira ali, observando, fazia eu me sentir como se ele fosse o único no cômodo comigo. Era a atenção *dele* que eu desejava acima de tudo, era *sua* avidez voraz que eu queria despertar. Sua fúria. Eu o desejava de forma tão desesperada, tão profunda, que doía. O que tínhamos compartilhado na gôndola não era nem um pouco suficiente, e o desejo insaciável que eu sentia por ele voltou com tudo, misturando-se de maneira perigosa com o presente de Luxúria.

"Eu conhecia Vesta, mas não muito", esclareceu Devon, respondendo a uma pergunta que eu quase tinha esquecido que havia feito. Se eu tinha alguma esperança de manter minha sanidade mental, precisava parar de olhar para Ira enquanto o pecado de Luxúria agia em mim. "Ela parecia distraída nos últimos tempos."

"Como assim?"

Ouvi a risada baixa de Luxúria à minha esquerda, seguida por uma onda mais forte de sua magia. O maldito demônio ia me matar de prazer ou ajudar a incitar a revolta da qual me alertara. Um gemido leve e ofegante escapou de meus lábios. Deusa do céu, tudo parecia *tão* bom... As pérolas de minha saia atingiam pontos interessantes conforme eu movimentava os quadris, procurando mais daquela sensação gloriosa. O duque soltou um xingamento quando notou o que eu estava fazendo, mas manteve as mãos sobre a mesa de jogos onde Ira podia vê-las.

Mais uma vez, minha atenção se fixou no príncipe demoníaco quando fui tomada pela euforia. Eu queria estar no colo *dele*, montando-o até ambos ficarmos saciados. Ira agarrou os braços da cadeira como se estivesse se segurando. Eu não tinha certeza se era raiva ou desejo que chamava a atenção dele para o meu show. O jogo que estávamos jogando tinha acabado de ficar mais interessante.

"Vossa graça?" Consegui perguntar entre carícias invisíveis. "Você mencionou que Vesta andava distraída. Lembra-se como?"

"Ela..." O duque se mexeu no assento sob mim. "Ela perdeu vários jogos. Era tão incomum que a corte começou a comentar. Vesta nunca perdia o foco. Também fiquei sabendo que ela andava fazendo perguntas estranhas, sobre odor de sangue e suas complicações."

"Pensei que todos os demônios detectassem informações no sangue."

"Foi exatamente por isso que as perguntas atiçaram a curiosidade de algumas pessoas. Ela designara um soldado para testar as disputas de sangue entre as batalhas. Uma quantidade estranha de sangue de lobisomem estava corrompendo as cenas."

O que, com certeza, deixaria furioso todo lobisomem cujo sangue tivesse sido tirado, dando crédito à suspeita de Avareza de que eles eram responsáveis pelo ataque.

"Alguém mencionou isso a Avareza?"

"Sua alteza punia qualquer um que falasse coisas negativas sobre Vesta. Tudo que fiquei sabendo foi resultado de fofoca."

Por imprudência, escorreguei mais para baixo no colo do duque de Devon enquanto ele se acomodava. De imediato, senti o que ele estava escondendo. Sua ereção. Logo me afastei dela, mas não antes de um rosnado baixo soar do outro lado da mesa. Ira estava prestes a atacar o duque; todos os músculos de seu corpo pareciam tensos, e era provável que sua teimosia fosse a única coisa que o mantinha sob controle. Deusa do céu, ele era incrível. Graças à impetuosa combinação de cobiça e luxúria, misturadas à sedução pecaminosa de Ira, eu queria que ele me deitasse sobre a mesa de jogos, abrisse minhas pernas e me dominasse ali mesmo, naquele momento.

Meu rei engoliu em seco, seu olhar obscurecendo, e eu me dei conta de que ele sentia *minha* excitação. A princípio, eu não sabia ao certo se ele conseguia diferenciar quem havia me excitado, pois não tinha sido o duque. Eu só desejava meu pecado preferido, mas com a quantidade de raiva que irradiava dele, percebi que ele havia julgado errado. Parecia que nossa performance estava muito perto de causar um escândalo. Era hora de reunir qualquer outra informação sobre Vesta antes que Ira perdesse o controle.

"Mais alguma coisa incomum em Vesta antes de sua morte?", perguntei. "Como os membros da família dela estão lidando com isso?"

"Não... nada de família." A respiração do duque de Devon ficou irregular quando passei as mãos na frente dos seios. "Vesta não era fruto deste círculo. O príncipe Avareza sempre manteve a origem dela em segredo, e só ele e Vesta deveriam saber, mas as coisas correm pela corte. Pelo preço certo. Vesta não era seu nome verdadeiro, segundo o que se diz por aí."

Interessante.

"Você sabe qual era o nome dela?"

"Não. Ela nunca falou sobre isso."

"E ela estava sozinha na corte?"

O duque passou a língua sobre os lábios.

"Vesta teve alguns casos, mas nada que a desviasse de seu dever. Alguns acreditavam que Avareza queria torná-la sua consorte, mas ele sempre negou, assim como ela."

"Eles já..." Passei a ponta dos dedos no interior das coxas. "Se relacionaram?"

Ira flexionou as mãos. E o pensamento repentino de ele se satisfazer ao me ver fazendo o mesmo fez com que eu esquecesse que era para aquilo ser um plano. Eu só queria Ira. E a cobiça tomou conta de mim. O duque de Devon começou a acariciar meus braços, e eu me perguntei se Luxúria havia enviado certo encorajamento a ele ou se o que o levava a participar de meu show era pura cobiça.

"Vesta preferia a companhia de mulheres. Mas era conhecida por dormir com um ou outro homem, caso o desejasse."

"Você ficou sabendo de mais alguma coisa que seria interessante?"

"Prefiro não pensar em mais nada no momento, Lady Emilia." O duque se inclinou sobre o meu ombro, fixando a atenção em meus dedos, que passavam por baixo da saia e eu...

A temperatura desabou. Gritos assustados vieram do palco. Levantei os olhos a tempo de ver o que havia acontecido. O palco estava cheio de gelo, e os casais que giravam escorregaram, mas não caíram. Estávamos chegando muito perto de criar um alvoroço, mas ainda não era o bastante para abalar aquela corte. Ira precisava perder o controle. Ser o demônio que era.

Saí do colo do duque e me sentei na beirada da mesa de jogos, de costas para Ira, enquanto levantava uma perna devagar e a passava por cima da outra, cruzando-as com exatidão e atraindo com eficiência o olhar ávido de Devon. Minha taça de vinho se agitou e então rachou, derramando o líquido sobre a mesa.

O duque de Devon não notou. Sua ávida atenção tinha sido capturada por completo. Ele abriu os botões da calça e se libertou, acariciando sua rigidez enquanto o restante dos jogadores da mesa se virou para ele, desfrutando de seu pecado. Minha atenção continuou fixa nos olhos dele, embora, na verdade, estivesse focada na sólida presença atrás de nós.

Um rugido baixo se estendeu pelo salão de jogos. Não era perturbador o bastante para impedir a jogatina nem as cenas alimentadas pela avareza, mas forte o suficiente para que as bebidas se derramassem sobre as mesas de carteado. Fiz uma prece silenciosa à deusa, esperando que Ira agisse logo. Eu já tinha ouvido o suficiente de Devon. O duque se levantou e começou a se acariciar com mais força, gemendo como se estivesse prestes a gozar. Lordes e ladies de nossa mesa se inclinaram com avidez, alimentando-se do desejo dele de ser observado.

"Lady Emilia", gemeu Devon. "Toque sua..."

"*Basta.*"

A voz de Ira não passava de um sussurro, mas os pelos de meus braços se arrepiaram. O poder pulsava no ar à nossa volta como se uma tempestade estivesse prestes a começar. Foi o único alerta que todos receberam. E então aconteceu: um estalo atroador rasgou o ar, silenciando os tambores. O duque, em pé diante de mim, paralisou. Um olhar de confusão logo se transformou em medo, e ele soltou seu membro e deu um salto para trás, não sendo atingido por pouco por um pedaço de teto que desabou na sua frente. Choviam pedaços de gesso, caindo em um círculo ao meu redor, protegendo-me do caos iminente.

Olhei para cima. Linhas formavam um padrão de teias de aranha no teto, rachaduras que aumentavam até ruir. Madeira lascava, lustres de cristal se estilhaçaram, e o palco começou a afundar, como se o chão o estivesse engolindo por inteiro. Demônios gritavam, abandonavam seus shows de sexo e corriam para um lugar seguro. Fiquei no centro de meu anel impenetrável, observando uma mesa de jogos atrás da outra ser coberta de gelo pesado e grosso o bastante para quebrar e estilhaçar a madeira ornada.

"Sangue e ossos." Nosso jogo tinha dado certo. Talvez até certo demais.

Uma mesa próxima se desintegrou. Outra foi logo em seguida. Em todo o salão de jogos, a mobília virou pó ou estava coberta de um gelo tão pesado que estilhaçava tudo que tocava. Minha mesa permaneceu intocada, o único ponto de calmaria na tempestade de ira.

A fúria de Ira estava demolindo todo o salão, parte por parte. Minha respiração saía em nuvens brancas, a temperatura agora estava perigosamente perto de congelar. Era como se tivéssemos atravessado para um mundo todo feito de gelo; era cruel, duro e letal. Assim como a expressão no rosto de meu príncipe quando ele voltou o olhar para o duque. Estremeci. E Devon se mijou.

Então Ira se aproximou de mim, jogando-me sobre o ombro como um bárbaro, cobrindo minha bunda com a mão grande enquanto me tirava da sala destruída.

Ele estava quase vibrando devido à pressão de conter seu poder. Eu não sabia o que mais ele poderia fazer, o que mais poderia destruir, se aquilo tudo era apenas uma amostra de sua magia.

Minha atenção recaiu sobre Luxúria, que estava rindo em meio ao caos. Lembrando de nosso jogo, comecei a bater nas costas de Ira.

"Trate de me pôr no chão!"

O príncipe demoníaco não respondeu, e eu não esperava que respondesse. Ira estava concentrado apenas em seu pecado, tirando-nos depressa do salão de jogos, onde ainda se ouvia gritos e a nevasca violenta e anormal rodopiava pelo salão. Flocos de neve beijavam minha pele nua, tão frios que pareciam pequenas mordidas. Ira era mesmo uma força da natureza.

Usando sua velocidade sobrenatural, chegamos ao quarto antes de eu conseguir assimilar.

Ele me colocou no chão com gentileza e se afastou, libertando sua fúria. Contive um sorriso. Nosso plano tinha funcionado muito bem. O pecado de Ira tinha destruído um dos salões de jogos de Avareza e nós tínhamos informações sobre Vesta. Em linhas gerais, tinha sido um grande sucesso, embora o pobre duque não pudesse dizer o mesmo.

"E então?", perguntei. "Acha que foi uma cena crível?"

Tinha que ser, pois a vida de Vittoria dependia disso.

Devagar, Ira se virou na área enfeitiçada do quarto que impedia que fôssemos ouvidos, passando os olhos sobre mim. Ele parecia, de fato, um animal feroz que acabara de se soltar da guia e estava verificando se havia alguma nova jaula. Meu coração acelerou, mas não de medo. Eu queria provocá-lo a agir. E ele, com certeza, parecia saciado e pronto para ação. Sua ereção esticava o tecido da calça, e a forma como me olhava, como se estivesse dedicado a arrancar prazer de meu corpo por horas a fio, alimentou o meu desejo de novo.

"Gostou do show, vossa majestade?" Olhando nos olhos dele, dei uma voltinha no lugar, garantindo que as franjas de pérolas batessem em meu traseiro. "Você poderia pelo menos ter deixado o pobre duque terminar. A nobreza à mesa estava gostando da performance."

"Emilia." Parecia mais uma súplica do que um alerta. Mais um passo e ele estaria tão perdido quanto eu estava.

"Fui perversa o bastante para enganar um príncipe do Inferno?" Passei as mãos por meus peitos semidescobertos, deixando uma das alças cair. "Ou melhor... fui perversa o bastante para seduzir o diabo?"

Ira praguejou contra deuses de que eu nunca tinha ouvido falar e se aproximou de mim. Parecia que ele estava muito perto de atacar. Eu quase sentia a tensão estalar entre nós, e me aproximei.

Ira deu um pequeno passo em minha direção, olhando nos meus olhos. O caçador tinha saído para brincar.

"Diga-me que você deseja isso."

Passei os olhos sobre ele de forma lenta e minuciosa. Não tinha esquecido que a raiva agia como afrodisíaco para ele. Não tinha esquecido como ela também fazia eu me sentir.

"Neste instante, desejo o demônio, não o príncipe. Mostre por que te chamam de Perverso." Agarrei a camisa dele e o puxei para perto de mim, com os lábios pairando sobre os dele. "E não ouse se conter."

6

Ira me prensou contra a parede antes que eu tivesse tempo de respirar e passou os dedos nas pérolas da minha blusa. Senti o calor de sua respiração junto à minha nuca enquanto ele pressionava o quadril contra mim de forma bruta.

"Se você mudar de ideia..."

Eu me virei e o interrompi com um beijo violento.

"Pare de novo, nem que seja por um *segundo*, e eu prometo que vou testar seu gosto por brincadeiras com faca, demônio."

Ira respondeu com um sorriso que prometia coisas escandalosas. Ele acariciou meus seios com gentileza sobre a blusa de pérolas até eles ficarem pesados, ansiando por mais.

"Essa blusa". Ele enrolou os dedos em uma das alças, sua pele quente e desnuda *quase* roçando a minha. Nunca odiei tanto uma vestimenta. "Precisa sair."

O príncipe pegou firme na alça e a puxou, fazendo as pérolas quicarem pelo chão quando a blusa se desfez. Ele passou por meu olhar com atenção sobre meus olhos, meus lábios e cada centímetro de meu corpo até chegar ao chão e subir de novo. Eu amava quando ele me olhava assim. Como se eu fosse o início e o fim de todas as suas fantasias. Ele certamente era a minha.

"Você é absolutamente destruidora."

Ele abaixou a cabeça, beijando meu pescoço e descendo sem parar até segurar um de meus seios e levá-lo à boca, raspando os dentes de leve. Eu me encostei na parede, passando as mãos por seus braços poderosos e apertando com força quando ele passou a língua sobre o pico sensível.

"Ira." Eu me retorci, grudada nele, incapaz de aguentar seu passar de língua lento e experiente. Meu corpo estava ensopado e pronto. "Eu quero você. Tanto que nem consigo pensar."

Ele beijou com a boca aberta meu outro seio, rindo baixinho quando agarrei seus cabelos e segurei.

"Quando vi você no colo daquele idiota, molhada e quase gozando, quis te comer bem ali. Na frente de toda a corte."

A forma como ele gemia, baixo e com a mesma brutalidade de suas palavras, que não eram nada dignas de um príncipe, fazia meu sangue pegar fogo. Eu me pressionei para mais perto dele, subindo na ponta dos pés precisando senti-lo.

"Eu teria deixado."

Os lábios de Ira se chocaram com os meus, e o beijo não era doce nem carinhoso. Era animalesco e selvagem. Uma exigência, uma batalha por dominação. Completaríamos a parte física de nosso laço de matrimônio naquela noite, e Ira não queria uma rainha submissa. Ele desejava alguém igual a ele. E eu também.

Interrompi o beijo e lambi seu pescoço, satisfazendo-me apenas quando ele soltou uma série de xingamentos e avidamente procurou meus lábios de novo, rijo como granito. Ele enterrou o rosto em meu pescoço, beijando e chupando a pele até eu soltar um suspiro.

Ele se afastou e tirou uma mecha solta de cabelo de meu rosto, como se quisesse ter certeza de que o que estava acontecendo era real.

"Passei o tempo todo pensando no que eu gostaria de fazer." Ira passou a mão grande e calejada pela lateral de meu corpo, deslizando devagar sobre meu quadril, descendo pela coxa, até chegar à parte de trás de meu joelho e me suspender junto dele. "Imaginando o que você ia sentir. Os sons que emitiria. Quando eu matasse aquele canalha, abrisse suas pernas e entrasse em você. Bem ali, sobre aquela maldita mesa."

Suas palavras tentadoras, o calor e o desejo em seus olhos. Era demais.

“Por favor. Preciso de você dentro de mim. Agora.” Arranquei os botões de suas calças, deslizei a mão sob o tecido e comecei a brincar.

“Emilia.”

Meu nome nos lábios dele e a reverência em seu tom de voz despertaram algo dentro de mim. Era uma sensação tão forte que eu só podia expressar com ação. Chupei seu lábio inferior, mordiscando de leve, e o acariciei mais rápido. Sua pele era macia como seda, mas sua ereção era mais forte que aço.

Aquela criatura magnífica e fatal era *minha*. Eu cometeria atos sombrios e selvagens se alguém me impedisse de me apropriar de Ira naquele momento.

“Emilia, pelo sangue do demônio.” Ele empurrou a minha mão algumas vezes antes de arrancar a calça e a camisa logo em seguida. Ira me virou, colocando minhas mãos na parede. “Mantenhas as pernas fechadas e se incline para a frente.”

“Sim, general.” Fiz o que ele mandou, com o corpo já escorregadio e pronto.

“Espertinha.”

Sorri para ele olhando para trás enquanto ele agarrava e apertava minha bunda em um movimento de pura possessão.

“Talvez você devesse me punir.”

“Isso é um pedido?” Seus olhos brilharam com desejo quando assenti. “Diga quando bastar, *milady*.”

Ele separou as fileiras de pérolas e me inclinou para cima. Pressionou-se contra minha entrada e meu corpo ficou quente e tenso pela sensação erótica. Ele me provocava, deslizando rua rigidez para trás e para a frente pelo ponto escorregadio.

Arqueei-me contra ele, suplicando em silêncio. Ele se esfregou em mim com mais força, pressionou um pouco mais fundo, mas só colocou a ponta. Praguejei com vigor e tentei pressionar meu corpo no dele, mas ele se afastou, deslizando por meu centro de novo. E de novo. E de novo. Até eu estar praticamente ofegante e subindo pelas paredes de desejo.

“Ira. Por favor. Me fode.”

“O pedido de minha rainha é uma ordem.” Com uma única e forte investida, o demônio estava dentro de mim. Ele me deu um momento para eu me ajustar à sensação, meu corpo se esticando de maneira agradável.

Ele apoiou seu peso contra mim, beijando minha nuca, mordiscando minha orelha ao deslizar para fora, depois para dentro, indo mais fundo. E mais fundo. "Diga."

"O quê?" A voz ofegante e ardente mal parecia a minha.

Ira repetiu o movimento, não mais para eu me ajustar ao seu tamanho, mas para me torturar devagar até eu morrer de tanto prazer.

Na próxima investida deliciosamente lenta, ele atingiu algumas terminações nervosas que arrancaram um gemido de mim. Ira roçou os lábios em meu ouvido.

"Que eu sou seu pecado preferido."

Ele puxou meu traseiro em sua direção, empurrando-me um pouco mais para baixo, encontrando o ângulo perfeito para obter mais êxtase. Foi um pouco bruto, um pouco selvagem, e de uma intensidade primitiva. Eu não conseguia imaginar uma junção mais perfeita.

"Diga que você é minha." A paixão de Ira queimava mais do que seu pecado, e eu ardia por ele. Meu corpo se apertava ao redor dele, meu centro pulsava e o fogo queimava minhas veias. Eu era dele. Para sempre.

Assim como ele era meu.

"Você é meu tudo preferido." Apoiei-me na parede, pressionando-me contra ele, movendo o quadril em sincronia com suas investidas profundas. Para dar o mesmo prazer que estava recebendo. "Você é *meu*."

"Porra, Emilia." Ira gemeu, uma de suas mãos agora travada em meu quadril para poder me puxar para perto dele, enquanto a outra encontrou a parte da frente de meu corpo e seus dedos me tocavam como se eu fosse um instrumento em que ele fosse proficiente. Era quase demais, e ainda assim eu não queria que aquela sensação passasse nunca. "Você parece o paraíso."

"Que a deusa me amaldiçoe. Mais forte."

Ira obedeceu. Ele se libertou por completo, investindo contra mim com tanta força que os lustres começaram a balançar. Uma pintura que eu mal tinha notado caiu no chão.

E então aconteceu, o passado invadiu o presente e uma visão tomou conta de mim.

Na Casa de um outro demônio, Ira me pressionava contra a parede em um corredor escuro, tirando prazer do meu corpo enquanto investia em mim. Ambos havíamos rasgado as minhas roupas, mas ele continuava de calça. E a ideia de ele estar meio vestido me deixava louca. Minha atenção se fixou na mão com tatuagem de serpente que percorria meu corpo, levando-me à beira do clímax e então desacelerando até eu ficar enlouquecida de desejo. Ele gostava de provocar, de estender meu prazer até eu tomar as rédeas.

Dava para o ouvir o som das pessoas perto do corredor secreto. A qualquer momento, alguém poderia nos surpreender. Nenhum de nós queria plateia, mas colocar na balança a probabilidade de sermos descobertos, com a ponta de medo que isso provocava, de repente aprimorou a experiência.

Quando cheguei perto do limite, notei um leve brilho saindo de minha mão: uma tatuagem estava começando a aparecer ao longo de meu dedo anelar esquerdo. Ira investiu de novo, mais fundo e mais rápido, deixando minha mente e meu corpo prestes a ceder ao prazer que ele estava exigindo.

Ele me inclinou.

"Mantenhas as pernas fechadas. Mais fechadas."

Sua ordem e a fricção que a nova posição criou fez com que eu chamasse o seu nome, apesar da necessidade de silêncio.

Arqueei as costas e o demônio atingiu um ponto lá dentro que me fez ver estrelas. Eu estava ofegante, com a atenção fixa na mão grande que segurava meu quadril. Uma tatuagem tinha aparecido nela também, no mesmo dedo anelar de Ira. Sorri, pensando nas palavras que ele tinha dito antes.

O juramento eterno.

Cobri a mão dele com a minha, entrelaçando nossos dedos enquanto ele juntava nossos corpos uma última vez, estremecendo e praguejando quando ambos chegamos ao orgasmo.

A visão desapareceu de repente, e eu voltei ao presente. Não deve ter durado muito, ou meu príncipe teria notado. Ira tirou, depois enfiou, com a respiração ofegante junto ao meu pescoço. Ambos estávamos quase lá, nossa pele úmida e quente. Eu estava perto do orgasmo... mas podia jurar que ainda sentia os tremores adicionais do clímax de minha visão, o que só intensificava minha experiência presente.

"Deusa do céu. Não pare."

"Jamais."

Suas palavras foram ditas com a promessa de um juramento. Ira acariciava meu clitóris em círculos perversos, bem onde ainda investia dentro de mim, e eu gozei com violência. Um instante depois, ele se juntou a mim, praguejando com brutalidade. Minhas pernas tremiam quando ele se inclinou para a frente e beijou meu pescoço com cuidado.

Enquanto recuperava o fôlego, olhei para as tatuagens que apareceram em nossos dedos no presente, compreendendo enfim o que elas diziam quando a luz bateu em nossa pele.

As letras escritas em rosa-dourado estavam na vertical, da parte de baixo da unha até onde o dedo encontrava a mão.

S
E
M
P
E
R
T
V
V
S

As palavras pareciam inscrições romanas. Levei um momento para entender o que o latim dizia. *Sempre juntos*.

Ira estendeu o braço e colocou a mão sobre a minha, revelando a tatuagem rosa-dourada que agora também ocupava todo o comprimento de seu dedo anelar. *SEMPER TVVS*.

Passado e presente colidiram e, por um instante, eu não soube dizer qual era qual.

"Emilia." A voz dele era suave e comedida. Eu não conseguia parar de olhar para a tatuagem. Com gentileza, tirei a mão debaixo da dele e respirei fundo. Aquilo não era ilusão nem lembrança do passado; a frase estava tatuada de verdade em minha pele, no presente.

Levantei a mão, virando-a.

"Isso é por causa do laço de matrimônio?"

Ira me soltou e me virou de frente para ele.

"Sim. E não. Você se lembrou de alguma coisa?"

"Eu... não tenho certeza. Eu vi a gente. No passado. Agora mesmo." Fui até a cama e me sentei, com o olhar fixo na tatuagem. "Estávamos em um corredor escuro, fazendo amor. E essas mesmas palavras apareceram."

"Lembra de mais alguma coisa? Qualquer coisa?"

"Eu tive a impressão de você ter dito essas palavras mais cedo, naquela noite." Massageei as têmporas, de repente não me sentindo muito bem. "Deusa do céu. Fui *eu*. Não foi? Não foi a Primeira Bruxa. Não foi a esposa perdida de Soberba. Não foi alguma reencarnação. *Eu*. Mas... como?"

Ira se agachou na minha frente, apoiando as mãos com cuidado sobre os meus joelhos. Seu toque não servia apenas para acalmar e confortar, mas para reforçar. Como se ele pudesse, de alguma forma, ajudar a quebrar a influência que a maldição tinha sobre mim. A maldição. Com o coração acelerado, fechei bem os olhos. A maldição...

Tinha mais alguma coisa *lá*, algo nas margens de minha memória. Indistinto e fora de foco. Como abrir os olhos debaixo d'água. Uma lembrança estava se esforçando para se libertar, para conseguir voltar para mim. Abri os olhos e me concentrei na nova tatuagem em meu dedo.

"Isso sempre esteve aqui? Escondido por algum encanto?"

"Eu tenho uma teoria, mas..." A voz de Ira falhou, provavelmente por culpa da maldição.

"Quem sou eu?", perguntei. O quarto estava girando. "*O que* sou eu? *Você* se lembra?"

Demorou tanto para Ira responder que quase dei um pulo quando ele falou.

"Por um longo tempo, não lembrei. E se surgia alguma lembrança, ela se deformava."

"E agora?" Minha voz era baixa, tensa. "Você se lembra quem eu sou?"

Os olhos dourados de Ira encararam os meus enquanto ele confirmava com a cabeça. Todo o meu corpo ficou tenso enquanto eu esperava.

"Você é quem ela tentou me fazer odiar por toda a eternidade. Mas ela fracassou." Ele apertou meu joelho de leve, sem provocar dor, como se nunca fosse abrir mão de mim. A menos que eu quisesse ir. "*Lembre-se*."

O comando, dito com autoridade e pura dominância, ficou se repetindo em minha mente, quase girando com a loucura de um pião descontrolado. Havia algo ali, na forma como ele tinha dado a ordem... Magia. Ele tinha ordenado usando magia.

Ira estava me transmitindo seu poder, provavelmente mais um resultado de nosso laço de matrimônio. Senti dentro de mim o leve rastro da magia de Ira no ar e me agarrei a ela, querendo, mais do que tudo, compreender como eu poderia ser inimiga e amante ao mesmo tempo. Como eu podia ter esquecido.

Meu coração batia acelerado no peito, forte demais, poderoso demais. Algo lutava dentro de mim, algo raivoso e feroz. Algo que queria se libertar.

Nosso poder estava se fundindo e se entrelaçando, criando uma nova magia. Magia forte. Um poço de poder enorme demais para ser contido. Era fogo e gelo, repleto de raiva e paixão. Qualquer feitiço, maldição ou trava que houvesse em minha mente se rompeu. Gritei quando a magia fluiu de meu sistema, acendendo-me por dentro.

"Samael." Tentei alcançar Ira, mas ele já estava me segurando. Oferecendo sua força. Ele deve ter sentido a mínima fratura naquilo que refreava minhas lembranças e se valeu dela, transformando seu poder em uma lança e mirando naquela abertura.

"Diga-me quem você é." A voz dele estava repleta daquela mesma ordem mágica. "*Lembre-se.*"

Parecia que eu estava submersa, esforçando-me para respirar, para pensar, para lutar por ar. Fiquei sem fôlego, engasgando. O pânico tomou conta, e de repente me convenci de que estava à beira da morte. Um alerta pulsou em minha cabeça.

A morte não era para mim. Ainda não.

Fechei os olhos e parei de lutar, sabendo que precisaria deixar acontecer, precisaria me entregar à força que agitava sua jaula. No instante em que me imaginei flutuando em vez de afundando, a sensação frenética cedeu. A lembrança enterrada subiu depressa à superfície e se libertou.

Abri os olhos e Ira respirou fundo. Uma reação tão pequena que poderia ser considerada comum se viesse de outra pessoa, que não ele. Mas eu sabia que esse era o começo do fim. A verdade que eu havia achado tão difícil de encontrar não estava mais oculta por magia.

"Eu me lembro." Minha voz estava áspera, como se eu estivesse gritando há horas. Talvez eu estivesse. O tempo parecia estranho. Meu príncipe parecia esgotado, mas esperançoso. "Eu sei quem eu sou."

A adaga de Ira estava em sua mão. Ele levantou e fez sinal para eu fazer o mesmo. Andamos até um espelho que havia ao lado da casa de banho, e o demônio apontou com a cabeça para o vidro.

"Diga o que vê. Quem vê."

Íris brilhantes rosa-douradas me encaravam fixamente. Uma marca de meu verdadeiro poder. Parte de mim não estava tão surpresa quanto eu deveria estar. Talvez lá no fundo, onde a maldição não conseguiu fincar suas garras, eu sempre soubesse. Havia uma razão para eu me identificar tanto com o pecado que escolhi.

Voltaram a mim as palavras de Celestia, ditas na noite em que eu a encontrara na Floresta Sanguínea. A anciã havia dito que Ira era o meu espelho. Eu havia suspeitado na época, mas não conseguia entender *como*.

Agora, a verdade me encarava, esperando.

"Eu vejo fúria."

"E?"

Meu fogo. Minha raiva. Aquele poder ancestral e terrível do qual mal havia arranhado a superfície. Tudo pertencia a mim.

"Eu vejo a deusa que governa tudo isso."

"Eu vejo minha igual. Minha rainha."

Ira me entregou sua adaga, curvando os lábios de maneira sedutora. Ele parecia mais leve, um pouco menos sobrecarregado, como se um pesadelo enfim tivesse terminado. Eu não tinha certeza, mas segurei a língua. Havia muitas coisas que eu ainda não conseguia lembrar, o que significava que mesmo com um pouco do poder de Ira dentro de mim, a maldição não estava totalmente quebrada.

Minhas lembranças estavam apenas começando a escapar pela rachadura que havíamos feito, e eu tinha uma terrível suspeita de que muitas verdades preocupantes aguardavam para serem reveladas.

Ira me puxou para perto dele e me aninhou na segurança de seus braços. Torci para que ele estivesse certo. Para que mesmo sem a maldição estar completamente quebrada, as coisas ficassem melhores agora.

Ele aproximou a boca e sussurrou "Bem-vinda de volta, vossa majestade".

REINO DAS BRUXAS

PODER ARCANO

7

“Preciso assinar o juramento de sangue.”

Ira deu um beijo em minha testa e vestiu a calça. Foi um gesto tão normal, até mundano, depois da percepção cataclísmica de quem eu era. Depois do que tínhamos acabado de fazer, sem contar a cena que havíamos criado e as possíveis consequências de Ira ter destruído parte do castelo de seu irmão. E aterrorizado o duque. Deusa do céu. O duque. Depois de passado o medo, imagino que ele tenha ficado constrangido de ter se urinado na frente dos outros membros da nobreza. As últimas horas pareciam mais um sonho selvagem com duração de anos.

“Podemos discutir tudo em detalhes quando chegarmos em casa. Você vai ficar bem?”

Continuei olhando para o meu reflexo no espelho. Eu não era uma bruxa. Era a deusa da fúria. Se eu não tivesse acabado de testemunhar a verdade, ainda não acreditaria. Minhas íris aos poucos voltaram ao tom castanho com o qual eu estava acostumada, outro lembrete de que eu ainda não estava totalmente livre da maldição.

“Vou.”

Ira me observava, e notou o momento em que *realmente* olhei para a adaga. Não era a adaga de sua Casa, como eu pensava. De perto, era um pouco menor que a dele. Mais leve.

A serpente também não tinha olhos cor de lavanda; as pedras preciosas da adaga eram de um cor-de-rosa escuro. Vinhas se retorciam pelo cabo, enroscando-se com delicadeza em volta da serpente, mais ou menos como as vinhas que eu tinha invocado, na banheira.

"É sua", disse ele, respondendo à minha pergunta não dita enquanto vestia uma camisa limpa. Procurei alguma lembrança da adaga, mas não a reconheci. Ira ficou diante de mim e inclinou meu queixo para cima, até eu olhar em seus olhos. "Nunca tive a chance de te dar. Mas é sua. Eu mesmo a desenhei."

Voltei a atenção para a adaga mais uma vez. Gostei da sensação de segurá-la. Do peso dela. Era perfeita para mim. Assim como as peças que ele tinha providenciado para o meu guarda-roupa quando entrei naquele mundo. Porque Ira me conhecia. Sabe-se lá há quanto tempo. Eu não era uma bruxa de 18 anos de idade, era um ser eterno. Incapaz de lidar por completo com o escopo do que aquilo significava, afastei aqueles pensamentos, concentrando-me na arma em minha mão. Eu tinha minha própria adaga de Casa.

Uma preocupação me atormentava.

"Agora que completamos a parte física de nosso laço de matrimônio, o decreto sobre Vittoria se aplica a mim?", perguntei.

"Você não é um membro oficial de minha Casa até fazer um juramento de sangue." Ele abotoou a camisa, parecendo escolher as palavras seguintes com cuidado. "E o decreto dá a cada Casa autoridade para fazer o que julgar adequado. Tecnicamente, isso me permite agir sem quebrar o juramento. Vamos encontrar Vittoria antes de meus irmãos. Você não terá que fazer um juramento de sangue a menos que queira. Na verdade, posso ver como podemos dar um jeito de fazer um juramento juntos.

Se eu já não o amasse, aquilo teria selado meu destino. Olhei para a adaga mais uma vez, dando-me conta de uma outra coisa.

"Vittoria é a deusa da morte, não é?"

"Sim."

Uma risada nervosa borbulhou em minha garganta, mas eu a abafei, recusando-me a começar a chorar. Eu tinha rezado para a deusa da morte e da fúria inúmeras vezes depois da "morte" de Vittoria. Ela foi a divindade com que eu mais me identifiquei durante a minha busca por vingança. Agora sabia o porquê.

Só que era muito mais complicado do que eu jamais poderia ter imaginado. Em vez de uma divindade, havia duas deusas: Morte e Fúria.

Mesmo agora, vendo meus olhos mudarem de cor devido ao meu poder, eu tinha dificuldade em aceitar. Eu havia crescido. Tido uma família mortal. Vivido uma vida bastante comum em Palermo antes de minha irmã "morrer" e eu invocar o rei do Inferno por acidente.

Talvez aquilo não tenha sido um acidente? Vittoria ter deixado o encantamento necessário para invocar Ira onde eu o encontrei pode não ter sido uma coincidência. Eu só precisava saber o motivo.

Será que ela achava que ele era a chave para libertar o restante de minhas lembranças? E, se acreditasse nisso, por que ela dissera para eu não me casar com ele? Seria só porque ela acreditava que para eu me juntar à Casa dele, teria que abrir mão de algo meu em troca? Certamente havia algo a mais nessa história, considerando que muitas de suas ações não se alinhavam às suas palavras.

Para mim, era difícil imaginar como nossa vida de deusas tinha sido acobertada. A magia era a provável responsável, mas eu nunca tinha ouvido falar de um feitiço como aquele. Todas as lembranças que eu tinha de nossa vida pareciam reais. Se era um encanto, ele tinha sido lançado por alguém de imenso poder. Alguém como La Prima Strega.

Pensei na *nonna* Maria, nos segredos que ela havia escondido de nós. Nas histórias que havia distorcido sobre os Perversos, a Primeira Bruxa e a noiva do diabo. *Nonna* havia nos dito que, quando se tratava dos Perversos, *nada* nunca era o que parecia. Mas talvez o verdadeiro vilão estivesse muito mais perto esse tempo todo.

Eu sentia um aperto no estômago só de *pensar*. Uma traição tão grande era imensurável, embora nada mais me surpreendesse. As pessoas a quem eu havia amado de forma incondicional estavam se mostrando moralmente questionáveis, e as criaturas às quais eu havia sido condicionada a odiar não eram tão terríveis, afinal. Meu mundo estava ruindo por completo ao meu redor. Parecia que um abismo gigantesco estava se abrindo e me engolindo por inteiro. Ira acariciou meu braço.

"Não consigo me lembrar de muito mais do que isso." Voltei a olhar para ele. "Vou recuperar minhas lembranças? Ou o passado sempre será confuso?"

Em vez de responder, Ira invocou um vestido de veludo, luvas com botões nas laterais e um manto de viagem do éter e colocou essas roupas sobre a cama. Havia pequenas vinhas e flores bordadas nas barras. Rosa-dourado e preto.

Uma mistura das cores dele e das minhas.

Forcei-me a me concentrar no que nos tinha levado até ali e nas novas consequências do fracasso.

"O duque revelou coisas interessantes sobre Vesta. Ouviu alguma delas?"

"A maior parte", admitiu Ira. "Vesta não era daqui. Meu irmão Avareza supostamente queria se casar com ela. E ela andava distraída nos últimos tempos. Não conseguia identificar sangue pelo cheiro, mas perguntou sobre isso em detalhes. Uma quantidade curiosa de sangue de lobisomem aparecia em todas as cenas em que ela estava presente. Tudo, porém, é fofoca da corte, não há provas. Embora eu esteja intrigado com a questão do sangue. Já é raro que o comandante de um exército não consiga rastrear informações que seriam obtidas com facilidade e eficiência ao se sentir o cheiro da cena, mas, além disso, sangue de lobisomem aparecendo com frequência é algo que causa perplexidade."

"Se ela estava infeliz aqui, as perguntas podem indicar que estivesse tentando encontrar um jeito de fingir o próprio assassinato. Se eu fosse ela e não conseguisse sentir pelo cheiro as mesmas informações que um demônio consegue, ia querer saber todos os detalhes para armar um ardil verossímil. Talvez as ocorrências de sangue de lobisomem em outras oportunidades fossem para praticar. Talvez ela estivesse verificando quanto era necessário para inundar os sentidos de um demônio."

Minha irmã já havia provado que fingir um assassinato era possível. Até eu encontrar provas irrefutáveis do contrário, continuaria suspeitando de que Vesta não estivesse morta. Uma nova ideia me ocorreu, mas era outro enigma complexo, que necessitava de tempo para ser desvendado.

"O que foi?", perguntou Ira.

"As coisas não estão fazendo muito sentido. Vittoria optou por fazer uma aliança com Avareza, em teoria para unir a corte dele e os lobisomens, mas é peculiar que sua comandante fosse 'assassinada' sob circunstâncias tão misteriosas. Ainda mais considerando que Vittoria sabe forjar uma morte de forma verossímil. Se Vesta é mesmo tão talentosa quanto Avareza alegou, acho difícil acreditar que ela foi atacada com tanta facilidade. Ninguém ter ouvido o ataque pode ser explicado por um feitiço de proteção, mas — para fins de argumento, vamos remover lobisomens da equação —, quem teria acesso à privacidade de sua suíte? Seu irmão não mencionou nada das condições do lado de fora dos aposentos dela. Nenhum arranhão ou entrada forçada. O que significa que ela devia conhecer quem quer que tenha deixado entrar. Deve haver mais coisa nessa história. Você vai questionar seu irmão para saber o que ele diz?"

"É claro. Mas podemos ter mais chance de saber os detalhes por sua irmã. Acredito que Avareza não vá cooperar com uma Casa rival, mesmo tendo procurado nossa ajuda." Ira pegou um par de luvas de couro, escondendo nossas tatuagens matrimoniais. "Quando estiver pronta, a carruagem te espera na entrada. Encontro você lá em breve. Esposa."

Apesar de tudo estar caótico e errado, um sorriso surgiu em meus lábios. "Marido."

Pareceu certo. Mais do que certo. Foi a sensação de voltar para casa.

O príncipe demoníaco me puxou para mais perto, beijando-me com uma ferocidade que me fez derreter, e depois saiu. Nosso jogo de enganação ainda não tinha terminado. Ele tinha mais um papel para desempenhar. Com sorte, Avareza estaria irritado o bastante com destruição de um de seus salões de jogos e não pressionaria por minha assinatura nem minha presença. Ele desejaria que eu ficasse o mais longe possível de Ira, para que não desse motivo para irritar seu irmão e arruinasse o restante de seu castelo. Tinha certeza de que o duque também já estava palpitando em seu ouvido. A nobreza não gostava de ser feita de boba.

O que me fez imaginar se um comportamento como aquele poderia ser um motivo em potencial para alguém assassinar Vesta. A essa altura, eu não estava descartando nenhuma possibilidade. O comportamento de Avareza certamente foi mais estranho do que o usual, e eu continuava a colocá-lo em questão.

Eu me recompus e me vesti com rapidez. Mal tinha acabado de sair na neve que caía devagar, alcançando a porta da carruagem, quando Ira apareceu. Deveria ser desconcertante alguém tão grande conseguir se mover de maneira tão silenciosa, mas meu marido era um predador que apenas fingia ser civilizado.

Ele me ajudou a entrar na carruagem, que era uma beleza preta e dourada sem cocheiro, puxada pelos quatro cavaleiros do apocalipse, os cavalos demoníacos de Ira. Ele bateu com o punho no teto, sinalizando para que os cavalos cor de ébano, de olhos vermelhos e dentes metálicos, saíssem.

Ele empurrou as cortinas de tecido para o lado, olhando com uma cara cada vez mais feia para a paisagem que passava. À nossa esquerda, o Rio Sombrio se agitava, com as ondas escuras borbulhando como em um caldeirão.

Uma sensação desconfortável percorreu minha coluna. Quando chegamos, a água estava muito mais calma; e se a *nonna* Maria me ensinara alguma coisa, foi a procurar por sinais de problema.

Era visível que a agitação estava aumentando.

Eu me perguntei se teria alguma coisa a ver com o juramento de sangue que os príncipes tinham acabado de assinar. Talvez os Sete Círculos já estivessem se preparando para a morte de minha irmã. E, apesar da promessa de Ira de que a encontraríamos primeiro, talvez o perigo já estivesse batendo à sua porta.

Ira olhou em meus olhos questionadores e balançou a cabeça de leve. Não estávamos longe o suficiente da Casa rival, e era provável que Avareza tivesse espiões localizados perto do limite do gramado imaculado e coberto de neve de seu castelo. Como toda magia, havia limites para os feitiços que Ira usava para manter nossos aposentos privados. Como estávamos em movimento, devia ser complexo demais para a magia acompanhar. Assenti, demonstrando que compreendia, e voltei minha atenção para a janela. Estava desesperada para perguntar se ele tinha reunido mais informações sobre Vesta com Avareza, mas logo chegaríamos em casa e poderíamos discutir tudo com liberdade. Minha curiosidade ardente teria que esperar.

Ficamos mergulhados em um silêncio tenso enquanto a carruagem percorria o longo caminho que passava por um pequeno afluente. Depois do que pareceu uma hora, mas deve ter sido menos da metade desse tempo, enfim subimos a colina íngreme que nos levaria à ponte que ligava as terras entre a Casa Soberba e a Casa Ira.

No alto da colina, Ira ficou bem alerta. Quis saber se ele estava sentindo Vittoria ou se havia outra causa para alarme, mas ele me lançou outro olhar que indicava que ainda não era seguro falar. Atormentei minha mente em busca de outras ameaças conhecidas, mas não consegui pensar em nada. Ele tirou as luvas e desembainhou a adaga de sua Casa, pressionando a ponta na palma da mão com força o bastante para que um pouco de seu sangue tocasse na lâmina. O metal e os olhos de pedras preciosas brilharam como se estivessem satisfeitos e fortificados com a oferenda. O corte se fechou em segundos. Um ótimo bônus da imortalidade. Fiquei me perguntando como eu podia ser mortal, se era uma deusa. Ira enfim rompeu o silêncio.

"Se alguém se aproximar da carruagem e alguma coisa der errado, por qualquer motivo, ative seu manto e corra para nossa fortaleza. Anir vai comandar o exército enquanto eu os contenho."

"Ativar meu manto? Ele é mágico?"

Ele fez que sim com a cabeça.

"Coloque um pouco de seu poder e ele vai refletir o mundo ao seu redor, deixando você invisível. Não vai mascarar seu cheiro, mas com isso, você ganha tempo para escapar."

"Você espera que eu te abandone se formos atacados?"

"Sim. No momento, eu sou o general e você é um soldado. Vai fazer o que eu mandar."

"É mesmo?" Ergui as sobrancelhas. "Eu não me lembro de ter feito nenhum juramento ou promessa."

Meu tom de voz foi comedido, mas meu rei não era tolo. O olhar de resposta de Ira provavelmente mandaria seus soldados demoníacos correndo para a latrina com o intestino solto.

Eu não era um soldado. Era sua esposa. E se o cretino arrogante pensava que eu o deixaria sozinho com qualquer inimigo que pudesse estar espreitando, estava muito enganado.

Como ficou evidente por minhas íris rosa-douradas alimentadas pelo poder e por minha capacidade de produzir fogo que agora queimava objetos físicos, eu também tinha minha própria magia assustadora. E ficaria ao lado dele, lutando até meu último suspiro, se fosse preciso.

"Eu sou imortal, Emilia."

"E eu sou o quê?" Se eu era uma deusa, e nós vivemos juntos por anos no passado, então havia algo a mais que ele não estava me contando. Algo que eu descobriria assim que chegássemos em casa.

O olhar de Ira lutava com o meu, todo fogo dourado e fúria gélida. Aquele combate ele não venceria; eu já estava convencida. Nada que ele dissesse me dissuadiria de ficar ao seu lado. Após outro longo momento, ele enfim se rendeu.

"Se algo der errado, vou usar magia *transvenio* para nos transportar para o nosso território. Fique por perto e pegue sua adaga. Ataque primeiro e rápido. Se alguém for insolente o bastante para nos atacar durante a tarde tão perto de minha Casa, não vai hesitar em ferir você."

"Você acha que é V..."

Um uivo cortou o ar e o som reverberou pela carruagem. Um segundo uivo surgiu logo depois, seguido por um terceiro e um quarto. Prontamente, um coro de uivos lamentosos preencheu o ar, rebatendo nas montanhas ao longe e ecoando de leve.

Os pelos de meu corpo se arrepiaram.

Lobos. Pelo som, eram lobisomens grandes e sobrenaturais. Aquilo respondia à minha pergunta sobre *quem* estava lá fora, mas deixava o *porquê* para contemplação. Os cavalos relinchavam e rosnavam, mas o som era diferente do produzido por qualquer cavalo mortal que eu já tivesse ouvido.

À primeira vista, Ira parecia calmo, focado. Até que vi o brilho da empolgação em seus olhos. Ele era feito para a guerra, para batalhas. O que deixava a maioria atrapalhada e com medo, deixava-o alerta. Ele abriu um sorriso lento e presunçoso.

"Os transmorfos estão zangados."

E aquela emoção abençoada estava abastecendo o já incrível estoque de poder mágico do demônio. Retribuí o sorriso, sentindo alívio nos ossos. Ficaríamos bem. Ira fechou as cortinas, escondendo-nos. Pelo visto, ele não estava preocupado em ver seus inimigos.

Outro uivo, dessa vez mais perto, mais alto e repleto do que devia ser comando alfa. Domenico estava ali. Eu não conseguia imaginar por que os lobos estavam nos Sete Círculos, mas com a insistência de Avareza em dizer que eles tinham assassinado sua comandante, o medo me consumiu, apesar da empolgação de meu marido. Dado o modo que Domenico tinha agido com minha irmã, a facilidade e a rapidez com que havia obedecido ao comando que dera para ela se afastar de mim, eu não conseguia imaginá-lo agindo contra ela.

Ira atingiu o teto da carruagem com o punho fechado, assustando-me, e o veículo parou de repente. Era isso. Uma energia nervosa tomava conta do meu corpo.

Se os lobisomens estavam ali, assim como Domenico, rezei para que isso significasse que minha irmã não estivesse muito atrás. Se ela estivesse por perto, e se eles não planejassem nos atacar, tudo que precisaríamos fazer era neutralizar os transmorfos, pegar Vittoria e levá-la à Casa Ira. Os outros príncipes jamais saberiam que a havíamos encontrado e escondido.

Ira apontou com o queixo para a porta, indicando que estava prestes a abri-la. Agarrei no punho de minha adaga, com as palmas das mãos suadas e o coração acelerado. Se eu conseguisse encontrar minha irmã e falar com ela, talvez pudéssemos evitar todo o derramamento de sangue. Com certeza, ela cessaria assim que me visse. Então poderíamos discutir sobre Vesta e eu teria minha resposta sobre a culpa ou inocência dela, de uma forma ou de outra.

"Lembre-se, fique por perto. Ataque rápido." O príncipe parou com a mão na maçaneta, depois balançou a cabeça. Ele me agarrou pela cintura e me deu um beijo firme e rápido. "Se você morrer, vou te perseguir e te arrastar de volta."

"Parece uma ameaça e tanto."

"É uma promessa, *milady*."

"Eu também te amo." Segurei seu rosto. "Se você já terminou, vamos matar uns lobisomens."

O olhar dele escureceu.

"Derramamento de sangue me excita quase tanto quanto sua pequena performance. Vou levar você direto para a cama depois dessa luta." Ira abriu um sorriso destruidor. "E não vamos sair de lá por um bom tempo. Espero que tenha trazido a saia de pérolas."

Qualquer nervosismo ou trepidação que eu estivesse sentindo desapareceu. Suspeitei que o discurso de Ira tivesse sido para que meus pensamentos ficassem no que aconteceria *depois* da batalha, para me dar algo em que me concentrar. Ele era um bom general; eu destruiria mil lobos só para fazê-lo voltar para a cama.

O sorriso dele estava repleto de arrogância masculina. Ele merecia isso, depois de nosso amor de estremecer a terra, então eu não poderia falhar. Sentindo que eu estava pronta, Ira pegou a adaga e abriu a porta. Ele saiu em um vislumbre de movimentos violentos. Saltei logo atrás dele, com a lâmina preparada.

A exaltação que eu sentia desapareceu assim que vi o que nos aguardava.

Quase uma centena de lobos, enormes e monstruosos, estavam sobre a ponte, lado a lado, bloqueando o caminho para a Casa Ira. Mas não foi isso que fez meu coração bater mais forte. Foram as dezenas de lobos que flutuavam em um semicírculo à nossa volta, com as patas a uns três metros do chão. Eram espíritos caminhantes. E estavam esperando o momento de atacar, se algum de seus irmãos sucumbisse.

Sangue e ossos. Eu tinha poucas dúvidas de que Ira conseguiria abater uma grande porção deles sozinho, mas havia tantos... Muitos. Minha irmã tinha reunido um exército. Como se meus pensamentos a invocassem, Vittoria apareceu atrás de uma fileira de lobisomens particularmente cruéis. Seu sorriso característico tinha desaparecido, assim como a luz travessa que dançava em seus olhos. O ser que nos encarava era frio e desprovido de humanidade. Imortal. Ela era o que eu era de verdade, e isso me causava arrepios.

“Nós tínhamos uma conversa marcada para hoje, irmã. Fiquei cansada de esperar, então trouxe alguns amigos para a escoltarem até as Ilhas Mutantes.” O foco de Vittoria mudou para Ira. “Sugiro que a deixe ir sem fazer alarde.”

O chão retumbou, como se a fúria de Ira tivesse abalado o centro do reino.

“Renda-se à Casa Ira, por vontade própria e de forma pacífica, e eu deixo seus cachorrinhos vivos.”

“Que magnânimo de sua parte.” a boca Vittoria curvou a boca um sorriso lento e cruel. “E tolo. Parece que você não ficou sabendo o que eu posso fazer. Permita-me demonstrar.”

“Vittoria”, chamei, forçando calma na voz. “Venha conosco.”

“E por que eu deveria?”

“Porque você é suspeita de assassinato e colocaram um preço por sua cabeça.”

“É mesmo?”

“Sim.” Olhei nos olhos entretidos dela. “E eu acredito que há muito mais nessa história. Por favor. Ceda e venha falar comigo. Quero ouvir o seu lado da história. Deixe-me ajudar a limpar seu nome de qualquer delito.”

“Por que eu deveria me preocupar se um príncipe do Inferno acha que sou assassina? Não se pode confiar em nenhum deles. Eles enganam, manipulam e se orgulham disso. E eu já tolerei jogar pelas regras deles tempo o suficiente.”

Minha irmã levantou o braço direito e dobrou o cotovelo, como se estivesse segurando uma bola. Foi rápido demais para eu conseguir discernir as palavras que estava sussurrando, mas observei com um medo crescente enquanto ela entoava um canto suave. Uma luz brilhante cor de lavanda serpenteou ao redor de seu cotovelo dobrado, circulando devagar o antebraço e o pulso, até parar ao redor de sua mão.

Ira praguejou e entrou na minha frente, protegendo-me com seu corpo. Espiei ao redor dele, horrorizada por ver os dedos de minha irmã se alongarem. Garras cor de ébano mais afiadas que adagas surgiram nos dedos longos demais. Seu braço parecia queimado, como se ela o tivesse enfiado em algum fogo infernal e mexido com magia que desejava ser deixada em paz. Veias escuras arrastavam-se por seu cotovelo, parecendo se misturarem com seu sangue. A luz lavanda serpenteante piscou.

Ela levantou a mão cheia de garras, mostrando com orgulho seu apêndice de aparência demoníaca. Eu não podia fazer nada além de observar ela se tornar um transmorfo.

“Domenico, meu amor. Venha.”

O lobo cinza-azulado à sua direita, que tinha o tamanho de um urso com olhos roxo-claros brilhantes, seguiu na direção de minha irmã gêmea, ganindo baixo ao se agachar diante dela.

Sem aviso, a mão magicamente alterada de Vittoria atravessou o peito do lobo. O som de ossos sendo triturados e músculos sendo rasgados era nauseante no silêncio lúgubre. Eu mal podia acreditar no que havia acontecido. Vittoria puxou o braço, agarrando um coração que ainda batia, e girou, segurando-o no alto para todos verem. Domenico caiu em uma pilha imóvel de pelo ensanguentado, morto.

“O que *você* fez?”, sussurrei. Meu estômago revirou com a brutalidade. O sangue. Eu já tinha visto ferimentos assim. Em bruxas. Ira e eu não sabíamos o que tinha removido seus corações. Ele havia suspeitado de um animal, pois não identificara traços de demônios. Eu estava convencida de que tinha sido um príncipe do Inferno. Balancei a cabeça devagar, sem conseguir processar que minha irmã gêmea era capaz de um ato tão violento e tão cruel. Ela havia assassinado o próprio amante. *Ela* assassinara as bruxas em nossa ilha. O porquê ainda era um mistério, mas por fim eu sabia quem tinha sido. E isso me enojava.

"Você matou aquelas garotas."

Não tinha sido Antonio e nem um anjo da morte. Minha irmã. Sangue do meu sangue.

E naquele momento foi difícil acreditar que ela não tivesse matado Vesta.

Vittoria se virou para mim, seu olhar era calculista.

"Qualquer um pode matar, querida irmã. Gostaria de ver o verdadeiro motivo de me temerem? Por que eles querem me ver presa?"

"Por favor." Minha voz era suplicante, mas eu não me importava. "Por favor. Pare. Apenas venha conosco."

"Suplicar é coisa de mortais."

Vittoria se mexeu, voltando a atenção para o lobo sem vida aos seus pés. Com a mão livre, ela dobrou dois dedos, como se dissesse "venha cá", e o corpo de lobo sem vida de Domenico levitou. Ela inclinou a cabeça, olhando para o coração que ainda batia devagar em sua mão, então o enfiou de volta no peito dele. Quando puxou a mão demoníaca para fora, o ferimento se curou de imediato.

Os pelos opacos desapareceram, substituídos por uma pelagem brilhosa e livre de manchas de sangue. Todos os sinais de morte sumiram. Os olhos brilhantes de Domenico se abriram e ele rosnou, mostrando os dentes.

Não para a criatura que o havia massacrado, mas para nós. Tudo que eu podia fazer era olhar, incapaz de processar que minha irmã não só tinha assassinado alguém, como também o havia *ressuscitado*.

"Nós somos deusas do Inferno, Emilia. *Nós* somos as Temidas." Minha irmã gêmea olhou para mim de novo. "Nem bruxas, nem transmorfos, nem mesmo príncipes do Inferno poderão ficar contra nós quando estivermos unidas. Seu poder está despertando. É hora de tomar de volta o que é nosso. É hora de voltar para casa.

Minha casa era a Casa Ira. Por escolha. Algo obscuro surgiu dentro de mim, algo protetor.

"Foi por isso que você me alertou para eu me afastar de Ira? Porque quer que eu me junte a você?"

"É claro. Seu lugar não é com os demônios. Seu lugar é com o sangue do seu sangue."

"E se eu me recusar a te acompanhar?" Testei a firmeza de minha mão na adaga. "O que vai acontecer?"

Minha irmã deixou se passarem alguns instantes de silêncio, o suficiente para causar desconforto.

"Vamos encontrar outra forma de libertar seu poder de sua jaula mágica." Vittoria se virou para Ira, com prazer brilhando nos olhos, quando o chão tremeu sobre seus pés. "Você é querosene. Volátil. Nociva." Ela tirou uma adaga do éter. Sua lâmina brilhava com símbolos mágicos estranhos. Ira ficou sobrenaturalmente imóvel. "E eu sou a faísca que você precisa para acender."

Meu marido não esperou o ataque.

Em um giro de movimento e fúria, ele libertou toda a força de seu poder.

E os lobos atacaram.

8

Ira lutava com uma graça brutal, movimentando-se como um pesadelo vivo ao passar por nossos inimigos como um furacão. Ele matava sem misericórdia ou pausa. Se algo saltasse, ele destruía, já pronto para matar o seguinte antes de o anterior atingir o chão.

Seu corpo não era apenas feito para guerra; era feito para isso por meio de trabalho árduo, uma arma que ele afiava à perfeição para esse exato propósito.

Ele atacava; os lobos caíam e não se levantavam mais. O sangue se esparramava pelo chão coberto de neve. O odor metálico deixava o ar mais denso, junto do aroma corajoso de adrenalina. Em questão de segundos, o demônio da guerra já tinha derrubado uma dúzia de lobisomens. Outra dúzia, de repente, ficou congelada no meio do ataque, como corpos encapsulados em gelo.

A verdade infernal de seu poder estava exposta por completo. Ira enviou um pulso de magia que viajou como um raio pela terra. Um sinal, sem dúvida. Os cavalos demoníacos se libertaram das rédeas da carruagem, atacando os lobos, rangendo os dentes de metal e perfurando carne e ossos com facilidade.

Entrei em ação, lutando através da horda, tentando estreitar as fileiras à nossa volta. A memória corporal guiava minhas ações, como se eu soubesse desde sempre como matar com o mesmo tipo de violência fria. Como deusa da fúria, era provável que eu houvesse praticado muito no passado, mesmo que não conseguisse me lembrar.

Bati com o punho da adaga nos lobos congelados, ignorando os pedaços de corpos e carne ensanguentada que estilhaçavam com o gelo. Meu corpo zumbia com o poder e com a fúria. Mas havia um limite, era como o muro que tinha sido levantado quando Inveja roubou minha magia.

A magia ainda me continha. Pela primeira vez, minha raiva de ter sido mantida na ignorância sobrepujou meu medo de saber de toda a verdade. Se saíssemos daquela batalha, jurei em silêncio que faria todo o possível para voltar a ser meu verdadeiro eu.

Nunca mais me sentiria presa e sem poder.

A neve começou a cair com força, e o céu, já cinzento, ficou ainda mais escuro e mais agourento. Se Ira ordenava que a neve e o gelo o obedecessem, fazia sentido o submundo ser uma tundra congelada. Seu poder não podia ser contido, tanto que a própria terra se curvava aos seus desejos. Eu esperava que isso aterrorizasse nossos inimigos. Queria que o próprio reino os engolisse por inteiro.

Ira seguiu em frente, chegando à extremidade da ponte bem no momento em que mais lobos caíram do Mundo das Sombras. O demônio jogou seus poderes para trás, congelando tudo que se movesse, exceto por mim e por seus cavalos demoníacos. Em meio ao caos da batalha, procurei minha irmã.

Vittoria tinha desaparecido, mas eu sentia sua presença nos arredores. Ela estava esperando. O que quer que estivesse planejando, não era bom. Eu precisava falar com ela, convencê-la a parar ou incapacitá-la. Um lobo saltou, mostrando os dentes, então congelou, caindo no chão a trinta centímetros de mim. O sangue respingou em meu rosto, mas eu não parei para limpá-lo.

Atrás de mim, um leve movimento chamou minha atenção. Girei, acertando com força e rapidez um lobo que tentava atacar Ira pelas costas. Ele tinha chegado perto. Perto demais. Minha fúria fervilhava profundamente, ameaçando transbordar. Fiquei perto de meu rei, e minha raiva era um toque de guerra que batia em sincronia com meu coração.

Os lobos tentavam atacar o demônio, mas ou ele os derrubava, ou eu o fazia. Seus cavalos relinchavam à minha direita, mordendo e dando coices ao passar pelos lobos.

Sem intervalo, parecia que estávamos lutando há horas. Sangue ensopava o chão, meu manto estava empapado como uma oferenda. Eu celebrava, agradecia. Saudava mais.

Mais morte. Mais raiva. Mais *vingança*.

Minha lâmina brilhou em rosa-dourado sob o sangue que a manchava, absorvendo as oferendas que eu servia a ela. Tínhamos quase chegado ao centro da ponte quando ouvi um som mais aterrorizante que os lobisomens e os cavalos combinados. Ele rosnava e latia com um cão raivoso. Vários deles, na verdade.

Passos golpeavam o chão, fazendo-o tremer. Na extremidade da ponte, vindos da Casa Ira, surgiram quatro poderosos cães do Inferno. Praguejei em voz baixa. Ira não estava brincando quando chamou o cão que eu havia encontrado no Corredor dos Pecados de cachorrinho. Ele era do tamanho de um pônei. Essas feras de três cabeças eram do tamanho de elefantes. Seus olhos azul-gelo brilharam, e os lobos que estavam mais próximos deles ficaram com os pelos eriçados, dividindo a atenção entre Ira e seus cães de ataque. A luta tinha acabado de ficar mais difícil para os lobos e para minha irmã gêmea. Graças aos poderes estabelecidos.

Sem perder nem mais um instante, os cães do Inferno, que eram da cor da neve, entraram na briga. Observei tempo o bastante para ver seus pelos claros ficarem manchados de vermelho, depois retomei o meu próprio banho de sangue. Concentrei-me na lâmina em minha mão, virando e atacando como se tudo aquilo fosse uma dança bem coreografada. A batalha era a música, e a morte era minha talentosa parceira. Durante todo o tempo, a vingança pulsava em minha alma.

Ira lutava com o mesmo fervor do início, sem aparentar cansaço algum. Os lobos não podiam dizer a mesma coisa. Alguns cambaleavam com uma densa espuma branca cobrindo o focinho e os peitos ofegantes devido ao esforço.

Entre os cães do Inferno, os cavalos demoníacos e Ira, a vitória parecia próxima. Iminente. Eu me abaixei quando um lobo pulou sobre mim, então cortei sua garganta. O sangue espirrou em meu rosto e ensopou meu cabelo quando ele caiu no chão.

"EMILIA!"

Virei ao ouvir o grito de minha irmã, que gelava o sangue, e não consegui conter meu instinto inicial de procurá-la e protegê-la. Foi um erro. O mundo foi para o inferno devido àquele único ato de afeição familiar e de humanidade. Um lobisomem me derrubou no chão e mordeu meu pescoço. As garras rasgaram meu manto, arrancando a pele de meu peito, e eu gritei.

Então o lobo despareceu, foi arrancado de cima de mim e jogado contra a ponte com tanta força que quebrou seu pescoço e as costas, fazendo barulho suficiente para ser ouvido acima do som de cavalos e cães do Inferno lutando.

O lobo tremeu com violência, apenas uma vez, e depois ficou imóvel. Soltei o ar e contive outro grito. O ferimento em meu peito latejava a cada batida acelerada do meu coração. A dor completa ainda não tinha chegado, sem dúvida por conta da adrenalina, mas eu sentia uma tontura estranha.

Os olhos de Ira eram duas chamas douradas que pairavam sobre mim, analisando os danos causados ao meu corpo. A temperatura ficou mais fria do que era possível. A raiva dele tinha chegado ao limite.

Minha irmã gêmea, os lobisomens... Era melhor todos eles baterem em retirada antes que Ira os destruísse. Ele me alcançou, e então caiu de joelhos. O sangue brotava da frente de sua camisa. Ele olhou para baixo com as sobrancelhas unidas, como se também não pudesse acreditar. Uma lâmina brilhante projetava-se de seu peito.

"Ira!" Eu me levantei cambaleando, ignorando a sensação cortante enquanto meu ferimento se abria mais, e o segurei, envolvendo-o com meu corpo de maneira protetora. "Está tudo bem." Passei a mão sobre o ferimento dele. "Vou tirar isso. Você vai se curar."

"Sabe." Vittoria estava atrás de Ira, puxando a adaga de suas costas sem remorso algum. "Tanta gente procurando a Lâmina da Destruição..."

Alternei o olhar entre o ferimento, que ainda sangrava com violência, e minha irmã gêmea. Ira disse que a lâmina enfeitiçada poderia matá-lo, e minha irmã o esfaqueara com uma lâmina que certamente havia causado danos. Em geral, ele se curava em um instante. Ele também disse que podia sentir quando a arma letal se aproximava, mas naquele momento estava distraído. Por minha causa.

Sua pele bronzeada estava empalidecendo com rapidez, mas quando olhou nos meus olhos, vi que sua fúria era sem igual.

"O manto."

Olhei para ele, indicando que a adaga havia afetado seu bom senso. Não havia chance que, nesse mundo ou em outro, eu o deixasse sozinho desse jeito.

"Cure-o." Olhei para minha irmã. "Cure-o agora!"

Vittoria fingiu considerar meu pedido, então deu de ombros.

"Não."

"Vittoria." Minha respiração ficou mais rápida, errática. "Você me negaria isso?"

Ela fez sinal para o lobo que devia ser Domenico, e ele fincou os dentes em meu ombro, atingindo o ferimento em meu peito e me puxando para trás. A dor tomou conta de meus sentidos, e os lobisomens usaram a distração para formar uma barreira entre meu marido e eu.

Afastei a agonia e confrontei os lobos que rosnavam.

"Parem com isso. Vittoria, apenas *pare*. Eu faço o que você quiser."

"Talvez eu queira vê-lo sangrar. Como você se sente com isso, Emilia? Zangada?"

Vittoria chutou as costas de Ira, bem no ferimento, e ele tossiu sangue.

"Irada?", provocou.

Ela o atingiu na têmpora com o cabo da adaga, com força o bastante para matar um mortal, se considerarmos apenas o estalo alto. Ele se contraiu, com sangue escorrendo pelo rosto, mas não se encolheu. Havia algo muito errado, senão ele revidaria.

"Ou furiosa?"

"Pare!", gritei.

"O que vai ser preciso para despertar sua magia?" Vittoria o pegou pelos cabelos e puxou a cabeça dele para trás, expondo a garganta e pressionando a lâmina no lugar. "Isso?"

O que quer que fosse aquela adaga, causara danos extremos a ele. Se minha irmã cortasse sua garganta, se eu o perdesse... Explodi. Aquele poder ancestral, aquela fera adormecida, ela acordou com sede de vingança ao ver o sangue de Ira. Não me preocupei em me conter. Não tentei me controlar.

Eu me soltei.

E a fúria tomou conta de meus sentidos por completo. Tornei-me um pilar de chamas rosas-douradas. O ar ficou escaldante, mas um anel protetor se formou ao redor de mim, Ira, Vittoria e Domenico. Todo o restante, à exceção dos cachorros e cavalos de Ira... queimou.

Lobos ganiram, e os que não saíram rápido o bastante, pegaram fogo. O fedor de pelo queimado atravessou minha barreira e o cheiro doce e nauseante de carne esturricada veio em seguida. Vittoria observou com grande interesse, mas não disse nada quando meu poder se enfureceu e ficou ainda mais quente.

A neve e o gelo se transformaram em poças, a água do rio fervia sob nós, lobos que estavam mais distantes desapareceram, retornando ao Mundo das Sombras. As rochas sobre a ponte começaram a derreter. Em segundos, cairíamos na água fervente, nossa carne se desprenderia dos ossos.

Eu não me importava. Levaria minha irmã comigo. Minha necessidade de vingança era como uma sede insaciável. Eu levaria todos eles, e então...

Os flocos de neve me atingiram de repente, e as ferroadas geladas de centenas de gotas congeladas me tiraram do meu transe por um momento. Os dedos de Ira se entrelaçaram nos meus, apertando uma vez antes de se afrouxarem. Larguei meu poder e caí de joelhos, aninhando-o junto ao meu corpo.

"É impossível encontrar a Lâmina da Destruição", concluiu Vittoria, jogando a lâmina de lado. "Por isso recorri ao veneno. Ser a deusa da morte tem suas vantagens. Levei um tempo para acertar a poção, mas fiz algo forte o bastante para derrubar um imortal."

Meu cérebro levou um segundo para se desvencilhar de minhas emoções e entender o que ela estava dizendo. Voltei a atenção para minha irmã.

"Você não encontrou a Lâmina da Destruição?"

"Ainda não." Vittoria suspirou com tristeza. "Mas fingir que a tinha comigo até que funcionou bem." Era por isso que Ira não havia sentido a presença da lâmina. Tinha sido uma maldita artimanha. Minha fúria tomou conta de mim mais uma vez, mas antes que eu a soltasse de novo, minha irmã gêmea levantou o braço e fez um movimento, fechando a mão. "Durma."

Meu coração desacelerou. Entrei em pânico quando me dei conta de que não havia como eu ajudar Ira ou a mim mesma. Minha cabeça bateu no chão com um estalo. Fiquei olhando sem piscar para o meu marido, que parecia ter se recomposto e estava gritando o meu nome.

O rosto dele foi a última coisa que vi antes do mundo escurecer.

*

Acordei ao som de fogo crepitando, mas não era o calor que permeava o ar, e sim uma umidade fria. O odor era de terra revirada. Como um túmulo. Do mesmo tipo que a *nonna* costumava nos levar a cada lua cheia, para coletarmos terra para abençoar nossos amuletos e afastar o diabo. Meu marido.

Pisquei enquanto olhava para o céu coberto de raízes, então me sentei, assustada. Estava escuro, um escuro subterrâneo, e as raízes grossas que atravessavam o teto indicavam que, onde quer que eu estivesse, havia uma árvore gigantesca sobre mim. Olhei ao redor do cômodo vazio e conclui que se tratava de uma cela: três paredes sólidas, de terra batida; uma parede que, na verdade, era uma espécie de portão, com barras próximas demais para alguém passar entre elas; e um chão de pedra impenetrável.

Linhas de fogo doloroso percorriam meu peito em agonia. A batalha. Ira. Lobos.

Tudo voltou de uma vez. Apesar do ferimento ardente, eu me levantei do colchão de palha sobre o qual havia sido colocada e agarrei as barras, na esperança de conseguir soltar alguma delas.

Uma dor aguda subiu por meus braços e eu logo desisti. As barras estavam enfeitiçadas. Com sorte, isso seria apenas uma complicação, não um impedimento. Mergulhei na Fonte e invoquei meu fogo, mirando no metal; os botões de rosa flamejantes se infiltraram, o metal brilhou com uma ferocidade rubra, e depois... nada. As barras amaldiçoadas absorveram a magia.

Tentei mais uma vez e fui lançada para trás pela onda de poder.

Perfeito. Minha magia tinha alimentado o feitiço; quanto mais eu lutava para me libertar, mais aprisionada ficava. Era um truque sujo, mas efetivo. Que a deusa a amaldiçoasse.

"Vittoria!"

"Você se lembra da noite em que escutou escondida enquanto eu falava sobre as Estrelas dos Sete, Bruxa Sombra?

Dei um salto ao ouvir a voz e me concentrei no que achei que era uma sombra mais escura encostada no canto oposto de minha cela.

"Inveja?"

O príncipe daquele pecado se inclinou para a frente, apenas o suficiente para a luz da única tocha no corredor mostrar seus traços belos e calmos.

"Você não é a única decepcionada, queridinha. Eu também preferiria que fosse o meu irmão aqui."

"Como *você* está aqui?"

Inveja me lançou um olhar irritado.

"Sua irmã não conseguiu manter aquela mão demoníaca longe de mim." Ele acariciava o peito, bem onde deveria estar seu coração, de maneira vaga. A camisa estava rasgada, como se Vittoria tivesse mesmo arrancado o seu coração. Ele notou minha expressão horrorizada e abriu um sorriso lento e perverso. "Não se preocupe. Ele cresceu de novo. Murcho e obscuro. Mas está lá."

"Não quero saber."

"Imortalidade." Ele deu de ombros. "Ferimentos se curam, corações se regeneram. E vida que segue. Para todo o sempre."

Falando daquele jeito, parecia terrível.

"Se Vittoria não queria você morto, por que arrancaria seu coração e o trancaria em uma cela?"

"Caso não tenha notado, sua irmã é sádica e psicopata. Mas a julgar por esse ferimento horrível em seu peito, isso não é nenhuma novidade." Inveja levantou e limpou a poeira das calças, depois fez uma careta enquanto observava as mãos sujas. "Além disso, ela é obcecada por mim, mas suponho que isso não seja culpa dela. Sou insuportavelmente belo. Minha recusa aos avanços e à oferta de aliança dela a deixam louca."

"Você pode até ser insuportável, mas o restante não é bem assim." Achei interessante que minha irmã também tivesse procurado Inveja se já tinha uma aliança com Avareza. A menos que tenha acontecido da forma contrária. "Você foi a primeira ou segunda escolha dela para uma aliança?"

"Segunda. Mas tenho certeza de que ela se arrepende de não ter me procurado primeiro. Meus cofres são maiores que os de Avareza."

"Duvido muito, vossa alteza."

Ele me deu um sorriso de verdade, mostrando as covinhas juvenis. Eu só as vira uma vez, e isso me amoleceu um pouco.

"Parece que sua irmã não é a única com garras afiadas. Acredite no que quiser, queridinha, mas lembre-se de que eu não posso mentir." Ele olhou para as marcas em meu peito. Se eu já não conhecesse a peça, pensaria ter visto preocupação em seu rosto. "Você precisa cuidar disso. Já parece infeccionado, e a podridão vai deixar a cela com um fedor dos infernos."

"Anotado." Estreitei os olhos. "Por que você continua me chamando de bruxa sombra?" Não tínhamos acesso a médicos nem ataduras, então não adiantava ficar falando de algo que eu não poderia resolver. Se o ferimento ficasse muito infeccionado, o fedor seria a última das minhas preocupações. "Eu sei o que eu sou. Quem eu sou."

"Você sabe?" Ele não pareceu convencido quando voltou a se sentar no chão.

Respirei fundo e me concentrei na última imagem que tive de Ira para alimentar meu pecado e permitir que ele se libertasse de sua jaula por um instante.

"Diga você."

"Seus olhos..." Inveja ergueu as sobrancelhas, parecendo quase impressionado. "Não é mais mortal. Parece que a imortalidade venceu. Nenhuma surpresa. Embora você não esteja se curando, o que é bastante curioso."

Libertei minha fúria e soltei o ar. Inveja analisou meus traços, mas não comentou sobre o que imaginei ter sido o retorno de minhas íris castanhas. Ergui um ombro e depois apontei para os olhos.

"Não sou bem imortal."

"Você pode não ter todos os seus poderes, mas a mortalidade acaba se submetendo à imortalidade. É a força mais intensa das duas. Uma gota de imortalidade é mais poderosa que um balde de mortalidade."

Fazia sentido. Quase. Exceto pelo fato de que Ira havia lutado muito, em mais de uma ocasião, para evitar que eu "morresse". Em breve, eu descobriria o motivo.

"Não mude de assunto. Perguntei sobre bruxas sombra. Diga o que isso significa. Por favor."

Inveja inclinou a cabeça de lado, considerando.

"Você é 'sombra' porque tem uma parcela, uma sombra, de seu verdadeiro poder. 'Bruxa' porque, com tanta diluição de sua magia, é isso que você é. Todas as bruxas são descendentes de deusas."

"Por que não podia me dizer isso antes?"

"A maldição não permitia. Parece que não é somente a cor de seus olhos está mudando."

Pensei sobre a ligação mágica entre Ira e eu. A que permitiu que ele entrasse em minha mente e rompesse o que estava contendo minhas memórias.

"Acha que eu ter casado com Ira tem alguma coisa a ver com isso?"

Inveja me olhou como se, de repente, eu fosse muito intrigante.

"Vocês aceitaram o laço?"

"Isso apareceu em nossos dedos." Levantei a mão, mostrando a nova tatuagem. "Depois que nós..."

Um sorriso piscou nos cantos dos lábios dele.

"Vocês consumaram o laço na Casa de Pecado de Avareza. Estou surpreso por Ira ter perdido o controle em uma corte rival. É algo que ele tinha jurado nunca mais fazer."

Desviei os olhos, pensando em todos os acontecimentos que tinham levado à nossa relação sexual improvisada.

"Parte do castelo de Avareza ruiu; as emoções de Ira estavam um pouco elevadas."

A risada de Inveja chamou minha atenção de novo para ele.

"Imagino que o temperamento de meu caro irmão tenha algo a ver com isso. Certamente explicaria por que ele a reivindicaria naquele lugar e naquele instante. Bem bolado, pequena Bruxa Sombra."

"Não foi planejado."

"Quando algo é iniciado, é raro que tenhamos controle no resultado, não importa quais sejam as nossas intenções iniciais."

Inveja recostou-se, apoiando os cotovelos nos joelhos e entrelaçando as mãos à sua frente de forma casual. As mangas de sua camisa estavam arregaçadas até os cotovelos, mostrando músculos surpreendentemente desenvolvidos. Sob o deboche e o desprezo que ele usava como armadura havia um guerreiro à espreita. O cabelo escuro estava desgrenhado, mas isso só o fazia parecer mais indolente. Mais régio.

Não era a primeira vez que ele me lembrava o que era de verdade: um anjo caído. Antes de eu saber disso, costumava pensar que ele parecia ter um halo partido, o que era bem adequado, mas agora eu reconhecia aquilo como um coração partido.

Ele me encarou com seu olhar esmeralda emitindo, bem no fundo, um alerta piscante.

"Não confunda tédio com amizade ou caridade."

"Eu não chamaria isso de amizade ou caridade." Sorri com certa tristeza. "Diria gentileza, mas você arrancaria minha cabeça."

A irritação irradiava dele.

"Sou muitas coisas, mas gentil não é uma delas. Egoísta? Com certeza. Tudo que eu digo beneficia meu objetivo no final. Nunca se esqueça disso."

"Sabe o que é patético?", disse Vittoria, que chegava pelo corredor em frente à nossa masmorra. "Eu acho que você acredita mesmo nisso."

9

Minha irmã parou em frente à cela, parecendo fria e implacável em seu vestido azul-gelo. Sua humanidade tinha desaparecido, mas para mim era difícil acreditar que não restava mais nada dela. Mesmo que estivesse enterrada bem nas profundezas de sua miserável alma imortal. Ela olhou para mim.

"Você fede a esperança. Isso não combina com você, irmã."

"Onde está Ira?"

Ela passou os olhos por mim dos pés à cabeça, mal destinando a meu ferimento mais que um olhar apressado, até que encarou meu antebraço. A serpente, as luas crescentes e as flores que agora marcavam minha pele abaixo do cotovelo de forma permanente. A mesma tatuagem que Ira tinha.

Seus lábios se curvaram de desgosto.

"Você não acha estranho que ele possa sentir seu paradeiro, em linhas gerais, por meio dessas tatuagens gêmeas horrorosas e você não consiga fazer o mesmo?" Ela fez um som de desaprovação quando fechei bem os lábios, recusando-me a responder. "Eu bem que gostaria de entender por que a magia é uma via de mão única."

Não sabia se o que ela dizia ainda era verdade, mas não revelei que algo havia mudado quando completamos o aspecto físico de nosso laço.

"Bom, eu gostaria de saber por que você é tão brutalmente irritante, mas nenhum de nós vai conseguir o que quer hoje." Inveja havia se movido com uma rapidez sobrenatural e agora estava ao meu lado. Vittoria rosnou para ele, mostrando os dentes, e Inveja curvou a boca formando um sorriso cruel . "Diga logo qual é a razão da sua visita para podermos continuar planejando sua morte em paz."

"Minha irmã nunca me machucaria."

"Ah, que curioso." Inveja jogou a cabeça para trás e riu. "Vejamos se eu entendi bem: você mutilou o amorzinho dela, deixou que seus cachorrinhos crescidos a ferissem, colocou-a em uma cela e ainda assim acredita que ela não está tramando como voltar para ele e te destruir, se você ficar no caminho dela?"

"Ela *nunca* faria isso." Vittoria se irritou. Mas o olhar que lançou em minha direção parecia menos certo. "Temos o mesmo sangue."

"Ele é o *destino* dela. E ela é o dele. 'Assim como é em cima, é embaixo.' *Eles* estão em equilíbrio. Luz e escuridão. Um caído de cima, o outro criado no submundo de baixo." Inveja endireitou a coluna e todo o entretenimento desapareceu. Algo dentro de mim fez sentido. Suas palavras *pareciam* certas, como uma chave entrando em uma fechadura. "Não ouviu uma palavra do que eu disse quando você invadiu minha Casa e transou com meu segundo em comando? Você não pode vencer o amor. É uma força mais poderosa e mais aterrorizante do que qualquer magia que você possua ou medo que inspire. Até mesmo agora."

Fiquei paralisada. As palavras dele trouxeram uma recordação que parecia importante. A *nonna* tinha dito que o amor era mais poderoso que a magia, que ele sempre me guiaria para onde eu precisasse ir. Eu estava convencida de que ela se referia ao amor de minha família, mas, sabendo o que eu sabia agora, já não tinha tanta certeza. Principalmente por ela ter dito aquilo logo depois de apontar que eu havia sido marcada por um príncipe do Inferno.

"O destino é uma megera infiel. Assim como o amor." Vittoria afirmou, fervilhando. "Com os estímulos certos, a cabeça dela pode ser virada. Assim como a de Soberba foi."

"A cabeça dele foi mesmo virada?", questionou Inveja. "Eu não teria tanta certeza."

"Não vou permitir que minha irmã se restrinja a amarras tão tolas quanto o destino e o amor."

Inveja olhou para mim.

"Eu adoraria ver você tentar impedi-la."

Eu já estava cansada de ouvir os dois falarem de mim como se eu não estivesse presente. E eu não estava sem poderes, apesar de estar ali contra a minha vontade. Tiraria vantagem daquele encontro. Antes que minha irmã retrucasse, lancei em voz baixa um feitiço da verdade. Eu ainda era uma bruxa, mas agora minha magia estava mais perto da de uma deusa. O feitiço pegou minha irmã gêmea e a apertou com força.

Quando falei, minha voz estava repleta de puro domínio. A onda de poder fazia com que eu parecesse mais demoníaca do que qualquer um dos príncipes.

"Onde está Ira?"

Os olhos de Vittoria quase se esbugalharam na tentativa de lutar contra o comando mágico. Alimentei o feitiço com mais poder, observando com frieza o sangue escorrer de seu nariz e pingar em seu belo vestido.

Ela rangeu os dentes, e gotas de suor ocuparam sua testa. Tudo estava acontecendo rápido demais, mas eu esmagaria seu crânio e romperia sua mente para conseguir o que queria. Inveja ria ao meu lado, e era provável que sentisse minha selvageria crescente. Ela voltou a atenção para ele, fazendo cara feia.

"Meu templo."

"ONDE?"

As narinas de Vittoria se dilataram. Ela era forte, mas eu era alimentada pela raiva.

"Nas Ilhas Mutantes."

"Você matou a comandante de Avareza?"

"Não."

"Você contratou alguém para matá-la?"

Vittoria mostrou os dentes de novo, mas conseguiu guardar a resposta para si mesma.

A magia estava diminuindo, então eu não tive certeza se ela havia mentido quanto ao assassinato da comandante de Avareza, mas fiquei com um pingo de esperança de que não tivesse sido ela.

"Obrigada, irmã. Nem doeu muito, doeu?"

Ela se afastou das barras de minha cela. Sua expressão era cruel enquanto limpava o sangue do nariz.

"Você vai se arrepender do que fez."

"E você logo vai se arrepender de me manter trancada aqui, longe de Ira." Fiz questão de imitar seu olhar frio de antes, e minha voz estava repleta de maldade.

"Eu avisei." Inveja quase saltitava. "Você riscou o fósforo, e eu espero que tenha falado sério quando disse que gostava de queimadura."

Ignorei a discussão paralela dos dois e encarei minha irmã gêmea. "Você mandou o crânio encantado a Avareza?"

"Qualquer um, com um feitiço correto, é capaz de encantar um crânio. Até mesmo um príncipe do Inferno."

Não foi uma resposta direta, mas me fez questionar mais uma vez se Avareza estava por trás do crânio. Até então, eu não tinha encontrado nada para provar que ele *não tivesse* enviado o crânio para si mesmo.

"Sim" disse Inveja devagar. "Até príncipes demoníacos modestos conseguem fazer truques de salão. Da mesma forma que uma deusa."

"Algum de seus lobos foi atacado por demônios ou desapareceu?", perguntei. "Além do ataque que você acabou de armar para Ira e para mim."

"Se um demônio ferisse um lobo sob os meus cuidados, esse demônio não estaria mais respirando."

"Mesmo que esse demônio fosse um oficial de alta patente de uma corte com a qual você se aliou?"

"Ainda mais nesse caso." A atenção de Vittoria se voltou para Inveja. "Se você continuar com esse sorrisinho, vou arrancar seu coração pela segunda vez, demônio."

"Vittoria", falei com firmeza. "Algum de seus lobos foi morto ou roubado na última semana, mais ou menos?"

"Por que você precisa saber isso?"

Cerrei os dentes. Era uma tática familiar que Ira usava quando estava evitando uma pergunta.

"Descobri que sangue de lobisomem pode entorpecer os sentidos dos demônios. Um bom tanto foi encontrado em volta do que restou do corpo da comandante de Avareza. Você se lembra de Vesta, não é? Tenho certeza de que devem ter se encontrado quando fez sua aliança com a Casa Avareza.

"Não prestei muita atenção na cachorrinha de Avareza."

"Senti uma amargura na sua resposta", observou Inveja. "Ela também recusou seus avanços?"

Eu queria pressioná-la por mais informação, mas estava óbvio que minha irmã não falaria na frente de um demônio.

"Por que estou aqui, Vittoria?"

Ela tirou os olhos de Inveja e me mediu de cima a baixo.

"Quero que você aceite seu poder por inteiro. É hora de jogar fora sua mortalidade, punir seus inimigos e se apropriar de sua Casa."

"Como é que eu vou jogar..."

Interrompi o que estava prestes a dizer. Uma lembrança se agitava ao redor, tentando escapar.

Nossa Casa... Voltei minha atenção a Inveja, que parecia muito interessado em minha luta interna. Na Casa de Pecado dele, eu mencionara os sete Infernos e ele me corrigiu, dizendo que eram *oito*. Eu estava concentrada no vinho com feitiço da verdade, então dei importância, não queria desperdiçar uma oportunidade de reunir as informações de que precisava naquele momento.

Fechei os olhos depressa, permitindo que a lembrança se materializasse.

"Casa Vingança". Virei para minha irmã gêmea quando o nome surgiu. Uma oitava Casa. "Não lembro de mais nada a respeito dela."

"Essa é uma história para outra hora", disse Vittoria de maneira evasiva.

Inveja riu.

"Por favor, fique à vontade para compartilhar os segredos de sua Casa. Sem dúvida eu andei curioso sobre ela. Meus irmãos também."

"Você nunca foi?", perguntei a Inveja, unindo as sobrancelhas. "Nem Ira?"

"Não. Nem meus espiões nem os espiões dos outros príncipes do Inferno conseguiram entrar naquele círculo."

"Não é aqui?", perguntei, olhando mais uma vez para minha irmã gêmea. A imagem de algumas montanhas cruzou minha mente. Com picos nevados e traiçoeiros. Isoladas. "Isso que você quis dizer quando falou de tomarmos de volta o que era nosso por direito de nascença."

Vittoria assentiu, mas não se aprofundou. Fiquei grata por isso. Não conseguia lembrar de nada específico sobre nossa Casa e precisava de um tempo para absorver um acontecimento transformador de cada vez. Também tinha quase certeza de que esse era o motivo pelo qual ela não queria que eu me juntasse à Casa Ira. Ela queria que eu reinasse em nossa Casa de Pecado. E era provável que eu precisasse abrir mão dela para ficar em nossa corte rival. "Você falou que eu deveria jogar fora minha mortalidade. Como eu faço isso?"

"Basta me deixar remover o coração mortal que deram a você."

O tempo pareceu parar de repente.

"*O quê?*"

Vittoria se aproximou da cela.

"Vou garantir que seja rápido, quase indolor." Ela apontou com a cabeça para o meu peito, para as marcas de garra que ainda ardiam. "Você vai se curar no mesmo instante. Sem infecção. Sem cicatrizes."

Levei a mão ao peito, andando para trás. Ela estava falando sério. Minha irmã gêmea queria arrancar meu coração.

"Eu não... Como assim alguém me *deu* um coração mortal?"

"Você foi impedida de acessar a sua verdade. Recebeu algo mortal na esperança de que a humanidade se infiltrasse no tecido de sua alma. Queriam você domada. Quem você acha que teria feito uma coisa dessas?" Vittoria se apoiou nas barras de novo, e a magia chamuscou a pele dela. Ela não parecia sentir dor alguma. Ou se importar, se estivesse sentindo. "Você sabe. Suspeita. E ainda assim não quer aceitar o que fizeram conosco. O que *ela* fez. Tiraram nosso poder porque nos temiam. Temiam a vingança que obteríamos."

"Não." Sacudi a cabeça. A negação era desconfortável. Porque eu sabia que estava mentindo para mim mesma. Sabia que minha irmã estava dizendo a verdade. E ainda assim não podia, não queria admitir. Nem em voz alta nem em silêncio. "Nossa *nonna* não faria isso. Ela não teria feito. Por que faria?"

"É um feitiço de bloqueio. Destinado a prender. Lançado pelo tipo de magia mais obscura. Sacrifício humano."

"A *nonna* detesta magia obscura. Quase tanto quanto detesta os Perversos." Olhei para Inveja, que estava estranhamente quieto. Tristeza. Foi o sentimento que piscou em seus olhos antes de ele desviar o rosto. Ele acreditava que aquilo era verdade. A bile queimou o fundo de minha garganta e quase vomitei. "Ela nunca mataria um humano. Nós nem tínhamos permissão para usar ossos ou feitiços obscuros."

Porque é provável que, dessa forma, descobríssemos a verdade muito mais rápido, uma voz sussurrou baixinho no fundo da minha mente. Vittoria não disse nada, apenas me deu espaço para aceitar quanto nossa avó havia escondido de nós.

Meu coração mortal roubado se partiu. Saber que ele tinha vindo de um humano… Parte de mim queria que minha irmã o arrancasse de uma vez.

“Não.” Inveja apareceu de repente na minha frente, balançando a cabeça. “Nem considere isso. Você não está pronta. Confie em mim.”

“Por quê?”

Ele deu a impressão de que não queria responder, talvez porque não estava acostumado a compartilhar informações com tanta liberdade, mas cedeu.

“Há uma pequena chance de você não sobreviver à transformação.”

“Você acabou de dizer que a imortalidade sempre vence.”

“Eu digo muitas coisas que *acredito* serem verdade. Isso não faz delas um fato.”

“E ainda assim, cá estou”, intrometeu-se Vittoria, “totalmente restaurada”.

“Você governa a morte”, retrucou ele. “É claro que ia sobreviver.”

Fiquei olhando nos olhos de Inveja. Seis meses antes, se alguém me dissesse que eu estaria considerando levar em conta a palavra de um príncipe do Inferno em detrimento da de minha própria irmã, eu o consideraria insensato. Lembrei-me na convicção de Ira quando afirmara que seu irmão não era assassino. Se meu marido confiava nele, então eu também confiaria.

Além disso, não sabia ao certo o que *ele* queria dizer quando falou que eu não estava “pronta”, mas tinha certeza de que *eu* não estava pronta para tomar aquela decisão. Com feitiço de bloqueio ou não, eu gostava de meu coração onde ele estava.

“Se meu coração é a única coisa no seu caminho, por que apenas você não o pega?”, perguntei a Vittoria.

“Ela não pode”, explicou Inveja. “Você precisa escolher abrir mão dele.”

“Ou?”, perguntei, analisando o rosto de minha irmã gêmea. “Quais são as consequências?”

"Você vai morrer", respondeu Vittoria, depois de suspirar. "Como eles sempre quiseram. Não era para lembrarmos de quem somos. Lembra da noite em que tiramos os amuletos? Aquilo fez uma fissura em nossa maldição. Foi por isso que nossa avó nos alertou de que não devíamos trocá-los. Não era por que eles iam alertar o diabo, mas sim por que dariam início a uma reação em cadeia que nos libertaria, mais uma das profecias deles. Ninguém quer libertar deusas da vingança, ainda mais depois de as ter enganado."

"Como você soube de tudo isso?", perguntei.

"Um livro de feitiços sussurrou seus segredos para mim. Logo depois que tirei meu amuleto e o dei a você, minha capacidade latente destravou, e foi ficando mais forte com o tempo. Os sussurros ficaram mais intensos, insistindo para que eu agisse. Um dia, aqueles sussurros me levaram ao primeiro livro de feitiços. Foi como aprendi a remover meu próprio feitiço de bloqueio."

Era verdade. Eu tinha lido a parte de seu diário que mencionava os sussurros e o desejo de Vittoria de os compreender. Afastei-me das barras da cela e desmoronei sobre o colchão. Partículas de poeira se levantaram com o golpe.

Nonna sabia disso o tempo todo. Ela não apenas sabia, mas também tinha sido a responsável por nos vincular à nossa forma mortal. E sabia que, presas como mortais, acabaríamos morrendo se não optássemos por romper o feitiço de bloqueio de forma voluntária. Nossa falta de educação em feitiços de ataque agora fazia sentido. Tudo fazia. E eu detestava isso. Queria continuar lutando contra isso, mas tudo se encaixava.

"Mas nós fomos crianças. Nós crescemos. *Como* isso é possível?"

"Você se lembra de quando viajamos àquela cabana no bosque? Com a amiga da *nonna*?" Vittoria perguntou de repente. Assenti, cada vez mais desconfortável. "Como chegamos lá? Como fomos para casa? Por que estava tão brutalmente frio e coberto de neve? Parecia muito com o que vemos aqui, não parecia?"

Eu tinha me perguntado a mesma coisa havia pouco tempo. Questionara o verdadeiro propósito daquela visita e por que eu não conseguia me lembrar de pequenos detalhes do passeio, como as viagens de ida e de volta. Eu só me lembrava das luvas de cashmere, do caldeirão borbulhante...

Senti o primeiro ardor de lágrimas se formando e trinquei os dentes. Nossas lembranças, nossa vida toda, nada era real. Era tudo magia, mentiras e traição. Mas ainda assim *parecia* real.

"E nosso pais?", perguntei. "Eles sabiam?"

Algo parecido com pena surgiu nos olhos de Vittoria.

"Voltarei mais tarde para saber qual é sua decisão. Sugiro não esperar demais para se decidir. Ira não vai combater o veneno para sempre. Ele é poderoso ao extremo, mas não contra um veneno mágico concebido pela própria Morte." Ela olhou mais uma vez para o meu ferimento. "E isso precisa se curar, ou a escolha será feita por você."

"Como?"

"Se você morrer por causas naturais, vou te trazer de volta. Sem seu coração mortal."

"Você poderia me trazer ataduras e medicamentos."

"Você tem razão. Eu poderia." Vittoria inclinou a cabeça de lado. "Mas não vou."

*

Eu estava deitada no colchão havia apenas alguns minutos, olhando para o nada e tentando processar tudo que havia descoberto, quando Inveja apareceu e se colocou de pé ao meu lado. Seu olhar era impressionante. Um pouco arrogante, um pouco irritado, e mais decidido do que eu jamais havia visto.

"Você se lembra das Estrelas dos Sete?"

"Você já me perguntou isso."

"E você não respondeu."

"Caso não tenha notado", retruquei, um pouco enfurecida, "fomos interrompidos".

"Vai ficar deitada aí de mau humor a noite toda? Ou se concentrar na tarefa que tem em mãos?" A voz dele era nítida e irritada. Como eu ousava não dar atenção imediata a suas exigências régias?

Além de um assassinato que eu não tinha certeza se fora assassinato de verdade, eu tinha pouco tempo para processar a retaliação de sangue de Vittoria, o envenenamento de Ira e tudo que eu havia acabado de descobrir sobre a minha família. Meu mundo estava ruindo mais rápido que o salão de jogos de Avareza, e era melhor Inveja rastejar de volta para o seu canto e me deixar pensar por alguns minutos. Eu precisava fazer uma lista executável de objetivos e, no momento, estava lutando para manter pelo menos um único pensamento coerente.

"Permita-me refrescar sua memória", disse ele. "Você foi procurar as Sete Irmãs. Você as encontrou, assim como o Espelho das Três Luas, que eu estava procurando. Consegue se lembrar de onde?"

"Por que isso..."

Eu me sentei, encolhendo-me com o ressurgimento da dor. Minha pele estava começando a queimar, como se uma febre estivesse tomando conta de mim. Olhei para as raízes no teto, compreendendo o que Inveja queria dizer. Senti meu estômago afundar.

"Havia uma árvore no Corredor dos Pecados. Eu tive que dar sangue a ela para abrir a porta secreta em seu tronco."

"Sabe por que eu mandei você atrás do espelho?" Inveja pressionou, com um quê de urgência no tom de voz.

Fiz que não com a cabeça.

"Porque a chave para desbloquear a magia da árvore requer sangue de um deus do Inferno. Sangue de deusa. Ninguém mais consegue abrir aquela passagem. *Ninguém*, não importa o quanto seja poderoso.

"Sangue e ossos." Minha cabeça doía. "Mesmo que Ira consiga se libertar, ele não conseguiria me encontrar. O Corredor dos Pecados bloqueia nosso laço. E mesmo que ele encontre a árvore, não conseguirá acessá-la."

"A árvore tem raízes, mas se move com frequência, tornando a tarefa de rastreá-la quase impossível para qualquer demônio. Isso significa que precisamos pensar em um plano de fuga." Ele olhou para o meu ferimento com repulsa. "E precisamos fazer isso rápido, antes que você não tenha mais nenhuma serventia para mim."

"Sua preocupação com o meu bem-estar é deveras tocante." Suspirei vendo que Inveja assentia, sem perceber o sarcasmo em meu tom de voz. "Não consigo derreter as barras. Duvido que seja possível queimar uma saída para nós. Posso dizer à minha irmã que concordo em lhe dar meu coração mortal, mas se ela chegar ao meu coração antes de conseguirmos dominá-la, imagino que minha aceitação será suficiente para ela agir. O que você sugere?"

Inveja ficou andando de um lado para o outro pela pequena cela, passando a mão nos cabelos. Ele mexia a boca como se tivesse tido uma ideia, mas estava discutindo em silêncio consigo mesmo. Por fim, parou e se virou para mim. Sua expressão era fria. Seus olhos eram dois poços impenetráveis de ódio.

"Sua irmã me quer."

Pisquei os olhos quando entendi o que ele queria dizer.

"Você vai fazer o quê? Se oferecer para dormir com ela?"

"Estamos à beira de uma guerra, Emilia. Eu a fodo desmaiado se for preciso. Vou usar meu pecado, e vou fazer isso tão bem que ela vai invejar qualquer outra amante que eu tiver depois dela. Assim, você pode ganhar tempo para escapar da cela."

"Mas e você?", perguntei, odiando que estivesse considerando participar de algo que evidentemente o fazia parecer estar prestes a experimentar o pecado de meu marido. "Se eu escapar, você ainda vai ficar preso. Com ela. Não sabemos se ela *matou* a comandante de Avareza. E eu odiaria ver o que ela faria com você se a traísse."

"Sua preocupação com o meu bem-estar é deveras tocante" disse ele, imitando o que eu havia dito e recebendo um gesto ofensivo com a mão. "Vou ficar perto da porta da cela. Então vou empurrá-la na direção do colchão, ser bruto como ela gosta, e bater a porta antes que ela saiba o que estamos fazendo. Se tivermos sorte, não vou ter que tocar nela mais que o necessário para empurrá-la na direção da cama."

"Não estou gostando disso. Tem..."

Uma tossida baixa e forte nos assustou. Lancei ao príncipe um olhar cheio de acusação, e ele deu de ombros.

"Como não lhe ocorreu mencionar que havia outra pessoa aqui?", perguntei.

"Regenerar um coração não é tarefa fácil. Eu acordei pouco antes de você." Inveja foi até as barras, espiando na semiescuridão. "Quem está aí?"

Mais uma tossida. A pessoa não parecia nada bem.

"Olá?", perguntei, chegando ao lado de Inveja. "Ira?"

"Emilia?"

Meu coração se apertou de forma dolorosa. Não era meu marido. Não sabia dizer se aquilo era um alívio ou um motivo para ficar mais preocupada com seu bem-estar. Mas, ainda assim, reconheci a voz.

"Antonio?"

Ele tossiu de novo, dessa vez o som estava mais perto. Como se ele estivesse em uma cela ao lado da nossa.

"Também está preso?"

Ele soltou um riso baixo, que se transformou em um acesso de tosse. "Ela prometeu que eu veria minha mãe de novo, se eu fizesse tudo que ela dissesse. Ela queria que eu fingisse que matei aquelas garotas. Se eu fizesse a minha parte, ela traria minha mãe de volta. Assim como ela fez com o lobo. Anjo da Morte. Foi o que pensei. Que outra criatura, além de um anjo, poderia trazer os mortos de volta? Achei que talvez ela fosse trazer as bruxas de volta também. Eu não sabia... eu não sabia que ela queria se vingar da família delas."

Fechei os olhos. Suas ações faziam sentido. Ele nunca mais tinha sido o mesmo depois da morte da mãe. Havia entrado para a irmandade sagrada de forma abrupta, afastando-se. O luto não era apenas uma sombra que seguia as pessoas, era o pior tipo de companhia. Era uma emoção que podia fazer a pessoa definhar por meio da tristeza e das lágrimas ou transformá-la em um monstro que tem ânsia de vingança e de sangue. Justiça. Retaliação. Como se derramar sangue fosse trazer alguém de volta. Eu sei bem. Foi essa mesma faísca que inflamou meu caminho.

Tinha sido cruel da parte de Vittoria balançar aquele tipo impossível de esperança na cara dele. Desumano. Agarrei-me à crença de que tivesse sobrado algum lado nobre em minha irmã. *Algo* redimível. Um laço entre nós que nunca poderia ser rompido. Se não houvesse, então talvez Avareza estivesse certo. Talvez ela não devesse ser salva.

"Ela enganou a todos nós, Antonio. Até a mim."

Inveja lançou um olhar que afirmava que *ele* não tinha sido enganado, e eu fiz sinal para ele manter sua boca irritante fechada. Ele ergueu as mãos, fingindo se render, e voltou a espreitar e tramar em seu canto. *Deusa, me dê forças para lidar com príncipes demônios altivos e arrogantes.*

"Gostaria de voltar para casa?", perguntei diante do silêncio de meu velho amigo. "Não é tarde demais, sabia?"

"Casa." Ele pronunciou a palavra como se a testasse e achasse o sabor amargo demais para o seu gosto. "Tudo isso é mais uma enganação, não é?" Antes que eu pudesse pensar em uma resposta para consolá-lo, ele continuou: "Domenico nunca sai de perto dela. Mesmo quando ela desce aqui, ele fica no fim do corredor, de guarda. E ele não está sozinho. É difícil dizer, mas ele costuma descer com vários outros. Trouxeram uma novata. Ela não chega perto da cela, mas eu a vejo observando. Ela parece mais ferina que os outros. Como um cachorro selvagem que não suporta ficar preso. Domenico fica inquieto sempre que ela está por perto. O que é o tempo todo, ultimamente."

"Como você sabe que ela é nova?"

"Eu ouvi os comentários na noite em que ela chegou. Parece que não consegue viajar entre os mundos. Domenico e outro lobo tiveram que resgatá-la."

Olhei para Inveja. A expressão dele estava tensa. Mesmo que nosso plano de trancar Vittoria em nossa cela funcionasse, teríamos que lutar com os lobos. O que não seria tão perturbador se não fosse por meu ferimento infeccionado e a falta de uma arma. Eu também não sabia ao certo o que o poder de Inveja era capaz de fazer, mas fiquei me perguntando se estar em um lugar fechado por magia de deusa afetava suas habilidades.

A julgar por sua expressão desolada, a situação tinha piorado. E se havia uma nova loba que deixava os outros agitados por não conseguir viajar para o Mundo das Sombras, eu não queria ficar cara a cara com ela. Esforcei-me em uma nova tentativa para ver ao redor das barras.

"Você sabe se a nova loba ainda está aqui?", perguntei.

Um som terrível, como o triturar de ossos seguido por um som úmido, rompeu o silêncio. Vittoria apareceu, segurando um coração decepado que pingava sangue. O horror transformou meu sangue em gelo.

Ela não podia ter...

"Pronto. Agora não temos mais que ouvir esse falatório infinito e ele pode ver sua mãe de novo. Era *isso* que ele queria." Caí de joelhos e quase vomitei. Minha irmã se ajoelhou devagar, olhando nos meus olhos, com o coração de Antonio ainda batendo na mão. "Você queria transar com ele primeiro? Posso trazê-lo de volta. Esqueci que ele era sua paixonite. Ele vai ficar novo em folha se eu agir agora. Tenho certeza de que não vai atrapalhar a performance dele, apesar de se tratar de um mortal, então é provável que, mesmo em seu melhor dia, ele não seja nada muito impressionante. Mas, considerando o quanto ele gostava de falar, talvez saiba o que fazer com a boca.

"Qual é o seu problema?!", gritei.

"Estou fazendo exatamente o que fui criada para fazer, Emilia. Quando você vai fazer o mesmo?"

Enquanto lutava com os lobos, eu tinha prometido a mim mesma que faria todo o possível para desbloquear meu poder total, mas tinha que haver outra forma de fazer isso. Quando retornasse à Casa Ira, pesquisaria em todos os grimórios que pudesse para encontrar uma solução.

Vittoria soltou um som de reprovação, se levantou, invocou do éter um pote de vidro, colocou o coração dentro e fechou a tampa para mantê-lo em segurança. O vidro desapareceu em uma espiral de fumaça. Foi se juntar ao restante de sua coleção mórbida. Isso me fez pensar no que sonhara na noite em que tive hipotermia e Ira cuidou de mim até eu ficar saudável de novo. Eu tinha visto imagens de corações em vidros.

Agora sabia do que se tratava. Lembranças de uma outra época e um outro lugar. O templo dela, talvez. Ou onde guardava sua coleção. Talvez houvesse um cômodo terrível em nossa Casa de Pecado para guardar seus troféus.

"Eu governo a morte", continuou ela. "É você que está confusa em relação a quem é e qual é o seu propósito, *Fúria*. Você achou que a Casa Vingança não fosse cruel?"

"Você disse a ele que traria a mãe dele de volta."

"Nosso amiguinho entendeu errado. Eu disse que ele *veria* a mãe de novo. Então Domenico e eu mostramos a ele meu truque com o coração. Antonio entendeu o que quis. Não é culpa minha se ele não pediu mais explicações. Cumpri minha promessa. Imagino que a alma dele já esteja reunida com a da mãe. Se você não quer transar com ele, qual é o seu ponto? Ele não passava de uma ferramenta mortal. Com certeza ele não teve problemas em pisar em você enquanto satisfazia suas necessidades. Tem ideia de como foi fácil fazer com que ele concordasse com meu plano? Mesmo sabendo que teria que te magoar?"

Fiquei olhando para minha irmã, para a estranha que ela havia se tornado. Vendo-a tão fria e desprovida de emoções, tão capaz de assassinar com facilidade... talvez ela tivesse matado Vesta. Eu podia ver essa versão de minha irmã olhando sem fazer nada enquanto seus lobos destruíam a demônia, deixando o cheiro de seu sangue por toda parte. Talvez a nova loba que Antonio mencionara tivesse feito as honras. Antonio... Quase vomitei de novo, sem conseguir olhar para o sangue que cobria a mão de minha irmã.

"Traga-o de volta", supliquei, limpando a boca enquanto me levantava. "Juro por meu sangue que, se não fizer isso, eu nunca te ajudarei a recuperar nossa Casa."

Os olhos de Vittoria brilharam com algo que parecia triunfo.

"O coração dele pelo seu?"

Fiz uma pausa. Não queria abrir mão de meu coração mortal, mas não podia deixar meu velho amigo morrer. Vittoria havia me encurralado e sabia disso. Respirei fundo.

"Eu..."

Inveja, que estava em silêncio até então, interrompeu.

"Sabe, estou curioso. Como é saber que sua mãe prefere a Emilia? Eu não tenho mãe, mas imagino que seja uma sensação horrível. Uma sensação que inspiraria o pecado que me dá nome."

Senti um leve pulso do pecado de Inveja, tão sutil que minha irmã talvez não percebesse que ele estava usando magia. Os olhos dela se estreitaram.

"Para isso ser verdade, nossa mãe precisaria demonstrar interesse em nossa existência. Ela nos criou, e depois passou para a próxima fantasia passageira. Você a vê aqui?" Vittoria nem se preocupou em fingir que olhava ao redor, embora o uso do termo *criar* tenha feito eu me encolher. Pelo jeito, não tínhamos nascido. Era outra estranheza com a qual eu teria que me acostumar, ainda que minha irmã não parecesse nem um pouco perturbada. "A anciã não está aqui porque tem coisas mais importantes para fazer, almas para atormentar ou o que quer que ela decida fazer."

O sorriso de Inveja era felino, como um grande gato feral prestes a atacar.

"Meus espiões me contaram histórias interessantes. E Emilia pode comprovar."

Outra leve pitada de seu pecado. Eu permaneci onde estava, imóvel, evitando romper o feitiço. Mas, por dentro, eu estava gritando para que ele se apressasse. Antonio precisava de seu coração de volta.

"Gostaria de saber onde sua mãe esteve esses últimos anos?" Inveja continuou. "O que ela andou fazendo?"

E então eu vi. O pequeno movimento de uma sombra na parede. Alguém estava parado fora de meu campo de visão. Fiquei tensa, desejando que Inveja tivesse sentido algo que meus sentidos mortais entorpecidos não conseguiam e, por isso, ele tivesse começado a distrair minha irmã gêmea. Vittoria não tirava os olhos do príncipe, o que me fez questionar se ela estava ciente de quem se aproximava devagar e não estava preocupada. Ou se essa pessoa havia lançado um encanto, ocultando--se dela. Torci para que fosse a última hipótese.

"Eu não me importo", respondeu Vittoria. "Ela não tentou quebrar nossos feitiços de bloqueio. Não se deu ao trabalho de nos ajudar. Ela nos fez para cuidar do submundo e depois partiu. Ela é ótima em desaparecer, viajar para o mundo ou universo que desejar. Pode demorar mil anos até a vermos de novo."

"A casa Ira é uma escolha de residência peculiar para alguém desinteressada em suas filhas. Bem, pelo menos, em uma delas", consertou Inveja. Então ele olhou para mim. "Acredito que seu título seja Matrona das Maldições e dos Venenos."

"Celestia." Minha voz saiu como um sussurro chocado. Eu não estava respondendo a Inveja. Estava falando com a mulher de cabelos prateados e cor de lavanda que tinha aparecido atrás de minha irmã gêmea.

Seus olhos escuros encontraram os meus antes de descerem para as marcas de garras em meu peito. Algo parecido com raiva piscou em seu olhar ancestral, algo que eu reconhecia em mim mesma.

Em um piscar de olhos, ela invocou as raízes que estavam sobre nós, arrancando-as do teto, e as enrolou em Vittoria, prendendo seus braços, pernas e corpo. Minha irmã se debateu, pega desprevenida, então ficou imóvel quando a Anciã apareceu na frente dela.

O sorriso de Celestia deixava os monstros com medo. Ali estava não apenas uma deusa do submundo, mas sua criadora.

"Olá, filha."

10

"Mãe."

O choque de Vittoria se dissolveu quase no instante em que apareceu. Ela se debateu contra as raízes que a prendiam, praguejando e gritando feitiçarias. Celestia observava, despreocupada. Minha irmã era uma deusa poderosa, mas Celestia era a Anciã. Uma titã. Parecendo se dar conta disso, Vittoria ficou imóvel, ofegante e com um olhar ainda mais duro. "Você já provou o que queria. Me solte."

As barras de minha cela resplandeceram com um brilho cor de lavanda e depois afundaram na terra. Com cuidado, passei sobre a barreira, aliviada por sair sem dor ou dificuldade.

Corri para a cela ao lado da minha, agarrando as barras com força. O corpo arruinado de Antonio estava caído no chão, com uma poça de sangue vermelho-rubi iluminada pela luz da tocha. A imagem de minha irmã gêmea deitada em um altar, com uma poça de sangue similar ao redor, passou pela minha mente. Ao contrário de minha irmã, Antonio não era imortal. Ele não voltaria a se levantar. Ele apodreceria e seus ossos virariam pó. E desapareceria para sempre. Não importava o que ele havia feito comigo, ele não merecia isso.

"Ajude-o", pedi para a Anciã. "Por favor. Devolva o coração dele."

Celestia voltou sua atenção ao corpo. Não havia nada em sua expressão que indicasse seus pensamentos. Ela olhou de novo para mim.

"Ele se foi, criança. Trazê-lo de volta agora... não é natural. *Ele* não seria natural."

Alternei o olhar entre a Anciã e minha irmã gêmea, desesperada.

"Vittoria trouxe um lobisomem de volta. O rapaz não teve uma morte natural. Deve haver *alguma* forma de consertar isso."

Celestia tirou do éter o vidro com o coração de Antonio e o segurou para eu ver. Senti vontade de vomitar, mas me forcei a não desviar o olhar. Celestia bateu no vidro.

"Não está mais batendo. Não há nada a ser feito. Está além do nosso alcance. Você deve deixá-lo ir, Filha da Lua."

"Não posso."

As lágrimas que eu estava segurando se libertaram e escorreram pelo meu rosto. Era demais. Tudo aquilo. Ira estava desaparecido e envenenado; ele poderia estar sofrendo bem naquele momento, e eu me sentia impotente e incapaz de ajudá-lo. O garoto de quem eu gostava na infância tinha sido assassinado de forma brutal antes que conseguíssemos nos entender e encontrar o perdão. E minha irmã gêmea, por quem eu literalmente viajei até o Inferno para vingar, de tanto que a amava e a quem estava, com todas as minhas forças, tentando salvar, era a fonte de toda a dor.

O choro tomou conta de mim. Quanto mais eu tentava contê-lo, mais eu desabava. Não era só a morte sem sentido de Antonio. Era *tudo*. Meu mundo todo estava desmoronando. Minha família. Minha vida. Nada era o que parecia. Nem mesmo o que eu entendia por própria vida, quem eu era como pessoa e como deusa. O peso de tudo aquilo me esmagava.

Caí de joelhos e me submeti às ondas de pesar que me puxavam para baixo. Não sabia como continuar. Como me levantar. Eu nem sabia se *queria* me levantar. Estava cansada de lutar tantas batalhas, emocionais e físicas. Talvez o mundo fosse melhor sem deusas, seus poderes cruéis e desumanos e seus jogos perversos.

Todos a quem eu amava, todos que tiveram o azar de me conhecer, estavam sofrendo.

As botas brilhantes de Inveja apareceram em meu campo de visão quando ele parou ao meu lado. Eu meio que esperava que ele fizesse uma observação cortante, que me provocasse a sentir outra coisa além do sofrimento excruciante que me colocava para baixo. Ou que talvez me chamasse da criatura patética que eu era.

Mas ele só estendeu a mão. Eu a encarei enquanto as lágrimas corriam por todo o meu rosto, quase sufocando com os soluços.

"Levante-se", disse Inveja em voz baixa. "Como eles sempre temeram que acontecesse."

As palavras dele, as mesmas que ele tinha me dito semanas atrás, quando visitei sua Casa de Pecado, chamaram minha atenção para seu rosto. Ele não olhava para mim como se achasse que eu era patética. Olhava como alguém que compreendia, de forma íntima, como era perder tudo. Como era ser forçada a ficar de pé quando tudo que se quer é desabar. Levantar-se sozinha e desafiar a mão do destino que trouxera tanta dor, derrubando-a tantas vezes. Escolher viver e florescer, apesar do mal. E, o mais importante, ousar sonhar com dias melhores quando seu mundo atual está um pesadelo.

"Levante-se, Emilia", repetiu. Sua mão era uma corda de salvamento. "Faça com que todos eles se lembrem."

Minhas lágrimas diminuíram quando meus dedos se prenderam nos dele. Ele puxou de forma gentil, mas com firmeza, ajudando-me a me levantar. Respirei fundo, uma respiração irregular, e segurei a mão dele com mais força, secando as últimas lágrimas.

"Obrigada."

Ele apertou minha mão antes de soltar.

"É claro que isso me beneficia. Não fique tão grata. Ainda não gosto de você tanto assim."

Eu sabia que não era a verdade completa, mas não questionei como ele conseguira mentir de maneira parcial. Olhei para Celestia e Vittoria. Minha família de sangue. Minha irmã gêmea ainda lutava com as correntes mágicas de raízes, e o rosto de minha mãe era impossível de decifrar. Haveria tempo para conversar, para ver o que poderia ser feito a respeito de minha mortalidade e minhas lembranças, mas agora eu precisava encontrar Ira.

Dirigi-me à minha mãe.

"Os lobos?"

"Estão presos no Mundo das Sombras pela próxima hora", disse ela. "Vá. E não se esqueça, você está me devendo meu livro de feitiços. Irei buscá-lo em breve. Tenha-o em mãos."

"Pode deixar." Olhei nos olhos da Anciã e assenti. Imaginei que ela fosse temperamental, como qualquer deusa. Que seu temperamento mudasse com o capricho seguinte. Eu não precisava de outra inimiga com que me preocupar e estava grata por ter lembrado de colocar o livro dela em minha bolsa na noite em que descobri que Vittoria estava viva.

Inveja saiu andando pelo corredor de terra, sem se preocupar em olhar se eu o seguia. Como prometido, nenhum lobisomem nos esperava quando saímos na sala em que eu havia encontrado o Espelho das Três Luas.

Inveja olhou ao redor, prestando atenção em tudo como se arquivasse as informações em sua mente para uso posterior.

"Não tem muito a ver com uma deusa, mas acho que tem certo charme rústico. Se deixarmos de lado as pedras e a terra."

Sorrindo com o comentário, balancei a cabeça e me dirigi ao pedestal no centro do cômodo. Da última vez em que estivera ali, nele estava o Espelho das Três Luas. Agora, minha adaga brilhava e pairava, com a ponta para baixo, em seu centro. Eu a envolvi com os dedos, sentindo uma onda de determinação tomar conta de mim. E talvez de esperança. Eu encontraria meu rei, depois encontraria uma forma de romper o feitiço de bloqueio. De alguma forma, enquanto isso, também descobriria a verdade por trás do assassinato ou desaparecimento de Vesta e livraria minha irmã da injustiça. Ou a veria pagar por seus crimes.

Soltei o ar. Não seria fácil, mas eu encontraria uma forma de fazer tudo que era preciso. Antes de mais nada, tinha que encontrar meu parceiro. Meu marido.

Encarei Inveja, lembrando o que minha irmã tinha dito sobre a localização de Ira. Se é que eu podia confiar nela. Eu não era totalmente deusa, então não tinha certeza se ela podia mentir, mas até o momento *eu* não tivera problema algum em fazer isso. Diferentemente dos príncipes demônios.

"Sabe onde fica o templo de Vittoria?", perguntei.

Ele fez que sim, com a atenção fixa na adaga.

"Então vamos."

*

Paramos em frente aos portões do Inferno, bem no início do Corredor dos Pecados, olhando para a poderosa magia que crepitava sobre os ossos. Ira lançara um feitiço para trancar os portões quando chegamos aos Sete Círculos, e a magia se contorcia ao redor deles como vinhas demoníacas.

Aquela magia parecia ter algo de errado em suas cores e sensações, mas eu não podia confiar muito em minhas lembranças. A maldição ainda estava firme, embora não fosse tão mais poderosa, agora que eu havia deixado um pouco da magia de Ira entrar em minha alma.

A tempestade de inverno que, de alguma forma, sempre estava presente caía com força total. Onde quer que estivesse, meu marido estava furioso. No entanto, seu temperamento e o impacto que ele causava naquele reino me davam esperança. Aquele clima tão turbulento me fez acreditar que Ira não estava ferido.

Pisquei para expulsar os flocos de neve de meus cílios, e aguardei tremendo enquanto Inveja colocava a mão no portão, como Ira havia feito. Ele falou em uma língua desconhecida e uma magia de cor verde iluminou sua mão e se infiltrou nos portões. Ele manteve a mão ali, esperando aquele som de clique.

Nada aconteceu.

Inveja praguejou com violência e tentou mais uma vez. O resultado foi o mesmo. Ele deu as costas para os portões, passando as mãos nos cabelos enquanto andava de um lado para o outro, murmurando consigo mesmo. O príncipe puxou a adaga de sua Casa do bolso interno do paletó verde e furou o dedo. Como Ira, seu ferimento se curou no mesmo instante, mas ele conseguiu espalhar sangue nos portões. Eles não abriram.

Qualquer esperança que eu estivesse sentindo foi diminuindo aos poucos e se transformando em medo e incerteza. Embora eu estivesse quase certa de que ele estava bem, eu precisava encontrar Ira.

“Será que meu sangue abre estes portões?”

Inveja parou de andar em círculos, estreitando os olhos.

“Você pode tentar, mas suspeito que a magia que fecha os portões tenha sido colocada aqui para evitar que tipos como você, assim como tipos como eu, retornassem.”

Ele não dissera "tipos como você" com malícia, mas eu me encolhi mesmo assim. Para uma pessoa de fora daquele mundo, eu me assemelhava a um demônio. Precisaria de um tempo para me acostumar com isso. Aproximei-me da galhada de alce que funcionava como maçaneta.

"Ira trancou os portões. Por que ele proibiria a mim ou a qualquer outro príncipe de sair?"

"A magia não é demoníaca." Inveja suspirou, e sua respiração enevoou-se diante dele. "As Bruxas Estrela usaram os seus velhos truques mais uma vez."

Bruxas Estrela, como *nonna*. Ela havia me dito que elas eram as guardiãs entre os reinos e que agiam como guardiãs da Prisão dos Condenados, que imaginei ser o nome que elas davam para os Sete Círculos. Ela também havia dito que eu era uma das guardiãs, mas agora eu sabia que era mentira.

Imaginar minha avó viajando até este lugar para me trancar do lado de dentro era mais uma punhalada no coração. Ela prometera que iria me encontrar depois de ter me orientado para que eu corresse e me escondesse dos príncipes do Inferno; ela jurara que voltaríamos a nos ver. Eu não tinha contado a ela que havia decidido ir para os Sete Círculos, e parte de mim acreditava que, se soubesse, ela não teria me trancado.

"Vou tentar de qualquer forma", insisti, ainda esperançosa, por mais que tivesse dúvidas.

Pressionei a lâmina na ponta do dedo, encolhendo-me quando o sangue começou a aparecer, e espalhei sobre a galhada, como Inveja tinha feito. Imaginei os portões se abrindo. Ou até mesmo explodindo. Tinha esperança de que se eu acreditasse com afinco o suficiente, o resultado desejado se manifestaria. Mas nada aconteceu.

Estudei a magia e um pensamento perturbador entrou em minha mente. Ira estava preso fora daquele mundo. O que significava que minha irmã o havia transportado para as Ilhas Mutantes *antes* de as Bruxas Estrela fazerem seu feitiço ou que, de alguma forma, elas tinham trabalhado em conjunto.

Se esse fosse o caso, então a minha *nonna* sabia onde eu estava.

O ar à nossa volta se encheu de fogo, vinhas subiram pelos portões, esmagando, queimando e puxando, como se eu pudesse incinerar as barreiras que tentaram colocar entre mim e meu marido. Explosões seguidas atingiam os portões, e minha fúria crescia a cada tentativa fracassada.

Inveja praguejou e se afastou, as chamas subindo cada vez mais, como se condenassem os céus. O feitiço das bruxas não se abalou. Retirei minha magia e meus ombros desmoronaram com a derrota. Minha avó tinha mesmo me trancado no Inferno.

"A *nonna* não pode ser a vilã."

"Bom, eis uma questão curiosa do que é a perspectiva", disse Inveja. "Na versão dela, você é o mal. A obscuridade profetizada da qual ela precisa proteger o mundo mortal."

"Mas eu jamais machucaria alguém. Independentemente da profecia."

Mesmo enquanto falava, já sabia que aquilo era mentira. Se alguém ferisse Ira ou outra pessoa que eu amasse, eu não hesitaria em lhe oferecer dor em troca. Em revidar de forma brutal e cruel.

Inveja pressionou os lábios como se já soubesse o que eu tinha acabado de perceber e guardou seu comentário para si mesmo.

Havia muitas camadas para descascar. A maldição. A profecia. Eu mal me lembrava de que havia uma, apesar de os detalhes sempre terem sido obscuros. Algo que haviam me contado ter sido um resultado da maldição e que se distorcia mais a cada vez que a história era recontada.

Minha amiga Claudia havia me dito que lembranças turvas eram consequência da maldição, e que isso nos impedia de lembrar. Até então, eu nem sabia que havia uma maldição ou uma profecia, apenas uma dívida de sangue com o diabo. Ou pelo menos era o que a *nonna* dizia. Minha avó tinha me contado sobre a profecia na noite em que nos despedimos. Ela não deu muitos detalhes, só indicou que Vittoria e eu, de algum modo, sinalizávamos o fim da maldição do diabo.

"É como você me disse na noite em que nos conhecemos", comentei, sorrindo com tristeza para Inveja. "É uma teia emaranhada."

"E estamos apenas começando a cortar os fios."

Ficamos quietos por um instante.

"Se você fosse matar alguém neste reino quisesse que ninguém descobrisse os detalhes, usaria sangue de lobisomem para cobrir os rastros?"

"Se eu quisesse incitar uma guerra, talvez. Os sentidos dos lobos são superiores. Eles acabariam rastreando a verdade e atacariam com tudo, e rápido. É um dos motivos pelos quais os demônios pararam de sequestrar lobos, anos atrás. Usar sangue de lobo não valia o preço que eles acabavam pagando."

"Você acha que Vittoria matou a comandante de Avareza?"

"Acho que não importa o que aconteceu. Se foi ela, bruxas ou transmorfos. Até mesmo se Vesta foi sequestrada ou fingiu a própria morte", refletiu Inveja. "Vittoria é o catalisador. Ela podia ter se desculpado, falado a verdade, pedido uma trégua, qualquer coisa. Em vez disso, ela reuniu um exército de lobos. Tentou atrair Avareza para uma aliança, sabendo que usá-lo para qualquer jogo que estivesse planejando o colocaria contra nós. Ela brincou comigo, invadiu minha Casa, dormiu com meu segundo em comando. Foi até a corte dos vampiros e estimulou a discórdia por lá. Ridicularizou Soberba."

"Ela fez isso?"

"É nítido que Vittoria gosta do caos." Inveja analisou os portões uma última vez. "Conheço um portal secreto ao qual as bruxas não têm acesso e que vai nos levar às Ilhas Mutantes." Ele olhou para a minha adaga. "Fique com isso a postos. Acho que vamos precisar."

Antes que eu pudesse perguntar onde ficava esse portal ou por que eu precisaria de uma arma, ele pegou minha mão e usou magia *transvenio* para nos levar até lá. Quando a fumaça de nossa viagem demoníaca baixou, me dei conta do porquê precisaria da arma. Vários demônios Umbra postados lado a lado, não tão invisíveis, bloqueavam nosso caminho. Atrás deles, havia um enorme castelo pérola e dourado. Ornado ao ponto de ser excessivo, e ainda assim não era a Casa de Pecado de Avareza nem de Gula. Era a de Soberba.

Olhei para Inveja sem acreditar.

"Deixe-me adivinhar, você não tem um convite."

Ira havia me dito que um príncipe aparecer no círculo de outro demônio sem ser convidado era um ato de agressão. Inveja deu de ombros, despreocupado.

"Não tive tempo de pegar uma pena e um frasco de tinta quando sua irmã me emboscou. Soberba será razoável. Um túnel de acesso para o portal fica no limite leste de seu círculo, pouco antes do início dos Túmulos Ardentes. Duvido que ele cause problemas."

Olhei para os demônios, em geral incorpóreos. Eles não pareciam um comitê de boas-vindas. Os demônios Umbra esticaram os lábios meio apodrecidos, os dentes pontiagudos e as gengivas escuras batiam, como se eles já estivessem imaginando nosso sangue molhando suas línguas.

"O Príncipe Soberba não vai recebê-los", sussurrou o demônio Umbra mais perto de nós. "É melhor voltarem. Esconda-se em seu castelo até seu príncipe resgatá-la, princesinha."

Havia algo especialmente irritante em um desprezível e miserável espião mercenário cuspindo a palavra *princesinha* que fazia meu sangue ferver.

A risada baixa de Inveja chamou a atenção deles.

"Parece que os espiões de meu irmão estão sendo negligentes. Vocês não deviam jogar lenha na fogueira." Ele olhou para mim, balançando a cabeça. Era hora de soltar minha raiva fervilhante. "Agora vão vê-la queimar."

Os demônios Umbra atacaram na mesma hora, mas minha magia foi mais rápida. Rosas e flores flamejantes explodiram entre nós, acertando os guardas. Antes que eles pudessem ativar o poder que os tornava incorpóreos, minhas vinhas cobertas de espinhos surgiram da terra.

Com apenas um pensamento, as vinhas subiram pelas pernas deles, prendendo-os ao chão, e eu as enfiei pela garganta deles, evitando que tivessem tempo para lançar algum feitiço ou que gritassem por ajuda. Espinhos gigantes cortaram a garganta dos Umbra, fazendo-os engasgar com o próprio sangue.

Soltei minha magia de fogo e deixei as vinhas fazerem o trabalho mais difícil de mutilar e massacrar. Eu adorava usar flores nos cabelos, agora eu amava vê-las se transformarem em lindas armas e destruírem meus inimigos.

Um demônio surgiu atrás de mim, mas Inveja me alertou com um grito. Eu me virei quando sua lâmina arqueava para baixo, cortando meu já esfarrapado vestido. Recuei apenas com um pequeno arranhão. Depois acertei o demônio com a adaga na garganta. Ele cuspiu em minha cara e riu.

"Seu príncipe pode não ter se interessado em ensinar você a lutar." Ele passou seu olhar escorregadio por meu corpo. "Suponho que ele tenha outras ideias para você. É uma pena que ele esteja prestes a ser substituído. Mas isso nunca foi um problema antes, foi?"

Coloquei o demônio de pé, sacudindo-o com uma força que eu não sabia que tinha.

"O que você sabe sobre Ira?"

"Apenas que seu amado logo vai morrer. E você não vai ser nada além de uma puta divina. Justiça poética, se quer saber minha opinião."

Antes de pensar no que estava fazendo, arrastei minha lâmina de orelha a orelha por sua garganta. Com força suficiente para arrancar a cabeça do corpo. Fiquei olhando para o demônio morto com frieza, inabalada pelo que havia acabado de fazer. Foi quando me dei conta de que estava me transformando pouco a pouco. Quanto mais a maldição enfraquecia, mais eu me lembrava de como era ser uma deusa. Não sentir remorso. Ser alimentada pela vingança e saudar abertamente a crueldade de minha casa.

Abaixei e peguei a cabeça.

Inveja assobiou e colocou as mãos nos bolsos, balançando o corpo. "Lembre-me de jamais usar as palavras erradas com você. Pelo menos, não sem antes colocar uma armadura e lançar um feitiço de proteção, ou doze."

"Não foi o que ele disse sobre mim." Sorri, embora o sorriso estivesse cheio de tristeza, não de alegria ou orgulho pelo que eu tinha feito. Ao ver o olhar questionador do príncipe, acrescentei. "O erro dele foi dizer que Ira ia morrer. Imaginar um mundo sem ele... Eu não conseguiria suportar."

Inveja me analisou com atenção, sua expressão era inescrutável.

"Se Ira nunca pudesse dar o coração dele para você, você ainda lutaria por ele?"

Analisei os corpos ao nosso redor. Alguns ainda se contorciam após sufocarem com as vinhas. Se eu tivesse conseguido fazer o mesmo durante a batalha com os lobisomens, talvez meu marido não tivesse sido esfaqueado ou envenenado.

"Só espero que um dia você não precise mais me fazer essa pergunta", respondi. "Que minhas ações falem mais alto que minhas palavras."

Pensei em Ira depois da última afirmação, compreendendo por que ele preferia ações em vez de palavras. Elas tinham mais valor. Mais significado que palavras, que podiam não passar de belas mentiras.

Com meu prêmio em mãos, encarei o castelo e comecei a caminhar na direção das portas de entrada. Era hora de fazer uma visita ao príncipe daquele círculo. De uma forma ou de outra, Soberba permitiria que eu usasse aquele portal para poder chegar até meu marido.

Inveja começou a caminhar atrás de mim, me olhando de um jeito que fingi não notar. Se ele pretendia questionar por que eu levava comigo uma lembrança de nossa batalha sangrenta, preferiu silenciar.

E isso fez a parte mortal que havia em mim se perguntar se eu assustara mesmo um príncipe do Inferno.

II

Depois de muita discussão, principalmente devido às minhas roupas nada dignas para adentrar um palácio, e com a ajuda de uma pequena demonstração de minha magia de fogo, fomos anunciados na corte de Soberba. Sua sala do trono era uma prova de seu pecado. Na primeira vez que fiquei detida em sua Casa, após vagar por seus campos de raiz do sono, eu só vira um cômodo. Ele era enfeitado e dourado, como algo que o Rei Sol adoraria. Talvez Soberba tenha inspirado Luís XIV.

O chão era de mármore branco com delicados veios dourados. Tetos abobadados com afrescos coloridos também tinham veios dourados no encontro da parede com o forro. Enormes lustres de cristal se espalhavam por toda a extensão do cômodo, em intervalos regulares, criando um brilho quente e solar.

Molduras ornamentais eram usadas como rodapé e frisos no teto. Espelhos arqueados ocupavam as paredes à esquerda e à direita, criando um caminho espelhado para o príncipe. É claro que alguém tão orgulhoso quanto ele precisaria de muitas oportunidades para admirar seu glorioso eu.

No fim do longuíssimo corredor de espelhos, Soberba descansava em seu trono, usando um colete com brocados em azul-marinho e dourado, calças justas grafite e botas marrom-escuras que brilhavam. Em todos os aspectos ele parecia o príncipe que era, usando peças da mais alta moda. Com minhas roupas desgastadas pela batalha e manchadas de sangue, e a falta de uma visita à casa de banho, eu sabia que estava inadequada ao extremo. Não me importava. Só havia uma coisa em minha mente: o portal.

Inveja e eu andamos em meio à multidão de cortesãos desdenhosos, todos vestidos de maneira impecável, como em cada corte demoníaca que eu já havia visitado. Cada um desses demônios tinha traços quase perfeitos, fazendo eu me perguntar se aquela estranha perfeição seria resultado de procedimentos mágicos, e não da natureza. Isso também me fez pensar na cicatriz que o príncipe deles tinha nos lábios; em como ele provavelmente tinha a opção de escondê-la, mas havia optado por não o fazer. O que me fez imaginar mais uma vez como ele tinha conseguido aquela cicatriz.

"Alguns de nós nos orgulhamos de nossa aparência", disse o príncipe daquele círculo, quase respondendo aos meus pensamentos. Contive minha expressão em uma máscara indecifrável. Soberba me olhou de nariz empinado, curvando os lábios devido ao sangue ou ao tecido rasgado de meu vestido, o que era mais provável. "Nem todos, é claro. Embora eu suponha que como membro não oficial da corte de Ira, você não conte."

"Para mim também é um deleite vê-lo de novo. Obrigada pela calorosa recepção." Larguei a cabeça cortada no chão, apreciando os sussurros de reprovação vindos dos cortesões quando ela rolou até a base do trono e bateu, parando. "Alguns de nós passamos nosso tempo fazendo algo além de ficar sentado em cadeiras sofisticadas, fingindo estar embriagado e aparentando ser bonito."

"Eu não *aparento* ser bonito. Eu *sou* lindo", retrucou ele com arrogância. Lutei contra o ímpeto de revirar os olhos diante de sua vaidade. "A que devo a honra dessa visita não anunciada?"

"Preciso de acesso a um portal na periferia de suas terras."

"Para quê?"

"Para trazer meu marido de volta à Casa de Pecado dele."

Soberba olhou para minha mão; se ele notou a tatuagem *SEMPER TVVS* em meu dedo ou reconheceu o que era, não demonstrou.

"Talvez seja melhor ele permanecer onde está."

Minha fúria começou a crescer, anulando todas as minhas outras habilidades. Como diplomacia e civilidade. Inveja pigarreou, mas eu não dei atenção a seu alerta. Eu estava cansada, o ferimento em meu peito ardia e eu estava a um suspiro de chorar, gritar ou uma combinação maluca das duas coisas.

"Se você não me deixar passar, eu vou voltar. E trarei o poder do exército da Casa Ira. Ninguém vai me deixar longe dele. Nem você. Nem minha irmã. Nem nenhuma outra criatura maldita deste mundo ou de qualquer outro. Se eu voltar, vou soltar meu poder. Vou queimar tudo que lhe é precioso. Juro que nada disso é apenas uma ameaça." Passei minha lâmina sobre a palma da mão, deixando sangue pingar em seu belo piso. Ele observou, erguendo as sobrancelhas de leve. "É uma promessa."

"Fazer um voto de sangue é algo levado a sério neste mundo."

"Eu sei muito bem."

"Eu não acho que você..."

A cabeça de Soberba se virou na direção de uma porta da sala do trono e, um segundo depois, eu escutei. O som de uma tempestade iminente. Passos ecoavam como trovões. A temperatura caiu. Sapatos de salto bateram no piso de mármore à medida em que vários cortesãos corriam para a saída, seus passos ecoando enquanto o som de chuva com neve batia nas janelas.

Olhei para a janela arqueada atrás de Soberba, notando que o céu agora estava preto como tinta. O vento uivava, mais ameaçador do que qualquer lobisomem poderia desejar ser. As paredes estremeceram com a rajada de vento seguinte. Um espelho rachou devido à camada repentina de gelo.

Meus batimentos cardíacos aceleraram e eu me virei devagar, com a esperança se acendendo lá no fundo. Ao contrário do restante daquela corte, não era medo que batia com fúria em meu peito. Um cortesão correu na direção da plataforma com uma coroa dourada sobre uma almofada de veludo. Ele colocou-a em Soberba, então se afastou, quase tropeçando nos próprios pés quando a porta se abriu com tudo, despedaçando-se contra a parede.

Fumaça e neve serpenteavam pelo cômodo. E então Ira estava lá. Entrando no cômodo com uma expressão fatal em seu belo rosto. Ele se voltou para mim, suavizando as feições por um breve instante, antes de notar as marcas de garras em meu peito, parecendo tão feias, senão piores do que a última vez em que as vira. Ele voltou o olhar gélido para os irmãos, e outra explosão de gelo circundou a sala. Eu queria correr até ele, puxá-lo para perto e beijá-lo de forma frenética. Resolvi permanecer tão controlada quanto ele estava. Embora, por dentro, eu estivesse lutando contra o desejo de garantir que eu podia confiar em sua aparência e que ele não estava ferido.

"Explique." A voz de Ira prometia violência. "Agora."

Uma explicação de como meu príncipe havia chegado ali também era o que eu desejava, mas essa conversa teria que esperar até podermos falar em particular. O que havia sobrado da corte de Soberba fugiu da sala, não se dando ao trabalho de ficar para testemunhar o que prometia ser um show e tanto. O príncipe daquele círculo observou até o último sair às pressas e me deixar com os três príncipes demoníacos para nossa batalha privada. Soberba olhava para o irmão com arrogância.

"Você não achou que eu receberia uma rainha sem antes testar a lealdade dela, achou?" Soberba disse, ignorando a raiva que emanava de Ira em ondas. "Seu julgamento nem sempre foi dos melhores no que diz respeito a ela. Todos temos o direito de saber quais são suas verdadeiras motivações dessa vez."

Dessa vez? Testando minha lealdade? Eu ainda não sabia o que havia se passado antes de receber o feitiço de bloqueio, mas quanto mais informações eu reunia, mais percebia que Vittoria e eu havíamos tramado contra Soberba e Ira no passado.

"Então isso foi um teste?", perguntei, alternando o olhar entre Soberba e Inveja. "Tudo isso?"

"Nem *tudo*. Eu disse que escolho a mim mesmo acima de todo o resto. E isso me beneficia." Inveja deu de ombros. "Foi ideia dele. Só que não saiu exatamente como planejamos. Ainda assim, um teste era necessário, considerando o que aconteceu... antes."

"Que reconfortante." Pressionei os lábios, furiosa com a maldição que não me permitia acessar mais detalhes e mantinha minhas lembranças cerceadas. "Qual era seu 'teste' original? *Vocês* estavam trabalhando com Vittoria? Ela sequestrou você de verdade ou isso também foi enganação?"

Inveja não se deu ao trabalho de olhar para Soberba ou Ira. Apenas encarou meus olhos magoados.

"Quando a carruagem de vocês saiu do círculo de Avareza, nós íamos mandar demônios Umbra atrás de Ira mais uma vez. Nosso plano era ver até onde você iria para resgatá-lo. Agora você pode dizer que o ama, mas nem sempre suas motivações foram tão... nobres. Os demônios Umbra funcionaram muito bem da última vez. Eu estava saindo daqui para reunir minhas forças, mas então sua irmã apareceu e arrancou meu coração. Eu fui parar naquela jaula, e cá estamos. Reunidos.

Olhei para Soberba.

"E você nem pensou em ajudar?"

"Foi bom para mim que Inveja tenha sido removido do meu círculo. Além disso, havia pouco tempo para agir. Ela o pegou e, sem demora, pediu para um lobo o levar para o Mundo das Sombras."

"Vittoria poderia ter machucado ele."

Os olhos de Soberba escureceram.

"De fato sua irmã tem um histórico impressionante de ferir os outros."

Devagar, Ira deu os passos que o levaram até o trono dourado de seu irmão. Eu não havia notado, mas o trono tinha a forma de um leão. As pernas e garras da grande fera eram os braços da cadeira, e sua cabeça e juba eram o encosto. A boca do leão estava aberta, como se ele estivesse rugindo.

Meu príncipe se agigantou sobre Soberba, que ainda conseguia ficar sentado de maneira indolente.

"Eu não dou a mínima para o seu teste. Vittoria levou lobos para nossas terras; vocês deviam ter impedido."

"Eu não pedi isso. E, no final das contas, isso serviu às minhas necessidades." A voz de Soberba ficou dura. "Assim como Inveja sabia que ela viajara à corte dos vampiros, no Sul, e não se deu ao trabalho de contar para ninguém, exceto para Avareza. Você sabe como eles ficaram irritados. Há boatos de que estejam tramando alguma coisa. E nosso querido irmão aqui não compartilhou nada disso, não é?" Ele se virou para Inveja. "Então por que estou sendo criticado por cuidar de meus interesses?"

Inveja sorriu.

"Está com ciúmes por Vittoria ter ido até o príncipe vampiro em vez de procurar por você?"

"*Parem*", interferiu Ira. "Nossa terra foi invadida por lobos. Vittoria está promovendo a discórdia com vampiros, o que nenhum de nós precisa. Ela arrancou o coração de Inveja, pode ter matado a comandante de Avareza ou ajudado em sua fuga, envenenou a mim e sequestrou minha esposa. E esse pequeno teste de vocês parece justificável? Bem no momento em que estamos tentando resolver um assassinato para evitar uma guerra interna?" Ira parecia pronto para derrubar seu irmão do trono. Fiquei surpresa quando ele não fez isso. "Vocês não só jogaram com a vida da minha esposa, mas com a paz da nossa terra."

"E eu faria de novo. Agora temos certeza de que Emilia não está tramando contra nós. Ou contra você. O fim justificou os meios, você gostando ou não." Soberba se levantou. "Diga a verdade: não havia nenhuma semente de dúvida em sua mente? *Nenhuma*?" O maxilar de Ira ficou tenso, mas ele não negou a acusação. "Agora você sabe."

Meu marido olhou para mim e eu endireitei as costas. Eu tinha duvidado dele. Durante meses. Não podia culpá-lo por nenhuma dúvida que ele pudesse ter sobre mim. O que importava agora era construir nosso novo futuro. Juntos. A base já existia e, com algum trabalho, tudo ficaria bem. Mas quanto mais Ira olhava em meus olhos, mais a incerteza começava a se infiltrar. *Ficaria tudo bem, não ficaria?* Aquele era um obstáculo temporário que nós superaríamos. Tinha que ser. A expressão severa de meu marido relaxou. Mas a voz de Soberba interrompeu o momento.

"Além disso, eu me recuso a acreditar que vamos permitir que uma deusa desprezível tenha sucesso em semear a discórdia entre nós. Deixem-na tentar com lobos e vampiros. Se Avareza está irritado porque meu teste pode ter, inadvertidamente, tirado vocês por *uma* noite de sua tediosa investigação, ele vai ter que superar. Todos sabem que Vesta estava infeliz. Ele só está zangado por ter perdido algo valioso. Sabem como ele fica irritado quando uma aposta dá errado."

Apesar da minha raiva por ter sido enganada por aqueles príncipes do Inferno, reconheci a oportunidade para reunir informações valiosas. "Como você sabe que Vesta estava infeliz?", perguntei. "Você tem espiões em outras cortes?"

A expressão de Soberba ficou tão perversa quanto o brilho em seus olhos. "Conversas antes de dormir, querida. As pessoas me contam todo tipo de coisas interessantes depois que eu favoreço seus lençóis."

"E quem contou isso sobre ela?", pressionei.

"Ela mesma, é claro."

Fiquei chocada. Aquela era uma resposta um tanto inesperada. Os príncipes não podiam mentir, então ele só podia estar falando a verdade.

"Quando?"

Soberba deu de ombros.

"Talvez uma semana atrás, mais ou menos? Não me lembro."

Inveja apertou o ponto alto do nariz.

"Você transou com a comandante de Avareza. Você é mesmo tão idiota assim?"

"Para sua informação, *ela* que veio atrás de *mim*", retrucou Soberba. "Ela não conseguia tirar os olhos de mim, e eu retribuí o favor para não prejudicar seu ego."

"E depois ela foi assassinada", complementei em tom duro. "Acha que Avareza a machucaria se acreditasse que ela deu a você informações privadas da Casa?"

"É claro que não." Soberba não parecia tão certo.

Ira analisou os irmãos com atenção.

"Como vocês acabaram juntos no mesmo lugar?"

"Ela veio até aqui. Em uma de minhas reuniões." Soberba nos olhou feio. "O que foi? A Casa Avareza fez um pedido oficial para ela comparecer. Ele não contou?"

Ira e eu nos entreolhamos. Avareza não tinha mencionado que enviara sua comandante para a corte de um demônio rival.

"Você disse que ela o procurou", comecei a falar, com a mente girando. "Sobre o que ela queria conversar?"

Soberba deu de ombros.

"Coisas mundanas. O baile. O vinho. O portal. Meu quarto."

"Qual era o interesse dela no portal?", perguntei, sentindo que estávamos perto de desenterrar uma pista.

"O mesmo de todo mundo", rebateu Soberba. "Ela queria saber se ele era vigiado e se só levava às Ilhas Mutantes. Como se eu fosse deixar algo tão relevante sem nenhuma segurança."

"Alguma coisa que ela disse, qualquer coisa, pareceu peculiar ou sem propósito?"

"Não conversamos muito depois disso." Soberba me lançou um olhar duro. "Se você já terminou de me interrogar, eu gostaria muito de uma garrafa de vinho. Esta noite acabou ficando um tanto quanto obscura."

Meu peito de repente voltou a doer, lembrando-me de meu ferimento. Eu queria interrogar mais aquele príncipe idiota, mas precisava cuidar do meu machucado. E Soberba parecia precisar de um intervalo, pois sua raiva estava crescendo, e nunca era uma boa coisa pressionar um príncipe a sentir outro pecado.

Ira se aproximou de mim, atento.

"Vamos para casa, *milady*."

Sem olhar para Inveja ou Soberba, aceitei o braço de Ira e segurei firme quando ele nos levou embora por meio da magia. Com essas novas informações, estava ficando mais difícil acreditar que Vesta estava mesmo morta. Seria possível que ela tivesse traído Avareza e se juntado à minha irmã e aos lobos?

Não dava para ter certeza ainda, mas eu certamente descobriria. Se fizesse perguntas o bastante, em algum momento conseguiria respostas para este crescente mistério. E se fizesse alguns inimigos no caminho, seria um preço pequeno a se pagar.

12

Ira não nos levou para o seu quarto ou para o meu. Ele também não nos levou a uma casa de banho para remover a sujeira e o sangue. Quando saímos da fumaça de sua magia demoníaca, estávamos na deslumbrante costa do Baixio Crescente.

Saía vapor da superfície azul-gelo, convidando-nos a mergulhar em suas águas que davam a ilusão de serem calmas. Nada "feito" podia entrar na água mágica, ou ela poderia matar. Muitos ossos sobressaíam-se no baixio, espalhados como cascos de navios quebrados, para provar que a morte ali não era história para boi dormir. Apesar do apetite ameaçador, havia algo sereno na lagoa subterrânea.

O príncipe me virou até eu ficar de frente para ele, então alcançou com cuidado a parte da frente de meu vestido, afastando-a para trás, de modo a ver melhor meu ferimento.

Gemi por entre os dentes quando o tecido colado em meu corte deu lugar às mãos gentis de Ira, levantando um pouco da pele e fazendo a ferida reabrir. Ela vazava e sangrava.

Ira se encolheu como se minha dor fosse dele.

"Está infeccionado."

"Onde você estava?", perguntei, incapaz de esperar mais um segundo que fosse para saber. Passei as mãos sobre ele, aliviada por encontrá-lo inteiro e saudável. Não que tivesse visto qualquer indício de que ele tivesse sido ferido, com sua habilidade de se curar rapidamente. "Como você escapou? E o veneno?"

Ira me olhou como se o envenenamento e o ferimento que ele havia sofrido fossem as menores de nossas preocupações no momento, mas era motivo de grande importância para *mim*.

Ele suspirou e tirou um pequeno frasco do bolso, segurando-o no alto. O líquido brilhava como um céu matutino em minha ilha, um azul nítido como cristal.

"Celestia é uma talentosa criadora de tônicos e tinturas." Ele guardou o frasco no bolso. "Sempre ando com alguma coisa por precaução. Tomei assim que pude, depois saí do templo de sua irmã logo que os lobos voltaram à forma humana. Os portões estavam fechados por um feitiço, então levei algum tempo para chegar ao portal que leva ao círculo de Soberba."

"Você não podia ter usado magia *transvenio*?"

Ira fez que não com a cabeça.

"Não tem como usar magia para viajar naquele local, então tive que caminhar."

Pensei no teste de Inveja e Soberba e no golpe que o demônio Umbra deu antes de eu o matar. Eu tinha mesmo feito inimigos ali.

"O que eu fiz para você... no passado?"

"Nada." O rosto de Ira ficou inexpressivo. "Não se preocupe com as tolices de Inveja e de Soberba. Eles não deviam ter testado você nem sua lealdade."

"Se eu traí você, não é 'nada'."

Ele olhou para as marcas de garra como se elas o ofendessem em nível pessoal, evitando o assunto. O que me fez pensar que talvez seus irmãos *tivessem* motivo para me testar.

"Eu deveria ter arrancado a coluna daquele lobo e a enfiado em sua garganta. Feito ele sofrer por toda a dor que causou a você."

Era visível que não lhe faltava imaginação. Para mitigar a raiva que vi surgindo nele, sinalizei com a cabeça para a água borbulhante.

"Achei que essas águas eram proibidas para mim, dado o que aconteceu da última vez."

Da última vez, senti que meu coração ia parar; a dor foi tão aguda, tão terrível, que ele me levou direto para a Matrona das Maldições e dos Venenos, minha mãe, de quem eu ainda não tinha conhecimento à época. Ela me deu um tônico e tudo ficou bem. Até onde eu sabia, ela ainda mantinha Vittoria no subterrâneo, e eu não estava muito animada com a possibilidade de ter uma reação similar sem ela por perto.

Ira me puxou para mais perto, de modo que pudesse inspecionar meu ferimento de novo. Seu olhar era frio e duro.

"Não foi você; foram minhas asas. A magia que as inibe reagiu com o feitiço de bloqueio que obscurece suas lembranças. Quando combinados, há muita magia em jogo, e as águas agiram como se ambos fossem ameaças." Ele notou a incerteza em meu rosto. "Pedi para Celestia pesquisar mais sobre isso. Ela não acha que haverá problema se você entrar na água de novo. As propriedades curativas devem funcionar da forma como sempre funcionaram. Se eu pensasse diferente, não arriscaria."

Uma história me veio à mente. Uma história que Celestia tinha mencionado naquela noite. Sobre a água pertencer às deusas e elas tentarem tomar de volta o que era delas. Ira tinha chamado aquilo de conto folclórico e disse para ela parar de espalhar mentiras. Olhei para a água e para ele, tentando entender. Alguma coisa não fazia sentido... alguma coisa...

"Tire a roupa." Ira se afastou e fez um gesto para o meu vestido. Ele tirou a camisa e desabotoou as calças. Seus lábios ambíguos se curvaram nos cantos, como se ele soubesse muito bem para onde meus pensamentos haviam viajado com aquelas palavras. "Vamos entrar na água e curar esse ferimento antes que ele fique pior."

"Eu *sou* imortal, não sou?"

"Não completamente. Pelo menos, não ainda." Ele estendeu a mão, encorajando-me a entrar na água que eu lembrava ser quente como um banho de banheira. "Venha se juntar a mim, *milady*. Por favor."

Eu me lembrava de ele ter dito que o baixio tinha a verdade como uma de suas propriedades. Eu queria saber a verdade dele, tanto quanto queria me curar. Fui até a beirada da areia escura e brilhante e deixei a água azul--clara bater em meus pés. A lagoa era mágica, encantadora. Ela me chamava.

Ira andou para trás, indo um pouco mais fundo para abrir espaço. Eu o segui e peguei em sua mão, saboreando as pequenas bolhas que efervesciam de maneira agradável por minha pele.

Avançamos até meu peito estar totalmente submerso e a magia da água começar a cuidar de minhas feridas. A sensação era incrível. E um pouco estranha, conforme a magia ia limpando meus cortes e depois costurava minha pele. Até o corte que abri quando fiz o voto de sangue na sala do trono de Soberba se curou. Todo desconforto momentâneo desapareceu quase tão rápido quanto apareceu.

Ira observava a água mágica trabalhar, com a preocupação visível em seus traços em geral severos. Ele parecia pronto para pular e atacar ao primeiro sinal de problema.

"Está melhor?"

Olhei para baixo, satisfeita ao ver que o ferimento tinha se curado. Linhas claras e prateadas permaneciam no local, mas a cicatriz não me incomodava. Não tanto quanto o segredo que eu temia que Ira ainda estivesse guardando.

"Muito."

Meu marido, hesitante, estendeu o braço e passou o dedo sobre a minha pele, para ter certeza de que eu estava bem e realmente curada. Olhei por cima do ombro dele, admirando as fases da lua pintadas nas paredes da caverna enquanto ele continuava sua inspeção detalhada. Eu já tinha me perguntado se ele pintara a cena celestial, mas não conseguia imaginá-lo passando horas com pincéis ou um balde de tinta. No entanto, ele me surpreendia com frequência. Talvez tivesse mesmo sido ele.

"Existe uma razão para você ficar salvando minha vida quando ela não está exatamente em perigo?" Olhei para ele mais uma vez, esperando. "Imagino que algo o preocupe."

Ira me cercou, e as ondas de seus movimentos quebravam de leve na praia. Eu não tinha certeza se a maldição dificultava que ele falasse a verdade ou se ele estava escolhendo o que compartilhar comigo de propósito.

"Até onde eu sei, se seu coração parar agora, enquanto você não é totalmente imortal, poderá morrer. Até eu saber com certeza, esse é um risco que me recuso a correr."

"Inveja disse que uma gota de imortalidade sempre ganha da mortalidade." Mas deixei de lado a parte em que ele também admitiu estar preocupado por não saber se isso era totalmente verdadeiro.

"Está mesmo tão disposta a abrir mão de seu coração para descobrir?", perguntou.

Coloquei os braços ao redor de seu pescoço, buscando contato físico. Seus braços foram direto para a minha cintura, ancorando-me junto a ele, sólido e reconfortante. Vivêramos um inferno, e eu queria lembrar que estávamos juntos. Em segurança. Ira abaixou o rosto e capturou minha boca com a dele, em um beijo ávido e repleto de emoção bruta e poderosa.

Quando nos separamos, ofegantes e com os lábios agradavelmente inchados, eu sorri.

"Por você? Eu abriria mão do meu coração."

Ele olhou para mim, e sua expressão era difícil de ler. Eu me perguntei se talvez ele não estivesse pronto para me dar seu coração em troca, imaginei que mesmo que fôssemos quase casados, talvez os demônios de nosso passado ainda precisassem ser banidos. Talvez fosse por isso que ele não havia mencionado nada em relação a completarmos a cerimônia que selaria nosso matrimônio para sempre.

É verdade que não tivemos muito tempo para discutir isso antes de sermos atacados por lobos e separados um do outro, mas mesmo assim. Antes que eu pudesse me preocupar com isso, Ira se inclinou e aproximou a boca da minha mais uma vez, como se sua vida dependesse daquela conexão.

Sua língua exigia entrada, e eu abri os lábios, saudando seu sabor. Os beijos de Ira eram de fato inebriantes. Cada movimento experiente ou provocação de sua língua junto à minha fazia meu corpo desejar todas as coisas inenarráveis que ele podia fazer com aquela boca perversa.

O calor se acumulava em minha barriga, agitando meus desejos enquanto se espalhavam devagar. Logo, tudo em que eu conseguia me concentrar eram as mãos dele que se moviam preguiçosamente de minha cintura para as costelas, seus polegares roçando a pele sob os meus seios. Ele segurou um deles ao descer a boca para o meu pescoço, e a sensação fez o mamilo enrijecer quando um tremor de prazer percorreu meu corpo.

Mãos ásperas deslizavam para cima e para baixo em minhas costas, suas carícias leves, gentis e enlouquecedoras no melhor dos sentidos. Ele estava me tocando como se eu fosse preciosa, como se cada abraço fosse um momento para ser cultivado, ser entregue e saboreado. E era. Para ele. Ele sabia como era ver aquilo acabar, ter-me arrancada de seus braços. Era uma benção que eu não conseguisse me lembrar.

Toquei-o com a mesma languidez, explorando cada centímetro de seu corpo de guerreiro como se fosse um território desconhecido que pertencesse apenas a mim. Jamais permitiria que alguém nos separasse outra vez. E lutaria com todas as minhas forças para me lembrar dele e do que compartilhávamos.

Ele interrompeu o beijo, seu olhar escurecendo ao arrastá-lo de meus olhos para baixo, observando-me tocar as laterais de seu corpo e suas costas fortes, minhas mãos inquisitivas procurando uma forma de extasiá-lo. Mergulhei-as na água mais uma vez, contornando seu sexo para brincar com o músculo torneado de suas coxas antes de curvar a mão ao redor de seu comprimento avantajado e movimentar-se sobre ele.

A respiração de Ira ficou rápida enquanto eu o acariciava, sua boca se abrindo em um gemido.

Apertei um pouco mais, sentindo Ira reagir com entusiasmo ao se contorcer junto à palma de minha mão. Quando passei as mãos devagar por seu peito, ele me puxou para mais perto e começou a me beijar e a mordiscar meu pescoço com uma avidez voraz.

"Quero ficar dentro de você." Suas mãos desceram, cobrindo e apertando minha bunda. Derreti na sensação da água efervescente e de seus toques ardentes. Sua rigidez fazia minha pele pulsar de desejo. "Senti a sua falta."

"Também senti a sua." Afundei os dedos em seus cabelos enquanto ele levava a boca aos meus seios, lambendo e sugando os mamilos em um ritmo que me fez arquear o corpo junto ao dele, buscando senti-lo entre as coxas. "Eu estava prestes a destruir o reino para te encontrar", admiti. De repente, Ira mergulhou embaixo d'água e envolveu minha cintura com os braços, levantando-se comigo pendurada em seus ombros. "Samael!"

Agarrei-me em sua cabeça devido ao movimento rápido, ganhando uma risada profunda do príncipe. Segurando-me com força, ele foi até a parede de uma caverna próxima a um grupo de estalactites. Posicionei as costas contra a pedra lisa, ainda agarrada em Ira.

"Segure-se nelas". Sua voz era áspera, grave. O desejo tomou conta de mim.

Com as coxas ao redor de seus ombros e sua boca tentadoramente próxima ao meu ápice, fiz o que ele mandou. Eu tinha acabado de me agarrar às estalactites e me ancorado quando ele enganchou os braços à minha volta e abriu um pouco mais minhas pernas. Fiquei sem fôlego por estar à mostra, e um quê da modéstia mortal que restava em mim fez minhas pernas tentarem se fechar por instinto.

Ira abriu um sorriso travesso, então lambeu meu centro com movimentos longos e suaves. Foi tão delicado, tão íntimo, que tive que morder o lábio para não gemer enquanto ele me adorava. Deixei de lado todo o constrangimento; Ira fez eu me sentir confortável.

Nossa última vez juntos havia sido explosiva; fora a primeira vez em que ele me saboreou, e tinha sido abastecida por uma paixão desenfreada. Isso... *isso* era uma verdadeira experiência religiosa.

Ira se dedicava ao meu prazer, e eu me rendi por completo a ele. Inclinei a cabeça para trás, ofegando enquanto ele continuava com sua lenta e tentadora degustação. Ele não se apressou, não chupou com brutalidade nem me provocou. Ele fez amor comigo com sua língua quente e úmida, permitindo que ela dissesse tudo que ele não podia, ou não queria, ao mergulhá-la dentro de mim.

Quando eu estava perto de chegar ao limite do prazer, ele começou a dar beijos com a boca aberta na parte interna de minhas coxas, e esperar que ele retornasse ao ponto desejoso, ao feixe de nervos que logo me faria chamá-lo por seu nome verdadeiro, foi a melhor forma de tortura.

"Toque-se, *milady.*" Sua voz era um ronronar erótico, e seu pedido...

Sem deixar de mirar seus olhos, desci minha mão pelo meu corpo, provocando-o antes de deslizar um dedo para dentro. Em um instante a boca de Ira estava sobre mim, lambendo meu sexo e meus dedos enquanto eu continuava a me tocar; em segundos, eu estava dizendo seu nome.

Eu o repeti como uma prece sussurrada, e ele continuou com sua própria adoração fiel até o restante de meu clímax tomar conta de mim, deixando minhas pernas trêmulas e meu peito ofegante.

E ansiando por mais. Pelo amor da deusa. Eu não me cansava dele. Ira foi beijando meu corpo enquanto me colocava devagar de volta no chão. Nossa pele escorregadia deslizando uma contra a outra era mais uma experiência eufórica. Ira passou os dedos sobre seus lábios e depois levantou minha mão como se fosse dar um beijo cavalheiresco nela. Seu olhar se derreteu quando ele levou meu dedo à boca e o chupou. Praguejei, e ele abriu um sorriso que não passava de orgulho masculino. O poderoso caçador tinha acabado de conquistar sua presa, e eu nem tinha tentado resistir.

"Você está prestes a sussurrar todo tipo de profanidades, *milady.*" Ele se moveu até encurralar meu corpo entre ele e a pedra lisa atrás de mim.

O que era impossível aconteceu, e meu desejo pelo demônio aumentou ainda mais. "Desta vez, Emilia, eu vou devagar."

Ira me beijou de leve, depois levou a boca até meu queixo em outra carícia suave. Ele pressionou a extremidade rija de sua ereção em minha entrada intumescida e deslizou para a frente e para trás até eu gemer de prazer.

"D-Deusa do céu."

Meu príncipe sedutor passou a mão calejada na lateral do meu corpo, levantando um pouco a minha perna. Com a outra mão, ele continuou sua deliciosa tortura, nos levando à loucura. O que começou como uma forma de me deixar mais perto daquele limite glorioso, agora parecia ter o mesmo efeito nele. Ira embainhou-se com uma investida magnífica. Ele se afastou para olhar nos meus olhos ao tirar e depois deslizar para dentro. Cada movimento e junção de nossos corpos era lento, lânguido.

O maldito demônio estava certo; comecei a praguejar, e as profanidades o encorajavam a continuar. Sua mão segurava meu rosto enquanto ele cobria minha boca com a dele e aprofundava nosso beijo. Finquei os dedos em seus ombros enquanto o envolvia.

Ira levou aqueles lábios perversos ao meu ouvido.

"Vai gozar para mim?"

"Vou."

"Ainda bem."

Sua mão deslizou entre nossos corpos e ele posicionou o polegar entre minhas coxas, aumentando o ritmo das investidas, adicionando mais pressão àquele ponto que fazia uma onda quente percorrer meu corpo.

Cheguei ao clímax de novo e seu nome verdadeiro escapou voando de minha língua. Ele tirou e foi mais fundo, um pouco mais rápido dessa vez, deixando escapar meu nome por seus lábios. Antes que eu tivesse tempo de descer das alturas de meu último orgasmo, Ira me fez escalar aquele mesmo pico de prazer mais uma vez. Logo estávamos os dois ofegantes, nossos lábios e respirações se misturando.

"Você é *minha*." A voz dele era rouca e grave.

"Assim como você é meu. Para sempre."

Ira levantou minha perna um pouco mais alto e eu agarrei seus ombros, deixando escapar um gemido. Minhas reações o faziam se esforçar ainda mais. Ele investiu de novo e de novo, e o prazer aumentou de forma constante até eu achar que ia entrar em combustão. Meu corpo latejava e eu não consegui mais me conter devido à onda de prazer que irrompeu.

"Samael!"

Ele me montou enquanto eu gozava e então nós gozamos juntos, ele gritando meu nome na caverna, que ecoou de volta em nossos ouvidos. Recobramos o fôlego e, ainda com os corações batendo depressa, ele me beijou com gentileza, abaixando minha perna. Ela formigava um pouco; eu ficara tão absorta de prazer que não tinha notado o momento em que ficara dormente.

Meu marido massageou minha panturrilha dolorida, buscando meus olhos.

"Você ainda está aqui comigo?"

O calor da água, a sensação de Ira perto de mim, envolvendo-me em seus braços. Eu não tinha ido parar em outro tempo ou lugar nenhuma vez.

"Estou."

Alívio passou pelos olhos do demônio, e fiquei me perguntando se ele tinha ficado tão tenso todas as vezes que nos beijamos ou tivemos contato físico.

"Vamos para a cama, *milady*."

Em vez de nadar até a praia, Ira me pegou nos braços, molhando-me de brincadeira enquanto me levava. Era tão bom apenas rir, sem sentir o peso do mundo por um tempo. Ali embaixo, com meu príncipe, eu não tinha que pensar em traição nem assassinato. Medo e escuridão. Ali embaixo, dentro da lagoa mágica sob a Casa Ira, existia só amor.

Eu me desvencilhei de seus braços e mergulhei na água, explodindo ao lado dele e ganhando um riso surpreso quando fui bem-sucedida em meu contra-ataque.

Depois, caímos nas areias escuras e brilhantes e eu fui para cima de meu marido, que não pareceu se importar nem um pouco quando conduzi sua rigidez para dentro de mim. Quando nos cansamos de rir e fazer amor na praia, Ira usou magia para nos levar de volta para o seu quarto.

Uma linda camisola lilás estava dobrada sobre um travesseiro, e quando a vesti pela cabeça e a deslizei por meu corpo, notei as estrelinhas douradas na altura do busto. Era macia e feminina, eu a adorei.

Ira me lançou um olhar de apreciação. A camisola ia até o meio da coxa, mostrando minha pele bronzeada. Se eu não estivesse tão cansada de nossa experiência, estaria tentada a tomá-lo mais uma vez. Ele apontou para a cama com um brilho imoral nos olhos.

"Guarde sua energia para amanhã de manhã. Você com certeza vai precisar."

Com a promessa de fazer amor selvagem e indomado quando acordasse, subi na cama gigantesca. Ira me aninhou junto ao seu corpo e, em instantes, sua respiração ficou profunda e estável. Relaxei em seus braços e fechei os olhos. Paz. Eu não conseguia lembrar a última vez que tinha me sentido tão calma. Ainda havia muito caos no mundo, mas ali, naquele quarto e naquele momento, eu conhecia o verdadeiro sentido da palavra. Talvez aquela sensação de segurança tivesse sido a minha ruína. Eu havia esquecido, por um breve momento, o que significava ser amaldiçoada.

De um segundo para o outro, fui magicamente arrancada do quarto de Ira. E o pesadelo seguinte começou.

REINO DAS BRUXAS

PODER ARCANO

13

"Bem-vinda de volta, princesa." Domenico mostrou os dentes de uma forma que ninguém confundiria com um sorriso. Uma rápida análise de meus arredores confirmou os meus medos. Mais uma vez, eu estava no Mundo das Sombras. Acorrentada. Essa era a mesma pequena câmara de pedra, a mesma alcova com algemas.

Agora, pelo menos, eu estava de camisola e não precisaria de um robe de sombras. Era a minha única pontinha de sorte. Eles haviam atacado quando Ira estava dormindo, e era provável que levasse horas para ele acordar e descobrir que minha alma não estava lá. Dada a sua reação extrema de antes, era melhor para eles que Ira continuasse dormindo. Nem me dei ao trabalho de testar as correntes. Eu já sentia aquela mesma mordida de magia afastando meus poderes. Olhei para o meu sequestrador, odiando o olhar presunçoso em seu rosto.

"Presumo que isso signifique que minha irmã gostaria de conversar."

"Talvez eu só quisesse ver se você ainda carrega a minha marca." O lobisomem passou os olhos por meu corpo, parando sobre o meu peito. Não tinha natureza sexual, mas ainda assim não gostei. "Sabia que um ferimento provocado por um alfa pode causar uma sensação similar àquela que os animais vivenciam quando entram no cio? Ainda mais se esse alfa infundir um pouco de magia e intenção em sua mordida."

"Você não me feriu, só me arranhou."

"E quem fincou os dentes naquela ferida? Não foi o seu demônio", disse ele em tom de zombaria. "Teve algum desejo animalesco ultimamente? Talvez tenha desejado ficar de quatro."

"Não. E você é nojento."

Ele riu, e isso fez os pelos de meu braço se arrepiarem.

"Não se preocupe. Eu não inoculei você com uma marca de alfa. Não desejo tocar nada maculado pelo pau de um demônio."

Abstive-me de apontar que minha irmã gêmea também tinha dormido com demônios. E vampiros. E quem mais acendesse seus desejos, como era costumeiro por aqui.

"Onde está Vittoria?"

"Ela está trazendo uma convidada. Era para você ter se encontrado com ela mais cedo, antes de sermos interrompidos por sua mãe." De forma casual, ele encostou na parede da alcova, perto demais para o meu gosto. "Esta promete ser uma noite e tanto. Se você for boazinha, talvez eu tire as correntes."

"Como Vittoria escapou de nossa mãe?"

O sorriso de Domenico era só dentes mais uma vez.

"Você não achou mesmo que a Anciã a prenderia por muito tempo, achou? Ela precisava fazer outras coisas, e quando você já estava longe e em segurança, foi embora."

O som de passos se aproximando me poupou de mais conversas. Dois pares. Um par era lento e comedido, enquanto o outro parecia estar sendo arrastado. Uma trepidação desceu por minha espinha. Quem quer que estivesse vindo, estava vindo contra a vontade.

Vittoria entrou na câmara e empurrou sua "convidada" para a frente.

A mulher mais velha cambaleou para a luz de velas, e o medo se transformou em uma flecha atirada bem no meu coração.

"*Nonna*!" Lutei contra as correntes. Minha avó, que não era minha avó de verdade, estava machucada e fora surrada. Seu lábio inferior estava inchado, como se ela tivesse sido acertada por um punho ou objeto duro. Havia sangue ressecado em sua têmpora. Independentemente do que ela tivesse feito, vê-la ferida despertou algo violento dentro de mim. "Solte ela, Vittoria."

Minha irmã a jogou no chão, e então olhou para mim.

"Pronto. Soltei. Está feliz agora?"

Voltei minha atenção para a *nonna,* e ela olhou para mim pela primeira vez em muito tempo. Tristeza e... preocupação... desfiguravam suas feições. Ela observou minha camisola, a tatuagem *SEMPER TVVS* em meu dedo, a outra tatuagem em meu antebraço, minhas correntes e, ainda assim, ela se encolheu.

Como se *eu* fosse o monstro e minha irmã não tivesse batido nela, ou mandado alguém bater, e a arrastado para o Mundo das Sombras.

Engoli o nó que se formava em minha garganta.

"*Nonna*. Está tudo bem. Sou *eu*."

Vittoria observou minha reação com um olhar apartado. Depois chutou a lateral do corpo de nossa avó, forçando-a a se encolher, tentando respirar. Gritei para que ela parasse, mas ninguém pareceu notar. Os lábios da *nonna* começaram a se mexer e eu me dei conta de que não era um feitiço que ela sussurrava. Ela estava rezando. Suas palavras tomaram conta de mim; ela estava suplicando proteção à deusa divina suprema. Proteção de nós. Algo se retorceu dentro de mim, doloroso e desagradável.

"Você não quis acreditar em mim, então aqui está a sua prova." Vittoria esticou o braço em acusação. "Ela não está correndo para te ajudar. Ela não está rezando *por* você, embora você que esteja acorrentada. Ela só está pensando em si mesma. As pessoas não mudam, e ela não é a boazinha que finge ser. Já tentou sair desse mundo nos últimos tempos? Encontrou alguma dificuldade, querida irmã? Imagino que sim, porque eu encontrei o feitiço dela nos portões."

Soltei uma respiração trêmula. *Nonna* tinha parado de rezar e olhava em meus olhos mais uma vez. Dessa vez, uma faísca iluminou seus olhos escuros. Vittoria estava correta. Minha avó não sentia muito e nem se dignaria a se desculpar com um inimigo. E era exatamente isso o que ela achava de nós. De *mim*.

O que restava de meu coração roubado se partiu.

"Por quê?", perguntei em voz baixa, frágil. "Alguma parte da nossa infância foi real?"

Por um breve instante a expressão da *nonna* suavizou. A avó que eu conhecia surgiu, gentil, porém forte. Protetora e carinhosa. Ali estava a mulher que me confortou quando minha irmã gêmea "morreu". Ali estava a rocha de meu mundo, a força estável que tinha me ancorado durante a pior tempestade pela qual eu havia passado. Pelo menos, era o que eu pensava. Ali estava uma das pessoas que haviam me traído. Mas ainda assim eu não conseguia, do fundo da alma, odiá-la. Nem mesmo agora. O que significava que o feitiço de bloqueio tinha funcionado. Eu podia ser uma deusa sob a maldição, mas me sentia como os mortais.

"Sinto muito, *bambina*." A voz da *nonna* estava trêmula. "Eu fiz o que tinha que ser feito."

As lágrimas que eu tinha conseguido conter irromperam em uma tormenta. Elas correram por meu rosto, o sal cobrindo meus lábios. Era tudo verdade. Todas as coisas perversas e obscuras que Vittoria dissera.

Respirei fundo, tentando me controlar. Eu precisava compreender como alguém que me amava como neta poderia me trair. Eu precisava ouvi-la admitir que havia assassinado outras pessoas para tomar seu coração. Deusa do céu.

Eu não conseguia nem começar a processar essa parte.

"A senhora usou magia obscura para nos vincular. Como pôde recorrer ao sacrifício humano?"

Minha avó, que agora me parecia uma estranha cruel, pensou por um momento.

"Em tempos de guerra, temos que fazer sacrifícios. Humanos compreendem isso, assim como as bruxas." *Nonna* disse isso sem emoção alguma, como se estivesse recitando ingredientes para um feitiço ou uma receita. "Duas vidas pela segurança de todo o coven. Foi o que as anciãs decidiram."

Meu estômago revirou. Eu me senti desentranhada. Não havia remorso nem tristeza, apenas uma justificativa fria para o mal causado.

"Quem o coven assassinou para pegar os corações?"

Vittoria se aproximou; seus olhos cor de lavanda estavam iluminados por uma alegria obscura.

"Ela está pulando para o *fim* da história quando, na verdade, é preciso ouvir desde o princípio." Ela olhou feio para a *nonna*. "Prepare o terreno direito. Ou sua serventia para mim esta noite se encerra aqui. Conte a ela sobre Sofia. Sua amiga."

"Sofia Santorini?", perguntei, já temendo o que estava prestes a descobrir. "O que a senhora fez com ela?"

Nonna se sentou, com a respiração ofegante. Fiquei me perguntando se Vittoria havia machucado ou quebrado uma de suas costelas. Minha irmã a puxou para cima e a jogou para uma cadeira que se materializou do nada. Em poucos segundos, Vittoria a acorrentou também.

Apesar de tudo que a *nonna* tinha feito, tentei me soltar para ajudá-la, mas não havia como escapar de minhas amarras.

"Vamos, conte a ela", exigiu Vittoria, inclinando-se para sussurrar em seu ouvido. "Ou vou te obrigar."

"Eu a peguei fazendo divinação no templo da Morte. Então garanti que a informação que ela havia descoberto nunca saísse dali. Havia certas... verdades que só eram confiadas a mim e a um outro membro do conselho. Disseram que devíamos guardar segredo a todo custo."

"Então a senhora aprisionou sua mente por quase duas décadas?", perguntei com uma incredulidade aparente em minha voz.

"Se ela não tivesse ido contra o conselho, se não tivesse desenterrado nossos segredos, nunca teria sido sujeitada àquela punição."

Ela falava como se ter descoberto a verdade justificasse seus atos e os do conselho. Horror era apenas uma fração do que eu estava sentindo.

Nonna se levantou, inclinando o queixo com teimosia ao olhar nos meus olhos. Seu olhar dizia que ela estava me contando porque queria, não porque minha irmã gêmea a estava obrigando. Era difícil imaginar as lágrimas nos olhos da *nonna* na noite em que encontrei o corpo de Vittoria. Onde antes havia amor, agora o ódio ardia, claro e desenfreado. Eu não podia acreditar que ela tivera coragem de enfeitiçar a própria amiga para depois usá-la como exemplo de lição durante toda a nossa vida.

"Agora conte a ela sobre o príncipe", disse Vittoria. "Não deixe nada de fora."

"No início, o Príncipe da Ira foi amaldiçoado para esquecer tudo, exceto o ódio", *disse nonna* com a voz falha. Não de raiva, mas de dor. A respiração dela era ofegante a cada inspiração e expiração. "A Primeira Bruxa disse que tudo que ele amasse seria tirado dele. Naquela época, ele não se importava com nada, só com suas asas. Isso foi antes de ele conhecer você." Mais uma vez, *nonna* puxou o ar com dificuldade. "Ele a amaldiçoou também, prometendo tirar algo que ela amasse se não devolvesse suas asas. Então La Prima Strega fez um acordo com o diabo. Ninguém sabe os termos exatos. Ela lançara seu feitiço usando o próprio sangue, fizera um sacrifício à deusa e estava confiante demais em suas habilidades. Esquecera com quem estava lidando."

Ela esperou que eu assimilasse tudo aquilo. Era uma teia emaranhada com muitos fios que se torciam, até ficarem tão amarrados que parecia impossível cortá-los. Duas maldições convergiram, e a nossa vida ficou presa no meio.

"*Nossa* maldição... Parte dela foi por causa da Primeira Bruxa?", perguntei.

"Você conhece a primeira parte da história. Soberba tinha uma esposa que era filha da Primeira Bruxa. La Prima queria a filha de volta, livre do príncipe demoníaco, então bolou um plano para colocar Ira contra Soberba. Ela fez um acordo com a Casa Vingança", confirmou.

"Por um preço, é claro", acrescentou Vittoria com frieza.

Uma lembrança estava subindo à superfície. Eu ainda não conseguia me lembrar quem era a Primeira Bruxa, mas tinha uma forte sensação de saber *o que* ela queria.

"Estávamos fingindo ser uma pessoa só." Vittoria confirmou com a cabeça, encorajando-me a ir adiante. A lutar pelas minhas lembranças. A magia que me impedia era forte. Busquei o fio de poder que pertencia a Ira e o puxei com força, para que ele quebrasse um pouco mais a maldição. Ela era teimosa, resistia, mas o poder do meu marido era forte demais. Outra fenda se abriu, libertando uma lembrança. "Eu fui enviada para Ira; minha missão era seduzi-lo."

Algo parecido com alívio cruzou as feições de minha irmã gêmea.

"E eu fui enviada a Soberba com a mesma missão", confirmou Vittoria. "No Banquete do Lobo, era para Ira me pegar com Soberba, achando que era você. A Primeira Bruxa queria que uma guerra irrompesse. Ela queria que sua filha visse que Soberba não era sério em relação a ela, que nunca tinha sido, e achava que isso aconteceria se ele tivesse uma briga pública com o irmão por outra pessoa."

"Ela queria partir o coração da filha." Senti náuseas. Era um jogo cruel. Um esquema que havia destruído muitas vidas. Tudo porque a Primeira Bruxa não queria perder a filha para um demônio. E eu tinha participado disso. Nunca me odiei tanto. "E Ira? O que aconteceu?"

"Ele te deu o coração *dele*. Ele compreendeu o esquema e não se importou. Na noite em que você deveria partir e me deixar terminar nossa missão no Banquete, você voltou para ele, pelo que meus espiões disseram. Você o chamou de lado na festa e o arrastou o para fora. Quando eu estava tentando seduzir Soberba, você estava no jardim com ele, onde ele confessou seu amor."

Ira tinha... Deusa do céu. Senti um arrepio em todo o meu corpo. Ira, o apavorante general da guerra, tinha se permitido ficar vulnerável. Provavelmente pela primeira vez em sua longa existência. E então todo o inferno começou. Soltei o ar, trêmula. Durante todos esses anos, ele tinha sido amaldiçoado para me odiar. Mas lutou contra isso. Tentou se agarrar ao que era bom. Não era de se estranhar que estivesse hesitante em me dar seu coração agora. A única vez em que ele se entregara por completo, fora punido.

"Naquela noite, antes de ele dizer que me amava, eu confessei tudo", declarei, lembrando, de repente, da noite no jardim. Das flores abrindo à noite, da lua crescente. Eu me lembro de pensar que ela estava sorrindo para nós. Agora, pergunto para mim mesma se não era zombaria. "De alguma forma, durante o nosso jogo, meus sentimentos mudaram. Eu não consegui seguir com o plano. Eu o amava. Então eu o levei para longe antes que ele visse você com Soberba."

"Não tenho certeza do que aconteceu entre vocês dois depois daquilo", continuou Vittoria. "Meus espiões não estavam perto o bastante. Só sei que depois de um instante, você tinha desaparecido. Havia sangue. Um pouco de cabelo cortado. E nada mais. Ira ficou furioso. Ele invadiu o castelo e quase destruiu seus irmãos, convencido de que um deles estava por trás do ataque. Naquele momento, ninguém sabia o que havia atacado você. Demônios Umbra receberam a culpa, contratados por alguém. Inveja era o principal suspeito, mas tenho certeza de que ele saiu da festa bem antes do banho de sangue começar. Então Ira se concentrou em Avareza, e, enfim, em Soberba.

Vittoria fechou os olhos, como se revivesse a lembrança daquela noite. Eu não estava lá, mas era fácil imaginar Ira explodindo. O caos, o medo. O poder bruto e descontrolado de seu pecado destruindo tudo ao redor enquanto ele procurava por mim, sem sucesso.

Minha irmã olhou para mim, e talvez fosse a lembrança daquela noite, ou alguma parte mortal que enfim estava aparecendo, mas ela fez um sinal para Domenico. Eu havia esquecido que ele ainda estava encostado na parede, mas o lobisomem fez uma magia para tirar minhas amarras. Elas caíram no chão, formando uma pilha de metal. Foi só por pura força de vontade que eu não caí com elas.

"Enquanto o banho de sangue entre príncipes continuava, fui atrás de você. Ira revelara para todos que éramos gêmeas, então nosso esquema tinha terminado. E mesmo que não tivesse, eu não a abandonaria", disse Vittoria com a voz aos poucos mais suave. "Não demorei muito para encontrá-la, mas era tarde demais. Quando as bruxas te pegaram, elas agiram rápido. As bruxas gêmeas que tinham nascido? Elas as sacrificaram imediatamente. Mantiveram os corações batendo por meio de magia."

"O quê?" Senti arrepios na espinha. Outra percepção se concretizou. Olhei para *nonna*, que finalmente parecia arrependida. "A profecia das bruxas gêmeas não era sobre nós."

Vittoria fez que não com a cabeça.

"Nunca foi. A profecia das bruxas gêmeas dizia apenas que elas seriam sacrificadas, e nós não somos essas bruxas. Sim, bruxas gêmeas, bebês, nasceram aquela noite, e as Bruxas Estrela as sacrificaram e pegaram seus corações. Elas colocaram aqueles corações dentro de nós e criaram nossos feitiços de bloqueio. Fomos inoculadas com a mortalidade *delas*."

"*Nonna* cuidou delas, cuidou de nós", falei, com a cabeça ainda girando. Olhei para minha avó com uma expressão horrorizada. "A senhora está em nossas memórias mais antigas. A senhora nos ensinou a abençoar nossos amuletos. Nos ensinou a cozinhar." Esfreguei os braços. O frio tinha se tornado profundo. Nossa avó tinha matado duas bruxas inocentes de forma brutal. Bruxas das quais ela depois cuidou. Aquilo era insondável. Ao olhar para ela naquele momento, eu não conseguia processar a mistura de emoções dentro de mim. Ela havia sido a força suprema do bem em minha vida. Odiava tudo que tinha relação com as artes obscuras. E o tempo todo ela era o mal supremo. "Como pôde? Como pôde fazer aquilo com aquelas meninas?"

A *nonna* cerrou as mãos em punho ao lado do corpo.

"Dever. Todas sabíamos que chegaria o dia em que seríamos obrigadas a fazer um sacrifício. Elas abriram mão da vida, e nós abrimos mão de nosso coração naquele mesmo dia. É nosso destino vigiar a prisão dos condenados. Garantir que os Perversos e os Temidos não saiam. Quando a maldição entrou em vigor, vocês passaram a ser uma grande ameaça ao nosso mundo. Você é uma deusa da vingança. Não queríamos arriscar sua fúria quando descobrisse que uma bruxa havia tirado algo tão precioso de você. A Primeira Bruxa não queria, e não podia, quebrar a maldição, e nós agimos para isso."

"Tudo isso para nos prender? Por causa de ódio e medo?" Vi a verdade daquilo nos olhos da *nonna*, mas também vi outra coisa. Uma coisa mais complicada. Como se talvez a *nonna* estivesse começando a questionar seu dever. Talvez ela tivesse passado a nos amar, suas inimigas. E talvez esse seja o motivo de ela ter enchido nossa cabeça com mentiras sobre os Perversos. De ter nos falado sobre quem deveríamos temer. Um dos alertas que ela nos fez se repetiu em minha cabeça.

Independentemente do que vocês fizerem, nunca devem falar com os Perversos. Se os virem, escondam-se. Se chamarem a atenção de um príncipe demoníaco, ele não desistirá até conseguir pegá-las. São criaturas *das trevas, nascidas da escuridão e do luar. Eles buscam somente destrui*ção...

Com o que eu sabia agora, compreendi o verdadeiro alerta. Ela estava me escondendo de Ira. Sabia que ele não sossegaria até me capturar, até destruir o que as bruxas tinham feito. Ele tinha esperado a hora certa; tinha me procurado. E, mesmo com o ódio, nunca deixou a brasa de amor morrer.

A história e os alertas não eram mentira. Apenas não eram a *minha* verdade. Aqueles alertas pertenciam só às bruxas. Elas fizeram tudo que estava em seu poder para nos manter separados. Para romper o nosso laço. E falharam. Eu me recusava a olhar nos olhos suplicantes de minha avó por mais tempo. Olhei para minha irmã. Ela podia ter se transformado em um monstro, mas não estava fingindo ser outra coisa.

"Eu ainda não compreendo uma parte. Como esse esquema para enganar Ira e Soberba ia funcionar? Sei que Inveja disse que nenhum espião jamais conseguiu entrar em nosso círculo. Mas os demônios não sabiam *sobre* nós, mesmo sem nunca terem estado em nossa Casa?"

Vittoria proferiu um feitiço, então desenhou um mapa no espaço entre nós. Ele tinha um leve brilho cor de lavanda e pairava diante de mim. Minha irmã gêmea apontou para o continente quase familiar.

"O submundo tem muitas similaridades com a terra mortal da Itália. A região mais acima, correspondente a Piemonte, é onde os demônios menores e dragões de gelo vagam." Ela moveu a mão, fazendo uma área diferente, próxima a localização da Toscana, brilhar. "Essa região é onde residem os príncipes do Inferno." Ela correu a magia ao longo da fronteira mais ao sul, aproximando-se da localização em que fica a região da Campânia. "E aqui é onde fica a Casa Vingança. Há uma traiçoeira cadeia de montanhas aqui, que serve como uma barreira quase intransponível separando o nosso domínio, mesmo para os imortais. No interior das montanhas existe uma espécie de véu que apaga memórias. Exceto a nossa, a de nossa mãe e a de quem escolhermos presentear com a Visão verdadeira." Minha irmã gêmea apontou para outra parte. "A corte dos vampiros é perto da ponta, onde é a Calábria para os humanos. E a ilha da Sicília é quase idêntica à localização das Ilhas Mutantes."

O mapa desapareceu nas sombras. Pelo menos agora eu entendia como os príncipes, que pareciam saber muito sobre tudo, estavam no escuro sobre nós.

"Não compreendo por que nos mantivemos misteriosas. Por quanto tempo? Séculos? Existe uma razão para não nos misturarmos com os príncipes?"

A expressão de Vittoria mudou. Não era ódio, mas havia uma frieza em seus traços que surgia sempre que eu mencionava os príncipes do Inferno.

"Não se pode confiar em demônios, ainda mais em príncipes do Inferno. E eles estão abaixo de nós. Tínhamos muito com que nos ocupar na região sul e motivo nenhum para nos envolver nas rixas deles."

"Estávamos aqui pouco depois que o submundo foi criado", falei, lembrando de repente.

"E os príncipes vieram séculos depois, quando foram expulsos de seu próprio mundo."

Senti que havia muito mais sobre essa parte de nossa história em particular, mas deixei de lado, ao menos por aquele momento. Acima de tudo, eu precisava entender nossa situação atual. Precisava compreender a maldição e como ela surgiu, para que eu tivesse alguma esperança de quebrá-la.

Minha irmã gêmea estava com um humor altruísta, oferecendo informações sem nenhuma contenção mágica. Eu poderia não ter muitas outras oportunidades de reunir tanta informação, então tirei vantagem.

"Se eu fui separada de Ira, como você foi amaldiçoada?"

"Como eu disse, fui atrás de você." O olhar de minha irmã ficou mais escuro que as sombras que se moviam pela câmara. Ela lançou um feitiço sobre nossa avó, deixando-a inconsciente. "Eu fui atrás de você e as Bruxas Estrela estavam preparadas. Elas montaram uma armadilha. Você estava deitada em um altar, com sangue pingando do peito."

Ela deixou aquele golpe me atingir direto nas entranhas. Era exatamente a forma como eu a havia encontrado no mosteiro na Sicília. Entendi então que aquele cenário tinha sido proposital. Não fora uma mensagem para mim, mas sim um alerta para a *nonna* e as bruxas.

A deusa da morte relembrou e continuou seu relato.

"Corri até você, sem notar o círculo de sal e ervas. Sem ligar para as velas encantadas nem para os símbolos de arcanos que brilhavam nas paredes. Quando atravessei o círculo, a magia me trancou lá dentro. Ela retirou meus poderes, essencialmente me tornando mortal por um breve instante. E foi o tempo que elas precisavam para fazer seu ritual. Elas me acorrentaram e me deram o meu próprio coração com feitiço de bloqueio."

Ficamos nos encarando por alguns segundos tensos. Apesar de sua traição, apesar dos meses de raiva e tormento que passei, eu precisava de minha irmã gêmea. Naquele momento. Eu precisava da nossa conexão. Mas Vittoria não era mortal. Ela não me abraçou. Não houve palavras de consolo ou lágrimas compartilhadas. Havia apenas uma promessa brilhando em seus olhos. *Vingança*. Uma promessa de corrigir um erro terrível.

"Foi quando elas nos fizeram usar o Chifre de Hades, bloqueando ainda mais nossas lembranças", supus. "E imagino que ele também nos escondeu dos feitiços de rastreio de nossa mãe."

"Exato. O feitiço de bloqueio e os amuletos evitavam que a Anciã nos localizasse. Algo que as bruxas também temiam."

E foi por isso que elas fizeram um esforço extra para nos esconder. Ter a Anciã, uma das três deusas originais, como inimiga seria uma ameaça ainda maior ao mundo delas. Soltei o ar. Ira e eu não sabíamos ao certo se a história dos amuletos era verdade, mas tinha sido uma teoria que havíamos discutido. Não usávamos aqueles amuletos para nos escondermos do diabo, mas para nos escondermos de nosso verdadeiro eu.

"E quando os tiramos aquela noite... nossa magia lutou para ascender."

"Então, veja só." Vittoria se aproximou de onde nossa avó estava inconsciente em sua cadeira. "Essas bruxas não merecem nossa empatia. Elas merecem morrer. E foi por isso que eu comecei a tomar suas filhas. Deixei que sentissem o que era perder tudo." Vittoria se virou e olhou em meus olhos. "Ninguém prende a Morte e a Fúria e vive para contar a história. Elas queriam evitar uma guerra? Bem, é precisamente isso que terão. Eu não vou parar até cada família responsável pagar pelo que fez. E os príncipes do Inferno não são melhores que elas e deviam ter pagado por seus pecados há muito tempo. Você precisa ficar ao meu lado, ter sua vingança por direito. Essa é a única forma de a Casa Vingança ascender mais uma vez.

"Você vai começar uma guerra entre os sobrenaturais."

"Começar?", perguntou Vittoria, olhando ao redor. "A guerra já começou. Ela começou no momento em que nos amaldiçoaram e nos mantiveram presas naquele mundo por quase vinte anos. Ela começou quando aquela bruxa amaldiçoou o demônio que você agora chama de marido e nos arrastou para dentro de seus problemas. Todos eles esqueceram quem somos. Do que somos capazes. Algumas batalhas não são travadas com armas em campos, irmã. Algumas são muito mais eficientes quando movimentos sutis são feitos com o tempo. Eu não me importo se outros sobrenaturais vão lutar; tudo que me importa é a nossa vingança." Ela olhou para a mulher que tinha sido nossa avó e sua expressão ficou ainda mais gélida. "Ira nunca vai dar a você o coração dele. Ele não pode. Ainda está amaldiçoado. Ele sempre vai manter uma parte de si afastada, em segurança. Quando você se der conta disso, volte para mim. Temos muito o que conquistar juntas. Como sempre fizemos."

"Preciso que você me diga uma coisa. Você matou a comandante de Avareza ou a ajudou a fugir? Soberba disse que ela andou perguntando sobre o portal."

"Soberba provou que ainda se preocupa *apenas* consigo mesmo. Como sempre foi. E tem muita coisa que você ainda não entende, nem vai entender até remover seu feitiço de bloqueio."

Vittoria ignorou minha pergunta e apontou com a cabeça para Domenico. O lobisomem deu um passo à frente e fez um portal cintilante. Estava óbvio que minha irmã não ia falar sobre os crânios mágicos, o suposto assassinato ou a fuga em potencial da demônia. E eu precisava voltar para Ira antes que ele fizesse algo impulsivo.

Olhei para a *nonna* e senti uma ponta de preocupação.

"O que você vai fazer com ela?"

"Vou mandá-la de volta ao coven com uma mensagem."

Eu não sabia ao certo se os ferimentos *eram* a mensagem. Parte de mim queria suplicar pela vida dela. Demonstrar misericórdia. Provar para todos que eu não era o monstro que temiam que eu fosse. Mas talvez eu fosse. Antes de eu passar pelo portal, minha irmã disse: "Se eu precisar ir te encontrar outra vez, vai se arrepender. Espero sua ajuda em breve".

Parei na passagem mágica e lancei um olhar frio a minha irmã gêmea.

"Não me ameace. E nunca mais me traga até aqui contra minha vontade. Se eu quiser te encontrar, eu o farei. Tenho tolerado isso pensando nos meus ganhos. Você tem muitos inimigos aqui; não precisa de mais uma."

REINO DAS BRUXAS
PODER ARCANO

14

Uma raiva dura e assassina brilhava nos olhos de Ira quando minha alma voltou com um solavanco para o meu corpo inerte. Sua expressão prometia dor e tormento infinitos.

Arrastar-me para o Mundo das Sombras uma segunda vez foi uma linha que Vittoria e Domenico não deviam ter ultrapassado. E agora o demônio da guerra parecia pronto para receber o que lhe era devido. Como a corte dos vampiros ao sul, Ira estava em buscar de sangue. Deusa, lobisomem, demônio, não parecia importar quem receberia o peso de seu pecado, contanto que seus inimigos pagassem.

"Não estou ferida", informei, virando de lado para encará-lo. "Apenas esgotada."

Ira puxou o cobertor sobre mim, então colocou o braço pesado sobre a minha cintura. Seu silêncio preenchia o quarto, mais alto e mais tenso do que qualquer palavra. Sabendo agora o que eu fizera, como fui arrancada dele no passado, arrancada de *nós* no momento em que tínhamos nos apaixonado verdadeiramente um pelo outro, eu podia imaginar que o que ele estava sentindo não era bom. Vittoria estava mexendo em feridas do passado, e Ira parecia pronto para revidar, para infligir alguma dor em troca.

"Estou aqui." Apoiei a mão sobre o seu braço, apertando o músculo firme de leve. Ele estava tenso o bastante para explodir. Passei o dedo sobre a tatuagem de serpente dourada, esperando acalmá-lo. Uma rápida inspeção do quarto provou que ele não o havia congelado, o que era um bom sinal. "Estou bem. De verdade. Também alertei minha irmã de que haveria consequências se ela me levasse de novo."

Ele ficou em silêncio por mais um longo momento, puxando o ar de maneira comedida. O quarto esfriou um pouco antes de ele se obrigar a se controlar. Passou a mão com gentileza sobre o meu braço, acariciando de leve para que eu me aquecesse enquanto se certificava de que eu não estava mesmo ferida.

"Sua pele está azulada, Emilia. Se você não tivesse me acordado enquanto mostrava sinais de que estava voltando, eu teria ido até você e exterminado todas as criaturas daquele mundo. Eu a teria tirado de lá, e depois destruído o *mundo* todo."

"Ah." Tirei um braço de baixo das cobertas e olhei para a minha pele, encolhendo-me.

Por isso ele estava tão zangado. Eu parecia meio morta. Eu também teria ficado aterrorizada se tivesse acordado e o visse parecendo um cadáver ao meu lado. Dadas as circunstâncias, sua reação até que foi leve. Se alguém fizesse mal a ele, eu teria atacado primeiro.

"Sua irmã está jogando um jogo muito perigoso." O tom de Ira estava repleto de más intenções.

"Eu sei." Tracei pequenos círculos em seu braço. "Ela não está pensando com clareza. Vingança e retaliação são seus deuses, e ela os está honrando com regularidade."

"O que é tão importante que ela não pode esperar que você a procure para compartilhar?"

"Acho que ela sente que parte da minha maldição está se quebrando e que algumas partes de minha memória estão voltando. Ela está me ajudando a lembrar, para que eu..."

Ira voltou sua atenção para mim.

"Para que você o quê?"

"Vittoria quer restabelecer a Casa Vingança. Ela diz que pretende iniciar uma guerra entre bruxas, demônios e outros seres sobrenaturais, mas eu não acredito nisso. Ela odeia bruxas e não gosta nem um pouco de demônios, mas seu principal foco parece ser restaurar a Casa."

Um silêncio recaiu sobre nós.

"Você também quer?", perguntou Ira, em um tom cuidadosamente neutro. "Restabelecer sua Casa?"

"Não quero tomar esse tipo de decisão antes de saber a história toda e recobrar minhas lembranças." Mordi o lábio inferior. "Isso é algo que causaria uma complicação para nós? Minha irmã parece achar que sim."

"Não. Eu jamais impediria você de fazer nada que quisesse. E contanto que Vittoria a deixe tomar suas próprias decisões e respeite seus desejos, eu não dou a mínima para o que ela faz, para quem reza ou com quem inicia uma guerra. Já existe um preço por sua cabeça. Avareza a quer morta. Assim como Inveja e Soberba. Luxúria e Gula podem ser influenciados com facilidade se houver uma guerra. E Preguiça não vai se opor à maioria. Sou o único no caminho da total aniquilação dela. E se ela te levar contra a sua vontade de novo, eu vou atrás dela. Eu vou machucá-la. Devagar. E de forma dolorosa. Sua morte vai ser tão brutal, tão cruel, que vai servir de alerta para qualquer um que ousar tocar em minha esposa. Quando eu terminar, não vai sobrar nada para os meus cães."

Um tremor percorreu meu corpo. Eu estava errada. A reação de Ira não era nem um pouco leve. Ele estava tentando desesperadamente se manter sob controle por *mim*. Pensei no que havia descoberto e na reação de Ira quando a maldição começou. Como ele quase matou os irmãos em sua busca enlouquecida por mim. Ele só tinha encontrado um pouco de sangue e cabelo cortado. É claro que teria pensado que seus irmãos estavam envolvidos. Uma maldição seria a última coisa a passar por sua cabeça.

Não pude deixar de imaginar se haveria tido alguma rixa entre os príncipes antes disso. Por mais que eles brigassem e tentassem enganar uns aos outros, ainda parecia haver alguma afeição familiar. Alguma lealdade. Talvez um dia aquelas feridas também se curassem.

Eu me aninhei junto ao meu príncipe, apoiando a cabeça em seu peito. Seus batimentos cardíacos pareciam um tambor. Os meus caminhavam junto, no mesmo ritmo assombrado.

Se Ira decidisse que minha irmã era uma verdadeira ameaça a mim, não hesitaria em removê-la. Eu não tinha muitas dúvidas de que, mesmo contra uma deusa imortal, ele seria bem-sucedido.

Por mais terríveis que as coisas parecessem com Vittoria, eu ainda tinha esperança de que houvesse *alguma* parte redimível nela. Alguma forma de eu alcançar o que uma vez havia sido uma pessoa carinhosa e gentil quando éramos mortais. Eu queria acreditar que os objetivos de Vittoria de quebrar meu feitiço de bloqueio e me conceder o meu total poder fossem apenas por desejar o melhor para mim, mas estava preocupada que tivesse mais a ver com seu plano.

Se ela queria uma aliada poderosa e não tinha conseguido isso com os príncipes demoníacos, talvez ela quisesse desbloquear meu poder para benefício próprio. E se Ira estivesse correto, se houvesse uma chance de eu não sobreviver à remoção de meu coração, eu entendia por que a insistência de Vittoria o faria removê-la como uma ameaça. Ele já tinha passado pela experiência de alguém me levar contra a minha vontade.

Eu ainda estava lutando para voltar a ser meu verdadeiro eu. Se nossos papéis estivessem invertidos, eu também destruiria qualquer um que ameaçasse nossa felicidade. Eu mataria sem arrependimento nem remorso, assim como tinha feito com aquele demônio Umbra. Mas ela era minha irmã gêmea, dessa forma a situação não era tão simples ou preto no branco.

"Posso sentir suas emoções", disse ele em voz baixa, "mas não consigo ler seus pensamentos".

"Estou pensando em minha irmã. Vittoria é..." Suspirei e olhei para ele. "Ela não é mais humana. Eu gostaria de acreditar que eu reteria meu senso moral, mas não sei ao certo se isso é possível. Ainda mais agora. Nossa Casa se chamava *Vingança*. Sentimento que parece alimentar a nós duas. Mesmo antes de saber o que nós éramos, minha reação inicial à 'morte' de Vittoria foi simples: vingança. No fundo, sei que minha irmã está magoada e que esse é o único modo de ela expressar isso."

Ira me olhou com atenção, e uma ruga profunda se formou em sua testa.

"Todo mundo tem que fazer escolhas. Sua irmã está usando a imortalidade dela como desculpa para fazer coisas imperdoáveis. Ela poderia mudar o próprio caminho, criar um novo, com facilidade. Ela não *quer*. E é aí que está a questão. É uma monstra por escolha, não nascença." Ele mostrou os dentes em um sorriso que prometia violência indomada. "Como todos nós. Mas ela não é a única que pode descartar o código moral para realizar uma tarefa."

Olhei nos olhos dele por alguns segundos. Pura determinação e promessas gélidas brilhavam em seu olhar, e nada além disso. Quando ele colocava alguma coisa na cabeça, era capaz de mover todo o submundo para conquistar seus objetivos. Vittoria estava muito perto de se tornar a primeira tarefa de sua lista a ser concluída. Nada que eu pudesse dizer o dissuadiria. Eu tinha certeza disso, porque esse seria o caminho que eu seguiria. E ninguém me deteria. Nós éramos mesmo um par perfeito.

"Independentemente dos métodos utilizados por ela, fiquei sabendo de muita coisa esta noite." Eu me deitei de costas e fiquei olhando para o teto. "Não acredito que Vesta esteja morta. É a única pergunta que minha irmã se recusa a responder, de que ela sempre se esquiva. Se ela fosse culpada, não vejo por que teria algum problema em esfregar isso na cara de Avareza. Ela odeia demônios, e em especial, os príncipes do Inferno. Se quisesse mesmo iniciar uma guerra, por que não admitir um grande triunfo como o assassinato de alguém tão importante como uma de suas comandantes? Ainda mais se Vesta era tão especial quanto Avareza alega. Vittoria não foi tímida em se gabar de suas outras conquistas. Por que ficar em silêncio justamente nesta questão?"

Ira suspirou.

"Também questionei por que Vesta tinha procurado Soberba. Ele está escondendo alguma coisa, mas não acredito que tenha a ver com seu possível desaparecimento."

"O que você acha que é?" Virei de lado para encará-lo.

"Imagino que ele estivesse atrás de informações e achou que estava usando Vesta." A boca dele quase formou um sorriso. "Quando ele se deu conta de que havia sido enganado, seu orgulho foi abalado. E foi por isso que ele pareceu surpreso e irritado. Ele achou que era o caçador e descobriu que tinha caído em outra armadilha. Soberba desenvolveu uma hipersensibilidade a este tipo de armação desde que sua irmã passou por cima da imagem concebida com cuidado que ele adotava."

"Ele gostava dela?"

"Da sua irmã?" Ira passou os olhos sobre mim quando fiz que sim com a cabeça. "Não sei. Ele com certeza faz um grande esforço para vê-la destruída. Mas pode ser apenas porque ele odeia que seu orgulho não tenha permitido que ele contasse a verdade à esposa."

"Qual era a verdade?"

"Até onde eu sei, Soberba e Vittoria nunca fizeram mais do que se beijar. Ele tinha uma reputação de príncipe pervertido para manter, e por isso permitiu que todos pensassem que ele estava indo para a cama com ela."

"Você tem certeza de que ele nunca foi para a cama com Vittoria?"

Ira refletiu com cuidado.

"Acho que apenas Soberba e Vittoria sabem a verdade. O que posso afirmar é que ele não compartilhou nenhum detalhe daquela noite."

Se Vittoria tivesse nutrido sentimentos por ele que não foram correspondidos, isso certamente poderia ter botado mais fogo em sua atual missão de "destruir demônios e bruxas". Remoí outra teoria.

"Você acha que Avareza mandou o crânio para si mesmo?"

"Eu não descartaria essa possibilidade. Se ele estiver convencido de que a culpa é de sua irmã, teria motivos claros para tentar fabricar indícios para provar sua teoria."

Era exatamente isso o que eu estava pensando.

"Sem ter acesso total às terras de Avareza, não há como provarmos a procedência do crânio, certo?" Meu príncipe negou com a cabeça. Eu revirei mais alguns pensamentos. "O duque de Devon mencionou que a família de Vesta não era daqui..."

"Está considerando o sangue deixado na cena?"

Assenti.

"Não sabemos as circunstâncias que trouxeram Vesta a este mundo, mas sabemos que ela andou perguntando sobre o portal de Soberba e o odor do sangue. Se a família dela era de fora do domínio de Avareza, ou mesmo de fora dos Sete Círculos, talvez tenha usado o portal para voltar para casa. Com a mistura de sangue que encontramos, talvez até tenha conseguido outro tipo de demônio para ajudá-la."

E se isso fosse verdade, talvez ela não tivesse sido a vítima, mas a verdadeira assassina. Se ela estava infeliz na corte de Avareza, como alegou o duque, talvez tenha matado alguém que atravessara seu caminho, deixando o corpo mutilado para trás antes de fazer a grande fuga.

"É certamente uma direção para investigarmos; para excluir ou para provar que está correta."

Ira beijou minha testa, depois saiu da cama e vestiu calças passadas. Algo do lado de fora chamou sua atenção, e ele praguejou baixinho enquanto caminhava até a varanda.

A exaustão que eu sentia desapareceu. Empurrei as cobertas e vesti um robe antes de me juntar a ele, parando de repente. Estrelas vermelhas e brilhantes se espalhavam pelo céu, vermelhas como um presságio ensopado de sangue. Enquanto estávamos ali, observando-as em silêncio, aos poucos elas ganharam forma.

Um coração anatômico, perfurado no centro por uma adaga com um crânio no alto do cabo. Pingava sangue da ponta da lâmina, ou pelo menos era o que parecia enquanto as estrelas carmesim piscavam e derramavam-se sobre o símbolo agora pulsante. *Tum-tum. Tum-tum.* O coração estava batendo, as ondas de pulso arrepiavam os pelos do meu braço enquanto viajavam pelo reino.

Era um coração celestial. E estava claro que não era uma constelação natural.

"O que é isso?", perguntei em voz baixa.

"É o coração imortal."

A expressão de Ira tornou-se amarga. As estrelas continuaram a pulsar em sua posição no céu. O vermelho parecia um corte no universo. Meu coração acelerou.

"É o símbolo da corte dos vampiros."

Ira voltou a atenção para o pátio abaixo, passando os olhos pelo terreno iluminado pelo luar. Acompanhei o caminho de seu olhar, procurando algum sinal de movimento. Uma nova manta de neve havia caído, e as estrelas carmesim refletiam-se nela como gotas de sangue no chão. Os respingos vermelhos faziam parecer que uma batalha havia acontecido e soldados tinham sido abatidos.

Massageei os braços. A noite estava silenciosa, mas de modo algum estava tranquila. Parecia que as sombras estavam observando, esperando. Havia problemas à espreita.

"Um emissário chegará em breve."

Pelo tom de voz de Ira e a forma como ele não parava de observar as terras do castelo, não seria uma visita bem-vinda.

*

Nas semanas desde que chegara à Casa Ira, eu havia visto muitos aposentos impressionantes — as bibliotecas, as suítes de hóspedes, a sala de treinamento, o jardim, o Baixio Crescente, o salão de jantar, a torre circular onde Celestia fazia suas poções e tônicos, meu quarto e o de Ira, entre muitos outros cômodos formais e informais, terraços e varandas —, mas eu nunca tinha entrado na sala do trono de Ira. Era um estúdio de uma elegância selvagem e gótica.

Parte de mim queria cair de joelhos e confessar meus pecados como uma devota, ou, melhor ainda, reivindicar meu pecado preferido diante da corte para sempre. Mas uma audiência teria que esperar, a sala semelhante a uma catedral com tetos abobadados estava vazia, exceto por mim e por Ira.

"É impressionante", comentei, e minha voz ecoou de leve. Tínhamos acabado de passar pelas portas duplas esculpidas, e olhávamos para o cômodo em que o diabo governava seu reino. Combinava com Ira. Era refinado, mas ainda continha um toque de perversidade. Esperei por uma faísca de lembrança, mas nada veio.

Pisos de mármore preto com veios dourado-claros, tetos arqueados com colunas combinando em pedra cinza-escura e um enorme lustre com pedras preciosas cor de ébano brilhavam à luz de velas. Desenhos florais em tons suaves decoravam os vitrais que ficavam em cada lado da sala, a pelo menos seis metros do chão, permitindo que luz entrasse e quebrasse a escuridão. Candeeiros de serpente milimetricamente equidistantes sustentavam tochas cintilantes ao longo das paredes mais baixas. O fogo crepitava como se lembrasse a todos que entravam de que estavam no submundo.

Por mais que possa parecer blasfemo, o lugar lembrava uma igreja. Só que, naquela casa de adoração, o demônio da guerra era o único ser "celestial" para quem se rezava.

Armas de ouro brilhantes decoravam as paredes, assim como na sala de treinamento de Ira. Escudos, armaduras, espadas e adagas. Arcos e flechas e lâminas curvadas que me faziam tremer diante de sua perversidade. Bem no fundo da sala, a janela em arco mais larga se posicionava com orgulho acima do trono. Ocupando quase a parede inteira, o desenho do vitral ostentava um inconfundível par de asas pretas abertas. Engoli em seco, percebendo que simbolizavam as asas que foram roubadas de Ira. Deve ser torturante tê-las registradas dessa forma.

Voltei minha atenção ao primeiro nível. Abaixo da enorme janela com asas pretas havia uma lareira acesa. Eu nunca tinha visto uma tão grande: como a janela, a lareira ocupava quase a parede inteira. Uma passadeira vinho percorria toda a extensão da sala, terminando na base de uma plataforma de ébano. A pedra preciosa opaca parecia fumaça congelada, ameaçadora e bela. Era semelhante, senão a mesma, à pedra que eu tinha visto quando entramos naquele mundo pela primeira vez.

Havia dois tronos iguais sobre a plataforma. Como rei do submundo, imaginei que seu assento seria maior. Serpentes de bronze cor de champanhe curvavam-se ao redor do couro preto, parecendo muito a tatuagem que Ira exibia no braço direito. Meu coração parou por um segundo quando vi as vinhas com espinhos que se entrelaçavam com elegância ao redor do corpo das serpentes.

Ira olhou de soslaio para mim, curvando a boca com o toque de um sorriso, apesar das circunstâncias que nos levaram àquele cômodo tão tarde da noite.

"Você está surpresa."

"Você pretendia mesmo que eu fosse rainha. Não apenas sua consorte."

Ele me encarou com intensidade, e eu fiquei impressionada com o poder de sua presença. Com a magnificência de sua magia e a forma régia com que se portava. Com sua coroa com pontas de rubis, olhos dourados brilhantes e o terno preto ajustado com primazia a seu corpo, ele era o rei obscuro de muitos sonhos e fantasias. Inclusive os meus. O diabo sorriu como se soubesse disso.

"Você é meu par de todas as formas. Tudo que é meu pertence a você. Nunca se esqueça disso."

A sinceridade com que ele disse isso, a forma com que alcançou minhas mãos e as segurou, deram a entender que ele estava comunicando muito mais. Eu me inclinei na direção dele.

"Eu..."

As portas duplas atrás de nós se abriram. Vários criados demoníacos entraram, segurando urnas gigantescas de copos-de-leite pretos e ranúnculos vinho. As pétalas macias como chiffon eram algumas de minhas preferidas. Os criados correram até a plataforma e posicionaram as urnas com propriedade, permitindo que as flores em forma de trompete dos copos-de-leite e os ranúnculos vinho caíssem em cascata pelos degraus. Várias outras plantas foram levadas para dentro, embora eu não tivesse conseguido identificar de imediato as pequenas frutinhas vermelhas em uma delas.

"Oleandro é uma escolha interessante, ainda mais se você estiver enviando uma mensagem", comentei. Então apontei com a cabeça para a planta que eu não tinha identificado ainda. "Mas o que são aquelas? Presumo que também sejam venenosas ou letais de alguma forma."

"*Abrus precatorius.*" O tom de Ira era quase divertido. "Ervilha-do-rosário. Vampiros odeiam. Não só pelo nome religioso, mas porque elas podem matá-los. Alguns mortais descobriram, e é por isso que é possível vê-las com frequência em rosários. Mas é preciso ter muito cuidado: uma picada da baga pode causar a morte."

"Achei que vampiros só morriam com uma estaca."

"Uma estaca no coração é letal para a maioria das criaturas, excluindo sua atual companhia." Ira me lançou um olhar cínico, sabendo muito bem que eu estava bem ciente de que uma lâmina no peito não o machucaria. "Alho é uma perturbação; água benta não faz nada, até onde eu sei; mas essas bagas?" Ele pegou uma delas com um criado que passava e a apertou entre o polegar e o indicador. "Esse é um dos segredos mais bem-guardados dos vampiros."

"Vossa majestade!"

Eu me virei ao ouvir a voz familiar, feliz em ver minha amiga Fauna entrando correndo na sala do trono, resplandecente em um vestido cobre-escuro com joias bordadas no corpete. Parecia que fazia anos que eu não a via, embora fizesse apenas alguns dias.

Fauna tinha sido minha primeira amiga na corte de Ira, e enquanto a maioria parecia mais satisfeita em especular sobre minha chegada, ela havia feito de tudo para que eu me sentisse bem-vinda. Não sei como eu teria passado por aquelas primeiras semanas sem sua amizade.

"Lady Emilia." Ela fez uma reverência educada para mim e se curvou diante de Ira. "Trouxe o colar."

Ela piscou para mim ao entregar a Ira uma caixa de joias um tanto quanto grande. Ele abriu a tampa para olhar dentro e a fechou de novo.

"Pegou alguma coisa para você?"

"Sim, vossa majestade." Fauna colocou seus cabelos pretos e cacheados de lado, mostrando uma gargantilha com pequenas frutinhas vermelhas. A cor ficava linda junto à sua pele negra. "Ofereci uma a Anir, mas ele recusou." Seus olhos cor de sépia brilharam. "Mas aceitou a gravata bordada com elas. Ele está se vestindo agora e deve chegar logo."

Ira balançou a cabeça em aprovação.

"Garanta que ele pareça um cortesão."

"É claro." Fauna fez outra reverência e saiu correndo da sala. Sua saia cor de cobre farfalhava pelo chão de mármore como ondas sussurrantes na praia.

Apontei com a cabeça para a caixa.

"Posso ver?"

Ira abriu a tampa e levantou o colar.

"Oh." Fiquei sem ar diante de sua beleza. E de seu verdadeiro propósito. Não era um simples enfeite. Era uma arma. Fios de ervilha-do-rosário alternados com rubis. As pedras preciosas, o vermelho profundo do sangue. Era feita para provocar. Para atrair a atenção. E também para alertar. O emissário dos vampiros poderia olhar, mas não tocar. A menos que desejasse morrer. "A sutileza não é o seu forte."

"Sutileza é para os covardes, *milady*."

Ira fez sinal para que eu me virasse e logo colocou a joia em meu pescoço. Encarei-o de novo, passando as mãos sobre o belo alerta. O príncipe demoníaco seguiu o caminho que minhas mãos haviam traçado e depois continuou a descer, como se me visse pela primeira vez e assimilasse a visão. Um olhar carnal cruzou suas feições. Tão primitivo e intenso que fiquei tentada a ver em que tipo de apuro podíamos nos meter sobre o trono.

"Você gostou?", perguntei, sabendo que ele gostado era pouco. Quase dava para ver que ele calculava se teríamos tempo para realizar minha mais nova fantasia quando ele me olhou de novo.

Meu vestido rosa-dourado abraçava minhas curvas, a cor era tão clara e suave que alguém poderia esquecer a terrível magia que fervilhava sob minha pele. Poderia ser atraído pelas rosas queimadas, em um tom rosado bem claro, que cobriam a parte de cima do meu corpete um pouco decotado demais; ser confundido pelas vinhas pálidas e os espinhos que acentuavam meu quadril antes de desaparecerem no tule mais cheio da saia como belos adornos, e não compreender o alerta que eles significavam. Meu vestido era minha magia em forma de roupa. Eu amava aquilo.

Ira dava indícios de querer arrancá-lo e mostrar sua apreciação de uma forma animalesca. Apenas pensar nele erguendo minhas saias para se enterrar profundamente fez meu rosto corar. Não de constrangimento, mas de desejo. Eu precisava de um leque. Ou de um banho de gelo.

"Esse vestido poderia ser um dos objetos enfeitiçados que eu ainda não localizei." Os cantos de sua boca se levantaram. "Está claro que ele me deixou fascinado. Embora eu ache que seja apenas você, *milady*."

Olhei para o meu vestido, combatendo um sorriso. Adorava quando Ira flertava comigo. Era uma distração bem-vinda, um pouco de luz para equilibrar a escuridão.

Uma batida forte chamou nossa atenção. Toda expressão de sensualidade ou despreocupação sumiram do rosto de Ira. Em seu lugar havia a máscara dura e implacável do príncipe mais forte do Inferno. Ali estava o demônio cujo poder era tão devastador que alterava todo o reino.

"Entre."

Um demônio mais velho entrou às pressas e se curvou bastante em sinal de respeito. Ele usava um traje que me fez lembrar os mordomos de meus romances preferidos.

"O grupo do emissário acabou de sair do estábulo, vossa majestade."

"Alerte Anir e os outros. Quero eles aqui agora." Ira me ofereceu o braço cheio de formalidade e educação. "Venha, *milady*. Vamos nos preparar para os nossos convidados."

"Por mais que não sejam bem-vindos."

"De fato." O sorriso de Ira era lupino.

Coloquei a mão na dobra de seu braço e fomos até os tronos. Mesmo me sentindo segura em nossa Casa de Pecado, o nervosismo ainda deixava meu pulso acelerado. Um infortúnio, considerando quem estávamos prestes a receber.

Ira me ajudou a subir as escadas e depois levou os lábios ao meu ouvido, seu hálito quente fazendo um tremor delicioso dançar ao longo de minha coluna.

"Respire. Ou o emissário vai me ver fazendo tudo que estiver em meu poder para fazer seu coração acelerar por motivos mais agradáveis."

Para acompanhar a declaração sedutora com uma atitude, ele beijou a veia pulsante em meu pescoço, roçando a língua sobre ela e raspando os dentes em minha pele. Suas mãos... Aquelas coisas malditas e incríveis, passaram sobre o volume de meus seios, descendo por minha silhueta até apertarem minha bunda de brincadeira, prometendo fazer exatamente o que havia dito.

Sentei-me em meu trono de forma abrupta, recebendo uma risada profunda de Ira. Fiquei distraída enquanto combatia a tentação de fazê-lo ajoelhar-se diante de mim e colocar a cabeça entre minhas coxas. O vampiro entraria em nosso domínio, a língua do demônio entraria em mim.

Os olhos de Ira brilharam. Ele havia sentido minha excitação e era provável que também sentisse as emoções contra as quais eu lutava. Que a deusa o amaldiçoasse por ser tão irresistível; *não* era a hora de pensar em sexo. Ou de se submeter a um desejo.

Sacudi a cabeça de leve.

"Comporte-se. O emissário vai chegar logo."

"Eu não tenho ideia do que você está falando, *milady*." Seu olhar era uma mistura de pura presunção masculina e inocência fingida. "Estou só admirando minha ardente esposa."

Ele se sentou em seu trono e adotou o comportamento gélido de novo. Eu não gostaria de estar na outra ponta daquele olhar. Ele prometia crueldade sem fim. Anir e Fauna entraram na sala, seguidos por vários outros demônios que não reconheci, todos usando roupas vistosas.

A maior parte dos demônios, tanto do sexo masculino quanto do feminino, costumava parecer confiante, mas algo na forma como aqueles cortesãos se moviam me fez pensar que não se tratavam apenas de lordes e ladies da Casa Ira. Eu apostaria qualquer coisa que eles eram soldados.

Olhei de soslaio para o meu marido. Ele estava preparado para lutar. Eu não sabia ao certo se era apenas uma precaução ou se era uma ação ofensiva. Não tivemos muito tempo para nos arrumar, e ele havia saído do quarto para encontrar Anir e seus principais soldados antes que eu tivesse terminado de me vestir. Não fazia ideia de qual era seu plano, mas estava certa de que ele tinha um.

Ira olhou nos meus olhos e abriu um rápido sorriso ardiloso.

"Sempre tenha uma flecha preparada para atirar ao convidar um inimigo para entrar."

"Talvez eu possa ajudar com fogo." Invoquei flores ardentes e permiti que pairassem sobre a plataforma. O calor logo se tornou escaldante.

Alguns soldados ficaram tensos, mas se mantiveram firmes. Na mesma hora, lembrei o que Fauna dissera quando a conheci: alguns soldados tinham rido quando um oficial de alta patente quis remover meu coração ainda batendo e o servir a eles. Minha fúria queimou devagar as outras emoções quando voltei minha atenção para os demônios na sala. Submeter-me à minha ira não foi uma escolha consciente, mas também não lutei contra ela de imediato. Alguns dos demônios que quiseram me machucar estariam ali presentes?

Um pensamento e eu poderia destruir todos eles. Fazê-los gritar enquanto sua carne derretia sobre os ossos. Eu poderia me vingar de todos eles e...

Uma risada suave e feminina quebrou o feitiço. Contive minha magia e pisquei os olhos diante dos convidados. Eu não os ouvira ser anunciados e tive dificuldade para recobrar o fôlego de forma discreta.

"Blade." Ira não parecia impressionado ao se dirigir ao emissário, dando-me preciosos segundos para recobrar os sentidos. Eu queria poder me aproximar e beijá-lo, mas concentrei minha atenção nas duas figuras que se aproximavam, adotando o olhar entediado que tinha visto Ira usar.

Blade, um vampiro impressionante de traços esculpidos e cabelos castanhos desgrenhados, lançou um rápido olhar para mim, parando no colar com as frutinhas letais, antes de voltar a atenção a Ira com uma expressão impossível de decifrar. Seus olhos eram de um carmesim profundo, beirando ao preto, emoldurados por uma densa franja de cílios. Ele parecia ser um problema. Mas mais de uma forma rebelde e desafiadora do que o perigo sutil que Ira representava quando escolhia se tornar o problema de alguém.

Mal olhei duas vezes para Blade antes de observar sua companheira, a que dera a risada feminina. Ela parecia uma rainha guerreira, embora eu não tivesse visto nenhuma arma presa ao seu corpo. O que significava que *ela* era uma arma mais fatal do que qualquer lâmina de aço que pudesse carregar.

Cabelos escuros caíam em cascata por suas costas, e o vestido cor de ébano mais parecia uma armadura de couro do que a alta moda popular nas cortes demoníacas. No entanto, foram os seus olhos que me causaram arrepios. Eu já os vira antes. Em um pesadelo. Eram insondáveis e salpicados de estrelas. Ancestrais e repletos de ódio. E eles estavam fixos em mim conforme ela se aproximava da plataforma com o vampiro.

Ira se inclinou para a frente, com sua voz ficando mais grave.

"Sursea."

A mulher ainda não tinha tirado os olhos de mim; sua boca se retorcia no que parecia uma diversão sombria. Eu me vi desejando arrancar aquele olhar de seu rosto.

"Isso não é intrigante?" Seu tom indicava que poderia ser tudo, *menos* intrigante. Ela deu mais um passo em nossa direção, estreitando os olhos. "Você sabe quem eu sou?"

Ela não era uma vampira. Nem uma demônia. Tampouco havia algo de mortal naquela criatura, e eu achava que ela não era uma deusa. Eu tinha uma suspeita terrível, e a forma tensa com que Ira estava sentado, como se estivesse prestes a pular do trono e a estrangular, confirmava meus temores.

"Você é a Primeira Bruxa", respondi. "La Prima Strega."

15

A Primeira Bruxa, Sursea, me olhou como predadores analisam ameaças ou presas em potencial.

O instinto tomou conta e eu mostrei os dentes. Meu sorriso cruel indicava que eu podia não estar com minha antiga glória totalmente restaurada, mas também não era nenhuma presa. Olhei a bruxa de cima, com minha fúria crescendo quanto mais olhava em seus olhos odiosos. *Ela* tirara Ira de mim. Ela usou a mim e a Vittoria em seu jogo distorcido. E eu a faria pagar com sangue e lágrimas por seus pecados. Não naquele momento, mas em breve meu rosto estaria em seus pesadelos.

Ela voltou a atenção para Ira, deixando transparecer uma expressão zombeteira.

"Seis anos e seis meses passaram voando, não concorda, vossa majestade? O tempo pode passar de uma forma diferente aqui, mas ainda passa. Quantos dias foram mesmo? Acho que eu esqueci."

O olhar de Ira encontrou o meu por uma fração de segundo antes de voltar à nossa inimiga, mas foi o bastante para divertir a bruxa mais uma vez. A risada dela encheu a sala silenciosa de novo. Só que dessa vez parecia que ela sabia um segredo. Um segredo que compartilhava com meu marido.

E eu detonei.

"Curve-se diante do rei." Minha voz era fria. Imperiosa. Senti a atenção de Ira se voltar para mim, senti toda a sala olhar em minha direção, mas não rompi o contato visual com a bruxa. Ela deve ter sentido o fogo queimando em minha alma. Sursea ergueu uma sobrancelha, mas ajoelhou-se devagar. O couro de seu vestido rangeu no silêncio.

Voltei meu foco para o vampiro, que recuou de maneira quase imperceptível. Eu não tinha dúvidas de que meus olhos estavam rosa-dourados e queimavam com o pouco de poder que eu havia liberado. Se antes ele não se importava com quem ou o que eu era, agora se importaria.

"Não me obrigue a ter que repetir. Curve-se ou vai se queimar."

Invoquei uma rosa de fogo e a fiz pairar sobre Blade. Ele rangeu os dentes, mas se ajoelhou, inclinando a cabeça na direção de Ira.

"Vossa majestade."

Encarei suas formas prostradas, sem os liberar da posição de aquiescência forçada. Ira não disse uma palavra, sentindo minhas emoções e me dando o tempo de que necessitava para recobrar o controle. Ou talvez ele só estivesse satisfeito e quisesse ver o que eu faria em seguida; descobrir de que outra forma nossos pecados se alinhavam no sagrado matrimônio. Ele dissera que queria uma igual. Ira podia comandar o gelo, mas eu era toda fogo. E a Primeira Bruxa não devia ter alimentado minha fúria. Se fosse apenas Blade falando em nome dos vampiros, duvido que eu reagiria daquela forma.

A presença de Sursea, seu comportamento tolo, a implicação de que ela guardava um segredo que meu marido conhecia, assim como seu desprezo por Ira, deixaram-me louca de raiva. Por tê-lo machucado, eu queria machucá-la dez vezes mais. Era irracional. Absoluto. Uma necessidade intensa de pura vingança. De repente, entendi muito bem a minha irmã. Eu queria que nossos inimigos sofressem. Para cada ano, cada mês, dia, hora e *segundo* de dor que infligiram em meus entes queridos, eu queria retribuir o "favor" até que suplicassem por misericórdia ou morte. E então eu negaria isso também.

Por mais doentio que fosse, aquele era o poder do amor. Ele podia gerar calor e luz, mas também transformar uma única brasa em um inferno furioso, destruindo quem o ameaçasse. Com seus dois lados, o amor podia ser o pior pecado de todos.

Ou talvez esse apenas fosse o jeito da Casa Vingança.

As tochas ao redor da sala ardiam mais alto, com as chamas tremeluzindo sem controle em uma brisa fantasma. Olhei para a corte quase vazia, para os soldados em roupas sofisticadas, Anir e Fauna entre eles. Respeito, não medo, brilhava nos olhos de cada um. Talvez eu os tivesse assustado um pouco, mas a expectativa deles era que a princesa da Casa Ira inspirasse certo medo, assim como seu príncipe fazia. Que eu usasse aquele poder contra nossos inimigos... Inclinei a cabeça na direção daqueles súditos em reconhecimento. Minha atenção retornou aos convidados indesejados, ainda inclinados, aos nossos pés.

O poder ancestral e terrível em meu âmago se agitou. A Primeira Bruxa ficou tensa. Sua maldição o havia trancado, mas a magia que o mantinha confinado estava se deteriorando. De uma forma ou de outra, meu feitiço de bloqueio ia quebrar. E então o monstro estaria livre. Sursea sentiu aquilo. Tinha que sentir. E foi esse pensamento, essa promessa de deixar minha fera enlouquecer um dia, que me acalmou. Ainda assim, foi preciso todo o comedimento que fui capaz de reunir para não liberar minha magia naquele momento e vê-los queimar.

Espirais de fumaça serpenteavam pelo ar, e o cheiro pungente de couro queimando chegou até onde estávamos sentados. A Primeira Bruxa hesitou, mas não se mexeu para apagar a brasa brilhante em sua saia. Ira passou o dedo sobre minha mão. Sua carícia era um bálsamo frio para minha fúria. Soltei o ar devagar, em silêncio. E atraí minha magia de volta para a fonte. Esperei mais um segundo para ter certeza de que estava centrada. Um movimento errado e eu me tornaria o monstro pelo qual era temida.

"Levantem-se." Minha expressão agora estava tão bem guardada quanto minhas emoções.

Ira recostou no trono, com um arqueado cruel nos lábios. Ali estava um demônio entretido, deliciando-se com sua igualmente perversa rainha. Ele olhou para o vampiro com frieza, ignorando a bruxa como se ela nem estivesse lá.

"Por que está aqui?"

"Para discutir uma possível aliança entre nós."

"Seu príncipe tem um timing estranho. Ele não se importa com as regiões mais ao norte há séculos."

"Não é tão estranho. Após uma visita recente da deusa da morte e da criatura peculiar, meio demônio, meio lobisomem, que a acompanha, meu príncipe passou a considerar o potencial de ter aliados incomuns." A seu favor, Blade sustentou o olhar intenso de meu marido.

Meus olhos se estreitaram. Além da intenção de provocar desconforto e potencialmente iniciar uma guerra entre os sobrenaturais, Vittoria estava tramando algo. Talvez a companhia que Blade havia mencionado fosse apenas Domenico disfarçando o seu cheiro de alguma forma, mas outra teoria surgiu em minha cabeça, e eu arrisquei segui-la.

"A criatura se chama Vesta?"

"Não. É Marcella." Blade não tirou os olhos de Ira ao responder. "Ela é das Ilhas Mutantes."

"Tem certeza de que ela não era daqui?", perguntei.

"Ela não disse mais nada. E nós estávamos mais preocupados com a deusa."

A suspeita me envolveu, mas estava nítido que Blade não tinha mais informações sobre a companhia de minha irmã. Pelo menos nada que ele estivesse disposto a compartilhar se recusássemos uma aliança.

Dado o sangue deixado na cena do crime, fazia sentido Vesta ser geneticamente singular. Talvez tivesse sido por isso que Avareza a cobiçara. Este foi o primeiro aspecto de minha reflexão diante da informação de que o sangue encontrado era tanto de demônio quanto de lobisomem, e me fez questionar se o interesse de Vesta no portal nas terras de Soberba tinha algo a ver com uma potencial inabilidade para viajar para o Mundo das Sombras que ela tivesse. Se minha teoria estivesse correta e ela fosse geneticamente singular, talvez seu lado demônio impossibilitasse a viagem, assim como a nova loba que Antonio tinha mencionado.

Enquanto Blade e Ira batalhavam em silêncio, analisei o vampiro com mais atenção.

Sobrancelhas fortes emolduravam aqueles penetrantes olhos carmesim, com cílios densos o bastante para deixar qualquer um com inveja. O cabelo era um pouco longo demais para ser completamente domado, e parecia que ele o tinha penteado de qualquer jeito antes de chegar à Casa Ira. Os lábios carnudos estavam curvados em um meio sorriso, como se ele tivesse acabado de se lembrar de uma piada particularmente engraçada que não se daria ao trabalho de compartilhar.

Talvez a graça estivesse no brilho perspicaz de seus olhos, do tipo que sugeria que muitas vítimas já haviam caído naquele encanto malandro.

O paletó preto era ajustado à sua figura proporcional, e a camisa de linho branco e gravata combinando eram uma surpresa. Dado o seu apetite por sangue, eu teria imaginado que ele escolheria se vestir todo de preto. Calças escuras abraçavam pernas musculosas e estavam enfiadas com elegância em botas de montaria recém-engraxadas. Havia um ar em Blade que dizia que ele podia se dedicar a ser seu mais fiel protetor ou seu pior inimigo com base em um capricho.

Mesmo ali parado, com a coluna reta sob o peso do escrutínio de Ira, ele dava a impressão de que seu paletó estava a segundos de ser descartado. Seu colarinho e gravata pareciam irritar, não por serem desconfortáveis ou sem elegância, mas porque o vampiro não parecia querer participar desse fingimento. Ele parecia pronto para deixar de lado toda a civilidade e dar voz ao ser cruel que era por baixo da aparência refinada. Ou talvez ele apenas estivesse com sede e desejasse uma bebida depois de tanto viajar. Se ele era o emissário, eu me perguntava como deviam ser os vampiros menos diplomáticos.

Ira não se mexeu, mas não havia dúvida em relação à ameaça que *ele* representava enquanto deixava o silêncio se estender em todo o seu desconforto. Meu marido, ao contrário da impressão que eu tinha de Blade, não agia por capricho. Ele era frio, calculista e tinha uma eficiência brutal. Quando decidia agir, os outros podiam recuar ou morrer. Se eles ficassem zangados, melhor ainda. Suas emoções alimentariam o pecado dele.

Por fim, meu príncipe permitiu que seu foco se dirigisse à bruxa por um instante, antes de responder ao vampiro.

"Você achou que vir com ela era o melhor caminho para a paz?"

"Eu..."

O príncipe demoníaco ergueu a mão. Pela forma como Blade cortara sua fala, seria de se imaginar que Ira tivesse erguido uma adaga.

"Ou ela é apenas uma distração secundária?"

Blade hesitou por menos de um segundo, mas foi o suficiente para notar que Ira o pegara desprevenido.

"Nós pensamos..."

"Você pensou em vir aqui, à minha casa, sob o falso pretexto de paz, para tentar tomar o que estava procurando há muito tempo." Ira inclinou a cabeça. "Você é mesmo tão idiota? Ou desesperado? Você sabe quem eu sou. Sabe do que sou capaz. Então talvez seja arrogância e estupidez." Meu marido se levantou, seu desprazer forçando o ar a congelar. Gelo cobria as escadas da plataforma. "E ousou ficar aí, mentindo na minha cara, e acreditou que sairia ileso."

Sursea deu um passo à frente, pegando algo que levava escondido na manga. Uma arma, sem dúvida. Ela fervia de raiva enquanto puxava a adaga.

"Sua esposa vai..."

Ira mal olhou em sua direção ao congelá-la, como havia feito com os lobisomens que tinham nos atacado.

Uma coisa era ver um lobo congelado e outra muito diferente era ver uma pessoa encerrada em um grosso bloco de gelo. Ela havia sido pega no meio de um grito, e sua expressão se contorcia de dor ou fúria. Ela não estava morta — segundo as histórias da *nonna*, ela era imortal —, mas ficaria domada por um tempo, congelada e angustiada.

Não me senti nem um pouco mal por Sursea. Ela nunca devia ter tentado me ameaçar. Muito menos depois de ter amaldiçoado Ira e nos afastado um do outro.

Como se ele estivesse pensando a mesma coisa, lembrando-se da noite em que fui roubada pela maldição, a temperatura caiu mais uma vez e a sala adquiriu um tom azulado, como se as paredes estivessem geladas. A quantidade de tochas e a lareira enorme começaram a fazer sentido. O ar estava tão gélido, tão brutal, que a morte espreitava como um cão sentindo o cheiro de restos de carne em frente a um açougue. O fogo aliviava um pouco aquela atmosfera implacável.

Ira tinha sido pressionado para além de seu pecado.

O vampiro reconheceu isso. Ele levantou as mãos em sinal de rendição.

"Não quero guerra."

"Considerando que minhas forças de elite acabaram de eliminar vários vampiros acampados nos arredores do meu círculo e mais alguns nas terras do castelo, penso o contrário."

Mantive a expressão neutra, sem querer deixar minha surpresa transparecer. Do ponto de vista lógico, eu entendia que não houve tempo para Ira compartilhar o que ficara sabendo, mas eu queria que ele tivesse mencionado *alguma coisa* antes que eles chegassem. Sem se preocupar com o gelo que cobria o chão, Ira desceu os degraus devagar, como um predador à espreita.

"Tem alguma coisa que você gostaria de confessar? Agora é a hora."

A ponderação cintilava nos olhos sem emoção de Blade.

"Eu trouxe proteção. É notório que viajar pelo reino é perigoso. Demônios menores, almas errantes."

O Príncipe da Ira estava a um braço de distância do vampiro. A tensão preencheu a sala do trono, e eu combati o ímpeto de ficar ao lado do meu marido. Aquela era a sua batalha, a sua jogada.

Os soldados demoníacos pareciam sentir a mesma compulsão, talvez por causa do pecado com que todos se alinhavam. Tinham necessidade de liberar a raiva e golpear quem fosse insolente o bastante para mentir para o rei deles. Dada a forma com que Ira inclinava a cabeça, imaginei que era exatamente o que Blade havia feito.

Idiota. Tinha sido uma jogada da qual ele sem dúvida se arrependeria. Embora eu também não me sentisse mal por ele.

"Você veio acompanhado de uma das criaturas mais cruéis desta terra. De quantos vampiros realmente precisava para se proteger?" Ele voltou o olhar para a bruxa congelada. "Anir?"

O segundo em comando de Ira, ao ser invocado por seu rei, deixou que um sorriso lento e indecente se abrisse em seu rosto. O demônio assentiu, indicando que era hora de revelar o que eles haviam discutido. Como ex-combatente, era provável que Anir estivesse esperando por aquele momento, desejando que chegasse a esse ponto. O humano se curvou e saiu da sala. As solas de suas elegantes botas batiam contra o mármore. Mais uma vez, meu marido voltou sua atenção para o vampiro.

"Última chance, Blade. Diga o verdadeiro propósito de sua visita e sairá daqui ileso. Minta, e vai sofrer por isso."

A provocação recaía sobre o vampiro como um manto real.

"Já disse. Estou aqui, em nome do meu príncipe, para formar uma aliança com você. Ao contrário da deusa da morte, nós não queremos acabar com este mundo."

"Muito bem."

O tom de Ira era ilusoriamente calmo, cristalino. Não era mais ameaçador do que alguns flocos de neve caindo do céu de forma preguiçosa, em um dia sem nuvens. Enxerguei a verdade do que aquilo significava e combati um arrepio. Não era o tipo de calma reconfortante que indicava paz ou serenidade; era o tipo de tranquilidade carregada que fazia os pelos dos meus braços se arrepiarem. O comportamento frio de Ira tinha a intenção de atrair seu adversário para uma falsa sensação de segurança enquanto a verdadeira ameaça se aproximava.

Estávamos no olho do furacão, balançando no precipício do que prometia ser a pior coisa que poderia acontecer. E o vampiro não tinha ideia de que tinha iniciado uma avalanche que logo o enterraria.

Alguns momentos depois, as portas duplas se abriram e Anir entrou à frente de uma prisioneira acorrentada. Guardas ladeavam a jovem loira, espadas de prontidão.

Minha expressão continuou impassível enquanto eles se aproximavam da plataforma, mas observei Blade de canto de olho. Ele se encolheu no instante em que viu a garota. Ira também notou a reação, e um leve indício de sorriso curvou seus lábios.

"A prisioneira, vossa majestade." Anir saiu da frente e permitiu que a mulher acorrentada se aproximasse. Antes de ela abrir um sorriso amplo o suficiente para mostrar os caninos, seus olhos vermelhos denunciaram que se tratava de uma vampira. Apesar do vestido de tecido grosseiro que vestia, a inclinação arrogante de seu queixo indicava que era um membro do alto escalão da corte. Ela ignorou Blade e voltou o olhar semicerrado para mim. Algo parecido com alarme cruzou seu rosto antes de ela adotar de novo a expressão insolente.

Ira não se preocupou com apresentações ou gracejos.

"Esta foi uma das vampiras que minhas forças encontraram nas redondezas da Casa Ira. Tem certeza de que não há nada que você queira me contar agora, Blade?"

O vampiro rangeu os dentes, balançando a cabeça devagar. Ira olhou para a prisioneira com um fogo mortal nos olhos.

"Coloque o talismã."

Anir ergueu um estranho colar. Um rubi em forma de gota do tamanho de um ovo de tordo pendurado em uma corrente dourada que parecia ter sido tecida com algum material orgânico. Uma sensação desconfortável me fez recostar, tentando evitar o contato com a magia que faiscava do talismã.

"Não." A mulher era destemida ou idiota. Ou talvez soubesse que um destino pior a aguardava em casa se ela traísse seu príncipe.

Os guardas seguraram a vampira, forçando-a a se ajoelhar. Blade permaneceu sério. Anir passou o colar por sua cabeça e logo se afastou. Um véu cintilante, quase transparente, apareceu e cobriu todo o corpo dela. Ele se fundiu à pele da mulher, e eu observei horrorizada quando seus cabelos se transformaram de cor de trigo dourado em castanho-escuro. A pele pálida mudou para bronze e, aos poucos, suas feições assumiram uma familiar forma de coração. Eu me levantei, balançando a cabeça.

"Como isso é possível?"

A vampira olhou para mim, seus olhos passando de castanhos para rosa-dourados. O rosto que me encarava era o meu. Uma réplica perfeita.

Meu corpo todo se arrepiou. Era como olhar no espelho. Não da forma familiar e reconfortante de ter uma gêmea, mas de uma forma invasiva e estranha que fez com que eu me sentisse vulnerável. Cada detalhe, desde a nova tatuagem de matrimônio *SEMPER TVVS*, igual à de Ira, até nossa tatuagem de ligação, também estava na vampira.

Levei a mão ao peito e ela imitou o movimento. Era assustador ter alguém imitando meus gestos menos de um segundo depois do movimento. Meu olhar se voltou para o talismã, e de repente eu soube o que era aquele material orgânico: meu cabelo.

De alguma forma, ela conseguira uma mecha e havia feito magia obscura. *Nonna* Maria sempre havia nos alertado desse perigo, e este era o motivo de ela insistir para que queimássemos nossas unhas e cabelos depois de cortá-los. Eu achava que ela era cuidadosa em excesso e supersticiosa. Mas ela estava certa. Um inimigo *havia* usado aquilo contra mim. Se a *nonna* nos temia, por que nos protegia?

Eu não tinha tempo para elaborar nenhuma teoria. Ira olhou para mim com uma expressão inescrutável.

"Pergunte a ela qual era sua missão."

Entendendo o que ele queria dizer, inclinei a cabeça e sussurrei o latim que a forçaria a dizer a verdade. Ainda usando o meu rosto, ela teve apenas o tempo de lançar um olhar preocupado a Blade antes de o feitiço fazer efeito.

"Por que foi enviada para cá?"

Ao contrário de minha irmã gêmea, ela não era tão forte; cedeu com facilidade.

"Para seduzir o rei."

A fúria alimentou minha magia e eu perfurei sua mente, exigindo mais verdades.

"Por qual motivo?"

Uma lágrima rolou por seu rosto. *Meu rosto.*

"Para distraí-lo."

"Do quê?" Minha voz era grave como um pesadelo poderoso. "Conte-me os detalhes de sua missão."

Ela engoliu em seco, as palavras queimando em sua garganta antes de serem libertadas.

"Para distraí-lo enquanto Sursea incapacitava você e a levava para a corte dos vampiros."

"POR QUÊ?" Eu já estava tremendo de fúria. Eles haviam ousado vir até a nossa Casa para nos separar de novo.

"Não sei! Só me disseram que eu deveria entreter o rei até você ser levada."

Em um movimento tão veloz que nenhum mortal jamais conseguiria fazer, de repente Ira estava atrás da vampira que usava meu rosto. Sua expressão era a mais fria que eu já tinha visto.

Ali estava a justiça em sua forma mais pura. Não era gentil ou misericordiosa. Boa ou ruim. Era apenas dura. Como a natureza. Ira pegou a cabeça da vampira e a torceu, o estalo repugnante indicando que ela não viveria para criar outra ilusão. Ira ainda não havia terminado. Em vez de deixar seu corpo cair no chão, ele torceu mais, arrancando a cabeça dos ombros com suas próprias mãos.

Engoli em seco vendo que o rosto dela aos poucos deixava se ser igual ao meu. Não houve sangue, dado que ela já estava morta. Nenhuma sujeira. Mas o fim repentino... a finalização de sua verdadeira morte... me causou arrepios. Blade encarava a cena com frieza, mas eu notei que uma de suas mãos estava cerrada ao lado do corpo.

Ira dissera que ele teria a oportunidade de sair deste círculo ileso. E por mais que o vampiro fosse libertado, não sairia sem sofrer uma perda. As coisas não tinham saído como ele havia planejado. Ele tinha sido tolo de tentar enganar o diabo.

Meu marido entregou a cabeça arrancada a Blade.

"Leve isso de volta para o seu príncipe. Se ele voltar a tentar roubar minha esposa usando truques de salão ou qualquer outro meio, minha rainha e eu vamos eliminar todos os vampiros deste mundo."

Blade pegou a cabeça, rangendo os dentes com força.

"Esta era a noiva dele."

"Então ele deveria ter tomado mais cuidado para protegê-la de seus inimigos." Ira passou sobre o corpo, posicionando-se mais perto do emissário vampiro. Foi uma manobra sutil que também me bloqueou de qualquer tentativa de retaliação. "Porém ele a mandou até aqui para me comer enquanto você usava a bruxa para sequestrar minha esposa. Achou mesmo que essa ilusão funcionaria? Que eu seria manipulado com tanta facilidade por essa magia medíocre? Que eu a confundiria por um segundo com minha esposa?" O demônio se aproximou. "Você viu uma *pequena amostra* do que minha rainha é capaz de fazer. Se eu não te matar primeiro, ela o fará. Agora saia logo de meu círculo. E não volte mais, a menos que queira iniciar uma guerra."

REINO DAS BRUXAS
PODER ARCANO

16

"Eu não queria pensar que Vittoria estava falando sério sobre os vampiros", comentei quando Ira entrou na cozinha com passos silenciosos. O nascer do dia estava se aproximando com rapidez, mas eu não conseguia dormir. "Ou que eles usariam as informações dela para tramar um esquema próprio."

Voltei a picar as ervas enquanto ele ia até o refrigerador. Salsinha e endro perfumados preenchiam o ar com um aroma fresco e agradável depois daquelas últimas horas horrendas.

Minha irmã e a *nonna* Maria no Mundo da Sombras. Os vampiros.

Tinha sido mais uma noite de desgaste emocional, mas, apesar da exaustão física, dormir parecia uma tarefa impossível. Muitos pensamentos e preocupações corriam por minha mente. Cada vez que eu pensava que sabia por onde começar a desemaranhar aquela bagunça, um novo nó se formava. Ainda havia o assassinato — ou o assassinato inventado — de Vesta para resolver, o restante de minha maldição para quebrar e nossa cerimônia de casamento para executar e selar nossos votos.

Uma cerimônia que Ira não tinha mencionado nem incentivado, mesmo depois que os vampiros tentaram nos separar. Se completássemos o laço, eu imaginava que as tentativas de sequestro fossem cessar. Algo que que Ira sem dúvidas considerava, mas ainda assim nenhum preparativo estava sendo feito. Eu queria acreditar que era para que eu pudesse continuar a investigar o assassinato de Vesta sem me tornar oficialmente um membro da Casa Ira, mas eu estava começando a duvidar disso. Pensei no que minha irmã dissera, que Ira seria incapaz de me dar seu coração. Se sua maldição era perder tudo que ele amava e eu ainda estava com ele...

Engoli em seco e piquei as ervas com mais vigor do que era necessário. Eu precisava priorizar minhas metas, e ficar chateada com Ira deveria ser a última delas. Primeiro, tinha que me concentrar em encontrar provas de que Vesta estava viva. Então poderia encontrar uma forma de salvar Vittoria da retaliação de sangue, e depois remover meu feitiço de bloqueio.

"Você está bem?", perguntou o demônio com a testa franzida, observando enquanto a faca atacava a tábua de corte. "Isso é por causa da Primeira Bruxa?"

Ergui o ombro de forma evasiva. Depois que Blade foi escoltado para fora do castelo, Ira mandou levarem Sursea para uma câmara subterrânea que a manteria congelada e eu fugi para a cozinha. Precisava criar. Fazer algo familiar e calmante, algo que me lembrasse que eu era mais do que uma deusa com um feitiço de bloqueio cuja irmã gêmea poderia estar assassinando membros de cortes demoníacas rivais ou as libertando, cuja família poderia ser a verdadeira vilã de um conto de fadas muito complicado e apavorante, cujo marido poderia nunca amar de forma livre e de verdade e cuja lista de inimigos e complicações parecia crescer a cada dia.

Eu odiava pensar que as coisas ainda poderiam piorar.

"O que você acha que o príncipe deles faria comigo?"

"Bebida?"

Olhei para ele com atenção. A princípio, achei que ele estava dizendo que eu seria bebida de vampiro. Ira segurava uma garrafa de vinho de fruta-das-trevas frisante e sorria. Aceitei, e ele serviu uma taça para mim antes de pegar uma garrafa do líquido roxo-claro que ele preferia e se servir de uma dose generosa.

Ele bebeu um gole e então se apoiou na bancada, vendo-me lavar feijões brancos com uma fascinação silenciosa, intrigado quando comecei a amassá-los em uma tigela até ficarem lisos o suficiente para passar no pão. Ainda não sabia muito bem o que estava fazendo, mas tinha uma ideia de como queria que ficasse o sabor. Com sorte, ficaria bom.

"Para responder à sua pergunta", disse ele, "suspeito que ele queria seu poder, considerando o estado tumultuado de sua corte. Vampiros da realeza conseguem colocar quem eles quiserem sob seu domínio. Bastaria que o príncipe te desse um pouco do sangue dele, e você faria tudo para agradá-lo, desejando mais."

Amassei dois dentes de alho grandes, depois tirei raspas de um limão antes de cortá-lo em quatro e espremê-lo sobre o feijão amassado.

"Pode ser que eles tenham aceitado a aliança com Vittoria. Seu irmão mencionou que ela também os procurou. Ela está totalmente restaurada. Eu ainda sou apenas uma Bruxa Sombra. Eles sabiam que o que estavam fazendo o deixaria zangado, então foi um risco grande e desesperado. Eu não vejo o motivo para eles fazerem o que tentaram fazer, quando tinham alguém disposto a ficar ao lado deles."

"Sua irmã governa a morte. Eles são mortos-vivos. Ela poderia decidir que não queria mais ser legal com eles em um capricho, e eles seriam exterminados. Escolher sequestrar você era a melhor opção. Apesar do risco, se eles conseguissem, muitos de seus problemas seriam resolvidos. Você não está com todo o seu poder liberado, o que facilitaria a manipulação do príncipe. O plano até que era bom, mas eles não pensaram em uma coisa."

"O quê?"

"Que você não pode ser replicada."

Olhei para ele com um olhar cínico.

"Eu tenho uma irmã gêmea."

"Não importa." Ira ergueu um ombro. "Eu sempre te conheci. E sempre vou conhecer. Sua alma chama a minha. É uma sensação de voltar para casa. De paz. Nenhuma magia pode duplicar isso." Por um segundo, esqueci de respirar. Olhamos nos olhos um do outro e, por um instante, os lábios de Ira se curvaram em um sorriso aventureiro. "Além disso, ninguém consegue olhar para mim com tanta fúria e desejo quanto você."

"Hmm." Sorri e balancei a cabeça de leve. "A verdade vai ser revelada, entendi."

Quando Ira falava daquele jeito, era difícil acreditar que ele não me amasse.

"Como ainda estou aqui?", perguntei, largando a faca. "Sua maldição..."

Ele tomou outro gole de sua bebida, depois me envolveu com um braço, puxando meu corpo para o lado dele.

"Se não se importa, prefiro não falar sobre isso agora." O príncipe pressionou os lábios na lateral de minha cabeça em um beijo casto. "Prometo que falarei. Em breve. Só não agora."

Analisei seus traços. A tensão em seu queixo, a ferocidade em seus olhos. O demônio parecia precisar de uma pausa das últimas horas terríveis que passamos; nossa conversa podia esperar.

"Está bem." Abri um pequeno sorriso e voltei a me concentrar na comida. Ele foi para o outro lado da ilha da cozinha, dando-me bastante espaço para trabalhar. "O que você acha do que Blade disse a respeito da companhia incomum de Vittoria?"

"Marcella?"

"Sim." Peguei as raspas de limão e salpiquei sobre os feijões, acrescentando boa parte das ervas em seguida. Reguei com azeite de oliva, duas colheres de sopa de água quente, então adicionei sal e pimenta moída na hora. Os cozinheiros de Ira tinham pimenta calabresa na despensa, então acrescentei uma pitada generosa. Mexi tudo até ficar bem misturado, depois cobri com o que restava das ervas frescas, mais pimenta calabresa e um fio de azeite como toque final. "Estou me perguntando se Vesta assumiu uma nova identidade ou retomou o verdadeiro nome. Se *ela* não é a criatura meio demônio, meio lobisomem de quem ele falou."

"Isso explicaria o sangue."

"E pode explicar por que Vesta simplesmente não escapou para o Mundo das Sombras. Se ela é tanto demônio quanto lobisomem, é provável que não possa viajar para lá sozinha, como os outros lobos. Correto?"

"Suponho que sim. Eu consigo viajar para lá porque sou o rei. Demônios menores não conseguem. Se Vesta é metade demônio, acho que isso impediria que ela conseguisse viajar para lá sozinha. Quem estava com sua irmã quando você entrou no Mundo das Sombras?"

"Apenas Domenico."

"O alfa." Ira retirou as torradas do forno e as colocou em uma travessa. Sem precisar de instruções, ele espalhou a pasta de feijão branco com ervas sobre uma torrada e me entregou antes de se servir. Ele deu uma mordida e fechou os olhos por um instante. "Delicioso."

Mordi minha torrada e suspirei de alegria. Tinha sido um experimento, e ficou exatamente como eu esperava. Estava cremoso e saboroso, e dava a sensação de conforto necessária depois de uma noite infernal. Eu adorava a simplicidade, como um ingrediente complementava o outro.

Dei outra mordida, deixando minha mente divagar com as possibilidades. "É uma boa pasta, mas eu também gostaria de experimentar com frango grelhado, salada de folhas temperada e talvez pimentão vermelho assado. Transformar em uma verdadeira refeição."

"Hmm."

Ira tomou um gole de sua bebida, depois terminou sua torrada antes de preparar outra. O silêncio entre nós era confortável. A cada mordida, ele parecia relaxar mais, libertando-se de parte da tensão que vinha carregando desde que eu voltara do Mundo das Sombras e os vampiros tinham chegado.

"Acho que sua suposição de que Vesta não está morta está correta", disse ele. "O que ainda não consegui encaixar é se Avareza sabe disso. Estou inclinado a acreditar que ele acreditou no ardil e que, por isso, mandou o crânio para si mesmo. Ou, o que é mais provável, tenha pedido para um de seus guardas mais próximos forjar indícios para condenar sua irmã. Dessa forma, ele não mentiria sobre o crânio."

"Então precisamos encontrar Vesta ou fazer minha irmã dizer se tem algum papel na fuga dela."

"Se sua irmã de fato ajudou na fuga, ela precisa contar diretamente a mim. Eu posso sentir se ela estiver mentindo e levar a prova à Avareza."

Isso removeria a retaliação de sangue que ele havia prometido e salvaria minha irmã gêmea dos outros príncipes. Não seria fácil fazer minha irmã falar, mas eu precisava tentar.

Depois de comermos, ficamos em silêncio com nossas bebidas. Ira girou a dele, olhando dentro de copo e parecendo perdido em pensamentos. "Cozinhar é novidade."

A revelação me pegou de surpresa. Quase me engasguei com o gole de vinho.

"Como assim?"

"Antes do feitiço de bloqueio, você não tinha interesse em cozinhar", explicou, olhando para mim. "Quando está criando na cozinha, você fica tranquila, relaxada. Sua família mortal fez muita coisa errada, mas tenho um pouco menos de vontade de matá-los quando vejo você olhando para um alho assado como se fosse a coisa mais maravilhosa do nosso universo."

"Tirando você, é claro."

"Isso eu não preciso nem dizer." Ira foi se aproximando de mim devagar. Meu coração batia a cada passo que ele dava, seu foco descendo para os meus lábios com um desejo desenfreado.

"E como eu estou olhando para você, *milady*?"

A fome, crua e indomada, surgiu em seu rosto. Não havia dúvida de que *eu* estava prestes a ser o prato principal. Coloquei a taça de vinho de lado. Conforme ele se aproximava, minha respiração acelerou com a expectativa; seus olhos perspicazes, sem deixar passar a reação que tive à sua proximidade, brilhavam.

"Certamente não parece que você me odeia, demônio."

"Ódio é a última coisa que sinto quando olho para você."

Eu queria que ele confessasse seu amor. Ele parecia querer. Eu tinha quase certeza de que ele estava perto de dizer aquelas palavras preciosas quando me empurrou contra a bancada e sua boca se chocou com a minha.

Ele deixou uma das mãos se emaranhar em meus cabelos soltos, inclinando minha cabeça para cima para passar a língua pelas bordas de meus lábios, e minha boca se abriu por instinto, dando-lhe acesso para provar e provocar. Seu outro braço envolveu minha cintura, ancorando-me junto a seu corpo rígido. Cada carícia de sua língua causava uma camada de sensações, fazendo-me arquear o corpo, procurando mais.

Ira possuiu minha boca com a confiança de um parceiro que sabia *exatamente* como seduzir sua amante de maneira adequada e completa. Beijava com paixão e vigor, ao mesmo tempo roubando e concedendo o fôlego. Tinha certeza de que ele sabia que meu coração estava acelerado, os joelhos bambos, e que eu não queria que a sensação acabasse jamais, porque ele me beijou com mais intensidade, exigindo que meu corpo cedesse ao prazer que ele oferecia, que se rendesse de forma total e completa enquanto ele me levava ao paraíso.

"Vou devorar você aqui mesmo na bancada, *milady*."

Ira deu beijos de boca aberta ao longo do decote do meu corpete, puxando o tecido para baixo para expor a parte superior do meu peito. Sua língua quente disparou, provocando minha pele desejosa, enquanto sua outra mão deslizava para cima e segurava meu outro seio. Ele sugou o tecido e apertou, cada puxão de sua boca fazendo com que o calor em minha barriga se aprofundasse ainda mais.

Arrastei sua boca de volta para a minha, querendo devorá-lo. Ele apertou o quadril contra o meu, e então o príncipe tortuoso engoliu meu gemido, empurrando a língua sedosa em minha boca. Uma das mãos se dirigiu à barra de minha saia, enrolando os dedos no material enquanto ele levantava a bainha devagar.

"Você é tão linda, Emilia!"

Ira se afastou, permitindo que nossos lábios pairassem um sobre o outro, nossa respiração se misturando em um beijo quase imperceptível, até que ele selou minha boca com a dele mais uma vez. O beijo era intenso como uma sondagem. Ele me fez desejá-lo imensamente. Por fim, seus dedos encontraram aquela área pulsante entre minhas pernas, mas quando ele estava prestes a acabar com o meu tormento, alguém bateu à porta. Ira retirou a mão e pressionou a testa contra a minha, reclamando.

"Vou matar e mutilar toda a minha corte. Todo esse reino, se alguém nos interromper de novo. Espero que você não se importe em reinar um império sem nada."

"Talvez a pessoa vá embora", respondi, olhando para a calça de Ira. Deusa do céu, eu queria *aquilo* dentro de mim naquele instante.

Ele sorriu e inclinou meu queixo para cima, passando o polegar sobre meu lábio inferior até ele se abrir.

"Talvez." Ele me beijou de novo, de maneira longa e demorada. Outra batida forte nos interrompeu. Ira se afastou e olhou para o teto, e eu me perguntei se, na verdade, ele não estava brincando a respeito de matar toda a sua corte. "Vou me livrar dessa pessoa."

O demônio atravessou a cozinha em um segundo e abriu uma fresta da porta. Luxúria foi entrando, sorrindo ao observar minha aparência desgrenhada e o volume impressionante de Ira.

"Sério? Na cozinha?" Ele deu um tapinha nas costas do irmão. "Vocês vão acabar na minha Casa de Pecado, seus delinquentes lascivos."

Ira soltou um profundo e estrondoso som de irritação que eu achei extremamente cativante.

"Por que está aqui sem ter sido convidado, e por que eu não devo te esfaquear agora?"

"Você é um idiota mesmo." Luxúria encontrou uma pera em uma tigela grande e jogou-a no ar antes de esfregá-la na lapela. Ele verificou a fruta polida. "*Você* nos pediu para ir ao Fosso ao amanhecer. Está todo mundo lá, e a primeira luta já está para começar. Estão todos te esperando."

"Fosso?", perguntei, alternando o olhar entre eles. "É um ringue de boxe?"

"Lendário e exclusivo. É o *melhor* ringue de luta dos Sete Círculos. Esse cretino quase não nos deixa ir para assistir." Luxúria deu uma mordida na pera, e seus olhos cor de carvão brilhavam diante do meu olhar curioso. "Seu marido oferece à corte dele uma forma de descarregar seu pecado de preferência. Ao mesmo tempo, permite que almas mortais tenham uma chance de rendição. Por mais entediante que seja essa parte."

"E ocorrerá uma luta em breve?"

Luxúria confirmou com um aceno de cabeça.

"Do amanhecer ao anoitecer."

A ideia de ir a qualquer lugar por tanto tempo depois da noite que havíamos tido fez meus joelhos enfraquecerem. Ira não deixava passar nada. Em um instante, ele estava ao meu lado de novo, roçando os lábios nos meus.

"Volto assim que puder. Vá descansar um pouco."

Luxúria riu e terminou de comer a pera.

"A julgar pela cara dele, você vai precisar."

*

O sono ainda me escapava depois que Ira e Luxúria saíram, então resolvi pesquisar um pouco. Até encontrar com minha irmã de novo, pouco podia ser feito para saber mais alguma coisa relativa ao desaparecimento de Vesta, então abordei o item seguinte de minha lista de objetivos: romper meu feitiço de bloqueio.

Sabia que Celestia não estaria na torre, considerando o comentário sarcástico de Domenico insinuando que minha mãe tinha assuntos importantes para resolver, mas fui até lá assim mesmo. Se existissem textos ou anotações sobre feitiços de bloqueio, eles estariam nos domínios da Matrona das Maldições e dos Venenos.

Tinha que haver uma forma de remover o feitiço sem sacrificar meu coração. Não queria acreditar que pedir para Vittoria arrancá-lo era a minha única opção. Se eu pudesse quebrar o feitiço sozinha, seria uma preocupação a menos. Um motivo a menos para as pessoas ficarem tentando me separar de Ira.

"Olá? Celestia?" Bati de leve na porta de madeira, esperando alguns instantes antes de tocar na maçaneta. Ela girou com facilidade e a porta se abriu, revelando uma câmara vazia e escura. Uma luz fraca entrava pelas janelas bem no alto da torre, abafada pelo céu nublado e pela última tempestade de inverno.

Entrei e encontrei algumas velas e lamparinas para acender. Coloquei-as na mesa repleta de maços de ervas e cestas com plantas secas, depois olhei ao redor do cômodo circular.

O local estava como da última vez que eu o visitara. Havia um crânio com símbolos arcanos gravados sobre a cornija da lareira, vários potes de vidro cheios até as bordas, estatuetas, ervas, especiarias, pétalas secas, líquidos em uma vasta gama de cores, caldeirões e frascos fumegantes de origens desconhecidas. Além disso tudo, tinha uma quantidade enorme de grimórios e livros, e foram *eles* que comecei a reunir. Quando já tinha uma pilha de bom tamanho, puxei uma das banquetas de madeira e me sentei.

Minha mãe, por mais estranho que fosse pensar em Celestia dessa forma, tinha anotações meticulosas a respeito de diferentes remédios. Folheei um grimório que tinha esboços de plantas e as quantidades necessárias para fazer o tônico perfeito. Venenos e poções para o amor, para dor no coração, para dor de estômago e dor de cabeça, para amaldiçoar um inimigo com verrugas, varíola ou uma erupção cutânea capaz de comer a pele.

Parei para ler um deles: um feitiço para esquecer.

FEITIÇO PARA ESQUECER

* Vela de cera de abelha, três;
* Tigela de madeira, feita com madeira da Floresta Sanguínea;
* Água do rio coletada durante a lua nova, uma xícara;
* Terra de túmulo, um punhado;
* Selenita preta, uma;
* Flores de espinheiro, uma pitada;
* Erva cidreira desidratada, uma colher de chá;
* Alecrim, um ramo;
* Tecido da pessoa que se deseja esquecer.

Misture a erva-cidreira, o alecrim e as flores de espinheiro com metade da água do rio. Deixe levantar fervura e tampe. Acrescente o restante da água do rio à tigela de madeira, acenda a vela e coloque a selenita preta na tigela virada para o norte. Salpique a terra sobre a pedra. Usando o tecido daquele que deseja esquecer, limpe a pedra e repita:

Terra, para o túmulo as memórias mandar.
Fogo, para três vezes queimar.
Água, para as emoções escravizadas limpar.
Bebo este chá e exijo que me deixe para sempre.

Beber o chá de uma vez e depois dormir com a pedra sob o travesseiro até a próxima lua cheia.

Deusa do céu! Por um segundo, fiquei preocupada que fosse um feitiço que a *nonna* tivesse usado em nós, mas só coletávamos terra de túmulo para abençoar nossos amuletos. Nunca havíamos limpado uma pedra e dormido com ela sob o travesseiro. Embora eu me lembre de ter provocado minha amiga Claudia quando ela admitiu ter feito algo similar depois que seu *crush* a rejeitou.

Aquele era um dos feitiços mais simples. Virei página após página de anotações que progressivamente usavam magia mais forte. Celestia tinha um remédio para cada enfermidade ou feitiço.

O que ela havia criado era realmente impressionante. Fiquei surpresa ao me dar conta de que tanto Vittoria quanto eu tínhamos, de alguma forma, uma característica de nossa mãe quando éramos "mortais": minha irmã amava mexer com perfumes e coquetéis, e eu amava criar na cozinha. Deixando aquela percepção desconcertante de lado, puxei outro diário e folheei mais do mesmo.

Não havia anotações sobre feitiços de bloqueio. Não havia elixires mágicos para curar o que me perturbava. Era algo que eu gostaria muito de encontrar, mas não tinha nenhuma expectativa.

Se feitiços de bloqueio fossem tão simples de remover, não seriam muito eficientes. Além disso, Ira sabia que eu tinha um feitiço de bloqueio, e era provável que tivesse pedido para Celestia trabalhar em uma cura, se ela mesma já não estivesse tentando. Apesar do que Domenico havia dito, insinuando que nossa mãe estava distraída por outros caprichos, eu não achava que ela ficaria parada e permitiria que bruxas matassem suas filhas sem tentar nos salvar. Eu tinha acabado de folhear outro grimório quando me deparei com uma curiosa tintura com um nome assustador: O Coração Sangrento.

Passei o dedo sobre o frasco ilustrado com um líquido roxo-claro que a matrona tinha desenhado na margem, e meu coração acelerou ao ver aquela tintura familiar. Ira tinha um decantador inteiro cheio de um líquido similar. Eu até havia experimentado quando entrei em sua biblioteca particular pela primeira vez.

Certo, podia não ser o mesmo, mas ainda assim perdi o fôlego. Parecia que eu estava lendo um segredo, um segredo que ele com certeza gostaria de guardar, mas eu *tinha* que saber se aquela receita era a que ele estava bebendo e o porquê. Minha atenção recaiu na descrição. Ao contrário do feitiço da memória, era apenas uma lista simples de ingredientes seguido do uso. Li em voz alta para mim mesma.

> *Para evitar que os efeitos maléficos do amor ou de outras emoções criem raízes.*

Reli a página manuscrita que descrevia com clareza seu único propósito. Eu tinha que estar enganada.

A planta coração-sangrento era tóxica para mortais, mas Ira não era mortal. Li a lista de ingredientes com o estômago revirando. Pétalas de coração-sangrento. Vagem de baunilha. Uma gota de óleo de lavanda. Conhaque. Cascas de laranja, desidratadas com fogo de dragão roxo e colocadas para destilar sob a lua cheia. Quase todos os sabores que eu havia identificado naquele líquido cor de lavanda. A mesma bebida que Ira tomara quando estávamos na cozinha. Uma noite repleta de emoções.

"Deusa do céu."

Era por isso que a maldição não tinha atacado de novo. Ira estava embotando magicamente suas emoções, sem se dispor a se apaixonar de novo e ter nosso mundo destruído.

Uma estranha mistura de compreensão e horror tomou conta de mim. Eu me lembrei da noite em que o vi beber aquilo pela primeira vez, tínhamos acabado de voltar da torre da matrona depois de nosso mergulho no Baixio Crescente.

Ele estava andando de um lado para o outro , visivelmente agitado. Algo que eu disse quando pedi para ele se sentar e parar de me deixar nervosa. Então ele havia tomado um único drinque e me oferecido um pouco, mas recusei. E logo depois ele recobrou aquela eficiência fria. Nesta noite, quando estávamos na cozinha, ele tinha ficado tenso, furioso e provavelmente perto do seu limite depois que eu arranquei a verdade sobre a missão dos vampiros. E havia relaxado após tomar a bebida. Eu me confundi, achando que a comida o reconfortara, mas agora entendia que não se tratava do álcool nem do lanche, era o tônico. Pelo menos, em parte.

"O que você fez?", sussurrei para a sala vazia.

Meus ombros caíram para a frente enquanto eu encarava a lista de ingredientes. Se Ira não tivesse descoberto uma forma de bloquear seus sentimentos, eu logo seria levada embora de novo. Sabia que, pela lógica, ele tinha feito isso por nós, mas ainda assim meu coração doía diante da percepção de que meu marido não podia se permitir me amar. Ele tinha chegado ao extremo de se conter de forma mágica.

"Lady Emilia?" Fauna entrou, com sua camisola escarlate que me fez pensar em um coração arrancado, então parou ao notar minha expressão. "O que foi?"

Olhei para o feitiço mais uma vez, deixando minha fúria substituir a tristeza. Eu não estava chateada com Ira; estava furiosa com nossas circunstâncias. Com as pessoas que estavam tão envolvidas em raiva que apagavam o fogo do nosso amor. Olhei para Fauna, cerrando as mãos em punho.

"Quero acabar com essa maldição de uma vez por todas. Quero quebrar o feitiço de bloqueio. E quero me apropriar de meu rei por completo."

No rosto de minha amiga surgiu um adorável sorriso.

"Então vamos ao trabalho."

REINO DAS BRUXAS

PODER ARCANO

17

"Deveríamos começar com uma maldição por vez." Deslizei alguns diários na direção de Fauna, que havia se sentado ao meu lado. Atualizei-a depressa sobre o que havia descoberto, e uma determinação feroz tomou conta de sua expressão. "Tecnicamente, o feitiço de bloqueio não é uma maldição, mas eu gostaria de saber o que podemos encontrar sobre ele. Opções de como quebrá-lo. Se é possível quebrá-lo sem recorrer à remoção do coração. E saber as consequências em potencial."

"Certo", concordou Fauna, olhando para um grimório pesado. "E quanto à maldição de sua majestade?"

"É uma prioridade. O que sabemos sobre ela?"

"Sursea a lançou depois de fazer um sacrifício de sangue para uma deusa."

Aquilo chamou minha atenção.

"Você sabe para qual delas?"

Minha amiga fez que não com a cabeça.

"Sua majestade vem tentando descobrir isso, mas só se lembra dela lançando um feitiço com sangue derramado."

Magia obscura exigia sacrifício. Sangue. Ossos. Todas as coisas contra as quais *nonna* Maria nos alertara. E ainda assim, algo não fazia muito sentido...

"Por que uma deusa exigiria uma oferenda de sangue?"

Fauna piscou, parecendo surpresa.

"Porque é isso que as bruxas sempre fazem."

E a lição que eu tinha aprendido a essa altura é que não se podia confiar em bruxas.

"Você estaria disposta a testar uma teoria?", perguntei, incubando um plano.

A empolgação brilhou em seus olhos.

"Ela exige sangue?" Fiz que sim com a cabeça, e seu sorriso se ampliou quando ela pegou uma adaga fina que havia escondido sob as saias. Às vezes eu me esquecia que o pecado dela se alinhava com a ira e que derramamento de sangue fazia sua alma cantar. "Para quem vou fazer uma oferenda?"

"Para a deusa da fúria."

Disposta a ajudar, Fauna não hesitou: furou o dedo e espremeu algumas gotas de sangue sobre uma vela, o sacrifício fumegando na chama tremeluzente.

"Eu ordeno que a deusa da fúria apareça."

Ficamos em silêncio, ambas tensas enquanto eu esperava sentir qualquer indicação de magia. Qualquer puxão ou empurrão mágico para atender ao chamado de alguém. Fauna franziu a testa ao olhar para mim.

"Alguma coisa?"

Fechei os olhos por um segundo e tentei manifestar *alguma coisa*.

"Não."

Ela acrescentou outra gota de sangue e repetiu a oração. Fechei os olhos, concentrando-me por mais um minuto. Depois dois. Ainda não havia nenhum ímpeto interno de ir até ela, de cumprir sua ordem. Eu me sentia como sempre havia me sentido. Exatamente como suspeitava.

Pensei em minha mãe, a Anciã, sendo invocada por qualquer criatura ou ser que derramasse sangue e a exigisse ao seu lado. Era risível. Sangue era usado para invocar demônios, mas apenas em conjunção com vários outros itens. A maioria desses itens era específica para cada príncipe demoníaco e deveria ser utilizada em conjunto com um feitiço especial.

"Talvez seja porque você não está totalmente restaurada." Fauna parecia insegura. "Ou talvez o sacrifício não tenha sido grande o bastante."

Sacudi a cabeça.

"Antes que você comece a sacrificar algo maior, eu gostaria de fazer o teste com minha irmã. Ela está totalmente restaurada e deve atender ao pedido se a magia de um sacrifício de sangue funcionar mesmo para uma deusa."

Fauna ergueu as sobrancelhas quase até a linha dos cabelos.

"Se sua majestade descobrir..."

"Eu assumo toda a responsabilidade. Por favor, tente", acrescentei ao perceber que ela hesitava.

"Espero que nenhuma de nós duas viva para se arrepender disso." Ela respirou fundo e pressionou a lâmina na ponta de outro dedo. "Rezo para que a deusa da morte se apresente."

A tensão se movimentou pela câmara, fazendo o ar parecer mais frio. As sombras criadas pelas velas e lamparinas até pareceram tremeluzir de forma mais ameaçadora. A morte podia estar à espreita, mas também podia ser apenas um desejo da minha imaginação. Ambas prendemos a respiração e esperamos que algo acontecesse. Um momento tenso se passou, seguido de outro. Nada de Vittoria. E, por sorte, nada de Ira chegar para acabar com nosso teste de invocação de deusa.

Soltei o ar.

"Vou tentar com o meu sangue."

Furei o meu dedo com minha adaga. Em vez de deixar uma gota cair nas chamas, levantei e coloquei a mão sobre o crânio.

"Ordeno que a deusa da morte se apresente."

Parte de mim acreditou que o vento lá fora soprou com um pouco mais de força, que os elementos tinham reagido de forma monumental ao pedido mágico, mas no fundo eu sabia que nada tinha mudado. Meu sangue de meio-deusa não era suficiente para invocar uma divindade, o que significava que ou as bruxas sabiam disso e tinham ludibriado seus inimigos de propósito, ou haviam sido ludibriadas.

"Preciso chegar no Mundo das Sombras." Virei de novo para onde Fauna ainda estava sentada, na beirada da banqueta. "Vou perguntar à minha irmã o que ela sabe sobre feitiços lançados com sangue."

E então eu encontraria uma forma de lançar outro feitiço da verdade sobre ela e descobriria que outros segredos ela estava escondendo. Principalmente se ela, por acaso, sabia para onde tinha ido uma certa comandante.

*

Ficamos procurando nos grimórios por mais tempo que eu gostaria — e Fauna ainda conseguiu me convencer a fazer uma pausa para visitar o Fosso e ver uma das lutas —, mas por fim encontramos um encanto para invocar um lobisomem.

Reunimos todos os ingredientes, depois Fauna observou em silêncio enquanto eu organizava tudo e começava a invocação.

Dentro do círculo de sal, salpiquei acônito nos pontos norte, sul, leste e oeste antes de sussurrar o feitiço. Ao contrário de quando invoquei Ira, os resultados do círculo foram quase instantâneos.

Domenico apareceu em uma explosão de magia que quase me derrubou para trás. Ele se virou, com os olhos brilhando enquanto observava a câmara da torre. O círculo de sal. Minha amiga demônia lhe fez um aceno provocador com o dedo. E então ele se virou para mim. Com as garras à mostra.

"Você vai se arrepender disso, Bruxa Sombra."

"Se eu recebesse uma moeda a cada vez que ouvisse isso, Avareza teria motivos para se preocupar."

"Ele já tem motivos de sobra para *me* temer."

Meu olhar frio percorreu a figura do transmorfo, de forma similar à que ele havia me olhado no início da noite passada. Era difícil acreditar que apenas poucas horas haviam se passado desde que o vira pela última vez. Ele estava sem camisa e suas calças estavam meio desamarradas. Pelos finos entravam por sua calça, embrenhando-se entre músculos abdominais esculpidos. Algumas cicatrizes que pareciam marcas de garra deformavam sua imaculada pele bronzeada. O cabelo escuro estava todo emaranhado, indicando que talvez ele estivesse dormindo ou se dedicando a outra atividade na cama. A ideia de ter arruinado seu encontro amoroso me deu um prazer mesquinho além da conta.

"Gostaria de falar com Vittoria."

Domenico abriu a boca, provavelmente para discutir, mas depois a fechou de forma abrupta. Ele não queria dizer que sim, mas não podia recusar. Vittoria havia declarado com clareza que queria que eu a chamasse.

"Está bem." Ele olhou para Fauna. "Ela fica aqui."

Aquilo era perfeito. Fauna e eu já tínhamos combinado que ela ficaria vigiando meu corpo enquanto meu espírito viajasse para o Mundo das Sombras. Ergui um ombro e o abaixei, como se estivesse considerando seu pedido.

"Está bem. Está pronto?"

"Não tenho muita escolha, não é?", retrucou ele, e então fez sinal para eu me aproximar.

Dei um passo hesitante à frente, depois parei, observando-o de novo. Domenico me lançou um olhar desagradável.

"Preciso juntar nossos corpos." Diante de minha expressão de horror, ele resmungou: "Minhas garras servem. Fique na minha frente".

Indo contra o meu alerta interno de não permitir que os instrumentos fatais do lobisomem chegassem perto do meu corpo, fiz o que ele pediu.

Domenico me virou até minhas costas ficarem pressionadas ao seu peito. Ele enganchou os braços sob os meus, fincando as garras em cada ombro. Rangi os dentes de dor, mas me recusei a deixar o transmorfo sentir meu corpo se encolher.

"*Milady*. Espere." Fauna deu um passo em nossa direção, com uma expressão preocupada ao ver que as garras do lobisomem afundaram ainda mais. Eu só tinha sido invocada ao Mundo das Sombras, nunca tinha iniciado a invocação, então não sabia o que esperar em termos de pagamento mágico.

Mas ainda assim, alguma coisa não fazia muito sentido.

Apertei mais os dentes quando suas garras cresceram, quase atingindo meus ossos.

"Por que nossos corpos precisam estar juntos para entrar no mundo dos espíritos?"

Domenico levou a boca ao meu ouvido.

"Quem falou sobre o Mundo das Sombras?"

Em um redemoinho brilhante de poder, um portal apareceu. Antes que eu pudesse olhar para Fauna, Domenico me ergueu e o atravessou. A magia me sugou e me puxou; parecia que tínhamos entrado no olho de um furacão, e a única coisa me prendendo ao meu corpo eram as garras do transmorfo. Quase tão depressa quanto havia começado, saímos do portal e entramos em um cômodo que eu conhecia muito bem. Toda desorientação que eu sentira por causa do portal desapareceu quase que no mesmo instante.

Domenico me soltou e se afastou, observando a atenção com que eu percorria o espaço. Paredes e piso de calcário. Em um canto, um pequeno armário que eu sabia que continha utensílios de cozinha, duas tábuas de corte, facas, tigelas. Eu estava no mosteiro. No mesmo cômodo em que Antonio e eu tínhamos preparado *bruschetta* juntos. Pouco antes de meu mundo virar de cabeça para baixo. Uma onda de tristeza me atingiu quando pensei em meu velho amigo e em como ele havia sido brutalmente assassinado.

"Sangue e ossos." Pressionei a mão nos ombros e olhei com atenção para o lobisomem. "Por que estamos aqui?"

"Você queria falar com sua irmã. Ela está aqui."

"Quase todos os príncipes do Inferno estão procurando por ela, e ela veio ao lugar mais óbvio."

"Os demônios não podem sair dos Sete Círculos no momento. Além disso, seu lar mortal deve ser o último lugar que eles pensariam em encontrá-la, sua reação é uma prova disso."

Meu coração estava acelerado. Vittoria tinha ido para casa. Para o mundo mortal. Parte de mim queria passar pelo transmorfo e correr para a porta. Mas permaneci paralisada.

Queria correr para a minha casa e pedir para a *nonna* fazer ricota adocicada e acariciar meus cabelos enquanto me dizia que tudo ficaria bem, que os últimos meses tinham sido apenas um pesadelo, um estranho sonho febril causado por suas histórias supersticiosas. E talvez um pouco de vinho demais. Tudo podia muito bem ter sido uma ilusão. Talvez eu ainda *estivesse* em nossa *trattoria,* e os alertas da *nonna* que diziam que o mar estava sendo movimentado pelo diabo fossem verdadeiros. Talvez tudo *tivesse sido* um faz de conta, fruto de uma imaginação nutrida pela leitura de livros. Talvez Claudia e eu tivéssemos nos embriagado até o estupor e inventado essa história inacreditável em que o diabo recebe uma maldição.

Uma risada nervosa borbulhou em minha garganta. De uma forma estranha, tudo ser parte de uma história fazia sentido. Ainda mais diante daquela realidade.

Eu poderia ir para casa naquele momento. Sentia em meus ossos que a *nonna* me enfeitiçaria se eu pedisse. Supunha que ela estaria disposta a participar da minha fantasia de negação, a me fazer odiar e temer os sete príncipes do Inferno mais uma vez. Ela roubaria minhas lembranças e eu viveria uma vida mortal comum, morrendo com uma idade respeitável, cercada de netos e de um marido enrugado.

Talvez, de vez em quando, eu sonhasse com um belo diabo com olhos dourados sedutores, achando que ele não passava de um personagem de um romance que eu havia lido. Não importa o quanto fosse tentador esquecer a traição e a minha dor no coração, perder Ira de novo era um preço que eu não estava disposta a pagar.

"Como você conseguiu nos trazer para cá? Não usamos os portões." Encontrei o olhar duro de Domenico enquanto desvendava tudo sozinha. Então compreendi. "A magia das bruxas tranca as pessoas do lado de dentro, mas não o impede de levar alguém para fora por outros meios."

E Inveja não pôde nos transportar com magia *transvenio* para este mundo antes de irmos à Casa Soberba porque, pelo que me lembro, isso só poderia ser feito durante os dias que antecedem e sucedem uma lua cheia.

"Transmorfos não se metem com bruxas", esclareceu Domenico. "Elas estão apenas um degrau acima dos demônios. E nós não precisamos passar pelos portões para acessar outros mundos como as outras criaturas."

Mas uma deusa, mesmo sendo uma deusa do Inferno, estava imune àquela hostilidade. Eu me lembrei de como os lobos adoravam os poderes superiores, talvez eles respeitassem a força da magia. Ou talvez, a seu modo, o lobo gostasse de minha irmã, embora os sentimentos não parecessem ser correspondidos. Minha irmã gêmea tratava seu último amante com indiferença, o que me fazia imaginar se ela gostava de outra pessoa — caso fosse mesmo capaz desse tipo de sentimento — e estava usando o lobo de diversas maneiras.

"Os portais funcionam para os príncipes?", perguntei.

"Não. Minha... Um lobo viu que nenhum demônio pode usar portal algum por enquanto."

Eu o analisei. Era óbvio que Domenico ia dizer outra coisa, e não "lobo", o que me fez pensar na misteriosa Marcella que Blade havia mencionado.

"Tive uma conversa com um vampiro fofoqueiro." Uma frase que eu jamais imaginaria dizer quando era mortal. "Ele mencionou ter conhecido uma companheira de Vittoria, meio loba, meio demônia."

Domenico riu.

"Vampiros são mentirosos. Não dá para confiar em uma palavra que saia de suas bocas dentuças. Nenhum lobisomem desceria tão baixo ao ponto de ir para a cama com uma demônia. Não se quisesse manter algum tipo de posição respeitável na alcateia, pelo menos."

"Finja que essa é uma possibilidade. Um lobisomem com sangue de demônio conseguiria viajar ao Mundo das Sombras?"

"Eu já falei", disse Domenico por entre dentes cerrados, "vampiros são mentirosos".

Ira não havia mencionado que Blade poderia estar mentindo. E ele com certeza teria dito alguma coisa, uma vez que isso era importante para provar nossa teoria de que Vesta estava viva. Domenico escondia alguma coisa, mas nenhuma insistência o faria falar. Também percebi que ele se apressara em usar o pronome masculino para se referir ao culpado de ter ido para a cama com uma demônia. Eu poderia usar um feitiço da verdade, mas precisava ficar de bem com ele para que me levasse de volta para casa.

"Onde está Vittoria?"

Domenico seguiu para a porta.

"Vou levar você até ela agora."

Não conversamos enquanto nos movíamos pelo mosteiro silencioso. Em cada um dos lados havia múmias alinhadas, com os olhos quietos e sem vida voltados em nossa direção, observando nossa passagem, mas sem ver realmente.

Nas vigas sobre nós, um pássaro bateu as asas; tudo ainda era tão similar que me fez engolir meu crescente desconforto. Fiquei me perguntando onde estaria a irmandade sagrada, se estavam à espreita. E eles não eram os únicos inimigos com que se preocupar.

Eu ainda tinha a mesma sensação de uma presença sobrenatural, como se demônios Umbra estivessem espreitando nas sombras, observando todos os meus movimentos para relatar ao príncipe do Inferno que havia contratado seus serviços. Só que dessa vez eu desejei que eles fossem buscar seu mestre.

Se os demônios fantasmagóricos estavam mesmo ali, talvez Inveja soubesse onde eu estava e deixasse a luta no Fosso para vir para cá, como costumava fazer. Desta vez, sua intromissão não seria indesejada, um sinal de que as coisas tinham mesmo mudado em meu mundo. Mas nada disso importava, pois os portais e portões estavam todos trancados e os príncipes não podiam sair, mesmo que tentassem.

"Você..."

"Silêncio. Não precisamos da interferência da irmandade."

Domenico abriu a porta dos fundos, fazendo as dobradiças rangerem alto, colocou a cabeça para fora e escutou. Era fim de tarde quando saímos dos Sete Círculos, mas já era noite naquele mundo.

Saímos na noite agradável, e eu senti o ar perfumado com flores de laranjeira e plumérias que me era familiar. Estrelas brilhavam no céu como se soubessem um segredo e estivessem empolgadas com a probabilidade de sua descoberta. Em vez de sentir que eu havia enfim voltado para casa, o calor me era estranho, sufocante e opressor. Ele me fazia desejar a neve, o gelo e o demônio que os comandava.

Quando cruzamos o pátio silencioso, olhei para a via que me levaria ao Mar & Vinha. Estava escuro, mas as pessoas caminhavam pelas ruas. Naquele horário, nossa *trattoria* ainda estaria aberta, servindo os últimos clientes da noite. A *nonna* e minha mãe estariam na cozinha, cantarolando enquanto preparavam a comida. O tio Nino e meu pai estariam no salão, conversando e rindo com os clientes enquanto serviam *limoncello*. Eu poderia ir para lá naquele momento. Juntar-me a eles.

Apesar das falhas terríveis que haviam sido expostas, tinha sido uma vida boa. Independentemente do que Vittoria dissera, eu sabia que ela também tinha sido feliz. Tínhamos sido cercadas de amor e luz. Tivemos uma família que se importava conosco, tivemos uma comunidade. E tivemos uma à outra.

No que dizia respeito às maldições, a nossa não era odiosa. Ao contrário de Ira, que teve seu coração proverbialmente arrancado e foi forçado a sentir ódio no lugar de amor, nós esquecemos tudo do nosso passado. Todas as nossas tramoias. Nossa sede de vingança. Recebemos um novo conjunto de lembranças, que podiam ser repletas de medo do diabo e de seus irmãos perversos, mas não eram de todo más.

Domenico olhou para mim.

"Você não precisa mais ficar em silêncio. Já estamos bem longe."

"É muita coisa para absorver."

Pela primeira vez desde que nos encontramos no Mundo das Sombras, o lobisomem parecia compreender e simpatizar. O mundo dele, assim como o meu, havia se alterado de maneira irrevogável não muito tempo antes. Ele havia se ajustado, embora ainda parecesse hostil a esse respeito. Talvez a magia alfa ainda estivesse causando estragos nele até que amadurecesse. Ou talvez ele se ressentisse de ser um transmorfo.

"Com o tempo, você vai aprender a se concentrar no presente e abandonar o passado." Ele nos conduziu por uma rua lateral que eu conhecia bem. "É inútil reviver o que poderia ter sido, mas nunca vai ser. Isso só vai impedir que você seja o que é. Uma das coisas mais difíceis que alguém pode fazer é viver no aqui e agora. Não se preocupar com o futuro e nem permanecer no passado. Estar presente, este é o segredo para mudar o futuro. Para encontrar a verdadeira felicidade."

Refleti sobre aquilo.

"Você é feliz?"

"Às vezes." Domenico ergueu um ombro. "É melhor do que quando descobri... tudo."

"Como está o seu pai? Quando falei com ele pela última vez, ele me pareceu preocupado, mas orgulhoso."

O transmorfo ficou tenso por um segundo, e depois continuou andando, seus longos passos consumindo o caminho de pedras. Quase como se quisesse fugir da pergunta.

"Morto."

Meus passos vacilaram. Não queria pressionar uma ferida que ainda estava fresca, mas precisava saber.

"A minha irmã..."

"É claro que não." Domenico deu meia-volta, com os olhos brilhando em roxo-claro. Ele olhou ao redor de imediato, garantindo que nenhum humano tivesse visto aquilo, então se esforçou para conter as emoções. "Sua irmã não teve nada a ver com isso."

"E os demônios?"

"O que tem eles?", perguntou Domenico.

"Teve a ver com Avareza?"

Ao mencionar Avareza, o lobo mostrou as garras.

"Foi coisa da alcateia. Deixe para lá."

Levantei as mãos em um gesto de paz, e o lobisomem retomou a caminhada pelo bairro ao lado do nosso. Sem querer, Domenico tinha me dado duas respostas que eu procurava. Se Vittoria estava mesmo decidida a criar um afastamento maior entre lobos e demônios, matar um membro da alcateia teria sido uma oportunidade e tanto. A outra dizia respeito à grande reação emocional do alfa ao nome de Avareza.

Parei de me concentrar nas questões de minha irmã gêmea e do lobo e fixei minha atenção na rua em que havíamos virado. Parei de andar, sem conseguir colocar um pé na frente do outro. Perto do fim da rua estava a casa de nossa família.

Vinhas subiam e circundavam a treliça, a pedra clara reluzia ao luar. Estava linda. Intocada. Estava ali como se nada tivesse mudado. De repente, minha boca ficou seca. Entre todos os lugares em que Vittoria podia me atingir, aquele foi profundo.

"Minha irmã está em nossa casa."

Domenico fez que não com a cabeça.

"Olhe direito."

"Eu não..."

O canto de nossa casa *brilhava*, levantando de leve nas bordas. Como se uma página invisível tivesse sido colocada sobre toda a estrutura e se soltado com a brisa. Meu pulso acelerou, e eu dei um passo para trás, sacudindo a cabeça.

"Não. Não, não. Isso também não. Por favor"

Vittoria apareceu na minha frente de forma repentina, com os cabelos esvoaçando devido ao mesmo vento mágico que agora arrancava partes da nossa casa.

"Exija ver a verdade, Emilia."

"Eu não posso..."

"Sim. Você pode e você vai", intimou Vittoria. "Veja a verdade."

Meus olhos ardiam conforme as lágrimas se formavam atrás das pálpebras. Aquele era o golpe final, e eu não permitiria que uma única lágrima caísse. *Basta*. Algo dentro de mim estourou. Eu estava cansada de tristeza e desolação. Estava cheia de todas as mentiras e manipulações intermináveis e de dias e noites chorando. Minha irmã gêmea estava certa. Eu merecia saber a verdade, vê-la de uma vez por todas.

Endireitei as costas e foquei a atenção em nossa modesta casa. Invoquei minha fonte de magia e mirei diretamente na parte que brilhava.

"Mostre-me a verdade."

Minha voz ecoou com o poder, como quando lancei um feitiço da verdade. A magia saiu e afundou nas paredes do exterior como garras, rasgando e destruindo a ilusão. Observei de maneira impassível a fachada se desfazer, revelando um templo de pedra.

Nossa casa era encantada. E eu nunca soube, nunca senti a magia que tinha sido usada. Porque a nossa *nonna* nos mantinha na ignorância. A verdade não partiu meu coração, ela me deixou furiosa. Não havia como desfazer esse engano. Uma linha de demarcação havia sido traçada: havia a Emilia antes de seu mundo inteiro desmoronar e a deusa da fúria depois que tudo tinha sido revelado.

"O que mais?", perguntei, com o olhar ainda fixo em nossa suposta casa. "O que mais foi uma ilusão? Uma maldita mentira."

"Vou deixar vocês duas sozinhas." Domenico entrou no templo em silêncio, sem se virar para olhar para mim ou para Vittoria. Eu me preparei para a traição final que sentia que estava por vir.

"Não estamos realmente na Sicília." Vittoria soltou o ar. Minha atenção enfim deixou a casa, que não era nosso lar, e se fixou em minha irmã gêmea. Pela primeira vez, ela parecia aflita. "Bem-vinda às Ilhas Mutantes."

REINO DAS BRUXAS
PODER ARCANO

18

Eu me encolhi como se tivesse recebido um golpe.

Achei que tinha sentido a pior dor da traição quando fiquei sabendo que minha avó tinha usado magia obscura para assassinar bruxas inocentes para nos prender. *Aquilo sim* era agonia. Agonia implacável, atormentadora e emocional. Vittoria se manteve em silêncio enquanto o choque inicial começava a passar.

"As Ilhas Mutantes."

Por isso ela havia dito que eu a encontraria ali. Olhei para as ruas com o estômago revirado. Era tudo uma mentira. Todas as partes. Até o mundo que eu pensava que conhecia. Agora eu entendia por que Ira não quis falar muito quando perguntei sobre as ilhas. Era algo que eu precisava descobrir sozinha. Eu estava grata por nenhum príncipe poder viajar até aquele lugar. Precisava de tempo e espaço para assimilar o quanto tinha sido escondido de mim, sem os demônios por perto.

Certa vez, eu havia perguntado a Ira para onde as almas mortais eram mandadas, e ele tinha falado de maneira vaga sobre uma ilha na costa oeste dos Sete Círculos. Pelas indicações com mapa que minha irmã tinha me dado da última vez que a vira, a localização batia com aquela descrição.

"As almas mortais são mandadas para cá." Não era uma pergunta, mas Vittoria confirmou com a cabeça. "A prisão dos condenados."

"Sim." A voz da minha irmã era baixa e suave. Como se sentisse que meu poder estava procurando alguém para descarregar. Para punir. Ou talvez ela ainda tivesse alguma parte humana. Uma parte que entendia como aquela ferida em particular era profunda. "Alguns considerariam este o pior dos círculos. A ilha muda o tempo e o espaço. Torna-se a realidade que você escolhe ser. Ou a realidade que outra pessoa escolhe. Por um tempo."

"E os mortais daqui sabem? Que isso é..."

"Não", Vittoria disse em voz baixa. "A maioria dos mortais não faz a mínima ideia de que isso não é realmente a cidade ou o país que eles acreditam ser. Apenas seres sobrenaturais selecionados sabem a verdade. E algumas almas que escaparam do mundo dos demônios e lutam por uma chance de voltar para cá."

"Entendo." O inferno. É isso que aquele lugar parecia ser. Não era nos Sete Círculos, onde os demônios governavam. Não tinha o elegante castelo do diabo. Nem nenhuma das Casas de Pecado em que o vício e a depravação reinavam acima de tudo. Era ali. No lugar que eu costumava chamar de casa. Aquela ilha era onde o inferno realmente existia. "Nunca fizemos parte do mundo mortal."

"Não, não fizemos." A atenção de minha irmã gêmea se fixou no chão, como se ela não pudesse suportar olhar para mim. "As Bruxas Estrela nunca correriam um risco como esse. Elas nos mandaram para cá, para esta época e lugar em que as bruxas precisavam permanecer escondidas. Podemos entrar em outra realidade neste momento, se você quiser. Ajuda. Ver a verdade acontecer."

"*Não.*" Meu tom foi mais duro do que eu pretendia. "Não posso... É que eu... Não estou pronta."

Ver outra realidade, outra época ou dimensão, cortaria o último fio de sanidade ao qual eu me agarrava. Vittoria abriu um pequeno sorriso.

"Tudo bem."

"As bruxas foram alertadas sobre a nossa presença neste local?", perguntei. Minha irmã fez que não com a cabeça. Ao menos aquilo era positivo. "Elas podem nos invocar por meio de um sacrifício de sangue?"

“Não somos como os demônios ou outros seres sobrenaturais. Ninguém pode invocar deuses.”

Minha mente girou para a próxima pergunta.

“Com que frequência a ilha muda?”

“Pelo que eu sei, são múltiplas dimensões do submundo dobradas umas sobre as outras. É difícil explicar, mas há infinitas realidades acontecendo ao mesmo tempo. Mas nem sempre é um sistema perfeito. Às vezes há pequenas inconsistências, notadas apenas pelos nativos do tempo ou lugar da realidade atual. Muitos vão fazer vista grossa para as estranhezas. A verdade é muito mais dura para eles digerirem, portanto eles a evitam. Magia e ciência têm um trabalho árduo, garantindo que nenhuma das linhas do tempo se misture totalmente às outras.”

E foi por isso que Ira demorou tanto tempo para nos encontrar. Ele teve que procurar um lugar que poderia ser qualquer época, em qualquer parte. Foi um feito incrível ele ter conseguido nos localizar...

“Você.” Fixei meu olhar em minha irmã. “Você invocou um demônio, que contou a Ira onde estávamos.” Lembrei do bilhete que havia encontrado sobre a mesa de Ira. “Avareza. Você havia invocado Avareza com o pretexto de formar uma aliança. Depois deixou aqueles feitiços de invocação para eu encontrar, só para garantir.” A esperança brotou em meu peito. Minha irmã não podia ser de todo má. “Por quê?”

Vittoria pegou minha mão, apertou-a de leve e depois soltou.

“Porque uma de nós merece um final de conto de fadas.”

Envolvi minha irmã com os braços e a abracei com força.

“Isso não parece coisa da Casa Vingança.”

Vittoria me abraçou também. Sua risada repentina tinha um quê de tristeza.

“Se contar a alguém, vou matar seu primogênito. Além disso, eu não diria que unir a Casa Avareza à minha causa foi uma atitude altruísta.”

Meus lábios se curvaram para cima, sabendo muito bem que a deusa da morte jamais mataria meu primogênito. Eu queria parar o tempo e apenas ficar naquele momento com minha irmã gêmea. Mas não existiam desejos ali, apenas dor e coração partido. Puxei Vittoria, apertando um pouco mais o abraço e depois a soltei. Por um breve momento, seus olhos tinham voltado a ser castanhos.

“Você não matou a comandante de Avareza, não é?”

Ela soltou um suspiro.

"Não, mas teria adorado fazer isso. Não por não gostar dela, mas só para torcer a adaga um pouco mais no coração de Avareza."

"Talvez seja melhor guardar essa opinião para si mesma da próxima vez que vir Avareza ou os outros príncipes." Soltei o ar. Apesar de ter acabado de descobrir que a base de meu mundo tinha sido uma mentira, um peso maior tinha sido tirado de meus ombros. Eu sabia, lá no fundo, que minha irmã gêmea não podia ser a rainha de gelo que estava fingindo ser. Ela era calorosa demais, cheia de vida demais para mudar tanto quando voltou a se tornar imortal. "Vesta não foi esfaqueada. Ela foi... comida."

Vittoria ergueu as sobrancelhas, parecendo meio impressionada, meio horrorizada.

"Que modo terrível de morrer..."

"Tenho motivos para acreditar que ela *não* está morta. E acho que você sabe muito bem disso. Também acredito que você sabia quem morreu naquele quarto. Observei minha irmã gêmea, cuja expressão se tornou indecifrável. "Você precisa me contar toda a história. Por que Vesta quis partir? Quem ficou no lugar dela? Onde ela está agora? Avareza pediu uma retaliação de sangue. E Ira concedeu. Se você não confessar logo a sua inocência diante de Ira e levar provas a ele, os outros príncipes vão te perseguir."

"A vida seria muito tediosa se ninguém nunca ameaçasse acabar com uma Casa rival." Minha irmã sorriu, evitando me dar mais respostas sobre o desaparecimento de Vesta e do corpo que foi encontrado. Ela me deu alguma informação, o que teria que ser bom o suficiente por enquanto. "Estou satisfeita por ter causado emoções tão fortes em Avareza. Ele deve estar muito irritado por eu ter feito tal coisa depois de ter formado uma aliança." Ela me cutucou com o cotovelo de brincadeira. Ambas sabíamos que ela odiava aquele príncipe por razões que ainda não havia compartilhado. "Talvez seja amor verdadeiro."

"E quanto a Soberba? Continua sendo só um jogo para você, ou ficou apegada?"

Vittoria endireitou a coluna e, a escuridão recaiu sob sua expressão. "Aquele demônio deveria dar graças ao diabo por eu não ter feito uma visita a ele."

Observei minha irmã de canto de olho. Eu já tinha sentido o mesmo desejo intenso de esfaquear Ira, e agora não conseguia parar de pensar em sua boca travessa e em todas as coisas perversas e deliciosas que ele poderia fazer com ela. Vittoria olhou em minha direção.

"Não. Já sei o que está pensando e eu juro que vou desacelerar seu coração até você perder a consciência."

"Sabe." Dei o braço para Vittoria e comecei a caminhar com ela pela rua de pedras que não passava de uma ilusão. "Alguém me disse uma vez que o ódio está arraigado na paixão. Talvez você devesse visitar Soberba e resolver suas questões."

"Prefiro tomar banho com bosta de porco."

"Aham. Falando em porcos, se você deseja que eu encontre meu final de conto de fadas, por que fica me alertando contra Ira?"

Vittoria encarou um ponto ao longe, embora eu tivesse a impressão de que ela estava olhando para dentro.

"Se você se tornar parte da Casa dele, não poderá governar a nossa Casa ao meu lado. Tantas coisas mudaram, e eu não quero perder mais uma coisa familiar. Além disso, eu queria que você descobrisse toda a verdade antes de se ligar completamente a ele, para que pudesse fazer uma escolha verdadeira, com todos os fatos esclarecidos, entre o amor e a Casa Ira."

Lá estava a irmã com uma alma mortal.

"Mudança é atemorizante, mas nós *somos* as Temidas. Ou pelo menos é o que você fica insistindo."

Vittoria riu.

"Está me dizendo para ter um pouco de dignidade?"

"Você que disse isso, querida irmã. Não eu." Sorri enquanto ela revirava os olhos. "Sabe, Ira me disse que não haveria problema se eu quisesse restabelecer nossa Casa."

Vittoria olhou para mim.

"Ele disse?"

Confirmei com a cabeça.

"Se você parar com a campanha para criar confusão e causar conflitos internos, seria algo em que eu estaria interessada. Mas não vou ajudar se você continuar colocando uns contra os outros. Não é o tipo de vida que eu quero."

Caminhamos até o fim do que costumava ser a nossa rua; o silêncio era confortável, mas meus pensamentos tinham mudado mais uma vez para questões mais importantes. Questões que precisavam ser abordadas antes que deixássemos aquela fantasia e retornássemos aos Sete Círculos. Minha irmã era procurada naquele mundo, e precisávamos garantir sua segurança.

Paramos na rua seguinte e eu levantei o rosto na direção do céu. O ar estava suave, a brisa salgada do mar era agradável. Ainda assim, arrepios percorreram meu corpo.

Larguei o braço de Vittoria e a encarei.

"Se estiver abrigando Vesta, ou Marcella, ou qualquer que seja o nome dela agora, você precisa contar a Ira. Ele vai sentir a verdade e você vai ser liberada de qualquer injustiça. Por favor. Não posso perder você também. Não depois de tudo isso." Apontei para o mundo à nossa volta. "Por favor, Vittoria. Apenas me diga se ela está viva e bem, e que você tem um bom motivo para fazer um inimigo tão poderoso."

Vittoria pressionou os lábios e desviou os olhos. Se eu estava certa e Vesta estava viva, o que eu acreditava ser verdade, minha irmã não confessaria nada para mim. Eu precisava confiar que tinha um motivo, algo mais poderoso do que vingança, que a instigava.

"Quem é o verdadeiro vilão nessa história sórdida?", perguntei. "Nós? Os demônios? As bruxas?"

Vittoria ponderou com cuidado.

"Dependendo de que lado você está, acho que podem ser todos nós. Embora eu ache mais defeitos em bruxas e demônios. A antipatia um pelo outro é eterna, e eles nunca deveriam ter nos envolvido em seus problemas."

Soltei um longo suspiro.

"Não é de se estranhar que não tenha sido um caminho simples para desvendar o mistério. Você e eu tramamos contra Soberba e Ira. Soberba não ligou para o coração de sua consorte, o que irritou a Primeira Bruxa. Sursea amaldiçoou Ira por ele não querer tirar a filha dela de Soberba, Ira respondeu na mesma moeda e as Bruxas Estrela cumpriram o dever de manter as Temidas e os Perversos trancados, mesmo que isso significasse sacrificar os seus."

"E a culpa vai se arrastando", finalizou Vittoria. "Acho que não importa quem foi ou é o primeiro vilão. Todos nós fizemos coisas terríveis."

"Mas alguém ajudou Vesta a escapar da corte de Avareza. E alguém está morto de verdade."

Vittoria olhou ao longe por mais um instante.

"Fiquei sabendo que os vampiros tentaram te sequestrar. Talvez uma nova ameaça esteja surgindo, aparecendo enquanto o caos se instala."

"Foi você que iniciou aquele incêndio em particular."

"Eu não achei que eles fossem atrás de você. Achei que estavam de olho na Casa Avareza."

"Por quê? O que Avareza tem que está te levando a fazer coisas tão horríveis?"

"Eu não fiz coisas *horríveis*", contestou ela. "Só fiz com ele o mesmo que ele fez com outros. Talvez os vampiros tenham seu próprio objetivo de guerra e eu, por acidente, dei a eles a esperança de vencer."

A frustração cresceu em meu peito. Se minha irmã me confiasse a verdade, tudo seria remediado.

"Por mais que eu não duvide que os vampiros adorariam iniciar uma guerra interna para encobrir os próprios planos, não acho que eles sejam os responsáveis."

"Hmm." Vittoria ficou com um olhar distante mais uma vez. "Talvez tenham sido as bruxas, então. Elas ficaram sabendo de minha aliança com Avareza e focaram em sua Casa para iniciar um conflito. Tenho certeza de que elas estão esperando que os demônios nos tirem de circulação de uma vez por todas."

"Vittoria", alertei. "Pare. Eu sei que não foram bruxas, demônios ou lobos. Apenas me diga a verdade. Por que guardar tantos segredos?"

"Talvez você apenas tenha que confiar em mim."

"Depois de tudo que você fez? De todas as mentiras, meias-verdades e jogos?

O rosto de minha irmã se encheu de raiva.

"Tenho tentado contornar a maldição, libertar sua magia, restabelecer conexões com este mundo e fiz o melhor que pude. Se isso parece mentira e manipulação, sinto muitíssimo, Emilia, mas tenho minhas razões. E você apenas precisa honrar isso ou continuar lutando contra mim. Se as bruxas não tivessem feito o que fizeram conosco, nada disso teria acontecido. E se você acha que elas vão ficar quietas e permitir que recobremos nosso poder sem tentar nos aprisionar de novo, você está maluca." Vittoria se virou para mim com uma expressão calculista. "Tem uma forma de garantirmos que elas não vão ter sucesso."

Levei a mão ao peito, com o coração acelerando cada vez mais à medida que minha irmã olhava em meus olhos.

"Não tem outra forma de quebrar o feitiço de bloqueio?"

"Não que eu saiba. E acredite em mim, eu pesquisei antes de ter o meu arrancado."

"Quem arrancou seu coração?", perguntei. "Domenico?"

"Muitas criaturas do submundo ficaram felizes apenas por serem consideradas para a tarefa. Por enquanto, deixe por isso mesmo." O olhar de Vittoria gelou e depois voltou a suavizar. "Mas você não precisa se preocupar com isso. Estarei com você."

Fiquei andando de um lado para o outro, e minha irmã apenas me observou em silêncio enquanto eu ia e vinha, com a mente e o coração acelerados. As bruxas nos prenderam. E ainda assim, eu não conseguia parar de pensar na reação de Inveja quando Vittoria quis remover meu feitiço de bloqueio pela primeira vez. Ele havia se oposto com veemência.

Além disso, Ira não falava muito sobre o assunto. Eu sabia que ele não tinha certeza de que era seguro, mas minha irmã havia sobrevivido. Ela voltara a ser uma deusa completa, o que me fazia questionar se havia outro motivo para que ele não falasse sobre isso. Pensei no ataque do Viperídeo, em como, depois que o demônio parecido com uma serpente me mordeu, Ira usou uma magia que fez o veneno ir para o seu próprio corpo.

Também lembrei de algo muito doce que ele me fez beber...

"Deusa do céu. Ele me deu néctar."

Ambrosia. A comida dos deuses.

Parei de andar de um lado para o outro e fiquei olhando para o nada. Ele também tinha me dado algo doce para beber quando tive o caso leve de hipotermia. Mais néctar. Mais combustível curador de deusa. Não tinha como Ira estar preocupado com minha morte. Então o que o motivaria a sua precaução? Voltei a andar para lá e para cá, deixando minha mente percorrer diferentes teorias e cenários, até que um se separou do restante.

Inveja parecia temeroso quando ficamos presos juntos. Assim como Preguiça e até Avareza quando perdi a cabeça e incendiei aquela pintura. E Ira... Ele podia não ter medo de mim, mas todos os príncipes do Inferno tinham nos chamado de as Temidas. Meu marido não temia pela *minha* vida, ele temia pelo seu reino. Ele temia me libertar por completo. Ira não me impedia de forma ativa, mas também não estava ajudando. Aquela escolha era minha, e apenas minha.

Dei meia-volta e mirei os olhos pacientes de minha irmã.

"Estou pronta", afirmei, categórica.

Durante as últimas semanas, Ira estava me mostrando como controlar minhas emoções. Ver além de minha fúria. Essa *fora* a lição que ele me ensinara na noite em que me obrigara a esfaqueá-lo, na noite em que dissera que se tratava de sentir outros pecados e combatê-los. Sim, aprender a me fortalecer contra a soberba, a avareza e a luxúria tinha sido importante. Mas, o tempo todo, Ira sabia qual Casa de Pecado eu comandava, sabia a potência que meu desejo por vingança poderia ter.

Até a noite em que o esfaqueei, eu teria continuado por um caminho que ansiava por sangue. E ele estava certo: eu não quis admitir naquele momento, mas *odiei* machucá-lo. Odiei perder o controle, a sensação avassaladora de ser movida apenas pela raiva. Eu que comandava aquela emoção, e não permitiria que ela me comandasse.

Na sala do trono com o emissário vampiro e Sursea, minha raiva quase assumira o controle. Mas não aconteceu. E não pude contar com Ira nem com ninguém para me tirar daquele lugar obscuro. Aquilo *teve* que partir de mim. Impedir-me de liberar todo o meu poder por mais tempo só garantiria uma coisa: eu falharia por não tentar.

O medo me impediria. Mas a fé em mim mesma me libertaria.

"Você seria capaz de... se eu..." Respirei fundo. "Não quero perder o controle."

"É compreensível." Vittoria assentiu. "Estarei com você. Não precisa temer a mudança. É desorientador no início, mas é como respirar fundo depois de estar submersa no mar."

Soltei o ar e concordei.

"Certo, estou pronta para quebrar o feitiço de bloqueio."

Vittoria nos levou de volta para a casa de nossa infância. A aba de ilusão que havia sido removida estava, mais uma vez, firme em seu lugar, fazendo com que a casa parecesse como sempre fora durante toda a minha vida. Subimos as escadas e entramos pela porta da frente, e o que antes era uma pequena sala, agora tinha tetos abobadados e móveis luxuosos. O cheiro era de mel e flores silvestres.

Na parede oposta da primeira câmara havia prateleiras de livros; em seguida, uma parede só de potes de vidro com corações. Desviei o olhar e caminhei na direção do canto em que estava montado um altar. Enormes tigelas com fogo crepitavam nas laterais dele, as chamas pretas eram belas e brilhantes.

Vittoria estalou os dedos e, de repente, apareceu uma lobisomem segurando uma roupa lilás. A jovem parecia ter vinte e poucos anos, e havia algo familiar no tom de seus olhos e formato de seu rosto. Ela desviou o olhar e se afastou depressa. Minha irmã fez um sinal para eu subir na plataforma.

"Vista isso. Depois deite-se no altar com os braços relaxados ao lado do corpo e as pernas esticadas."

Relaxar não era algo que eu achava que poderia fazer, mas peguei com cuidado a roupa, que era um vestido esvoaçante, me despi e o vesti.

O vestido tinha duas grandes faixas que amarravam sobre cada ombro e caiam pela frente. Uma corda prateada prendia as faixas à cintura, e duas fendas iam até o meio da coxa. O profundo decote em V garantia acesso ao coração com feitiço de bloqueio, e isso fez o meu órgão mortal bater em fúria. Recusei-me a pensar em como logo ele pararia de bater para sempre. Um lampejo de calma tomou conta de mim, quase como se tivesse sido impulsionado por um vento mágico. Tudo ficaria bem. Olhei para a lobisomem que havia trazido a roupa e me perguntei se ela, de alguma forma, havia alterado meu humor. Essa era uma magia rara e cobiçada. Os príncipes do Inferno podiam influenciar pecados, mas influenciar alegria era uma coisa completamente diferente.

Deixando a estranheza de lado, endireitei os ombros e subi no altar, deitando como minha irmã gêmea havia instruído. Vittoria ficou sobre mim, depois analisou a câmara onde apenas a transmorfa aguardava. Montando guarda, dei-me conta.

"Não devemos ser interrompidas." Minha irmã olhou para mim, com os olhos lilases brilhando enquanto ela invocava seu poder. "Serei rápida."

Antes de eu ter tempo de ceder ao meu crescente pânico, os dedos de Vittoria ficaram mais compridos e suas garras perfuraram meu peito. Por um momento, eu mal podia acreditar que ela estava fazendo aquilo. Então abri a boca para gritar, mas não saiu nada. Meu peito *queimava.* Com violência. Parecia que meia dúzia de facas flamejantes adentravam meu corpo. A dor era tão aguda, tão avassaladora, que eu não conseguia sentir mais nada. O controle sobre minha mente, minhas lembranças, todo o feitiço de bloqueio se quebrou como um ovo, e tudo voltou à tona.

Minha vida.

Minha casa.

Meu poder. Em minha mente, vi Ira e eu fazendo amor, treinando e tendo batalhas mentais. Outra lembrança: minha irmã gêmea tramando comigo em nossa sala do trono. Vi Sursea chegando até nós com seu plano, sua necessidade de vingança alimentando meu pecado. Depois eu estava no jardim e vi o olhar no rosto de Ira pouco antes de tudo ser arruinado.

O grito que não consegui soltar antes agora me atravessava, ecoando no templo. Era raiva e tormento ganhando forma. Ouvi transmorfos saindo de seus esconderijos. E gritei até as lembranças desacelerarem.

A escuridão surgiu tão depressa quanto a dor, então não senti mais nada e não pensei em mais nada.

*

Quando a dor diminuiu e a escuridão desapareceu, fiquei imóvel como uma estátua, apenas ouvindo. A vários cômodos de distância, ouvi o farfalhar de uma saia e passos suaves de sandálias. Vozes abafadas. Mais perto, ouvi uma respiração profunda, como se alguém tivesse acordado de repente.

Mantive os olhos fechados enquanto me ajustava à minha nova capacidade de audição. Meus sentidos mais aguçados. Uma coisa se destacou de imediato. Meu pulso não batia. Respirei fundo e soltei o ar devagar.

A falta de batimento cardíaco não era tão desorientadora quanto pensei que seria. Mas talvez fosse porque eu não sentia mais medo da mesma forma que antes. Abri um olho, surpresa por ver faixas vermelhas e douradas aparecendo pelas janelas e sob a porta. Havia amanhecido. Provavelmente tinha ficado apagada por mais tempo do que pensava.

Sentei e quase me lancei para o outro lado da sala, meu corpo imortal repleto de uma força incrível. Eu já sabia que não havia ninguém na câmara comigo, mas olhei ao redor com novos olhos. Vittoria estava certa, parecia que eu tinha estado embaixo d'água e que agora minha cabeça enfim alcançava a superfície. As cores eram mais vivas, mais intensas. Eu podia ver cada fio do meu vestido. Partículas de poeira brilhavam em um feixe de luz do sol do outro lado do templo.

Eu me senti energizada, revitalizada. Pulei sobre o altar de um só salto e então me lancei no ar, aterrissando de forma graciosa do outro lado da câmara. Uma sensação estranha e familiar surgiu em meu âmago. No lugar do meu coração, havia a vibração constante do meu poder. Era como voltar para casa depois de ficar longe por tempo demais.

"*Fiat lux.*"

Rosas e flores silvestres se incendiaram ao redor de toda a câmara. O fogo rugia com fúria, incitando minha própria raiva e a acendendo. O poder, o que fez de mim uma das Temidas. Ele era infinito, apenas meu desejo de trancá-lo o mantinha preso. Pensei na *nonna* Maria. Lembrei de suas mentiras. Da mágoa. E as flores queimaram ainda mais. Inclinei a cabeça de lado quando um som familiar chamou minha atenção.

Reconheci os passos de minha irmã antes de me virar para ela.

"Gostaria de se vingar um pouco antes de eu partir?"

Seus lábios se curvaram para cima.

"É bom ter você de volta, Fúria"

REINO DAS BRUXAS

PODER ARCANO

19

De volta à Casa Ira, senti uma miríade de coisas de uma só vez. Criados movimentando-se pelos andares mais baixos, soldados demoníacos realizando exercícios em algum complexo que eu ainda não havia visitado. Alguns membros zangados da nobreza discutindo, e sua ira faiscando como pequenas brasas ao redor de mim.

O que capturou quase toda a minha atenção foi meu marido. Sua energia era como um inferno furioso cercado por torres de gelo. Era incrível. Como seu *luccicare*, que eu havia visto, sua magia era de um preto multitonal com manchas de dourado. Brilhante e perigosa. Como ele.

Ira ainda estava no Fosso. Senti de longe o pulso de seu poder feroz e o reconheceria em qualquer lugar. Havia uma leve força que me atraia para ele, mas nosso reencontro teria que esperar. No entanto, se eu podia sentir sua magia, não havia dúvida de que ele também podia sentir a minha. Não demoraria muito para que ele viesse à procura de sua recém-restaurada rainha.

Meu foco foi atraído em seguida pela torre da Anciã, onde eu sabia que Fauna ainda estava trabalhando. Fui para lá. O tempo passava de forma diferente nas dimensões do Inferno, então eu não sabia muito bem quanto tempo tinha ficado fora, mas não devia ter sido muito, ou

Ira teria começado a procurar por mim. Fazendo o possível para não assustar minha amiga, bati devagar — pelo menos, foi o que pensei — e a porta se abriu com tudo.

"Fauna?"

Minha amiga estremeceu com o barulho e se virou para a porta.

"Emilia! Graças ao diabo você está aqui, eu encontrei..." Fauna levantou de forma tão abrupta que sua banqueta virou. Ela passou os olhos pelo meu rosto, presumivelmente em busca de algum conforto familiar, e engoliu o que quer que estivesse para dizer. "Seus olhos..."

"Eu sei." Eles não eram mais castanhos. Eram do mesmo tom de rosa-dourado de minha magia.

Sua atenção recaiu sobre meu peito. Não parecia diferente. Não havia cicatriz, nenhum traço do que minha irmã havia removido. Nenhuma evidência de que um dia eu tivera um feitiço de bloqueio. No entanto, dados os sentidos de demônio de Fauna, ela provavelmente não ouvia mais o meu coração mortal batendo.

Algo parecido com tristeza tomou conta de seu rosto, embora eu jurasse ter sentido uma sensação de horror. Havia uma sensação de formigamento ligada a ela, distraindo-me. Se era assim que Ira sentia emoções, era desconfortável, e eu levaria um tempo para me acostumar. Eu tinha esquecido como era. Precisaria me treinar de novo para focar em sentir emoções apenas quando quisesse, ou ficaria louca.

"Forçaram você a fazer isso?", perguntou ela em voz baixa.

Ergui as sobrancelhas. Ter minha verdadeira forma de volta não era uma maldição. Ainda assim, minha amiga falava comigo como se estivesse falando com os mortos. Tentei abrir um sorriso, que a fez engolir em seco. Suspirei.

"Não. Ninguém me forçou a fazer nada. Exceto as bruxas, talvez, quando me forçaram a fazer parte de seus jogos."

Entrei no cômodo com passos silenciosos, e a sensação que irradiava de Fauna aumentou. Medo. Era o que minha amiga sentia em minha presença agora.

Passei os dedos sobre os grimórios abertos. O papel parecia mais áspero, o cheiro da tinta estava mais forte.

"Você sabia que elas me trancaram no verdadeiro inferno? As Ilhas Mutantes. Um nome esperto para uma ilha mágica que simula tempo e lugar. Parecia certo que eu voltasse a ser eu mesma naquele lugar."

Fez-se um instante de silêncio. Seguido de outro. Fauna olhou para mim de novo, analisando-me. Senti notas de fumaça em minhas roupas, em meu cabelo. Ela também. Sua voz estava tomada pela desconfiança.

"Você as atacou?"

Meus lábios se curvaram.

"Posso ter feito uma visita a elas."

"Sua majestade vai..."

"A ação contra minhas traidoras é justificável. O que você encontrou?"

"Eu..." Fauna acompanhou meu olhar até o grimório que ela estava lendo. Parte de sua empolgação inicial retornou devagar ao apontar para a página. "Acho que encontrei uma forma de quebrar a maldição."

"A de Ira?"

"Sim, mas não é só isso." Seu sorriso não chegava aos olhos, mas estava melhor do que antes. O medo também estava diminuindo um pouco, embora ainda estivesse presente, de maneira desconfortável. "A Lâmina da Destruição é mais do que um objeto enfeitiçado; de alguma forma, ela pode *destruir* maldições e feitiços. Não sei bem como funciona, mas encontrei mais uma coisa que pode explicar melhor."

Ela pegou outro texto e o empurrou em minha direção. Um mapa intricado da Casa Ira que mostrava túneis, templos e cavernas, como metrópoles e cidades subterrâneas.

"Há um lugar nessas terras chamado Poço da Memória", continuou Fauna. "E eu acredito que seja a chave para descobrir mais sobre a Lâmina da Destruição." Ela apontou para uma seção do mapa que dizia JARDINS. "É preciso pagar um dízimo à deusa para entrar na câmara do Poço da Memória. É desagradável. O poço deve considerá-la digna, e as lembranças que ele mostra são muitas vezes pesadelos eliminados por outras pessoas. Ou coisas que desejavam esquecer."

"É só isso?"

"Não é tão fácil quanto parece." Fauna mordeu o lábio. "O poço pode enganar e fazer a pessoa pensar que está *dentro* da memória que está mostrando. Dizem que alguns ficam presos ali por toda a eternidade, revivendo os piores momentos de lembranças que nem pertencem a eles."

Não era algo que me preocupava, mas eu sabia que preocuparia a Emilia com o feitiço de bloqueio. Fauna estava fazendo um ótimo trabalho de esconder seu medo, mas eu ainda o sentia fervilhar dentro dela. Minha falta de medo não a assustava, mas a deixava desconfortável. Não podíamos nos dar ao luxo de ter distrações com tanta coisa em jogo, então eu precisava acalmar suas preocupações para que ela se concentrasse.

"Como evitamos isso?", perguntei.

Fauna estreitou os olhos, mas deve ter decidido não perguntar se eu estava preocupada de verdade ou apenas tentando acalmá-la. Ela olhou para o livro à sua frente.

"Segundo esse texto, se você se concentrar em sua pergunta e não a perder de vista, vai conseguir vasculhar as lembranças até encontrar a resposta. As lembranças estão, em sua maioria, infiltradas em quartzo, hematita, ametista ou lápis-lazúli. Você segura um cristal de cada vez, pensando na pergunta. Em tese, isso vai atrair a lembrança correta para você ou vice-versa."

Assenti, pensando na pergunta que eu mais precisava fazer.

"Você tem certeza de que esse poço vai saber a localização da Lâmina da Destruição se eu pedir para ele me mostrar onde ela está?"

"Teoricamente, deveria. Alguém deve saber onde ela está, ou pelo menos saber de alguém que teve contato com ela. Mesmo que não seja falado de forma clara, deve aparecer em uma lembrança descartada. Pode não levar você direto para ela, mas pode nos dizer por onde começar." Fauna soltou o ar. "Mas não conheço ninguém que usou o poço com sucesso."

Aquilo chamou minha atenção.

"Nem mesmo os príncipes do Inferno?"

"Eles não podem. Ninguém sabe o porquê. Sua majestade com certeza tentou quando a maldição entrou em vigor. Ele até permitiu que Inveja tentasse usá-lo, mas as duas tentativas fracassaram. Eles não conseguiram acessar nenhuma lembrança. Nem de mortais, nem de demônios e nem de seres sobrenaturais."

Que curioso.

"O poço estava aqui antes de os príncipes demoníacos começarem a governar, certo?"

"Sim." Fauna balançou a cabeça. "A estátua da deusa é nova, mas registros indicam que o poço antecede a formação das Casas de Pecado por um bom tempo. Mas..."

"Ele não precede a mim."

"Não, Lady Emilia. Além da Anciã e das Sete Irmãs, não existem muitos seres que estavam aqui antes de você e de sua irmã gêmea."

Se meu feitiço de bloqueio ainda estivesse em vigor, eu estaria perturbada pela ideia de minha prolongada existência. Mas apenas recorri à minha recém-liberta memória, abrindo um túnel em uma ampla caverna que se estendia pelo que pareciam eras. Lembrar de um tempo anterior aos príncipes do Inferno me deixou com uma sensação de tédio. Devassidão. Antes de o diabo assumir seu trono, Vittoria e eu recebíamos almas.

E elas não gostavam de nossa festa de boas-vindas.

Éramos criaturas implacáveis, cruéis. E nos deleitávamos com isso.

Tive uma impressão clara de que era por isso que nossa mãe havia interferido nas lembranças. Por isso que ela também criara o véu entre as montanhas que separavam a Casa Vingança do restante dos Sete Círculos. Celestia não queria que ninguém se lembrasse do tempo anterior ao governo dos demônios. Quando criaturas piores reinavam.

De repente, o poder de Ira mudou, atraindo-me para o presente; ele piscou de onde Ira estava e reapareceu mais perto. Mais poderoso. Ele queimava como o calor do sol. Estava zangado. Selvagemente zangado.

Grande Divindade do céu, sua ira fazia minha fúria cantar como um hino de batalha. Sua atenção se estendeu, e eu sabia que ele estava sentindo meu poder e o seguindo até sua fonte. Do lado de fora da torre, passos ecoavam pelo corredor. Fauna se despediu depressa e saiu correndo pela porta. As emoções de minha amiga aumentavam sem controle. Nosso rei estava de péssimo humor.

E eu tinha uma boa ideia do motivo.

Sentei-me sobre a mesa, esperando pelo que prometia ser uma demonstração de emoção e tanto. Sua chegada não decepcionou. Ira arrancou a porta das dobradiças e a jogou longe, como se não pesasse nada. Olhos dourados ardiam com seu pecado ao olharem nos meus. Se houve um rápido lampejo de alívio, ele foi substituído pela dureza da raiva no mesmo instante.

"A porta não fez nada para merecer isso", falei.

"Você podia ter morrido."

Fiz questão de me examinar com cuidado.

"Inveja estava certo. A imortalidade venceu."

"Foi um risco."

"Um risco calculado." Sorri. Dessa vez, não provocou medo. O olhar fixo de Ira continuava em meu rosto, sua raiva ainda queimava entre nós. "Eu sei por que você não queria que o feitiço de bloqueio fosse quebrado." Ele cruzou os braços diante do peito e ergueu uma sobrancelha. Demônio sedutor e arrogante. "Posso controlar a minha fúria. Seus súditos não têm nada a temer."

"É mesmo?" Ira sacudiu a cabeça. "O cheiro de fumaça em suas roupas não tem nada a ver com vingança? Não consigo imaginar você e sua irmã sentadas em frente a uma lareira, discutindo o passado como duas deusas civilizadas."

"Um pequeno ato de vingança que foi bem-merecido, e você sabe disso." Lancei a ele um olhar duro, meu poder subindo para confrontar o dele até eu o conter com força. "As bruxas deviam agradecer por eu ter acabado apenas com o restaurante delas, e não com suas vidas. Elas podem começar de novo. E vão pensar duas vezes antes de me irritarem mais uma vez."

"Você tem razão." Ira suspirou. "Elas vão pensar antes de te atacar de forma direta. Mas isso não vai impedir que respondam com fogo." Ele olhou nos meus olhos, e os dele se tornaram tão gélidos quanto seu tom de voz. "Avareza foi chamado no Fosso para voltar para a Casa dele. Seus espiões avistaram bruxas se reunindo nas montanhas que ficam atrás de seu círculo. Elas vão atacar. Depois, vão colocar a culpa em você."

E essa era a raiz da raiva de meu marido.

Avareza exigiria retaliação contra mim, além de Vittoria, e meu príncipe seria obrigado a fazer uma escolha que resultaria em derramamento de sangue. Não existiria jogo que Ira e eu pudéssemos jogar para evitar isso. Avareza estava se tornando um problema cada vez maior. Não havia dúvida em minha mente de que ele era responsável pelo crânio encantado para lançar suspeitas sobre minha irmã gêmea. Se ele sabia ou suspeitava que Vesta estava viva, não parecia se importar. Ele queria vingança. E usaria isso como uma desculpa perfeita.

Cerrei as mãos em punho nas laterais do corpo.

"Envie uma missiva à Casa Avareza solicitando uma visita imediata. Vamos atacar as bruxas antes que elas ataquem. E dessa vez não terei misericórdia. Deixe as bruxas e seu irmão verem do que sou capaz."

Dei meia-volta e fui para o meu quarto, com meu vestido lilás esvoaçando ao meu redor como uma nuvem de tempestade. Era hora de me vestir para a guerra.

REINO DAS BRUXAS

PODER ARCANO

20

O granizo bateu com garras geladas no parapeito de pedra da Casa Avareza. Ficamos em silêncio no caminho estreito, com os olhares fixos na fileira de árvores ao longe, ignorando a água gélida que caía sobre nosso couro de batalha. Um guarda avistou um ponto de luz na direção noroeste. Era impossível saber se tinha sido uma distração ou um acidente. Eu tinha minhas dúvidas de que as bruxas seriam tão descuidadas, dada sua natureza calculista, mas coisas estranhas aconteciam quando as emoções estavam exaltadas. O que fazia imaginar…

Examinei o terreno tranquilo, com a magia preparada. Mesmo com o granizo caindo forte, nenhum animal se mexia no bosque. Parecia que o círculo todo estava prendendo a respiração, esperando. Eu ainda não tinha sentido medo. O gramado de Avareza se estendia por centenas de metros em todas as direções, uma maneira esperta de evitar esconderijos para visitantes hostis ou indesejados. Como bruxas.

Flexionei a mão na lateral do corpo. Quando pensava em bruxas, era impossível não pensar na *nonna*. Se ela estivesse com as bruxas aqui e agora, eu não hesitaria em defender os demônios. Mesmo que isso significasse travar batalha contra ela. Rezei para que não chegasse a esse ponto, mas não conseguia mais dizer do que minha "avó" era capaz.

O braço de Ira tocou no meu, seu calor era um contraste com a tempestade de inverno. O vento soprava ao longo do muro do castelo, murmurando baixo. Nuvens escuras tinham se reunido sobre a Casa Ira pouco antes de elaborarmos nosso plano. Sem dúvida, o clima péssimo era resultado do humor tenso de meu marido. O primeiro pedido para sermos admitidos naquele círculo não foi bem recebido. Depois do incidente na sala de jogos, o Príncipe da Avareza não estava ávido para me receber em sua residência de novo. O duque de Devon também fizera campanha contra mim, aconselhando seu príncipe a não permitir uma bruxa vingativa em sua Casa de Pecado de novo. Ele não tinha sido informado de que a bruxa vingativa era, na verdade, uma deusa do submundo, e que era bom ele pensar melhor no que falava.

Uma segunda e severa mensagem fez com que Avareza permitisse a minha entrada em sua Casa real, principalmente pela promessa de ajuda. E pela ameaça da esposa de Ira, que acabara de ser restaurada.

Os pelos finos de minha nuca de repente ficaram alertas, o que não tinha nada a ver com o vento gélido. Demônios empunhando arcos armaram suas flechas, a sensação de seu medo pinicava minha pele como agulhas. Ira não se mexeu, mas senti sua atenção mudar para o gramado sob nós. Ele sentia o mesmo que eu.

Avareza fez sinal para um guarda, que espiou por cima do peitoril. Dei um passo à frente, com a sensação de formigamento crescendo em intensidade. E me dei conta de que eu não estava sentindo o medo do guarda. Era o de nossas inimigas. As bruxas já estavam ali. Olhei para o gramado que parecia estar vazio com os olhos semicerrados, então notei os rastros na grama coberta de gelo. As folhas estavam esmagadas.

“Espere!”, gritei.

O guarda não deu atenção ao meu alerta. Ele se inclinou sobre o peitoril, notando um segundo tarde demais o que eu já havia notado. Antes que alguém pudesse fazer alguma coisa, sangue jorrou por seus olhos e ele caiu, desabando sobre a neve. Gritos soaram ao longo da fileira, guardas atiraram flechas em um inimigo que não podiam ver e, portanto, não podiam atingir. Se continuassem assim, as bruxas teriam sucesso.

E isso não era algo que eu permitiria.

“Faça com que eles se afastem!”, gritei para Avareza. “As bruxas estão usando magia.”

"Elas não passam de mortais patéticas. E nós estamos usando armas." Avareza fez sinal para a próxima fileira de guardas.

Tolo ignorante. Ele os levaria à morte.

Apesar da intensa tempestade de inverno, minha magia iluminou o céu, mergulhando em direção à terra como estrelas furiosas e vingativas. As bolas de fogo rosa-douradas acertaram o solo com tanta velocidade que deixaram crateras no chão. Gritos rasgaram o silêncio, o som era como o de animais sendo levados para o abate.

Invoquei mais magia, mais fogo, observando sem emoção enquanto fazia chover fúria.

O feitiço que as bruxas estavam usando para ficarem invisíveis quebrou. Como eu imaginei que aconteceria. Magia só podia ser combatida com magia, e a delas não passava de uma mera diluição da minha. Era hora de lembrá-las disso.

"*Fiat lux*."

Bruxas encapuzadas pegavam fogo, sua pele queimando e derretendo nos ossos, o cheiro enjoativo e doce subindo alto. Elas revidaram com um poder impressionante. Enviaram flechas mágicas pelo ar, acertando demônios com força suficiente para derrubá-los. Eu poderia acabar com aquilo a qualquer momento, acabar com *elas* a qualquer momento, mas me obriguei a manter uma luta justa. Queria que Ira tivesse certeza de que podia confiar em mim, mesmo quando as emoções estivessem exacerbadas.

Uma flecha mágica cortou meu braço, chamando minha atenção para a bruxa que a havia atirado. *Nonna* tirou o capuz, e sua expressão era dura. Seu olhar indicava que eu tinha optado por ser sua inimiga ao remover o feitiço de bloqueio.

Olhei para ela por um instante, permitindo-me digerir que ela havia disparado a flecha. Eu poderia matá-la naquele instante. Fazer justiça pelo que ela havia feito comigo e com minha irmã. E ainda...

"Corra", balbuciei para ela.

Era o único alerta que eu daria. E era mais do que ela merecia.

Não olhei na direção dela de novo, não sabia se havia escutado. No fim, ela fizera sua escolha da mesma forma que eu havia feito a minha.

Demônios caíam a torto e a direito, e eu não sabia se eles estavam mortos ou gravemente feridos. Continuei disparando minha magia na linha de frente, fazendo o possível para mandar as bruxas de volta para o bosque, para assustá-las e mandá-las para longe da Casa Avareza. Logo desistiriam, pois a magia delas não era ilimitada. Só tínhamos que impedir que causassem danos sérios enquanto esgotavam suas fontes. Uma tarefa que não devia ser tão difícil de completar.

Senti a magia de gelo de Ira e depois ouvi um gemido de dor. Voltei minha atenção para ele, e vi que ele tinha sido atingido no ombro por uma flecha mágica.

"Você está bem?!", gritei sobre o rugido repentino de granizo e vento.

Ele rangeu os dentes e arrancou a flecha.

"Elas cobriram as flechas com veneno de dragão."

Outra flecha foi lançada, dessa vez mirando direto em sua garganta, e eu a agarrei em pleno voo, quebrando-a com a mão. Mais duas flechas com o agente ardente voaram na direção de Ira.

Nonna deve ter dito para as bruxas mirarem nele para me distrair ou me punir por tê-lo escolhido. Uma raiva incandescente e devoradora ricocheteou dentro de mim. Meu marido era o alvo, e foi naquele momento que toda pretensão de civilidade terminou para mim. Para o inferno com o plano.

"*Basta.*" Minha voz não passava de um sussurro, mas chegou aos guardas e às bruxas. Era como o vento forte de um furacão, e as bruxas devem ter sentido a aproximação do perigo. Elas pararam de atirar as flechas mágicas, pegaram nas mãos umas das outras e começaram a cantar. Como se a magia delas pudesse ser maior que a minha, ainda mais agora que eu estava zangada de verdade.

Puxei o ar e absorvi o poder que pulsava em meu âmago, acessando a Fonte.

Aquele poço era eterno. Infinito. Com o feitiço de bloqueio, meu poder tocava apenas a superfície do que eu era capaz de fazer. E a raiva das bruxas, a fúria que sentiam pelo ressurgimento da Casa Vingança e pelo ataque ao Mar & Vinha, além do medo que emanava delas, atingiram-me em ondas e me alimentaram. Eu me tornei todas as histórias distorcidas que elas contavam. Aceitei meu verdadeiro eu.

Eu era a Fúria em carne e osso, e elas não esqueceriam o que significava atacar uma deusa.

Histórias seriam contadas sobre essa batalha em seu coven. Bruxas sussurrariam alertas mantendo um olho no céu, em busca de um sinal de que haviam alimentado meu pecado por apenas ousar falar sobre esse dia. Ira viveria, mas isso não aconteceria com nenhuma delas.

Invoquei mais poder, mais fogo, mais fúria ao voltar minha magia contra as bruxas. Havia duas dúzias delas. Além da *nonna*, não reconheci nenhuma de imediato, embora não estivesse prestando muita atenção. Não importava se eu as conhecesse pessoalmente ou não. Elas estavam ali para lutar, para matar, e eu responderia na mesma moeda. Não permitiria que ninguém ficasse entre mim e Ira.

Elas o machucaram, e mesmo sabendo que ele se curaria, eu já estava farta.

Invoquei toda a fúria que controlava, toda a raiva pelas mentiras, pela manipulação e pela traição. Anos sendo afastada de minha magia liberados em um inferno controlado por mim. Os corpos caíram um a um, as cinzas estorricadas sendo levadas pelos ventos fortes. Fiz chover fogo como uma deusa vingativa, mesmo depois que a última bruxa caiu, satisfeita em ver todo o círculo queimar.

Dedos quentes se enroscaram nos meus, trazendo-me de volta para o aqui e o agora.

A primeira coisa que notei foi o silêncio lúgubre. O fogo não crepitava mais. A tempestade de inverno também tinha se acalmado. Eu mal ouvia a respiração dos demônios ao meu lado.

Olhei para Ira. Sua expressão era tensa, mas orgulhosa.

"Elas estão mortas, *milady*. Todas elas."

Meu corpo começou a formigar de novo. Tirei os olhos de meu marido e olhei ao redor. Todos os guardas estavam olhando para mim, com o medo gravado no rosto.

Bem, nem *todos* os guardas. Muitos demônios abaixaram a cabeça, recusando-se a olhar nos meus olhos. Olhei para a fileira de guardas e soldados até minha atenção recair sobre o seu príncipe. Avareza não estava com medo, mas senti uma certa trepidação quando ele inclinou a cabeça. Suas mãos ainda estavam sobre o punho da espada.

"A Casa Avareza agradece a Casa Ira por sua assistência."

Assistência. Eu tinha finalizado uma batalha antes que uma verdadeira guerra começasse. Olhei para os guardas não feridos; à exceção do primeiro guarda que olhou sobre o peitoril, nenhum deles tinha perdido a vida. Minha fúria não tinha recuado o suficiente e, entre as agulhadas de medo que me pinicavam e a irritação com a arrogância masculina, liberei um pouco mais de inferno.

"Por que a Casa Avareza é sempre feita de alvo? Acho estranho que tanto as bruxas quanto os lobisomens tenham decidido atacar o seu círculo. Independentemente do que minha irmã ataca, tudo incide sobre esta Casa. Não é na Casa Ira, Inveja ou Soberba. Você. O que fez para ter tantos inimigos?"

Avareza deu de ombros.

"Talvez estejam atrás da minha riqueza. As moedas de apenas um salão de jogos poderiam ajudar a financiar uma guerra." Ele abriu um sorriso gentil. "Por favor, dirijam-se à suíte de hóspedes. Eu seria negligente se não oferecesse um baile comemorativo em homenagem a vocês dois."

Com isso, Avareza e seus guardas marcharam de volta para o castelo. Pensei em jogar algumas bolotas de fogo em seus calcanhares. A ideia de vê-los entrar no castelo saltitando era um tanto divertida, mas me contive. Ira ainda me observava como se eu fosse perder o controle e queimar todo o reino.

"Já disse", afirmei em voz baixa, "você não tem nada a temer no que diz respeito a mim".

"Eu sei disso." Ira olhou para o chão. "Mas você sabe?"

Olhei sobre o parapeito, vendo o gramado queimado. Os corpos de nossas inimigas não passavam de uma mancha de cinzas.

Ter poder suficiente para exterminar duas dúzias de bruxas sem nem suar deveria me perturbar. A minha *nonna* devia estar lá embaixo, entre os mortos. E ainda assim eu não sentia nada. Exceto, talvez, satisfação por ter protegido meu amado. O que me fez compreender por que meu marido estava cauteloso em libertar a deusa da vingança dentro de mim.

Voltei minha atenção a Ira.

"Gostaria de tomar um banho para tirar o cheiro de fumaça antes de nos vestirmos para hoje à noite."

*

Sem surpresa, o salão de baile de Avareza era um luxo em bronze. Como nos salões de jogos, tudo exalava riqueza e luxo, o melhor que o dinheiro poderia comprar. Cores vivas, uma abundância de metais finos, sedas e veludos e uma quantidade avassaladora de arte exposta em molduras maravilhosas. Era um salão feito para mostrar a ganância do príncipe pelas riquezas materiais.

Ira e eu entramos na extensa pista de dança de forma casual. Ele não havia falado muito enquanto eu tomava banho e vestia meu traje formal. Seu humor era quase impossível de ler.

Mas eu não era boba. Entendi que me ver em toda minha glória, permitindo que minha fúria se proliferasse, era perturbador. Mas ele sabia qual era a nossa estratégia; tinha ajudado a formulá-la antes de sairmos da Casa Ira. Ao contrário de seu irmão e do exército de Avareza, Ira não tinha sido pego de surpresa naquela noite. Ele sabia que se eu sentisse que algum de nós estava sendo ameaçado, eu desataria meu poder sem misericórdia. Jurei que ninguém jamais nos tiraria um do outro de novo.

E estava falando sério.

Ainda assim, não podia deixar de me perguntar se ele tinha se arrependido de alguma parte de nossa abordagem. Se o general da guerra preferia uma batalha no sentido mais literal, corpo a corpo, minha disposição a jogar a civilidade fora e aniquilar pode tê-lo perturbado.

Ira tinha usado sua magia como uma arma adicional quando lutamos contra os lobos, mas tinha usado a adaga na mesma medida. Um certo desconforto percorreu meu corpo. Era impossível dizer se era minha consciência mortal ressurgindo ou se eram as pontadas de medo dos lordes e ladies que estavam por perto.

"Lady Emilia." Um lacaio se aproximou com uma bandeja com taças de vinhos frisantes dourado-claro, cor-de-rosa e roxo para escolhermos. Flocos de ouro giravam dentro de cada taça, outra forma de ganância. Escolhi o frisante rosa-claro e o beberiquei com cuidado. Ira escolheu o vinho roxo, e continuamos nossa lenta caminhada pelo salão de baile.

Pontadas mais fortes percorriam meus braços a cada grupo de lordes e ladies pelos quais passávamos. Os mais ousados inclinavam a cabeça, murmurando um educado "Príncipe Ira. Lady Emilia", antes de se afastarem depressa. Algo desagradável se alojou sob minhas costelas.

Eu não esperava agradecimentos, mas olhares desviados e pontadas de medo foram uma surpresa. Uma surpresa desagradável. Era difícil discernir se o medo deles estava direcionado apenas a mim ou se eles também estavam receosos com Ira. A última vez em que ele estivera naquela Casa, destruíra um salão de jogos com sua raiva lendária. Talvez nós dois fossemos alvo do medo. Embora meu marido não tivesse dificuldade em atrair outros homens para o seu lado. Alguns lordes conversavam de forma educada sobre a batalha que não aconteceu e tomavam goles de suas bebidas, arrumando motivos para sair correndo quando Ira os lembrava que minha magia de fogo os havia salvado.

Ira apertou minha mão com gentileza.

"Gostaria de dançar, *milady*?"

"Sim."

Meu marido me levou para a pista de dança; era de um bronze lustroso que refletia nossas imagens de maneira indistinta, distorcida. Era como eu me sentia por dentro: distorcida e indistinta. Eu estava acostumada a incorporar emoções mortais em minha sensibilidade imortal. Parecia que duas metades de mim estavam tentando se juntar, mas uma era óleo e a outra era água. Não importava o quanto eu tentasse misturá-las, elas permaneciam separadas, quase guerreando uma com a outra.

Ira me segurou indecentemente perto enquanto os músicos iniciavam uma valsa, sua mão escorregando baixo o suficiente em minhas costas para causar um calor meloso em minhas veias. Se ele estava tentando me distrair das pontadas de desconforto ao cruzar o salão, estava quase funcionando.

Até que dirigi minha atenção ao duque de Devon e senti o calor de sua raiva. Ele se virou depressa para o homem com quem estava dançando e disse algo que fez o demônio rir. À minha custa, provavelmente. Mas eu não permitiria que aquilo me abalasse. Eu também ficaria chateada na situação dele, que tinha sido pego na tempestade pecaminosa de Ira com o pau para fora e acabara se mijando.

Casais que pareciam não estar cientes de ninguém além de si mesmos ficavam tensos quando passávamos. Ouvi os cochichos. Eles falavam da ascensão das Temidas. Que a deusa da morte era procurada por assassinato e que Fúria tinha vindo acertar as contas da irmã. Não era de meu marido cheio de ira que eles tinham medo, era de mim.

Apoiei a cabeça no ombro de Ira e ignorei os murmúrios. Eles podiam falar e fofocar o quanto quisessem; nenhum deles me conhecia nem sabia o que eu sentia. Como eu queria ajudá-los encontrando a Lâmina da Destruição e quebrando a maldição. Ainda assim, eu imaginava que nada que eu fizesse seria bom o suficiente para alguns deles. Sempre encontrariam motivos para me odiar ou me temer, se escolhessem trilhar esse caminho. Os murmúrios se tornaram mais incisivos, mais cruéis.

Mantive a cabeça erguida enquanto continuávamos a girar pelo salão. Em pouco tempo, a pista de dança que antes estava lotada ficou quase vazia, e as pontadas que indicavam medo tinham se transformado em facadas. Rangi os dentes e mantive a expressão neutra. Talvez fossem os quase vinte anos sendo mortal e vivendo como humana, mas eu não queria mais inspirar tanto medo.

Poder era uma coisa, eu não me desculparia pela capacidade de me defender e defender aqueles que eu amava, mas medo? Eu não desejava isso de jeito nenhum. Uma lembrança da minha antiga vida retornou à minha mente. Apesar da magia de fogo que eu invocava, estava fria por dentro, sozinha, com exceção de minha irmã gêmea.

Eu tinha esquecido como ser temida era segregador. Antes eu não conhecia outra coisa, não tinha nada com que comparar. Mas agora eu tive contato com o calor da amizade. A alegria das risadas e o conforto na... aceitação.

Ira era respeitado por seu poder, não punido por ele. Os demônios, e até seus irmãos, pensavam duas vezes antes de irritá-lo, mas olhavam para mim como se eu fosse uma carrasca pronta para incinerá-los por qualquer deslize.

Não era justo eu ser punida pela mesma coisa que fazia meu marido ser reverenciado. No entanto, da perspectiva deles, talvez eu fosse algo que inspirasse medo de verdade. A Casa Vingança não era apenas governada por um pecado, como as outras Casas. A vingança poderia acontecer com qualquer um, e isso era algo que os demônios temiam.

"... ela o enganou para que se casassem."

Um casal olhou feio para mim e eu fiquei tensa. Aquilo não era verdade.

"Ignore-os." A voz de Ira era suave como seda em meu ouvido. "Você não me enganou para nada. E está magnífica. Você acabou com uma batalha antes que ela pudesse dar início a uma guerra. Sua magia trouxe paz. Foi um ato necessário e estratégico. Nunca duvide disso."

"Isso não parece ser consenso nessa corte", repliquei em voz baixa. "Achei que você também poderia estar questionando nossa tática."

"Eu confio em você, *milady*. E confiei em seu julgamento lá fora hoje." Ele nos levava pela pista de dança, seu toque me ancorando. "As bruxas não lutariam uma batalha justa. Elas teriam usado mais magia e trapaças. Apoio sua escolha de lutar como lutamos. Você usou sua magia como arma. Ela não a usou, Emilia. Foi uma verdadeira vitória, e estou orgulhoso do que você conquistou. Nenhum desses cortesãos se disporia a lutar por sua própria corte."

"Agi principalmente em benefício próprio", confessei. "Não queria que Avareza exigisse outra retaliação de sangue. E quando elas fizeram você de alvo, eu *quis* matar todas."

Ira levou os lábios ao meu ouvido e eu o senti sorrir.

"Ainda mais interessante, *milady*."

"Mentiroso." Peguei a mão dele enquanto nos movimentávamos pela pista de dança, agradecida. Sabia que o que ele havia dito estava certo, mas ainda assim o salão de baile repleto de demônios temerosos me fazia sentir o contrário.

Destruir um inimigo incendiando-o não parecia heroico. Parecia insensível. Ou isso era o que eu *teria* sentido antes de o feitiço de bloqueio ser removido. Tudo ainda estava confuso. Errado. Eu era uma deusa que não deveria sentir de forma tão profunda, que deveria agir sem julgamento. Mas sabia que um fato era verdade: só porque eu tinha o poder para fazer isso, não significava que deveria fazer.

Que tipo de precedente isso estabeleceria para os súditos do reino? Estávamos todos presos em um ciclo infinito de atos errados. Sursea usando a nós. Vittoria e eu enganado Ira e Soberba. As bruxas nos aprisionando. Vittoria e eu as atacando. A bruxas atacando a Casa Avareza. A inquietação entre nós poderia continuar por toda a eternidade se não puséssemos um fim a isso. A forma como agíamos nem sempre estava certa. Alguém precisava se levantar e dar um basta. Caso contrário, uma criatura poderosa poderia surgir e fazer o que quisesse com qualquer um que fosse menos poderoso.

"Um beijo por seus pensamentos?", perguntou Ira. Sorrindo diante do pedido inesperado, levantei o rosto, permitindo que nossos lábios se tocassem. "Agora me conte."

"Não me sinto como antes." Minha confissão foi sussurrada para que apenas o príncipe pudesse me ouvir. "Estou feliz de ter meu poder total de volta, minhas lembranças. Mas... inspirar tanto medo... não é o que eu desejo. Não quero entrar em uma sala e todos ficarem em silêncio. Em estado de alerta. Não quero sentir esse nível de medo relacionado a mim. Eu havia me esquecido de como era solitária antes de conhecer você. Como isso tinha me tornado fria, levando medo e caos comigo, em vez de ternura e amor."

Ira ficou quieto por um instante.

"O que você quer?"

Pensei na profecia. E embora ela pudesse não ser apenas sobre nós, senti um aspecto dela de maneira aguda. *Assim como é em cima, é embaixo*. Equilíbrio. Agora que estava bem confiante de que Vesta estava viva e se escondendo por conta própria, eu tinha um outro objetivo em que me concentrar.

"Quero corrigir esse erro. Não apenas quebrar a maldição, mas dar a todos nós uma chance verdadeira de coexistir de forma pacífica."

"A paz pode não ser possível."

"Eu sei. Mas quero pelo menos fazer alguma coisa certa. Há muita raiva e ressentimento. Quero acordar sem me preocupar com quem poderia atacar aquele dia. Por inveja, raiva ou ganância. Quero me concentrar no que é bom. Quero me cercar de amor. E isso nunca vai ser possível se todos somos amaldiçoados." Respirei fundo e soltei o ar. "Quero ir ao Poço da Memória. E quero acabar com esse ciclo eterno esta noite."

Ira se inclinou para a frente e deu um beijo casto em meus lábios.

"Segure firme, *milady*."

Sem se despedir de seu irmão ou de qualquer membro da corte de Avareza, Ira usou sua magia no meio da pista de dança para nos levar embora, recebendo alguns gritos de maldição que ambos ignoramos.

REINO DAS BRUXAS
PODER ARCANO

21

"*É preciso pagar um dízimo à deusa para entrar na câmara do Poço da Memória."* Recitei as instruções que Fauna me dera enquanto analisava a estátua da deusa com a serpente nos jardins de Ira.

Não havia traços gravados em seu rosto, mas ela usava flores nos cabelos, parecidas com as que eu costumava usar nos meus. Suas lâminas curvadas pareciam afiadas o suficiente para tirar sangue, então subi na beira do espelho d'água e pressionei o dedo em uma delas. Uma única gota de sangue se formou antes de o ferimento se curar, sem deixar nenhum indício de que eu tinha acabado de me ferir. Era estranho lembrar que a capacidade de cura imediata não existia para mim apenas duas noites atrás. O feitiço de bloqueio tinha me mudado mesmo. Mas eu não tinha tempo para ficar pensando nisso.

Analisei a estátua em busca de algum indício de mudança devido à oferenda de sangue. Nada ocorreu. Seria conveniente demais a estátua ganhar vida e revelar que a adaga curvada em seu punho era a Lâmina da Destruição desaparecida. Com certeza seria ótimo, mas antes de eu partir Ira me alertara que a estátua não estava escondendo a lendária lâmina, ao menos até onde ele sabia. Parte de mim havia acreditado que meu sangue de deusa desbloquearia algum feitiço desconhecido na estátua, sobre o qual nem os demônios soubessem. Infelizmente, não foi o caso.

Mantive a mão sobre a água parada do espelho d'água, vendo a solitária gota de sangue cair dentro dele. Em teoria, a gota de sangue deveria ter se dispersado ao se juntar ao restante da água, mas havia magia em jogo. A gota de sangue se expandiu e cresceu. Ela circulou o espelho d'água, espiralando cada vez mais em direção ao centro.

Degraus cor de rubi se formaram dentro da espiral, desaparecendo em uma escuridão que descia abaixo do nível do solo. Assim como Ira havia explicado que aconteceria. Ele não podia vir comigo, pois aquilo era algo que eu precisava fazer sozinha. Contudo, isso não o havia impedido de contar tudo que sabia, como um general preparando um soldado para a batalha.

Juntei as saias em uma das mãos e fui pisando nos degraus carmesim. Segui sem medo, dirigindo-me para o subsolo. A água do espelho d'água não tocava em mim; ela se abria a cada passo que eu dava para dentro da terra. Quando por fim estava totalmente submersa, abandonando a noite gelada de inverno, desci por mais alguns minutos, e o ar foi se tornando mais frio conforme eu descia. A temperatura não me incomodava como antes. Eu não estava confortável, mas não estava batendo os dentes e nem sentia arrepios na pele.

Não havia luz, apenas uma escuridão infinita que parecia ficar mais densa, mais penetrante a cada metro que eu avançava. Mas, com meu corpo e sentidos imortais, eu podia enxergar tão bem como se fosse uma tarde ensolarada perto da costa. Depois de alguns minutos movimentando-me em velocidade acelerada, os degraus terminaram de maneira abrupta. Eu estava sobre solo rochoso e olhei ao redor da pequena caverna. Um feixe de luz azulada não natural iluminava um poço um pouco descentralizado com a base da escadaria, feito do que pareciam ser tijolos de quartzo rosa. O Poço da Memória. Cheguei mais perto, notando símbolos arcanos e palavras em latim entalhadas em algumas pedras preciosas de sua borda. Passei o dedo sobre o entalhe, sentindo o poder contido no poço pulsar em minha pele.

Olhei dentro do poço mágico. A água era cristalina, mostrando o que deviam ser milhares de cristais em seu fundo. Cada pedra preciosa representava uma lembrança ou um pesadelo. Algo tão terrível que quem quer que tivesse se livrado da lembrança não sentisse falta dela.

Fiquei me perguntando se Ira tinha ido ali encontrar ou perder uma lembrança. Não era importante. A única coisa que importava era descobrir o máximo possível sobre a lâmina que, de acordo com a pesquisa de Fauna, poderia acabar com a maldição de meu marido. Eu não podia perder isso de vista, ou não haveria esperança de sucesso.

Subi sobre a mureta e entrei na água, ignorando o leve frio que se infiltrou por minhas roupas.

"Onde está a Lâmina da Destruição?"

Fechei os olhos e apoiei a cabeça no poço, permitindo que minha mente se concentrasse apenas na resposta que eu estava procurando. Passei os dedos sobre vários cristais até parar em um que parecia um pouco mais quente. Fauna não havia mencionado nada disso, mas talvez fosse um sinal positivo de que eu tinha atraído a lembrança correta. Havia apenas uma forma de descobrir. Fechei os dedos ao redor do cristal e puxei a lembrança para dentro de mim, tomando-a como se fosse minha.

O medo tomou conta da jovem loba, arrancando gritos de sua garganta já dilacerada. Era apenas uma filhotinha, mas já sentia a magia obscura do homem. Demônio. O rasgo cruel que era sua boca virou uma linha fina quando seu olhar cor de moeda recaiu sobre ela. Ela ouvira ele entrar na casa deles, ouvira as palavras sussurradas que ele tinha trocado com seu pai, e se transformara no mesmo instante. Algo que seu pai dissera a ela que não deveria ser possível. E um erro do qual se arrependeu de imediato assim que o demônio a agarrou pelo pescoço e a ergueu.

"Está é sua primogênita? A guerreira híbrida?"

O tom de voz dele beirava a descrença. A filhotinha rosnou, mostrando os pequenos caninos.

Os olhos do pai se arregalaram.

"Sim, vossa alteza. Seu nome significa 'dedicada a Marte', o deus da guerra, como você..."

"Não me importo nem um pouco com deuses mortais. Ela vai receber um nome de demônio adequado quando voltarmos para minha corte."

A filhote se contorcia nas mãos do estranho, em pânico. Ela não sabia o que era corte e não queria descobrir. A garganta de seu pai se mexia; a loba suplicava sem palavras para que ele a pegasse de volta e a tirasse das mãos daquele estranho. Sua mãe, a mulher que, por algum motivo, nunca a amou, já tinha ido para a cama. Se seu pai não a salvasse, ninguém o faria.

"Vossa alteza." Seu pai endireitou os ombros e a jovem filhote teve esperança. "Talvez eu tenha outra coisa que eu possa lhe dar para pagar minha dívida. Ela não passa de uma filhotinha. Desgrenhada e comum. Deixe-me levantar dinheiro suficiente. Ou talvez... talvez eu consiga encontrar a Lâmina da Destruição."

"Você ainda não encontrou a lâmina e provavelmente nunca a encontrará." O estranho segurou a filhotinha junto ao rosto mais uma vez, inspecionando-a com atenção. "Ela transmutou cerca de vinte anos adiantada, de acordo com seu próprio histórico. Isso me parece notável. E quanto a suas habilidades de demônio? Que tipo de magia ela possui desse lado?"

"Eu... Eu não sei muito bem, vossa alteza."

O demônio estreitou os olhos.

"Minta para mim mais uma vez e eu arranco essa sua língua problemática."

"Por favor." A voz do pai mal passava de um sussurro, uma súplica arrasada feita por um homem arrasado. Mesmo tendo sido alertada para não fazer isso, a filhote de lobo usou um pouco de sua magia para acalmá-lo. "Por favor, vossa alteza. Peça qualquer outra coisa. Por favor, não leve a minha filha."

"Como a sua esposa se sente criando o acidente de um demônio com quem você foi para a cama?"

"Ela vai acabar amando a criança. Minha filha não deveria pagar pelos meus pecados. Por favor. Por favor, faça outro acordo."

O demônio pressionou os lábios até eles virarem uma linha de descontentamento enquanto o irmão mais novo da loba chorava no berço.

"Seu filho também transmutou cedo?"

O pai olhou para o berço, engolindo em seco.

"Não, vossa alteza. Ele não mostra sinais de que vai transmutar cedo."

"Então nosso assunto se encerra aqui. Entregue sua filha e se afaste."

O estranho fez um sinal com o queixo e um homem com pelo de cervo e olhos castanhos aquosos surgiu das sombras. A filhotinha choramingava quando o monstro, o demônio, estendeu o braço e a pegou. Seus lamentos se transformaram em gritos quando ele a enfiou em um saco e o fechou. Por cima de seus uivos ensurdecedores, ela ouviu o estranho dizer: "Você foi tolo o suficiente para fazer um acordo com a Casa Avareza. Sugiro que pense nas consequências da próxima vez que apostar algo tão valioso".

*

Lágrimas escorriam por meu rosto, e eu cerrei os dentes ao ouvir os uivos tristes de quando a jovem loba foi tirada de sua família. Senti a tristeza, o desespero, o terror que ela havia vivenciado, mas não havia nada que eu pudesse fazer para ajudar aquela filhotinha. Procurei em desespero por uma pista na lembrança que me conduzisse até ela, para procurá-la depois que completasse minha tarefa ali.

O pai me era quase familiar, mas suas feições haviam sido obscurecidas tanto pela escuridão do cômodo quanto pelas lágrimas da filhote de lobo. Eu tinha quase certeza de que seu sotaque era de minha versão das Ilhas Mutantes, mas não havia nada que indicasse há quanto tempo a memória havia sido expulsa. Podiam ser meses ou décadas. Talvez até cem anos. Ainda assim, senti-me impotente. E odiei Avareza um pouco mais.

Como ele pôde ter levado a filha de alguém, independentemente do que tivesse sido apostado...

"Uma criança híbrida." Resultado do acasalamento de um lobo e uma demônia. Como eu suspeitava que era o caso de Vesta. Se ela ainda estivesse viva, como eu acreditava, essa lembrança provava que os rumores que o duque havia compartilhado comigo estavam corretos: Vesta estava infeliz.

Se ela tivesse a lembrança do tempo com sua família de verdade, de ter sido tirada deles... seria infernal viver com seu sequestrador. Servir como sua comandante. Rezei para que ela tivesse escapado dele, para que minha irmã a tivesse ajudado de alguma forma.

Queria sair do poço e fazer uma visita à Casa Avareza para me vingar pela filhote de lobo, mas precisava me concentrar em minha questão. Um feito mais difícil do que eu havia imaginado, devido à raiva que queimava em minhas veias.

"Onde está a Lâmina da Destruição?"

Joguei de lado a pedra com a recordação da filhote de lobo e envolvi outra com os dedos, sendo sugada para uma nova lembrança...

Sursea ouviu o rei se aproximar de sua sala do trono, seus passos mais altos que um trovão. Ele estava de mau humor, e tudo estava ficando mais obscuro à medida em que se aproximava dela. Ótimo. Era hora de ele prestar atenção em seu pedido, levá-lo a sério. Tudo que ele precisava fazer era exigir que Soberba desistisse de sua filha, proibir que eles se casassem. Certamente ele tinha o poder de impedir uma união tão profana.

Se ele quisesse Sursea fora de seu reino para sempre, o acordo seria bom para os dois. Ela só precisava estimular o ódio dele até ele se unir ao dela. Ela considerou recorrer à sua notória lâmina enfeitiçada se ele se recusasse, mas precisava dele vivo. Por enquanto.

O diabo abriu as portas duplas e Sursea sentiu o calor de suas gloriosas asas em exposição. Ela não olhou para cima, recusando-se a lhe dar a satisfação de encarar suas asas como tantos outros faziam. Ela já as vira antes, quando ele banira os vampiros para a corte do sul, contornando as montanhas que pertenciam às deusas como se fossem amaldiçoados. Suas asas eram chama branca com as pontas prateadas, letais e belas. E suas armas mais prezadas, segundo os espiões dela. Não havia nada com que ele se importasse mais.

Um general da guerra com certeza faria muitas coisas para reter tal prêmio.

Recusando-se a olhar na direção dele, ela acariciou a pele desnuda da parte externa das coxas. Sabia que ele não ficaria excitado, e seu ato não era para seduzi-lo, mas para enfurecê-lo.

"Saia." A voz dele era dura, brutal. Uma voz que a irritava muito, embora isso fosse o que ela queria.

Sursea dirigiu toda sua atenção a ele.

"Conversar não adiantou. Nem usar lógica e argumentação. Agora tenho uma nova oferta para você. É bastante tentadora." Sobre o tecido fino do vestido, ela passou as mãos devagar pelos mimos. O demônio nem olhou para baixo, mas o pecado de seu nome esfriou a sala. "Tire a calça."

Ele cruzou os braços com uma expressão ameaçadora. Uma faísca de raiva se acendeu em seus olhos dourados. "Saia", repetiu ele. "Saia antes que eu a obrigue."

"Tente." Em um movimento desumanamente gracioso, ela ficou de pé. Seu longo vestido prateado brilhava como uma espada esculpida nos céus. Era hora de começar a verdadeira batalha. Ele estava muito irritado, e havia uma coisa que ela sabia: um temperamento poderia dominar qualquer um, até mesmo o demônio que governava a ira. "Toque em mim e vou destruir tudo aquilo pelo que tem apreço. Vossa majestade."

O tom de Sursea tornou-se zombeteiro, com a intenção de alfinetá-lo mais.

Ele então riu, o som tão ameaçador quanto a adaga que agora estava sendo pressionada contra o pescoço dela.

“Você está equivocada”, afirmou ele, praticamente rosnando. “Não tenho apreço por nada. Quero você fora deste mundo antes do anoitecer. Se não for embora, vou soltar meus cães do Inferno. Depois que eles acabarem com você, o que restar será jogado no Lago de Fogo.”

Ela havia convivido com príncipes do Inferno por tempo o suficiente para saber que ele estava esperando para sentir seu medo. Como não sentiu nada, ficou desconfiado, e ela precisava manter esta vantagem.

Ela jogou o corpo para a frente e cortou a própria garganta com a lâmina, em um único e brutal movimento. Sangue espirrou em todo o seu vestido cintilante, espalhando-se pelo piso de mármore e sujando os punhos da camisa dele. Ela sabia que aquele *seria o insulto final.*

Inabalada por seu novo e cruel colar, ela se afastou dele, seu sorriso era mais perverso do que o pior dos irmãos do diabo. Ela sabia. Com exceção de Soberba, havia tentado, em vão, seduzir todos eles. Para um grupo de demônios egoístas e calculistas, eles certamente protegiam uns aos outros no que dizia respeito a questões do coração. O ferimento se costurou sozinho sob o olhar frio e atento dele.

“Tem certeza? Não tem mesmo *apreço por nada?”*

Ele não respondeu, o que a deixou mais irritada. Estava cansada de lhe negarem um pedido tão simples. Eles não confiavam em bruxas, da mesma forma que as bruxas não confiavam em demônios. Se a filha dela fosse banida, seria o melhor para todos. Não havia possibilidade de os demônios aceitarem uma bruxa como governante de uma de suas Casas mais preciosas.

“Talvez os rumores sejam mesmo verdadeiros. Você não tem um coração em seu peito blindado.” Ela andou ao redor dele, espalhando com as saias um rastro de sangue sobre o chão imaculado. “Talvez devêssemos te abrir e dar uma olhada.”

Ela pousou o olhar nas incomuns asas de chamas prateadas e brancas daquele demônio, e seu sorriso se tornou selvagem. Ela lhe deu apenas tempo suficiente para que ele pudesse franzir a testa. Então atacou. Com um rápido estalar de dedos, as poderosas asas se acinzentaram, e então desapareceram.

Sursea observou com satisfação o pânico tomar conta dele. Uma rara demonstração de emoção de um demônio conhecido por seu temperamento frio. Ele tentou invocar as asas diversas vezes, sempre falhando.

“Esse truque é mais sórdido que o próprio diabo.” A voz dela soou, ao mesmo tempo, jovem e velha quando proferiu o feitiço. Jurou de maneira impressionante. “Deste dia em diante, uma maldição vai assolar esta terra.

Você se esquecerá de tudo, exceto do ódio. Amor, bondade, todas as coisas boas deste mundo deixarão de existir. Um dia, isso vai mudar. E quando, por fim, conhecer a verdadeira felicidade, juro que também vou tirar de você o que quer que você ame."

Sursea observou o esforço que ele fazia para invocar as asas, em vão, esperando que ele as desejasse com desespero o bastante para fazer o que ela havia pedido, ainda mais depois de ter sido amaldiçoado. Tudo que ela queria era libertar sua filha do bêbado mulherengo. Garantir sua felicidade. E mantê-la a salvo daquele mundo miserável. Sursea já estava vendo a luz de sua filha diminuir há muito tempo, sem poder fazer nada. Soberba só se importava consigo mesmo, era incapaz de se dedicar a uma amante. Algo que seria aceitável se sua filha tivesse o mesmo temperamento.

Sursea estalou a língua uma vez, decepcionada porque o rei não soltou seu monstro interior para revidar, e começou a se afastar. Em vez de ir atrás dela, ele falou com a voz que os assassinos usavam antes de cortar a garganta de alguém durante a noite.

"Você está errada."

Sursea parou, olhando para trás. Não eram muitos os que ousavam dizer que ela estava errada. Ainda mais depois de se recusar a fazer um favor. Ela era uma aliada poderosa, mas uma inimiga ainda pior.

"Ah, é?"

"O diabo pode ser sórdido, mas não faz truques." O sorriso dele era lento e provocador. "Ele faz acordos." Sursea o observou com atenção, sentindo sua magia se agitando diante da ameaça que ele fizera. O ar entre os dois estava carregado de ódio. Se ela não possuísse algo que ele queria desesperadamente, ele a mataria sem pensar. "Gostaria de fazer um acordo?"

A princípio, ela havia desejado fazer um acordo. Mas vê-lo sem suas asas a enchia com uma sensação obscura de alegria. Ela odiava Soberba. Odiava os príncipes do Inferno. E se vingar, ainda que um pouco, tinha sido mais satisfatório do que ela havia imaginado. Ainda assim, ela seria negligente se não o escutasse. A felicidade de sua filha era o que importava de verdade. Ela voltou a atenção a ele.

"Finja que estou considerando a ideia de um acordo, uma pequena oportunidade de você quebrar a maldição e ter suas asas de volta. Quais são seus termos?", perguntou Sursea.

"Seis anos, seis meses e seis dias." A voz do rei dos demônios era grave e perigosa. Ele não havia hesitado na resposta, o que indicava que havia pensado naquilo antes de oferecer. Não que ela esperasse menos do que isso de um estrategista de batalha. Antes que ela pudesse concordar ou questionar, ele acrescentou: "O tempo vai ser medido nos Sete Círculos. Não em qualquer outra dimensão do Inferno. Durante esse período, você não vai colocar os pés na minha Casa de Pecado ou na de meus irmãos, a menos que seja convidada. Se fizer isso, corre o risco de uma maldição. Uma maldição que não vou revelar até ser tarde demais."

Sursea olhou para o diabo de forma especulativa. O acordo era relativamente simples, mas ela reconhecia o brilho obscuro nos olhos dele. Conhecia o engano que sugeria, Ira não era bobo. E nem ela. Havia um grande risco em concordar, mas o potencial de uma recompensa ainda maior era tentador demais para deixar passar.

"Quero uma garantia de que ninguém associado a você ou aos seus irmãos vai atentar contra a minha vida ou me causar qualquer tipo de dano. E se você não conseguir quebrar a maldição dentro desse tempo, ela nunca será desfeita. Nenhuma magia, nenhum truque e nenhum acordo importarão. Você nunca mais terá aquilo mais amar, por toda a eternidade."

"Quando eu quebrar a maldição e decidir que não desejo mais tê-la maculando este mundo, você será banida dos Sete Círculos. E deverá apagar a lembrança desta conversa."

Sursea considerou todos os ângulos. Não importava muito se ele vencesse, contanto que ela *conseguisse o que queria. Seis anos, seis meses e seis dias lhe daria tempo o suficiente para planejar. Porém, em outros mundos, isso podia estar mais perto de vinte anos. Independentemente de quanto tempo ela precisasse resistir, se nunca mais tivesse o azar de lidar com os príncipes do Inferno, era um preço pequeno a pagar em troca da eternidade.*

Ela não precisava se lembrar daquela conversa inteira, só precisava se lembrar do objetivo de proteger a filha. Uma ideia estava se formando. Ela ouvira rumores de que a Anciã estava usando magia para moldar as lembranças de quem tentasse atravessar uma cadeia de montanhas específicas ao sul. Mas sua interferência era dirigida apenas a uma Casa de Pecado enigmática em particular, que ficava afastada das outras. Ela não era governada por demônios, mas por algo muito pior. E foi a única estipulação que o rei dos demônios esqueceu de incluir em seu acordo.

Talvez fosse a hora de fazer uma visita à Casa Vingança.

"E quanto às Ilhas Mutantes?", perguntou ela. "Elas tecnicamente são sua própria dimensão."

O rei pareceu considerar. Ela ouvira rumores de que ele não gostava das ilhas, mas queria confirmar.

"Se quiser ser banida para lá, para o verdadeiro inferno, fique à vontade."

"Sabe...", Ela fez seu tom de voz parecer entediado, "alguns acreditam que seis-seis-seis é o número da besta. Se eu eliminar essa lembrança, como vou saber que você vai manter sua palavra?".

"Você sabe muito bem que esse número significa equilíbrio. Ordem natural. Não finja ignorância, Sursea. Posso sentir o cheiro de suas mentiras, e elas fedem a merda." Ele chamou um criado e pegou uma peça clara e lisa de quartzo do bolso do paletó. Sursea fez o possível para não parecer surpresa. O diabo tinha ido para a batalha preparado. Um instante depois, aquele mesmo criado reapareceu com um contrato e duas penas de sangue. A inquietação passou um dedo pela coluna dela quando o rei lhe entregou a pedra. "Elimine a lembrança e nós assinaremos o juramento."

A recordação terminou de forma abrupta e fui lançada de volta ao aqui e agora. Minhas roupas estavam ensopadas e a água estava gelada. Ainda assim, fui consumida por um fogo interno que fez o ar brilhar devido ao calor repentino. Olhei para a minha mão, para o cristal pulverizado que eu segurava. A lembrança não tinha terminado, *eu* a havia esmagado em minha mão.

Seis anos, seis meses e seis dias. Ira nunca tinha mencionado um relógio fazendo contagem regressiva para quebrar a maldição. Mas ele quis que eu fizesse um juramento de sangue com ele, por seis meses. E Anir também havia falado algo sobre ele ter seis meses para recobrar o poder total. Depois, é claro, houve o comentário depreciativo de Sursea na sala do trono, sobre o tempo passar rápido.

Praguejei, usando todas as palavras grosseiras que eu conhecia. Dada a alegria de Sursea, era provável que nós não tivéssemos muito tempo sobrando.

Quis correr para o castelo e exigir saber quanto tempo ainda tínhamos, mas isso teria que esperar. Eu ainda não tinha encontrado o que estava procurando. E agora, mais do que nunca, precisava descobrir onde estava a Lâmina da Destruição para poder quebrar a maldição antes que fosse tarde demais.

“Onde está a Lâmina da Destruição?” Eu me concentrei em minha pergunta, alimentei-a com *minha* fúria e minha magia, e enfiei a mão debaixo d’água mais uma vez. Peguei um punhado de cristais, e cada um que tentava me sugar para um pesadelo era esmagado até desaparecer. Eu não tinha tempo e nem paciência para lidar com o medo dos outros. Eu *era* medo. E podia ser um pesadelo. O Poço da Memória vibrava como se tremesse com a onda de minhas emoções cruas. “Mostre-me quem foi o último a ver a Lâmina da Destruição. Agora.”

Meus dedos envolveram um cristal áspero que tirou sangue. Um gemido de dor escapou de meus lábios pouco antes de eu ser arrastada para a lembrança seguinte.

Quando a cena começou, engoli minha surpresa. Parecia que os segredos que as pessoas em minha vida guardavam não tinham sido completamente revelados.

Até aquele momento.

REINO DAS BRUXAS
PODER ARCANO

22

"Demônios não têm a capacidade de amar. Eu já lhe disse isso inúmeras vezes."

O tom superior de sua mãe irritou Lucia. Ela vinha tramando havia anos para colocar um fim no relacionamento da filha, e não escondia o fato de estar animada com os acontecimentos recentes. Lucia queria chorar em posição fetal, mas se recusava a dar provas de que a mãe estava certa.

A mãe havia dito que o Príncipe da Soberba era o pior dos sete príncipes do Inferno. Que ele tinha se apaixonado várias vezes, sempre deixando corações partidos em seu rastro. E que não seria diferente quando ela, uma bruxa imortal com quem ele não devia ter se juntado, não fosse mais foco da atenção dele. E a mãe sempre a lembrava de que ela não era uma bruxa qualquer, mas a filha mais velha da Primeira Bruxa, a toda poderosa, descendente da deusa Sol, Sursea.

Por anos e anos, a mãe repreendera a filha, dizendo que Lucia deveria ter tomado mais cuidado para dar um exemplo melhor. Para não ser considerada tola pelas outras bruxas, que se inspiravam nela para saber como se comportar perante os habitantes dos Sete Círculos. Cortejar um demônio era o pior tipo de exemplo que ela poderia dar, e mais grave ainda era casar-se com ele, ainda mais em se tratando de um tipo tão notório quanto Soberba.

Lucia não era ingênua o bastante para achar que Soberba mudaria, nem desejava que ele o fizesse por ela, mas nada a preparou para a dor de vê-lo se encantar por outra. Ele não fazia aquilo por maldade, e Lucia acreditava nisso com cada pedaço de seu coração partido. Ela havia visto a gentileza dele, sabia que sua afeição por ela não era fingida. A mãe a achava uma tola, mas ela ouvira o que se comentava sobre o príncipe muito antes de concordar ser cortejada por ele. Sabia que ele podia estar apaixonado hoje, e que o amanhã era incerto. Ele precisava de atenção e adoração da mesma forma que as flores precisavam da luz do sol e de chuva para florescer. Ela achava seus caprichos muito empolgantes, pois nunca caíam na previsibilidade ou na rotina. Como guardiã entre mundos, sua existência era mais rotineira, e ela detestava a monotonia disso.

Quando se conheceram, o charmoso príncipe ficou encantado com o nome dela. Lucia derivava de lux, *palavra em latim para luz. Soberba, ou Lúcifer, era a Estrela da Manhã. Aquele que trazia a luz. Ele chamava isso de destino malfadado, alegando que eles eram de dois lados opostos que deveriam se odiar, mas, por sua vez, não podiam negar seu amor predestinado. Lucia não acreditava em destino, mas gostava de provocá-lo. Seu nariz se enrugava de uma forma adorável quando ela o perturbava de maneira bem-humorada. Soberba parecia adorá-la por isso.*

No início, tudo foi freneticamente romântico. Capturar a atenção de alguém dessa forma. Alguém com quem ela nunca deveria ter falado, alguém por quem nunca deveria ter se apaixonado. Soberba estava certo em um aspecto. O amor deles era proibido. E como todas as coisas proibidas, tinha um apelo maior. Uma sensação de perigo pairava sobre eles sempre que escapavam para um de seus encontros clandestinos. A qualquer momento poderiam ser descobertos e causar um escândalo tanto para bruxas quanto para demônios.

Como Bruxa Estrela, a primeira de seu tipo, Lucia deveria guardar o mundo, garantir que os príncipes demoníacos se comportassem. Seu único dever era que eles permanecessem nos Sete Círculos, fazendo seus jogos alimentados pelo pecado com suas cortes perversas, e deixassem os mortais em paz. Então ela o conheceu. Como a estrela da manhã que era, Soberba entrou em sua vida como uma chama, acendendo suas paixões e fazendo com que ela acordasse de uma existência mundana que, em comparação, era muito sem graça.

Mesmo quando ele a pediu em casamento, ela sabia que nem sempre seria como era até então. Ele queimava com intensidade demais, com poder demais, para que seus fogos pudessem ser contidos. Verdade seja dita, ela jamais desejaria que ele mudasse. Mas percebeu que ela *havia mudado. E essa era a questão. Seu descontentamento começou pequeno, como a maioria dos problemas costumam nascer; uma pequena semente que, com o tempo, cresceu até virar outra coisa. Ela queria algo que Soberba nunca poderia lhe dar ou mesmo ser. Pelo menos, não com ela. E essa era a raiz de seu sofrimento.*

Soberba sempre havia se mantido fiel a si mesmo; era Lucia que não tinha sido sincera consigo mesma ou com ele a respeito de seus desejos. Ele criticava as mentiras dela, suplicava para que ela lhe dissesse a verdade, mas ela se recusava.

Na verdade, eles discutiram naquela noite. Soberba pediu repetidas vezes para que ela confiasse nele, contasse o que a chateava. Ele jurou fazer qualquer coisa para deixá-la feliz. Prometeu faltar ao banquete para ficar com ela, para resolver o que a perturbava. Mas Lucia acreditava que a felicidade não podia vir do outro, tinha que ser encontrada primeiro dentro de si. Ela sabia que Soberba faria qualquer coisa por ela; que ele nunca falaria com outra de nenhuma forma romântica. E, com o tempo, ele ficaria tão infeliz quanto ela estava. Não importava o amor que houvesse entre eles, Lucia se deu conta de que algumas pessoas simplesmente não deveriam ficar juntas.

Seus olhos ardiam de lágrimas, e ela fez de tudo para impedi-las de cair. A mãe a observava com atenção e uma expressão reprovadora em seu rosto imortal.

"O primeiro e único amor dele é ele mesmo. Está na natureza de seu pecado. Foi o melhor a se fazer, Lucia. Com o tempo, você não só vai acreditar, mas também vai sentir que é verdade."

"É claro que foi."

A mãe falava como se não tivesse sido Lucia que escolhera se afastar. Aquilo doía mais do que tudo que ela já tinha vivenciado, mas estava feito. Enquanto Soberba cortejava Nicoletta da Casa Vingança em público, no banquete daquela noite, Lucia deixava a Casa Soberba. Ela fingira uma dor de cabeça e, depois que o marido cedeu à insistência da esposa para que ele fosse à festa sozinho e partiu, Lucia pegou o baú que tinha arrumado mais cedo e correu para o portal em suas terras.

Sursea estava morando nas Ilhas Mutantes. Antes que se arrependesse ou se convencesse de que fugir não era uma boa ideia, Lucia imaginou a casa da mãe, o charmoso chalé com telhado de palha que ficava no alto das escarpas na versão da Irlanda na ilha, e passou pelo portal.

Pouco depois, sentada à pequena mesa da sala de jantar, bebendo uma xícara de chá de ervas, ela que se arrependeu um pouco de sua decisão. Parte dela se perguntava se sua própria soberba não estava obscurecendo seu julgamento.

Talvez ela devesse *ter encontrado coragem para confessar ao marido cada temor ou preocupação de seu coração. A dúvida não durou muito tempo, pois logo se lembrou de reunir coragem para pedir o que tinha ido buscar naquele lugar. Com sorte, a mãe lhe daria alguma coisa para garantir que ela não retornaria aos Sete Círculos.*

"Quero esquecer." Lucia olhou nos olhos da mãe. "Sei que você tem um feitiço da Anciã. Quero o feitiço. E quero que me deixem em paz até que eu esteja pronta para voltar. Se algum dia eu estiver pronta."

A mãe nem piscou.

"Para onde você deseja ir?"

Lucia suspirou, grata por não estarem brigando. Ela havia pensado muito em um lugar que amaria estar, onde seu coração pudesse se curar e ela vivesse o tipo de vida que desejava.

"Sicília."

A expressão da mãe tornou-se calculista. Lucia sabia que isso significava que ela estava planejando algo em particular, mas não se importou. Contanto que conseguisse o que queria, a mãe poderia jogar o jogo que desejasse. Sursea se levantou e pegou uma bolsinha de um painel oculto na parede. Ela a colocou diante de Lucia e apertou a fivela que a prendia.

"Este pacote contém tudo que você precisa para esquecer. Não só da dor no coração, mas de tudo que você deseja deixar para trás."

"E você por acaso estava com ele jogado aí?"

"Estou preparada para este dia desde que você colocou os olhos naquele demônio pela primeira vez e ele fincou as garras em seu precioso coração."

Sabendo que a conversa não daria em nada, Lucia destravou a faixa de couro e abriu a bolsinha, analisando o estranho sortimento de itens. Um pedaço áspero e raro de quartzo azul do hemisfério sul. Um rolo de pergaminho com um feitiço para esquecer. E uma adaga. Uma adaga que Lucia reconheceu logo de cara.

Uma arma lendária, um objeto enfeitiçado por Sursea que poderia matar qualquer criatura, até um príncipe do Inferno. Havia rumores de que a adaga também podia quebrar maldições, mas Lucia conhecia um segredo sobre ela que ninguém sabia, exceto sua mãe. Um segredo que poderia ativar a lâmina ou destruí-la para sempre, se feito de forma incorreta.

"A Lâmina da Destruição? Para que vou precisar dela?"

"Criança tola." Sursea fez um sinal de reprovação. "Por proteção. Acha que a soberba dele vai permitir que ele não reaja depois de ter sido feito de bobo pela esposa? Não acha que ele vai tentar se vingar?"

"Ele nunca me machucaria ou desejaria o meu mal." Lucia encarou a mãe, horrorizada. "Pensa mesmo tão mal dele, mesmo depois de todos esses anos?"

"Ele pode não te fazer mal, Lucia, mas duvido que não vá procurar a esposa desaparecida. Você deixou uma carta de explicação? Ele sabe que você não vai voltar?"

Os olhos de Lucia se fecharam enquanto a vergonha lhe corava o rosto. Ela havia tentado. Ela havia sentado à escrivaninha, com o pote de tinta pronto, pena na mão, mas não conseguiu encontrar as palavras certas. Nenhuma palavra. Tinha sido covardia. Crueldade, até. Mas em vez de dizer a coisa errada ou escrever todos os seus desejos, preocupações e medos para ele e ao final ser rejeitada, ela apenas partiu.

"Um dia ele vai encontrá-la." O tom de voz de Sursea era tão severo quanto sua expressão. "Ele vai se lembrar de tudo que você não lembra. E eu sei que não vai desistir até ganhá-la de volta. O orgulho dele vai se certificar disso. Só que você vai estar em desvantagem por ter se esquecido dele. Acha que ele vai ser um marido devoto depois disso? Você o humilhou, machucou abertamente o seu lendário ego diante de toda a corte. Diante de todo o reino. E você nem vai se lembrar.

Lucia balançou a cabeça. Ela entendeu o que sua mãe não estava dizendo. Sursea não aprovava que Lucia tomasse um tônico para esquecer. Não era uma tática de batalha inteligente, e no entendimento de sua mãe, bruxas e demônios estavam em uma constante guerra. Mas a dor no peito de Lucia, o sofrimento agudo e devorador, era grande demais para superar; ela não poderia se afastar de Soberba se não o esquecesse.

"Vou ficar com a adaga. Apenas certifique-se de que eu nunca mais me apaixone por outro príncipe do Inferno."

O olhar de sua mãe se tornou duro, como o aço forjado no inferno que Lucia tinha em mãos.

"Quando eu acabar com os demônios, vou garantir que nenhuma bruxa caia em suas mentiras. E eles vão nos odiar por isso com tanto ardor que não vão se dignar a se apaixonar por uma bruxa de novo. Juro pelo meu próprio sangue, filha." Ela sussurrou um feitiço de invocação e, em instantes, outra bruxa apareceu. Lucia a reconheceu vagamente de um dos covens mais poderosos. "Maria, tenho uma tarefa para você. Está morando na versão de Palermo das Ilhas Mutantes, não está?"

Enquanto sua mãe tramava com Maria, Lucia lia o feitiço. Não passava de uma mistura de ervas para chá. Seria fácil de fazer. Mesmo quando ela esquecesse por que o fazia, seria capaz de juntar os ingredientes. Ao colocar o feitiço de lado e pegar o cristal áspero, uma caneca fumegante apareceu diante dela. Ela levantou os olhos, encontrando o olhar gentil de Maria.

"Beba. Vai ajudar a acalmar a dor, bambina.*"*

Lucia sabia que era a primeira dose do chá enfeitiçado. Sabia que assim que ela levasse a porcelana aos lábios, as coisas entre ela e Soberba estariam terminadas. Sua mãe não disse nada, mas Lucia sentiu que ela a olhava com atenção, quase a desafiando. Lucia pegou a xícara, pausando antes de tomar o fatídico primeiro gole que sinalizaria tanto o final quanto um novo começo para ela.

"Quero um novo nome. Uma nova família. Quero esquecer tudo, exceto que sou uma bruxa." Lucia encarou a mãe. "E não quero vê-la até perguntar por você."

Houve um vislumbre no rosto de Sursea do que parecia ser mágoa, que apareceu e sumiu em um instante.

"Muito bem. Maria vai monitorar a situação de longe e vai acomodar você com uma família em um coven obscuro."

A outra bruxa balançou a cabeça.

"Você será bem cuidada."

"Ótimo."

Lucia assentiu, fazendo um rápido aceno com o queixo, e depois tomou todo o chá escaldante de uma só vez. Levou alguns minutos, mas a pressão pesada em seu peito diminuiu. Os músculos relaxaram. A tristeza e o desespero ficaram mais leves. Se havia algo que a perturbasse um momento atrás, Lucia não conseguia lembrar o que era. Talvez tivesse sido um pesadelo. Ela piscou enquanto encarava o cristal em sua mão e a adaga sobre a mesa diante dela, franzindo a testa.

"Para que servem essas coisas?"

Maria abriu um sorriso triste.

"Nunca mostre essa adaga a ninguém. Nunca fale sobre ela. Ela só deve ser usada contra os Perversos."

"Os Perversos?" O coração de Lucia batia em fúria. Se já não soubesse do contrário, acharia que alguém estava manipulando suas emoções. Mas esse tipo de poder deveria ser proibido. "Quem são eles?"

Uma bruxa desconhecida com olhos estrelados lentamente deu a volta na pequena mesa de madeira. Ela irradiava poder, e Lucia conteve um calafrio.

"Os perversos são criaturas sedentas de sangue, conhecidas como príncipes do Inferno. Eles pretendem destruí-la. Destruir todas as bruxas."

"Se você vir um deles", acrescentou Maria, "deve se esconder. E se forem atrás de você...".

Lucia olhou para a lâmina de aparência fatal.

"Devo me proteger."

Ela respirou fundo, sentindo a verdade se acomodar dentro dela. Os Perversos. Seus inimigos mortais. Ela rezou para a deusa para nunca encontrar um deles, mas estava grata pela adaga, só por garantia. Lucia pegou o raro cristal azul.

"Isso é uma pedra da memória?"

A bruxa de olhos estrelados confirmou.

"Para a sua segurança, é preciso que você descarte as lembranças desta noite. Vou lhe dar um remédio para dormir e, quando você acordar, Maria já a terá levado para casa."

"Estou em perigo?", Lucia perguntou à bruxa, detestando o vestígio de medo em sua voz.

"Não mais."

Quando Lucia segurou o cristal mágico e começou a entregar a ele as lembranças daquela noite, a pedra tomou algo que ela não lembrava se queria perder ou não. Ela se surpreendeu quando a pedra aqueceu, tomando mais e mais de seus pensamentos das últimas horas.

"Quem... Qual é o meu nome?"

A bruxa de olhos estrelados não deu a impressão de achar que aquele esquecimento era uma surpresa, o que indicava que ela queria que aquela informação também fosse embora. Pelo menos, foi o que a bruxa sem nome sentiu.

"Seu nome é Claudia. Você é de Palermo. É uma bruxa poderosa com afinidade com a magia obscura, e foi abençoada com a Visão. É talentosa com lâminas e não tem melindres perto dos mortos. E sua família está esperando sua chegada."

Claudia. Ela assentiu, o nome parecia combinar. Embora o restante da história não parecesse verdade. Claudia notou que a bruxa não tinha dito que sua família estava esperando seu retorno. Apenas sua chegada. Claudia não se lembrava de ter tomado o remédio para dormir, mas suas pálpebras de repente estavam pesadas demais para ficarem abertas. Ela conseguiu fazer mais uma pergunta antes de cair no sono.

"Quem é você?"

"Uma poderosa aliada para alguns. Um pesadelo para outros."

Assim que Claudia caiu em um sono perturbado, rezou para nunca mais ver a bruxa de olhos estranhos.

REINO DAS BRUXAS
PODER ARCANO

23

De volta ao Poço da Memória, olhei para o cristal áspero na palma de minha mão. Pela primeira vez desde que voltei a ser imortal, jurei ter sentido o batimento fantasma do coração humano que não possuía mais. Era inacreditável. Havia encontrado o que eu estava procurando, mas recuperar a lâmina não seria fácil. Claudia, minha amiga mais querida, era Lucia, a filha da Primeira Bruxa. A esposa desaparecida de Soberba que havia sido dada como morta, mesmo por Ira. E Claudia não se lembrava de nada disso.

Ao contrário de mim, ela *escolhera* esquecer seu príncipe. Uma decisão que a destruiu, mas que ela encontrou forças para tomar, porque sentiu que era o melhor para ela. *Sangue e ossos*. Eu não queria ser o monstro que a faria relembrar de sua dor no coração, e não desejava revelar seu paradeiro a nenhum dos príncipes demoníacos depois de ela ter desaparecido com sucesso. Era um milagre que nenhum deles a tivesse encontrado enquanto estavam em nossa versão das Ilhas Mutantes.

Estava claro que Claudia não queria ser encontrada, principalmente por seu marido, e que ela havia seguido em frente. Era feliz, contente com a nova vida que tinha criado para si mesma. Mas minhas escolhas eram limitadas. Claudia estava com a Lâmina da Destruição, a única arma que podia cortar a maldição, e em algum lugar escondido em sua mente, havia o segredo de como fazer a adaga funcionar sem destruí-la. Repassei aquela parte da lembrança com cuidado, desesperada por encontrar outra forma de conseguir a informação e deixar minha amiga na paz que ela havia encontrado.

Havia rumores de que a adaga também podia quebrar maldições, mas Lucia conhecia um segredo sobre ela que ninguém sabia, exceto sua mãe. Um segredo que poderia ativar a lâmina ou destruí-la para sempre, se feito de forma incorreta.

Eu não tinha dúvida de que minha amiga me entregaria a adaga se eu pedisse, mas para que eu pudesse usá-la da forma correta, Claudia precisaria de sua memória de volta. Eu não sabia se havia um limite de quantas vezes alguém podia eliminar uma lembrança. Se ela pegasse de volta a lembrança daquela noite, poderia nunca mais se livrar dela. Em nosso mundo, tinham sido quase duas décadas de esquecimento, tempo em que ela havia seguido em frente. E eu não via nenhum outro caminho que evitasse lhe causar dor. Era um preço terrível para pedir para que alguém pagasse, e eu faria de tudo para pagar o preço eu mesma.

"Deusa divina do céu. Deve haver..."

Lucia conhecia um segredo sobre ela que ninguém sabia, exceto sua mãe.

"Abençoados sejam os perversos."

Meus lábios se curvaram. O diabo estava mesmo nos detalhes, como os humanos gostavam de dizer. Ira, o rei dos mínimos detalhes, ficaria satisfeito por sua reputação o preceder. Havia mais uma pessoa que conhecia o segredo da lâmina. Uma pessoa que eu não me importaria de machucar para extrair informações.

Na verdade, eu estava ávida para me vingar por meu marido e pela minha amiga. Com cuidado, coloquei a pedra da memória em meu corpete e segui para o calabouço. Era hora de descongelar Sursea e ver que coisas interessantes a bruxa tinha a dizer sobre a Lâmina da Destruição.

Por sangue, por dor ou por vontade própria, ela me diria o que eu desejava saber.

*

Flores silvestres ardentes flutuavam sobre a estátua congelada que era Sursea, o calor de minha magia aquecendo o cômodo gélido. Eu me sentei em uma banqueta que um guarda havia trazido e observei, impassível, o gelo derreter e pingar no chão de pedra.

Descongelá-la era um processo tedioso que estava demorando mais do que eu havia antecipado, mas tinha que ser feito da maneira adequada ou ela poderia reviver "errado", de acordo com meu marido.

Em geral, eu não me preocuparia com quaisquer efeitos nocivos que ela sofresse, mas precisava que ela me dissesse como ativar a lâmina, e não arriscaria nenhuma chance de perder essa oportunidade por uma vingança mesquinha. Minha irmã reviraria os olhos se me visse naquele momento, mas era assim que eu esperava que nossa casa de pecado lidasse com tais questões quando fosse restabelecida.

Ira entrou na pequena câmara subterrânea e pressionou os lábios ao ver Sursea. Seu ódio pela bruxa era palpável. Se ela não fosse imortal e ele não quisesse suas asas de volta, ele a teria matado anos atrás. A temperatura caiu alguns graus, o que não ajudaria no processo de degelo.

"Quando ela estiver descongelada o bastante para falar, tenho algum limite de tempo para concluir o interrogatório?", perguntei, tirando a atenção de Ira do lugar obscuro no qual estava se afundando. A temperatura voltou ao frio normal que cortava o ar logo abaixo do solo.

"Leve o tempo que precisar. Quando terminar de interrogá-la, mande me chamar. Ela não pode ficar sozinha até ser congelada de novo."

Dei um sorriso rápido para o meu marido. Quando lhe disse o que precisava, ele não hesitou em fazer acontecer. Mesmo quando pedi que não estivesse presente nem fizesse perguntas. Agora que eu também sentia emoções, soube que ele não havia vivenciado um só momento de dúvida ou hesitação.

"Obrigada por confiar em mim."

"Tente não bater muito nela." Ele beijou minha testa e seguiu para a porta.

Anir parou em frente ao calabouço e assentiu para mim antes de seguir Ira para fora do cômodo, ambos de cabeça abaixada e conversando baixinho. As outras Casas de Pecado ainda estavam em alerta depois da tentativa frustrada de ataque à Casa Avareza. Com a constante correspondência chegando, interrupções de emissários e debates na sala de guerra, eu ainda não perguntara a Ira quanto tempo restava para quebrar a maldição. Mal tinha ficado mais de dois minutos com ele desde o meu retorno do Poço da Memória. Logo depois de pedir permissão para descongelar Sursea, corri para o cômodo onde estava a estátua de gelo. Não queria que ele ficasse esperançoso se contasse o que eu havia descoberto, e depois alguma coisa desse errado no interrogatório de Sursea. Mas precisávamos conversar. Logo.

Isto é, se a bruxa teimosa descongelasse neste século. Eu podia jurar que ela estava demorando o tempo que quisesse, torcendo a lâmina sempre que podia. Bati com os dedos nos antebraços. A água escorria devagar da espessa parede de gelo que cercava Sursea. *Pinga. Pinga. Pinga.*

Acrescentei mais uma flor ardente no buquê flamejante sobre ela, depois voltei minha atenção de novo para o rosto de Sursea, aproveitando para observá-la com atenção. A semelhança entre ela e Claudia não era escancarada, mas dava para perceber quando se sabia o que procurar. As duas tinham o mesmo formato de rosto e o mesmo arco nas sobrancelhas. Os cabelos escuros de Sursea eram ondulados, enquanto os de Claudia eram mais encaracolados, mas eram do mesmo tom de castanho exuberante.

De acordo com minha memória recuperada, sabia que não tinha conhecido Claudia quando ela ainda era Lucia e eu era Fúria. A revelação no Poço da Memória tinha sido um choque.

Voltei minha mente para o tempo anterior ao feitiço de bloqueio, buscando me lembrar do que conseguisse. Desde o início do nosso plano, Vittoria e eu nunca aparecemos na mesma festa enquanto representávamos o papel de "Nicoletta". Ela comparecia a reuniões ou festas com Soberba e eu fazia o mesmo com Ira. Sursea insistia que não podíamos ser pegas até a hora certa, pois gostaria de garantir que ambos os príncipes tivessem tempo de se apaixonar perdidamente.

Entre todas as festas e eventos, eu não me lembrava de Claudia em nenhuma ocasião em que *eu* havia comparecido. Ainda assim, mergulhei mais fundo nas lembranças. Lembrei que Vittoria e eu revezávamos as semanas governando nossa Casa de Pecado para permitir que Soberba e Ira questionassem o paradeiro de Nicoletta, nossa persona combinada, quando não estávamos com eles. É claro, tínhamos contado a eles uma parte da verdade. Estávamos retornando à Casa Vingança, uma Casa da qual eles sabiam pouco, graças à magia de nossa mãe e à nossa discrição.

Lembrei que cuidamos de cada detalhe, exatamente como Sursea havia pedido. Até cronometrávamos nossas visitas às Casas, para convencer os príncipes de que havia tempo adequado para "Nicoletta" ter visitado um dos príncipes enquanto não estava com o outro, de modo a criar uma barreira entre os irmãos quando fosse revelado que estavam cortejando a mesma mulher.

O único evento a que Vittoria e eu comparecemos juntas foi a noite fatídica em que a Primeira Bruxa nos pediu para dar o passo fundamental, a noite do Banquete do Lobo. Naquela ocasião, na única celebração que reúne todos os sete príncipes, seu plano de vingança era simples: Vittoria deveria atrair Ira para "pegá-la" no ato, seduzindo Soberba. Quando ele visse o escândalo, esperávamos que liberasse sua fúria e brigasse com o irmão. Se Ira liberasse o poder de sua Casa, Soberba perderia a esposa e possivelmente sua corte, garantindo assim a vingança final da Primeira Bruxa contra o marido de sua filha.

Eu nunca havia encontrado Claudia naquele período, mas Vittoria provavelmente sabia quem ela era. Afinal, minha irmã fora a enviada para seduzir Soberba. Ainda assim, minha irmã gêmea nunca a mencionou, nunca revelou o segredo de nossa amiga. Eu não sabia ao certo se isso se tratava de alguma gentileza da parte de Vittoria ou se ela não queria alertar os príncipes por seus próprios motivos. Se eu estivesse certa a respeito de minha irmã nutrir sentimentos por Soberba, ela não desejaria que descobrissem o segredo de Claudia. Talvez nem a própria Claudia.

Mas ao considerar minha teoria sobre Vesta — de que minha irmã a ajudara a fugir de uma corte que a deixava tão infeliz — não conseguia imaginar que minha gêmea fosse egoísta ou terrível, como ela gostaria que o reino acreditasse. É claro que ela fizera sua cota de atos obscuros, como assassinar as filhas das bruxas que nos colocaram o feitiço de bloqueio, mas até aquele momento, fora a única vingança que ela havia procurado.

Ela também tinha assassinado Antonio, mas eu suspeitava que ele estava prestes a revelar informações a respeito de Vesta. Isso não desculpava o assassinato, mas indicava que ela não estava cometendo atos monstruosos sem pensar, como gostava de deixar que eu e os príncipes demoníacos acreditássemos.

Um pedaço de gelo rachou e deslizou do rosto de Sursea, chamando minha atenção para o presente. A Primeira Bruxa estava completamente descongelada da testa ao queixo. Ela piscou devagar, até seus cílios se libertarem do gelo, e lançou um olhar impressionante para mim.

"Fúria." Ela cuspiu meu nome verdadeiro em mim. "Você sempre foi a mais parecida."

Sursea fechou a boca com um clique audível. Eu sorri.

"A mais parecida com Lucia?"

"Não tenho ideia do que você está falando. Eu ia dizer Ira, mas não quis manchar minha boca que já está suja por dizer seu nome amaldiçoado."

Em vez de acusá-la de estar mentindo, levantei e dei a volta no bloco de gelo que continha o restante de seu corpo congelado.

"Você sabia que Claudia e eu éramos melhores amigas quando eu estava com o feitiço de bloqueio? Vittoria também. Eu poderia ir até a casa dela agora mesmo e ela me receberia muito bem. Ela nem pensaria duas vezes se Vittoria aparecesse, ressuscitada dos mortos." O olhar de Sursea brilhava com raiva, mas ela manteve a boca fechada. "Quero a Lâmina da Destruição. E vou fazer qualquer coisa para consegui-la. Até mesmo magoar uma querida amiga, contando uma história muito intrigante. A menos que você resolva me ajudar e ajudar a sua filha."

A expressão de Sursea não mudou, mas senti sua mente calculista zumbindo.

"Ajudar você não é do meu interesse."

"Você conquistou seu principal objetivo e conseguiu o que queria. Soberba e Lucia estão separados. Sua vingança contra Ira termina agora. Ele pagou o preço por sua maldição por muito tempo. E eu também. E isso nunca fez parte do *nosso* acordo."

"A maldição de Ira foi muito clara. Quando ele conhecesse a verdadeira felicidade e o amor, isso seria removido e substituído por ódio. Você nunca devia ter deixado que ele entrasse em seu coração. Esse problema é seu."

"Tem certeza disso?" Invoquei um grande botão laranja e segurei a flor ardente na palma da mão. Inclinei a cabeça de lado, admirando as chamas mágicas rosa-douradas. "Não sei muito bem se é sábio provocar minha fúria. Tenha um pouco de respeito por seus deuses."

Soprei a flor no rosto da Primeira Bruxa e queimei suas sobrancelhas. Ela gritou quando as chamas pairaram sobre sua pele, perto o bastante para sentir o ardor sem ter a pele derretida. Ainda. Foi uma demonstração do controle que eu tinha sobre minha magia, a precisão com que eu podia manipular a chama mágica.

"Não tenho tempo nem paciência para prolongar este encontro. Se você não me contar o que quero saber, vou incendiar sua cabeça. Você vai gritar e se engasgar com o cheiro da sua própria pele queimando até suas cordas vocais pararem de funcionar. Depois eu vou visitar Claudia e entregar isso a ela." Tirei a pedra da memória do corpete e a ergui. A ameaça de ser torturada não fez a cor se esvair do rosto da bruxa, mas ver a pedra da memória sim. "Diga: como ativo a lâmina para quebrar a maldição?"

Um músculo no queixo de Sursea se retorceu. Ela não queria que a maldição fosse quebrada, mesmo depois de ter conseguido o que queria: sua filha longe de Soberba, tamanho o ódio que ela sentia por Ira porque ele não lhe dera o que ela havia pedido. Era petulante. Um acesso de raiva de uma imortal mimada e bem-nascida. Balancei a cabeça.

"Vingança. É um objetivo feio que engloba muitos pecados. Cuidado, ou sua soberba será sua derrocada, Sursea", sussurrei, aproximando-me. "É até um pouco irônico, quando consideramos tudo que aconteceu. Você sucumbiu ao pecado que mais odiava só para punir Ira por se negar a realizar seus caprichos. Por respeitar a escolha do seu irmão e da esposa dele. Você se meteu entre eles e tramou. Escolheu o ódio quando apenas deveria ter amado sua filha de forma incondicional. E permitido que ela fizesse as próprias escolhas. Se tornasse uma pessoa independente."

Sursea soltou um suspiro, contorcendo o rosto de raiva.

"O sangue da minha filha, e apenas o dela, ativa a lâmina. Mas ela deve entregá-lo de bom grado. Como em toda magia, não pode ser forçado, tomado ou conseguido por meios enganosos." Algo dentro de mim que ainda parecia humano se apertou em meu peito. Sursea não deixou passar essa minúscula mudança. Seus lábios se ergueram em um sorriso de desprezo. "Apesar da minha interferência, Lucia não merece voltar a este mundo de pecado. Espero que você consiga conviver com a sua escolha de arruinar a felicidade que ela lutou tanto para encontrar."

*

Ira me escoltou de volta ao seu quarto em silêncio, sentindo a minha necessidade de analisar as opções que tinha. Ele parou em frente à porta e olhou para mim.

“Não tivemos muitas oportunidades de discutir isso, e sei que agora não é o momento mais propício, mas eu gostaria que compartilhássemos o quarto. Pode ser qualquer uma de nossas suítes, ou podemos derrubar a parede entre elas e transformar tudo em um andar somente para os nossos aposentos privados. Podemos acrescentar uma pequena cozinha, se você quiser.”

Pela primeira vez em dias, minha mente parou de girar. Encarei meu marido, que nunca deixava de me impressionar com sua consideração. Seus infinitos atos de amor. Fiquei na ponta dos pés e puxei seu rosto para perto do meu.

“Vamos acrescentar a cozinha e derrubar a parede. A ideia de ter esse andar inteiro como nossos aposentos privados, onde podemos nos esconder de toda a corte, é extremamente atraente. E eu discordo de você. Esse foi o momento perfeito para falar disso.”

“Considere feito, *milady*.”

Ira me beijou com gentileza e depois abriu a porta. Entrei atrás dele e desmoronei sobre uma das enormes poltronas em frente à lareira. A euforia momentânea passou, substituída pela seriedade do que precisava ser feito em seguida. Ira olhou para mim, franzindo a testa.

“Conseguiu as respostas de que precisava?”

“Algumas.”

As chamas dançavam na lareira, lembrando-me de cães empolgados abanando o rabo. Voltei minha atenção ao meu marido.

“O acordo que você fez com Sursea foi por seis anos, seis meses e seis dias.” Ira sentou-se na poltrona ao meu lado, lançando-me um olhar avaliador. Antes que ele pudesse fazer qualquer pergunta, acrescentei: “Quanto tempo falta?”.

Ele ficou olhando para o fogo, as chamas dourando seu rosto com sua luz quente.

“Um dia.”

“Um dia.” Eu suspeitava que não tínhamos muito tempo sobrando, mas um dia era ridículo. Contive minha fúria com um notável ato de autocontrole, mantendo a cabeça vazia. "Se não quebrarmos a maldição até amanhã, ela nunca mais poderá ser quebrada."

"O Poço da Memória funcionou para você." O tom de Ira não indicava como ele se sentia a respeito disso. E sua expressão era ainda mais difícil de interpretar. Ele levantou e se serviu de um drinque do decantador que mantinha em um aparador perto da cornija da lareira. Virou-se para mim e segurou o líquido lilás no alto. "Isso vai garantir que eu não a perca de novo. Com ou sem maldição, vamos superar isso dessa vez."

Ele tomou um gole da tintura que evitava que sentisse amor, e a raiva que senti da nossa situação e da Primeira Bruxa veio à tona.

"Nós *não* vamos superar isso dessa forma. Eu quero o seu coração, Samael. Quero o seu amor sem o bloqueio de feitiços e tinturas. Ter apenas metade de você também é uma maldição. Nós merecemos mais. Merecemos felicidade de verdade. Felicidade sem correntes, restrições ou amarras. Apesar dos pecados de nosso passado, nós não merecemos ser punidos por toda a eternidade. Seu único crime foi ajudar seu irmão e a esposa dele a fazerem sua própria escolha. Por isso deve desistir do amor? Em nome de quê? Da vingança de uma bruxa odiosa? Não vou aceitar isso. Não posso. Você deveria entregar seu coração a quem quisesse, quando e como quisesse."

"Talvez isso nunca aconteça." O tom de Ira não era duro nem cruel. Havia um brilho de tristeza em seus olhos. "Então, decida agora, antes de completarmos o nosso laço, se isso, o que temos agora, será suficiente para você. Se eu não puder amar você, se não puder lhe oferecer meu coração em troca, você precisa decidir se pode viver assim. Se não puder..."

Ira se afastaria. Ele me deixaria livre, mesmo que isso o deixasse arrasado.

"Por isso que você não falou nada antes de completarmos nosso laço."

Ele suspirou e passou a mão pelos cabelos.

"Achei que encontraria uma forma de quebrar a maldição antes que precisássemos ter essa conversa."

O silêncio recaiu sobre nós mais uma vez.

O fogo crepitava, as chamas alimentadas pela combinação de nossas raivas. Eu não estava chateada com Ira. Compreendia que ele tivesse recorrido a uma estratégia secundária para o caso de a maldição permanecer intacta. Aquilo mostrava seu amor, mesmo quando ele não conseguia expressá-lo. Mas eu era gananciosa. Eu queria tudo. Ele todo. As partes boas, as ruins e tudo que houvesse no meio.

Apenas metade do amor dele era um destino miserável para nós dois.

Eu me levantei e me sentei no colo dele, apoiando a cabeça junto de seu coração.

“No Poço Memória... eu descobri uma forma de quebrar a maldição.” Ira ficou tenso sob mim. “Preciso partir para conseguir fazer isso e preciso que você permaneça aqui.”

Ele acariciou minhas costas.

“Você não parece feliz.”

Senti que ele queria fazer mais perguntas, mas já tinha se dado conta de que eu havia compartilhado tudo que podia. Aninhei-me junto a ele, aceitando o conforto que ele estava oferecendo e me envolvendo no tipo mais doce de abraço.

“Posso ter que ferir alguém de quem gosto. Alguém que não merece nenhuma dor.”

Ira beijou o topo da minha cabeça.

“Sinto muito.”

Ele não me disse para encontrar outro jeito, porque não havia. Ele não se ofereceu para ficar no meu lugar, porque sabia que eu que precisava fazer isso. Não houve palavras de consolo, porque, para nos libertar, eu tinha que fazer algo que odiava.

Ira inclinou com cuidado meu rosto até o dele; seu olhar era penetrante o suficiente para olhar dentro da minha alma se eu permitisse. Quando levou os lábios aos meus, deixou de lado tudo que era inútil dizer e comunicou sem palavras toda a nossa esperança e tristeza.

Antes que eu soubesse o que estava acontecendo, Ira usou sua força e velocidade sobrenaturais e nos conduziu até o tapete felpudo. Ele se deitou por baixo de mim, segurando-me acima de seu rosto, e abriu um sorriso diabólico que fez meus dedos dos pés se curvarem diante de sua intenção pecaminosa. Eu podia estar por cima, olhando dentro de seus olhos sedutores, mas ele estava no controle.

“O que você está fazendo?”, perguntei. “Não temos tempo...”

“O mundo pode acabar a qualquer momento. E tenho minhas próprias fantasias para viver, *milady*. Se você estiver disposta.”

Compreendia sua necessidade de conexão. De sentir algo além de medo ou dos nossos pecados enquanto corríamos para uma linha de chegada que nem sabíamos se estava próxima. Eu também precisava dele. Ele não conseguia dizer que me amava, mas podia me mostrar. Concordei com a cabeça.

"Seria um prazer."

"Então que se foda." Ele me abaixou de modo que meus joelhos ficassem de cada um dos lados de sua cabeça, acariciando meu quadril com círculos preguiçosos com o polegar. Ira ergueu minhas saias e afastou minha roupa de baixo rendada, passando devagar um dedo na área escorregadia que esperava por ele.

"Essa é uma nova aula sobre conquistar ou se render?", consegui perguntar enquanto seu dedo afundava e se curvava com suavidade. Praguejei quando ele repetiu o movimento com um segundo dedo, esticando-me. Ele retirou os dedos e depois os colocou de volta, movimentando devagar.

"Você é que me diz, *milady*."

"E-Eu... Pelo amor da deusa."

Ira rasgou minha roupa de baixo e depois levou a boca ao meu corpo, lambendo com vigor e profundidade. Eu me inclinei para a frente, agarrando a poltrona ao passo que cada movimento de sua língua ameaçava me derrubar. Ele puxava meu quadril para a frente, depois o empurrava para trás, sem nunca desencostar a boca de mim.

Olhando nos meus olhos, ele repetiu a ação, e eu soube o que estava pedindo sem palavras. E quem era eu para negar a ele, ou a mim mesma, o prazer?

Balancei-me para a frente e o demônio me recompensou com um gemido satisfeito que vibrou em minhas áreas mais sensíveis. Minhas malditas saias caíram sobre ele, escondendo-o. Soltei a poltrona devagar e arranquei a parte de baixo do vestido, recebendo um olhar entretido de meu marido. Apoiei uma de minhas mão atrás do meu corpo, em sua coxa, e enrosquei a outra em seus cabelos, puxando-os até que ele ficasse no ângulo certo. Com meu vestido fora do caminho, eu podia ver muito melhor Ira e seu olhar perverso.

Uma avidez pura cruzou suas feições.

"Puxe com mais força, *milady*."

"Selvagem."

“Meu anjo obscuro.” Ira me envolveu com os braços e se banqueteou enquanto eu ditava o ritmo. Sua língua invadiu, fazendo meu corpo se apertar ao redor dela até eu achar que fosse ficar louca com a sensação. Puxei os cabelos dele com mais força ainda e balancei o corpo junto a ele, jogando a cabeça para trás. Ira afundou um dedo com sua língua esperta e estabeleceu um ritmo que me fez ver estrelas. Gozei descontroladamente, gemendo seu nome verdadeiro enquanto um choque de prazer passava por mim. Antes de abaixar completamente, afastei-me de novo, chamando seu nome com uma súplica ou um xingamento. Só quando minhas pernas começaram a tremer com os abalos secundários, o demônio deu um beijo casto na parte interna de minha coxa. A leve carícia fez meu sangue pegar fogo mais uma vez.

O que compartilhamos não era o suficiente. Mas o tempo era nosso inimigo no momento, e eu já tinha perdido muito. Meu marido viu a indecisão em meu rosto, e eu vi o desejo no dele. Nós precisávamos daquilo. Mesmo que significasse que eu teria menos tempo para encontrar a lâmina, daria um jeito. Desci pelo corpo dele e conduzi sua grossa rigidez para dentro de mim.

Ira entrelaçou as mãos com as minhas e juntos recaímos naquele limite glorioso, lembrando a nós mesmos pelo que estávamos lutando tanto. Amor.

REINO DAS BRUXAS
PODER ARCANO

24

Domenico rosnou quando eu o invoquei.

"Por acaso pareço sua carruagem pessoal?"

"Não. Mas vai parecer um novo tapete de pele se não parar de reclamar", respondi com doçura.

"Você não é tão divertida quanto a sua irmã."

"Talvez não para você. Mas sou tão fatal quanto ela, e, diferentemente de Vittoria, se eu o matar, você não vai reviver. Não sei fazer aquele truque demoníaco com a mão." Balancei os dedos diante dele. "Vamos logo."

O lobisomem um ruído irritado que mais parecia uma risada sufocada, depois fincou as garras em meus braços e atravessou o portal cintilante. Os portões ainda estavam trancados por fora, mas, na verdade, viajar por meio de um transmorfo era melhor. Ira não podia usar a magia *transvenio*, e mesmo que pudesse, eu não queria que ele soubesse para onde eu estava indo. Ele podia suspeitar que eu estava indo para a minha versão das Ilhas Mutantes, mas eu não queria que ele tivesse certeza.

Se Soberba descobrisse que Lucia estava viva, eu não tinha dúvida de que ele iria atrás dela. Ver as lembranças de Lucia me mostrou um lado da história deles, mas, como na maior parte das narrativas, eu suspeitava de que havia muito mais. Se o que Soberba sentisse por ela fosse metade do que Ira sentia por mim, ele viraria o mundo de cabeça para baixo para ter certeza de que ela estava em segurança.

Se Ira estivesse certo, se Soberba nunca tivesse se apaixonado de verdade por ninguém além de sua esposa, se tudo não tivesse passado de um terrível mal-entendido com base no orgulho dos dois, eu podia imaginar como ele lutaria para tê-la de volta.

Quando encontrei Soberba pela primeira vez, antes do Banquete do Lobo, ele estava cultivando raiz do sono e patrulhando suas terras com um exército que nenhum de seus irmãos tinha conhecimento. Fiquei preocupada que ele estivesse tramando contra Ira, mas agora me pergunto se ele não estava treinando seus guardas por outros motivos. Talvez estivesse se preparando para lutar por sua esposa perdida desde o momento em que ela desapareceu.

A minha *nonna* tinha acertado uma coisa sobre príncipes demoníacos: nada os detinha até conseguirem o que desejavam, ainda mais quando o coração estava envolvido. E se alguém que eles amavam muito pudesse estar em perigo? Eles fariam um inferno para salvar essa pessoa.

Resmungando consigo mesmo sobre deusas, Domenico entrou na viela próxima à casa de nossa infância, um templo disfarçado, e espiou a rua silenciosa. Levantou a cabeça e respirou, sentindo o cheiro do ar, em busca de algum ser mortal ou sobrenatural.

"Tudo limpo."

Meus sentidos me diziam o mesmo, mas fiquei satisfeita com a confirmação. Seu olfato era melhor que o meu.

"Fique aqui. Volto assim que conseguir. Precisamos entrar e sair o mais rápido possível."

Domenico cruzou os braços diante do peito e me encarou. Eu sabia que ele era alto, mas fiquei com a impressão de que tinha crescido nos últimos dias. Estava mais largo, com os músculos mais definidos. Devia ser outro traço dos lobisomens.

"Se sua irmã perguntar, não vou mentir para ela."

"É por isso que você não sabe para onde estou indo." Dei um tapinha em seu peito e ele fez uma careta. "Certifique-se de que nenhum demônio nos seguiu. Ou bruxa."

"Não gosto disso."

"Eu sei. Obrigada por fazer assim mesmo."

Estava escrito "insatisfação" em seu rosto, mas ele não discutiu. Como transmorfo, suas emoções eram decifráveis com facilidade. Ele não escondia seus sentimentos, como os demônios faziam. Lobos estavam muito próximos da natureza para fazer joguinhos.

Depois do que havíamos passado, eu compreendia a simpatia que minha irmã tinha por eles. Diferente de vampiros, bruxas e príncipes demoníacos, era quase um alívio saber exatamente o que se passava com um lobisomem. Não era hora de perguntar, mas eu precisava saber qual era sua resposta.

"Você conheceu Vesta, a comandante de Avareza?"

"Para que quer saber, deusa?"

"Disseram que talvez ela seja metade lobisomem. Se for verdade e ela optou por fugir, você lutaria por Vesta se ela desejasse? Mesmo que Avareza descobrisse que ela estava viva."

Os olhos dele brilharam naquele tom de roxo-claro que indicava que ele estava prestes a se transmutar. E ele também estava furioso.

"Eu cortaria a garganta de qualquer um que ameaçasse minha família. E não me importo o suficiente com demônios para ajudá-los de nenhuma forma, ainda mais se um deles resolveu fugir."

"Todos os membros da alcateia são considerados família?"

Domenico levantou o rosto e respirou profundamente.

"Vá. Estamos prestes a ter companhia."

Hesitei pelo tempo de uma respiração. Uma nova teoria estava se formando, mas eu não podia perder a chance de quebrar a maldição para seguir meu raciocínio. Logo não haveria relógio correndo e eu resolveria o mistério de uma vez por todas.

Desci a rua às pressas e corri noite adentro, mantendo-me nas sombras e prestando atenção a sinais de perseguição. Estava tarde, e a maioria das casas pelas quais passei tinham as luzes apagadas. Ninguém andava nas ruas, à exceção de alguns vagabundos embriagados. Claudia estaria na cama, mas levantaria quando eu batesse na porta. Ou jogasse uma pedrinha na janela.

Eu estava virando a esquina e pensando no que faria se sua tia Carolina estivesse acordada quando a vi sair de casa usando um capuz escuro. Carolina foi direto até uma mulher que estava parada do outro lado da rua, usando uma túnica escura similar. Depois da derrota na Casa Avareza, não me surpreendia o fato de elas estarem usando mantos.

Parei de repente e me encostei na parede mais próxima. Carolina parou, e a outra mulher olhou ao redor, dando à luz da lua uma oportunidade de revelar seu rosto. *Nonna* Maria. Não fiquei surpresa de vê-la falando com uma bruxa obscura. Ela era a bruxa que Sursea havia chamado naquela memória que Claudia eliminara. Ela escoltara Claudia até sua nova morada e lhe dera uma nova família. Minha avó estava trabalhando próxima à Primeira Bruxa o tempo todo, e isso, por si só, já me fazia odiá-la.

Eu estava... não aliviada, mas satisfeita de ver que ela havia escapado do banho de sangue que ocorrera na Casa Avareza. Ela havia cometido muitas injustiças, mas eu não queria que ela morresse. Apesar de tudo, ainda a sentia como minha avó e acreditava que o amor que ela sentia por nós era real. *Nonna* tinha sido carinhosa conosco, havia cuidado de nós e estado presente em nossos piores dias.

Tentei ouvir o que diziam, mas me pareceu que as duas bruxas tinham lançado um feitiço ou armado uma proteção para conter o som de suas vozes. Não importava o quanto eu tentasse escutá-las, nenhum som se aproximava. Eu não tinha sentido nada em relação ao envolvimento da *nonna* com Sursea enquanto estava presa naquela memória, mas teria sido mais um golpe excruciante se eu tivesse permanecido mortal.

Nonna nunca gostou de Vittoria, Claudia e eu sermos amigas tão próximas. Ela dizia que era pelo fato de a família de Claudia praticar as artes obscuras, mas agora eu sabia a verdade. Elas haviam tentado nos manter afastadas de propósito, por causa de nossas verdadeiras identidades.

Mas isso eu compreendia. Manter a Casa Vingança longe de Claudia depois de termos ajudado o plano desonesto de Sursea ganhar vida seria uma gentileza com ela.

Como tínhamos sido ingênuas, encontrando tempo depois do trabalho para beber vinho na praia e compartilhar nossas esperanças e sonhos. Havíamos chorado juntas tantas vezes quanto havíamos rido. Havíamos compartilhado nossas desilusões amorosas e desejos secretos. Nós três éramos irmãs, nem todas por sangue, mas por escolha. Nenhuma de nós sabia que algo muito mais sinistro nos unira orginalmente.

Nonna deu uma última olhada em volta antes sair com Carolina às pressas. Uma parte de mim queria segui-las, ver para onde estavam indo e o que poderiam estar tramando, mas não havia tempo a perder. Permaneci nas sombras por mais alguns minutos, só para ter certeza de que elas não voltariam e tentariam algo nefasto. Usando meus sentidos aguçados, prestei atenção e não ouvi ninguém se aproximando. Para onde quer que as bruxas estivessem indo, já estavam longe.

Sem perder tempo, parei na varanda e levei a mão à porta. Bati alto o suficiente para acordar Claudia, mas não o bastante para que os vizinhos ouvissem ou se assustassem. Pouco depois, uma vela se acendeu no andar de cima. Olhei para a rua mais uma vez, com discrição. Não senti nenhum demônio Umbra e só ouvi o som abafado da respiração dos mortais que dormiam na casa ao lado.

Outro instante se passou até o ferrolho deslizar e uma fresta da porta se abrir. Minha amiga estava lá, boquiaberta ao me deixar entrar.

"Emilia! Estrelas do céu, você parece... Seus olhos estão de outra cor?" Ela balançou a cabeça e saiu da frente. "Entre. Sua avó disse que você tinha desaparecido. Está tudo bem? Onde você estava? Fiquei tão preocupada. Achei que a pessoa que estava matando bruxas tivesse pegado você e não quisessem me contar."

Entrei na casa dela, e assim que ela fechou a porta, nós nos envolvemos em um forte abraço. Com tudo que tinha acontecido, com tudo que eu tinha ficado sabendo e quanto havia mudado, estava aliviada por ainda haver uma pessoa que se preocupava de verdade.

Mesmo que as coisas não fossem o que pareciam, nossa conexão tinha sido real. Talvez fosse a única coisa real em um mundo inteiro feito de fantasia. E mesmo isso poderia não durar se ela quisesse sua memória de volta.

"Eu queria poder contar tudo", respondi, falando sério. "Mas não posso ficar por muito tempo. E você não pode dizer para ninguém que me viu."

"Que diabo está acontecendo, Emilia? O coven se reuniu, mas elas não permitem que ninguém de fora do conselho vá às reuniões. Tentei divinar, mas é como se elas tivessem colocado um bloqueio em minha magia. Também não consigo sonhar."

Quase tinha esquecido que Claudia fora abençoada pela deusa com premonições; ela tinha visões que nem sempre conseguíamos decifrar.

Ter a magia bloqueada era um destino que eu conhecia muito bem, e eu odiava que elas tivessem cortado suas asas mágicas. Eu me perguntei o que mais elas tinham tirado dela, que poderes estavam ali, dormentes, sem que ela se lembrasse deles. Sua mãe estava sempre planejando e tramando, e parecia que ela ainda estava no meio de um jogo.

"E sabe o que é mais estranho?", perguntou ela, e eu fiz que não com a cabeça. "Elas conseguiram libertar a mente da velha Sofia Santorini da maldição. Minha tia estava indo para a casa dela, para ver do que ela se lembrava, se é que se lembra de alguma coisa."

Eu a apertei com ternura e depois me afastei. Pelo menos agora eu sabia o que Carolina e a *nonna* estavam fazendo.

"Não confie em nada que as bruxas dizem. Elas não são necessariamente más, mas têm seus objetivos."

"As bruxas?" Claudia franziu a testa. "Você fala como se não fosse uma de nós."

Respirei fundo e levantei a mão, invocando uma flor flamejante, e vi a expressão de minha amiga mudar de confusa para maravilhada. Ela tentou tocar na flor, e puxou a mão de volta para não se queimar, procurando meu rosto.

"Deusa do céu. Então você..." A voz dela se tornou um sussurro. "Como?"

"É uma história longa e complicada."

Ela me encarou, depois olhou para a flor ardente por mais um instante silencioso. O espanto se espalhou por suas feições e ela parecia prestes a explodir de tantas perguntas.

"Vendo sua magia do fogo e o fato de você ser uma deusa, imagino que sim." Ela se virou e fez sinal para eu me juntar a ela. "Vamos nos sentar."

Fiz o possível para apressá-la, tentando não me concentrar no relógio que corria em minha cabeça, e a acompanhei até a cozinha. Ela abriu o armário e começou a nos servir bebidas de sua coleção pessoal. Notei as ervas secando para o tônico do esquecimento e engoli em seco. Ela colocou uma bebida à minha frente, então ergueu as sobrancelhas.

"Conte-me. Preciso saber o que está acontecendo."

"A versão resumida é que as bruxas colocaram um feitiço de bloqueio em mim e em Vittoria, restringindo nossa magia e imortalidade, e nos transformando em bruxas mortais. Aquela maldição que você mencionou? Com o diabo? Ela afetou vários outros seres. Incluindo Vittoria e eu."

Claudia encostou o quadril na bancada e tomou toda a sua bebida.

"Minhas melhores amigas são deusas. É muita coisa para digerir. Sinto que devo me curvar, ou rezar." Um olhar de horror cruzou seu rosto. "Devo montar um altar? Estrelas do céu, Em. Isso é estranho."

Apesar de todas as coisas obscuras em minha vida, eu ri. Um som feliz e genuíno. As perguntas dela não tinham sido feitas com sarcasmo, apenas preocupação.

"Por favor, nunca reze nem se curve. Principalmente para Vittoria. Você sabe como ela pode ser insuportável."

Lágrimas brilhavam em seus olhos.

"Vittoria está viva?"

A esperança que cruzou suas feições gerou um aperto em meu peito. Fiz que sim.

"Está. A morte dela foi o início do rompimento do feitiço de bloqueio. Ela descobriu o que aconteceu ouvindo os segredos que um livro de feitiços sussurrou para ela. Ela orquestrou o próprio 'assassinato' para se libertar e planejar nossa vingança." Eu não queria sobrecarregar minha amiga, então logo prossegui. "Existe uma adaga chamada Lâmina da Destruição. É a única arma capaz de quebrar maldições."

"Emilia, não." Claudia respirou fundo. "Itens enfeitiçados cobram um preço alto."

"Eu sei." Observei-a com atenção. "Por favor. Preciso que você a ative para mim e me diga o que devo fazer para usá-la de modo a quebrar a maldição. O tempo está acabando. Tenho menos de um dia."

Minha amiga fez que não com a cabeça.

"Eu... não posso. Eu faria qualquer coisa por você, você sabe disso. Mas, por favor, não me peça para fazer isso."

"Você lembra como?"

Ela abriu um sorriso triste.

"É algo que minha tia infundiu em mim desde que vim morar com ela. Só acho que você não percebe qual vai ser o preço. Para você."

Suspirei.

"Estou disposta a pagar qualquer preço. Só me diga o que preciso fazer."

A indecisão brigava com o que eu sentia que era seu desejo de me ajudar.

"A lâmina espera uma troca igualitária", disse ela, enfim. "Se você quiser quebrar uma maldição, ela vai querer usar o seu poder para isso. Todo ele." Claudia abaixou e levantou uma lajota de travertino do chão, removendo uma adaga enrolada em tecido. "Quem foi amaldiçoado tem que usá-la. Por vontade própria."

O terror percorreu meu corpo.

"Como assim?"

"A pessoa amaldiçoada tem que alimentar a lâmina com a sua magia até ela coletar cada gota."

Encarei a adaga na mão dela. Parecia uma adaga normal; o aço brilhava à luz da vela e o cabo era feito de um couro cor de ônix fosco. Para algo tão poderoso, não era nem um pouco notável. Não parecia ser capaz de nada tão diabólico quanto matar um príncipe do Inferno ou quebrar uma maldição. E acredito ter sido por isso que passou décadas sem ser encontrada, além do fato de ela estar escondida sob o piso de minha amiga.

"O preço é magia por magia", repeti. Claudia confirmou com a cabeça. "Quando você diz 'alimentar a lâmina', você quer dizer que eu devo ser esfaqueada?"

"Sim."

"E apenas quem foi amaldiçoado pode dar o golpe?"

"Sim. Quebrar uma maldição é um processo complexo." Claudia soltou um grande suspiro. "Meu sangue a ativa, mas o restante depende de seguir as regras com precisão. Quem vai se sacrificar deve fazer isso por vontade própria. Quem vai dar o golpe também tem que fazer isso por vontade própria."

Ira precisaria me atacar por vontade própria, e eu duvidava que meu marido seria convencido com facilidade a fazer isso. E tinha uma coisa em que eu ainda não focara. A parte em que eu precisaria abrir mão de *todo* o meu poder. Para sempre. Eu acabara de recuperá-lo, e me sentia inteira pela primeira vez no que parecia uma eternidade. Agora os deuses estavam zombando de mim, obrigando-me a abdicar dele mais uma vez. E por vontade própria. Sem hesitação ou arrependimento.

Outra coisa que a Primeira Bruxa tiraria de mim, e eu detestava isso.

"Tem mais um detalhe", disse Claudia. Não havia mais como eu ficar surpresa àquela altura. O objeto enfeitiçado era uma arma odiosa, criada por uma bruxa vingativa, é claro que havia mais uma coisa desagradável ligada a ela. Sursea não operava de maneira fácil ou generosa. Preparei minha mente. "Quando eu ativar a lâmina com meu sangue, você terá apenas uma hora para completar o restante da troca de poder. A lâmina só permite uma oportunidade para que qualquer maldição seja quebrada."

"Como ela saberia?"

"Depois que der meu sangue a ela, você vai fazer o mesmo. Então sua hora começa."

O que significava que eu tinha uma hora para voltar aos Sete Círculos, decidir se estava mesmo disposta a abrir mão do meu poder, convencer meu marido a me esfaquear e quebrar a maldição antes que essa oportunidade se perdesse para sempre. A menos... Sangue e ossos. *Não*. Eu me recusava a levar Claudia comigo.

"Posso ir com você", disse ela, lendo minha mente e a preocupação que provavelmente estava estampada em meu rosto. "Onde quer que você esteja. Eu posso ir para garantir que você tenha sua hora inteira."

A expressão franca de Claudia não continha qualquer engano. Sem segundas intenções. Ela era uma boa amiga. Uma boa pessoa. Alguém que estava disposta a ajudar um ente querido necessitado.

E eu jamais a colocaria em um lugar onde poderia expor sua verdadeira identidade para si mesma ou para os que procuravam por ela. Posso ter conspirado contra ela antes, mas esse era um erro que jamais repetiria. Se perder o meu poder poderia ajudar a desfazer pelo menos um pouco da dor que eu havia causado ao colaborar com a Primeira Bruxa, não me restava outra escolha.

Eu corrigiria esses erros e pagaria o preço.

Tirei a pedra da memória do corpete e a coloquei sobre a mesa à minha frente. Claudia a observou e seu rosto empalideceu.

"Esta pedra da memória contém o motivo pelo qual eu nunca vou pedir que venha comigo. Ela pertence a você. É algo que você escolheu eliminar, esquecer por toda a eternidade. Vou deixá-la aqui, caso algum dia você queira respostas." Queria poder lhe oferecer mais, mas isso teria que servir. Tirei um saquinho de couro do cinto e guardei a pedra em segurança, de modo que Claudia pudesse decidir o que fazer sem precisar tocar nela. "Alguém em quem confio muito me disse uma vez que quando você sabe a verdade, nunca mais pode voltar no tempo. Escolha com sabedoria. Não há urgência, não há julgamento."

"Você se arrepende?", perguntou Claudia em voz baixa, um pouco triste. "De ter descoberto a verdade?"

Pensei no sofrimento. No engano. Nas muitas traições. "A vida seria mais simples se eu não soubesse. Até mais familiar. Mas não, se pudesse, eu não voltaria atrás. Essa é uma decisão que só você pode tomar. Se está feliz agora, satisfeita, isso é tudo que importa."

Com a atenção fixa na pedra da memória, ela sussurrou: "Às vezes eu sonho. Com uma vida que posso ter vivido. Um homem que posso ter amado. Mas sempre termina em pesadelo. Com ele arrancando meu coração. Outras vezes, sou eu que o arranco de meu próprio peito. Ou, às vezes, até do peito dele." Quando ela levantou os olhos, sua expressão era de gratidão, não de alívio. "Obrigada pela pedra, pela escolha. Está pronta para ativar a lâmina?".

Eu não estava, mas precisava estar. Confirmei com a cabeça.

"Obrigada, Claudia. Por sempre ter sido a amiga mais verdadeira que já tive."

O sorriso dela era travesso.

"Tenho certeza de que poderemos nos meter em muitas confusões no futuro. Agora, estenda a mão, deusa. A hora mais importante de sua existência está prestes a começar."

25

Ira encarou a lendária adaga. Ele ficou impressionado que eu tivesse conseguido a Lâmina da Destruição até a hora em que contei o que precisaríamos fazer para quebrar a maldição. Parecia que eu havia levado uma víbora para sua biblioteca particular e a colocado em seu colo. Ele fincou a adaga no tampo da mesa, fazendo a arma vibrar com a força.

"Não."

"Eu escolho abrir mão de minha magia. Não consigo imaginar uma razão melhor para isso."

O demônio cruzou os braços, sua expressão ficando mais sombria que seu humor cada vez mais tempestuoso.

"Respeito a sua escolha, mas não esfaquear minha esposa é a *minha* escolha."

Ficamos olhando um para o outro, sem ceder. Em qualquer outro momento, em qualquer outra situação, eu não discutiria. Ele tinha todo o direito de tomar a decisão sem interferência. Contudo, aquilo era maior do que ele. Maior do que nós. E tínhamos que agir imediatamente.

"Estamos ficando sem tempo e sem opções. Temos menos de uma hora para completar a ativação, ou perderemos esta opção. Por favor. Não discuta comigo. É a nossa melhor chance de quebrar a maldição, e você sabe disso."

"E se as bruxas estiverem mentindo? Você acredita mesmo em Sursea?" Ele se levantou, apontando o dedo para a lâmina que recusava tocar. Era provável que fosse a única adaga que o general da guerra não empunharia. E, por ironia do destino, a que mais precisava empunhar. Sursea tinha feito uma bela jogada. "Elas provaram repetidas vezes que mentem e manipulam. Qual é a nossa garantia de que, se eu a esfaquear e remover seus poderes, você não vai morrer? Como sabemos se a lâmina exige sua magia ou se elas querem tomá-la para si próprias? Não temos informações suficientes e não vou arriscar que você ou sua magia caia nas mãos de um inimigo, ainda mais se Sursea estiver envolvida."

Pressionei os lábios. Eu não podia dizer a ele quem havia me dado a informação ou me ajudado.

"Eu confio em minha fonte. E você vai precisar confiar em mim."

"Confiar em você não é o problema." Ira andava de um lado para o outro, com as mãos flexionadas ao lado do corpo. "Sua fonte pode ser confiável, mas não há garantia de que essa informação não foi plantada. Ela pode nem saber que é falsa. Se eu soubesse com quem você conseguiu isso, poderia investigar um pouco mais."

Eu já tinha considerado que a memória de Claudia poderia ter sido manipulada, mas resolvi seguir em frente. Olhei para o relógio perto da cornija da lareira. Eu não sabia ao certo quanto tempo demorava o processo de remover minha magia e não queria continuar discutindo. Amava meu marido, mas jamais trairia minha amiga pela segunda vez. Claudia tinha o direito de escolher se queria se envolver com os príncipes do Inferno de novo.

Eu também não colocaria Ira em uma posição em que precisaria guardar segredo de seu irmão. Se Soberba descobrisse que Ira sabia que sua esposa estava viva e onde poderia ser encontrada, não conseguiria deixar passar ou perdoar com facilidade. E com razão.

Juntei as mãos, suplicando.

"A lâmina pode me matar, mas também pode fazer exatamente o que você, seus irmãos, Sursea e minha fonte dizem que ela faz: *quebrar maldições.* Quando o invoquei pela primeira vez, você disse: 'Um dia você vai me chamar de Morte'. Você devia saber que essa era uma possibilidade. E isso não o teria impedido na época. Não seja mole agora, demônio. Agora que mais precisamos de seu pecado."

O olhar de Ira era puro fogo dourado quando se chocou com o meu. "Pare."

"Não." Senti o aumento fervilhante de seu pecado e me aproximei, olhando-o da cabeça aos pés. "*Odiei* quando eu o esfaqueei. Odiei que você tivesse me obrigado a fazer algo tão brutal. Mas era necessário. Não quero trazer apenas vingança e ódio ao mundo. Quero desfazer uma terrível injustiça. É a coisa certa a se fazer, e eu sei que você se importa com justiça verdadeira, justiça honrada. Mesmo quando é difícil ou pessoal. E quando puder me amar por completo, vai ser livre para me dizer." Fiquei na ponta dos pés e levei os lábios ao ouvido dele. "Então você me possui bem aqui. Sobre a sua mesa. E me *mostra*."

O maxilar de Ira estava travado com tanta força que era um milagre ele não ter rachado nenhum dente. Ele se afastou e olhou para mim com uma estranha mistura de emoções no rosto, como se memorizasse meus traços e, ao mesmo tempo, procurasse por uma forma de sair daquele dilema. Mas o poderoso demônio da guerra sabia que eu estava certa.

"Você está com o meu *cornicello*?", perguntei. "E o de Vittoria?"

A temperatura caiu.

"Você acha que minhas asas vão me tentar?" A voz de Ira era grave e perigosa conforme ele vagava pela sala. "Acha que eu a colocaria em risco para tê-las de volta?"

"Não. Mas quero garantir que quando a maldição for quebrada, realmente tenhamos sucesso. Se suas asas forem restauradas, haverá uma prova física de que ela foi quebrada." Minha respiração saía em pequenas nuvens brancas enquanto o ar ficava mais frio. Gelo cobria o lustre de ferro sobre nós. "Vamos superar isso, Samael." Um novo pensamento cruzou minha mente. Meu marido queria alguém em pé de igualdade com ele. Talvez a perda de minha magia fosse outro fardo que ele não desejava carregar. "Você vai ficar bem se eu não tiver magia?"

Ele lançou um olhar incrédulo em minha direção.

"Você não teve acesso a seu poder total por vinte anos contados nas Ilhas Mutantes, e podia lançar apenas feitiços mínimos como Bruxa Sombra. Além de minha raiva por elas terem feito isso com você e por você ter ficado sem saber a verdade, isso não me importa nem um pouco."

"Mas isso é diferente. Nunca mais terei tanta magia e poder. É algo com que está preocupado? Por sua corte? Tenho certeza de que súditos como o lorde Makaden vão botar lenha na fogueira e fazer fofoca. Chamá-lo de fraco. Escolher seu coração é algo que traria destruição para a sua Casa?"

Sua raiva explodiu quando ele se voltou para mim.

"Não dou a mínima para a minha corte, *milady*. A magia não torna alguém poderoso. É a coragem. O coração. A mente. A própria alma torna alguém uma força a ser reconhecida. Minha única preocupação é se você vai sobreviver. Eu ficaria com você sem magia. Sem os malditos títulos de realeza. Não ligo para nada além da sua felicidade. Quando meu poder total for restaurado, terei magia suficiente para nós dois. Pode acreditar."

Se ele ao menos pudesse compartilhar. Alcancei sua mão, fazendo círculos com o polegar sobre sua pele para acalmá-lo.

"Estamos ficando sem tempo. Onde devo ficar? Perto da mesa, ou é melhor me sentar?"

Ele balançou a cabeça.

"Vou mandar chamar a Anciã. Deve haver outra forma."

"Não sabemos onde ela está." Apertei sua mão com cuidado. "E se esperarmos muito, podemos nunca mais ter essa chance. Por favor. Não afaste seu coração de mim por medo."

Soltei a mão dele e fui até a mesa, arrancando a Lâmina da Destruição de onde ele a havia fincado e segurando-a pelo cabo.

"Pegue isso." Uma camada de gelo beijava a madeira e cobria os periódicos de cada casa demoníaca. Ignorei. A temperatura não esquentou, mas Ira ficou ao meu lado e aceitou a lâmina. Era cedo demais para sentir alívio, mas o primeiro obstáculo havia sido superado. "Pegue os amuletos e os coloque. Quando estiver pronto, começamos."

Em silêncio, Ira removeu um saquinho de um compartimento secreto perto da lareira e virou seu conteúdo na palma da mão. Prata e ouro brilhavam à luz da lareira. Nossos amuletos.

Não senti nada quando os vi. Nenhuma sensação de nostalgia. Nenhuma lembrança calorosa de benzê-los a cada lua cheia com Vittoria, enquanto a *nonna* nos orientava. Eu os via pelo que eram: objetos que tinham causado dor e tormento ao meu marido durante anos. Objetos que confundiam as minhas lembranças e as de Vittoria, obrigando-nos a permanecer no escuro. Era hora de eles voltarem para onde pertenciam. Ira os passou pela cabeça e voltou rangendo os dentes para o local em que eu esperava.

Ele ficou diante de mim, com a adaga em punho, e olhou para baixo. Sua expressão era fria como o ar. Meu marido estava usando aquela máscara de novo, tornando-se o rei de que seu reino precisava, mesmo além de sua corte. Ele estava se tornando o parceiro de que *eu* precisava.

Tínhamos vivido um inferno, e isso consertaria o nosso mundo. Contive minhas emoções, recusando-me a demonstrar um pingo de dúvida. Se ele sentisse qualquer trepidação, iria nos condenar por toda a eternidade.

A atenção de Ira enfim recaiu sobre o meu corpete. Era um vestido simples, rosa-dourado com lilás, azul-claro e flores verdes bordadas. Depois que voltei da casa de Claudia me troquei depressa. Não queria nenhum rastro de onde estivera e não tinha pensado muito no que tinha tirado do guarda-roupa.

Agora eu me dava conta do meu erro ao usar rosa-claro em vez de preto. Meu marido me veria sangrar ao torcer a adaga. Da mesma forma que eu tinha visto sua camisa branca ficar vermelha quando o esfaqueei. Não era o tipo de favor que eu gostaria de retribuir.

Com dedos ágeis, desamarrei a parte da frente do vestido, puxando um pouco o corpete; apenas o suficiente para expor a pele desnuda sobre meu coração. Olhei nos olhos dele, colocando todo o amor e a emoção que sentia por ele em meu olhar. Imaginei como era beijá-lo, como era incrível fazer amor com ele e senti-lo unido a mim, como se fôssemos um só.

Ódio, medo e vingança nos separaram. O amor nos curaria.

Nonna Maria havia me dito uma vez para seguir meu coração, e mesmo que ela já tivesse mentido antes, mesmo que eu não *tivesse* mais um coração mortal, eu sentia a verdade daquilo naquele momento. O amor era a magia mais poderosa. Não importava quantos obstáculos encontraria pela frente, enfim tinha encontrado o meu lar. E ninguém, nenhuma maldição, nenhuma força neste mundo ou em outro, tiraria isso de mim de novo.

"Eu te amo."

Ira não podia dizer o mesmo, mas a frieza deixou suas feições. Ele levou a boca à minha em um beijo apaixonado e repleto de desejo. Ele havia sentido as emoções que eu tinha passado para ele, soube que eu queria completar o ritual com todas as fibras de minha alma amaldiçoada. Beijei-o com paixão e liberdade. Sua língua demandava entrar e, quando meus lábios se abriram, senti a pontada do metal entrando em meu peito. Ira mordeu meu lábio, distraindo-me da dor conforme a Lâmina da Destruição afundava ainda mais.

"Incipio." Ira proferiu o feitiço de ativação junto aos meus lábios enquanto eu gritava, engolindo o som que eu emitia ao me beijar mais uma vez com um fervor desesperado. Como se a conexão de nossos lábios e línguas me atasse a ele e me impedisse de cair no mundo da Morte.

Quando Ira ativou o feitiço, minha magia chamejou, sentindo um novo mestre assumir o controle. A Lâmina da Destruição. Meu poder não queria participar daquilo, não queria obedecer ao novo mestre. Um inferno furioso estava sendo arrancado de mim e lutava contra o puxão da lâmina, mas eu tinha dado meu poder livremente, de bom grado. E não podia superar a invocação.

Eu gritava enquanto meu corpo queimava e a lâmina esquentava. O metal queimava dentro de mim, e eu nunca tinha conhecido uma tortura tão intensa quanto a daquele momento. A boca de Ira se moveu de meu queixo até minha têmpora, seus braços em volta de mim como se pudesse arrancar a dor.

"Shh." Ele deu um beijo em minha têmpora. "Está tudo bem. Vai acabar logo."

Tentei me concentrar nos beijos leves, tentei me apegar ao pouco de luz que ele oferecia. Mas não adiantava. A dor aumentava e diminuía, levando-me com ela. Era pior do que quando Vittoria removeu meu coração mortal. Enquanto a lâmina continuava arrancando minha magia, não tinha fim nem noção de tempo.

Fogo rosa-dourado explodia entre nós, a lâmina lambendo as chamas com avidez antes que pudessem tocar Ira. Fechei bem os olhos e cerrei os dentes quando o calor atingiu temperaturas insuportáveis. O suor escorria pela minha testa, pingava em meu peito e chiava junto à lâmina.

Lágrimas escorriam pelo meu rosto, molhando os dedos de Ira que ainda seguravam com força o cabo da Lâmina da Destruição. Meu instinto de sobreviver, de reter meu poder, fazia com que eu quisesse reagir. Foi preciso um esforço que eu não sabia que tinha para travar os braços ao lado do corpo e afastar minha magia. A tortuosa transferência de magia continuou por vários e longos minutos, que pareceram horas.

Um buraco crescia em meu âmago, e o espaço onde o poder costumava se acumular foi sendo substituído por nada. Meu corpo ficava mais fraco com cada grama de magia que me deixava, o instinto de lutar se esvaía de meu corpo tenso. Meus gritos diminuíram e meus joelhos tremiam, até que, de repente, a adaga foi arrancada. Ela caiu no chão enquanto Ira me pegava e me aninhava junto a seu peito. Seu coração batia em um frenesi, e o ritmo mantinha meu próprio sangue pulsando.

Eu não tinha morrido, mas a impressão era que uma parte não tão pequena de mim tinha. O choro se libertou, e eu não conseguia dizer se era de alívio pelo que fizéramos ou sofrimento pelo que eu perdera. Talvez fossem as duas coisas. Fechei bem os olhos, como se isso fosse evitar que as lágrimas continuassem a cair.

Ira me abraçou com força, balançando-me por vários longos minutos até a sensação avassaladora de perda diminuir um pouco. Eu não queria que ele se arrependesse de nossa escolha e me esforcei para me recompor.

O calor continuava nos cercando e eu enfim consegui abrir um olho. Belas asas flamejantes se estendiam atrás de Ira. De pontas prateadas e ferozes. Outra lágrima deslizou pelo meu rosto. Dessa vez, não de tristeza ou pesar, mas por testemunhar a glória divina tão de perto. Vittoria e eu éramos deusas do submundo, mas Ira era uma verdadeira divindade, e eu fui dominada pela força do amor que irradiava ao redor dele.

A impressão de grande perda e o pesar por abrir mão de minha magia não desapareceu, mas eu permiti que a sensação de maravilhamento purificasse minha tristeza e me lembrasse de tudo que eu havia ganhado. De tudo que *nós* havíamos ganhado. A maldição estava mesmo quebrada. Essa parte do nosso pesadelo tinha terminado.

Assim como é em cima, é embaixo. Juntos, tínhamos conquistado o equilíbrio. Nós vencemos. E ainda assim...

"Elas são incríveis", sussurrei, piscando quando as asas ficaram maiores do que era possível. Eu nunca tinha visto algo tão surpreendente e fatal em toda a minha vida. Mesmo quando nos conhecemos antes da maldição, Ira nunca me mostrara suas asas. Elas eram uma arma que ele mantinha oculta. "*Você* é incrível."

Ira me abraçou forte, apoiando o queixo em minha cabeça. A tensão não havia deixado seu corpo; na verdade, ele estava mais tenso do que antes.

Ele também não dissera uma única palavra desde que quebramos a maldição.

Uma gota de suor rolou de minha testa pelo pescoço e eu estremeci. Ira tremeu de leve, enterrando o rosto em meus cabelos, e eu me dei conta de que não era suor, mas uma lágrima. Reuni energia suficiente para envolvê-lo com os braços, abraçando-o enquanto ele chorava.

"Nós estamos bem", "Está tudo bem. Terminou." Suas poderosas asas bateram, e dentro das chamas das penas internas havia mil pequenas manchas douradas. Meu foco passou das manchas douradas para as pontas prateadas. As cores de nossos amuletos de criança eram aspectos de suas asas. Eu sempre quis saber por que eles tinham essas cores. Eu achava que significava que um era abençoado pela deusa do sol e o outro pela deusa da lua. Como eu estava equivocada...

Ira respirou fundo e soltou o ar devagar. Ele pressionou os lábios em minha testa e me colocou de pé. Eu não conseguia parar de olhar para as asas de fogo. Elas me lembravam da minha magia, mas não havia um senso de familiaridade nelas. Aquela era a magia dele completa, e ainda assim eu estava atraída por ela como uma traça por uma chama. Fui tocar uma pena, mas puxei a mão e lancei um olhar encabulado a Ira.

"Esqueci que agora o fogo provavelmente vai me queimar."

A tristeza tomou conta de mim mais uma vez quando, sem pensar, procurei minha magia. Uma fissura em meu âmago se abriu ainda mais devido ao vazio que havia lá; era o lugar em que a Fonte costumava se aninhar, esperando que eu a requisitasse. Agora não havia nada. A sensação era a de que eu havia perdido um membro: meu corpo ainda tentava alcançá-lo, confuso quando não conseguia nada. Pisquei até conseguir controlar as lágrimas e impedir que caíssem. Apesar da minha perda, eu *estava* feliz por ter quebrado a maldição. Queria redenção pelo papel que havia desempenhado como uma deusa da vingança. Mas mesmo por meio do bem, eu lamentava minha perda. Sentia-a de forma aguda. Eu nunca mais saberia como era empunhar magia de fogo.

"Toque nelas." Ira me observou com atenção, sentindo meu humor. "Tenho controle de minhas asas. E mesmo que não tivesse, você é minha esposa. Elas não vão te queimar, apenas ficarão quentes."

Hesitante, estiquei o braço e envolvi as penas de chamas com os dedos. Ira estava certo, não queimou. Era similar a estender a mão na direção da luz do sol, absorvendo os raios. Ou passar os dedos pela água do mar no verão.

Isso, pelo menos, era como minha magia. Reconfortante, mas capaz de uma enorme destruição. Mesmo que o poder não fosse meu, era como se alguma parte de mim continuasse nele.

"As asas representadas em sua sala do trono são cor de ébano", eu disse. "Não esperava que fossem desta cor."

"Mandei mudar o vitral para o que eu havia visto por último."

Pensei na cena que tinha testemunhado com a pedra da memória de Sursea, em como as asas tinham ficado acinzentadas quando ela drenou sua magia. Eu estava feliz por termos vencido. Por termos derrotado alguém tão movido pelo ódio utilizando o poder de nosso amor.

Meus lábios se curvaram para cima quando acariciei outra pena, e as chamas tremularam de maneira provocadora sobre a minha pele. Passei outro dedo ao longo da beirada externa de sua asa, e a mesma sensação desceu por minhas costas. Voltei minha atenção para o meu marido, logo notando a expressão travessa em seu rosto.

"O que é isso?", perguntei conforme o calor descia por minhas costas, similar a uma pena me acariciando de leve. A pele onde a pena mágica havia tocado formigou em uma sensação agradável por mais alguns segundos.

"Posso ter esquecido de mencionar uma habilidade que perdi quando minha magia de fogo foi tirada."

Outra pena de calor meloso serpenteou por meu pescoço, deslizando pela clavícula até descer e acariciar com amor o ferimento causado pela Lâmina da Destruição.

A pena se espalhou devagar, traçando círculos em meus seios. Qualquer vazio ou pesar que restasse se dissipou quando a centelha de calor passou sobre o botão apertado, fazendo com que uma nova quentura se espalhasse da minha barriga para baixo.

"Que o diabo me amaldiçoe." Finquei os dedos nos ombros de Ira enquanto a gota perversa de prazer se movia para o meu quadril e se enrolava na parte interna de minhas coxas.

"É melhor não, *milady*. Já cansei de maldições." A risada de Ira era grave e sensual enquanto aquela pena se agitava junto à minha coxa e eu praguejava baixinho. "Luxúria não é o único capaz de manifestar desejo. Só que esse não é o seu." Ele mordiscou o lóbulo de minha orelha e depois o beijou. "É o *meu*."

O que tinha começado como uma sensação gentil como uma pena se transformou em um dedo de calor. Ira sorriu ao nos levar de volta na direção da estante de livros, prendendo meus braços sobre a minha cabeça. Suas gloriosas asas se abriram bem, cobrindo-nos em nosso próprio cobertor de fogo de paixão incandescente.

Ele se inclinou até seus lábios roçarem minha orelha.

"Gostaria de ver que coisas pecaminosas consigo fazer com elas, *milady*?"

REINO DAS BRUXAS

PODER ARCANO

26

O calor pulsava entre minhas coxas. A magia de Ira era suave como veludo ao me acariciar com gentileza, esperando uma resposta. O fato de eu ter tido uma adaga enfiada no peito logo desapareceu da minha mente, em parte, graças à rápida cura proporcionada por minha imortalidade e às carícias delicadas de meu príncipe. Em vez de me ater à perda de minha magia, concentrei-me em meu marido e no brilho perverso em seus olhos, na privacidade sedutora que sua cortina de asas propiciava e em todas as coisas que podíamos fazer ali.

Minha atenção recaiu sobre seus lábios carnudos, enquanto imaginava de forma vívida todos os lugares interessantes em que poderíamos fazer amor, as posições. Perder minha magia doía muito, mas imaginar Ira e eu nos unindo bem acima de nosso reino, entre a lua e as estrelas, aliviou *um pouco* a dor.

Se eu procurasse com afinco, ainda encontraria magia nas coisas do dia a dia. E fazer amor com o rei dos demônios entre as estrelas estava longe de ser uma coisa comum. A maldição estava quebrada, e não havia limites para o que poderíamos conquistar juntos. Olhei para as algemas que pendiam do teto na alcova e pensamentos novos e travessos tomaram conta de mim.

"Não posso dizer exatamente o que você está pensando, mas posso sentir o que você está sentindo neste momento." Ele beijou meu pescoço e meus olhos se fecharam. Ira sabia todos os pontos onde tocar para me deixar louca de desejo. "Se me deseja, é só dizer, *milady*." Ele passou o dedo sobre a pele desnuda ao longo do meu corpete, sua carícia sendo uma sedução por conta própria. "Minha rainha." Ele abaixou a cabeça e, onde seus dedos hábeis tinham acabado de tocar, ele usou a língua. "Meu amor."

Sua boca se fechou sobre o meu seio, e eu perdi o fôlego devido a suas palavras e à forma com que ele desenhava na minha pele, sugando e provocando sobre as minhas roupas.

"Eu te desejo, Samael."

Eu tinha acabado de sussurrar meu consentimento quando a magia quente de Ira se libertou. Aquela carícia depravada e macia como uma pena moveu-se sobre meu sexo, provocando minha pele até eu perseguir a sensação que crescia dentro de mim. Outra pena de calor lambeu meus seios, substituindo a boca de Ira enquanto meu marido me beijava devagar.

Com minhas mãos ainda presas sobre a cabeça e a língua de Ira em minha boca, sua magia me acariciava em todos os lugares de uma só vez. O prazer tomou conta de mim, eletrizando cada nervo enquanto o demônio intensificava sua magia, alimentando aqueles dedos fantasma de êxtase com mais de seu poder.

Ira chamava a si mesmo de Vossa Alteza Real do Desejo Inegável, e eu achei que já tinha experimentado aquele nível de sedução. Mas nada, *nada*, se comparava com aquilo.

Nem a magia de Luxúria ou de Avareza. Nem festa pecaminosa de Gula e testemunhar casais perdidos em meio ao puro êxtase. Nada disso se comparava à magnitude do... amor de Ira.

Não era somente a magia que ele estava usando para aprimorar meu prazer, nem o imenso poder que ele tinha. O que intensificava a experiência era a atenção e o cuidado, o desejo infinito de me dar prazer, de satisfazer a pessoa que ele amava de todas as formas imagináveis. O desejo de Ira de demonstrar seu amor por mim superava de longe qualquer desejo mais básico de meu corpo. Ele também queria aquilo, mas era meu coração que desejava acima de tudo. Minha mente e minha alma. E o mesmo se aplicava a mim.

A magia de Ira deslizava dentro de mim, a sensação era uma gloriosa mistura de beijos quentes e estocadas profundas que me preenchiam e esticavam, sincronizadas de forma perfeita com cada movimento de sua língua na minha. O tempo todo aquele calor mágico envolvia meus seios, até ficarem cheios de desejo. Ira me beijou com mais intensidade, esfregando os quadris junto aos meus, sua ereção atingindo todos os pontos certos. Eu me contorci com ele, buscando alívio.

"Ira."

Não tive que dizer nada. Em um movimento extraordinário, meu marido passou o braço em volta de mim e nos transportou pela curta distância até sua mesa. Com uma asa, tirou periódicos e potes de tinta da superfície antes de me deitar sobre ela. Um segundo depois, ele estava sem calças e se agigantava acima de mim, parecendo um deus de uma beleza brutal. Meu príncipe demoníaco não rasgou meu vestido, como sua expressão indicava que ele desejava fazer; ele o deslizou para cima conforme se movia sobre mim.

Ele absorveu cada centímetro de minha pele como se fosse tudo de que precisava na vida. Um vislumbre de algo indecifrável cruzou seu rosto, mas ele esmagou qualquer dúvida ou preocupação que sentia. Quando pressionou a extremidade rija de sua ereção em minha entrada e empurrou devagar, ele aproximou a boca da minha e sussurrou: "Eu te amo".

Meus olhos lacrimejaram. Eu o abracei com força, gravando o momento na memória. Mesmo que ele demonstrasse que me amava, ouvi-lo dizer isso... tornou as partes ruins pelas quais havíamos passado mais suportáveis. A última vez que ele dissera aquelas palavras fatídicas havia sido apagada da minha memória logo em seguida.

"Eu te amo."

Envolvi o seu rosto com as mãos e lhe dei um beijo casto, saboreando a felicidade do momento enquanto nos uníamos por completo. Ira se afastou, olhando em meus olhos. Por um instante, não se moveu. Seus punhos estavam plantados nas laterais do meu corpo, sobre a mesa, e o seu corpo estava tenso.

Ele estava se preparando para mais uma vingança da maldição. Para ela me levar embora, só que dessa vez seria para sempre.

Que o diabo amaldiçoasse Sursea. Eu não permitiria de jeito nenhum que ela arruinasse aquele momento. Não abri mão da minha magia para ver o olhar assombrado nos olhos dele, o vislumbre de incerteza quando ele enfim admitiu o que sentia e não entorpeceu suas emoções com um tônico. Eu também não permitiria que nenhuma dúvida surgisse cada vez que ele dissesse aquelas três adoradas palavras.

Balancei o quadril para cima, puxando-o para o presente e também para aprofundar-se dentro de mim. Estávamos ali. Juntos. E nada mudaria isso. A menos que decidíssemos matar um ao outro, ele era *meu*. E eu era dele. Para sempre.

"Por favor, diga de novo." Passei as mãos pelos braços dele, acalmando, suplicando. Suas asas se abriram para ambos os lados como armas, o calor fazendo o ar ao nosso redor brilhar. Ira, o rei dos demônios, que não tinha medo de nada, exceto me perder, hesitou. "Ainda estou aqui. Estamos bem."

Ele percorreu meus traços com os olhos.

"Eu te amo."

"Eu também te amo, demônio." Estendi o braço e acariciei uma pena quente, maravilhada com o formigamento que senti de repente em todo o corpo. Parei de brincar com suas asas e o puxei para um longo beijo. Ele levou apenas um instante para responder, movendo a boca sobre a minha com avidez. Graças à deusa sua mente enfim estava em coisas mais prazerosas. "Agora que isso está resolvido, mostre-me todos os seus novos truques. Quero que me possua em todas as superfícies e em todas as malditas paredes desta sala."

Os últimos vestígios de estresse o deixaram, e logo foram substituídos por um brilho travesso em seus olhos.

"Vamos tentar a metade das superfícies por enquanto, meu amor. Mesmo com seu corpo imortal, duvido que consiga lidar com toda a força do meu... poder."

Príncipe do Inferno arrogante. Empurrei meu quadril para cima, recebendo uma imprecação surpresa do demônio, seguida de um gemido de prazer conforme eu repetia o movimento.

"Quer apostar, demônio?"

"Lembre-se, eu avisei, esposa."

As asas do demônio reluziram com um brilho prateado quando ele nos envolveu com elas. O calor mágico voltou e desceu pelo meu corpo como mel aquecido, deslizando ao redor de onde Ira e eu já estávamos unidos. O calor pulsou ali por um minuto, dedilhando meu corpo até ele vibrar de desejo. Então, meu marido começou a travar o melhor tipo de guerra contra mim: devagar, ele o puxou para fora e empurrou para dentro, o calor mágico formigando com tanta intensidade que gozei antes mesmo que ele começasse de verdade.

"Porra", xinguei. Repetidamente. As únicas palavras ou pensamentos coerentes de que eu era capaz.

A risada baixa de Ira, combinada com suas investidas profundas e contínuas, fizeram eu me contorcer sobre a mesa, arqueando as costas enquanto meu corpo explodia com a sensação repetidas vezes.

"Calma, meu amor", disse ele. "Ainda não saímos da mesa."

"Odeio você!", gritei. O som provou que eu sentia o extremo oposto no momento em que se transformou em um gemido de prazer. "Odeio você das formas mais obscuras."

"Você já me disse isso." Ira puxou meu corpete e se aninhou junto ao meu coração antes de voltar sua atenção para os meus seios ofegantes. "Vamos ver o quanto você me odeia agora."

Meu marido liberou a si mesmo e sua magia, e logo nem precisou das asas para nos levar às alturas. Gozamos juntos, murmurando as palavras que tinham sido roubadas de nós, várias vezes, até voarmos mais alto e mergulharmos além do limite, uma, duas, meia dúzia de vezes mais.

27

Ira torceu cada gota de umidade do pano de linho, pingando água com sabão e bolhas na frente do meu corpo. Recostei em seu peito e fechei os olhos, desfrutando do primeiro momento de puro relaxamento que já experimentamos.

Depois de conseguirmos fazer amor sobre apenas *duas* superfícies de sua biblioteca particular, para diversão do demônio, ele nos transportou para sua casa de banho para um banho refrescante. Suas asas estavam escondidas, mas eu jurava que ainda sentia o calor fantasma ao nosso redor.

Aninhada entre suas poderosas pernas, com a cabeça apoiada na curva de seu ombro enquanto ele arrastava devagar o pano de linho sobre o meu corpo, liberei a tensão remanescente que vinha carregando nos últimos meses. Ainda havia questões a serem resolvidas: o que fazer com a Primeira Bruxa, além de limpar o nome da minha irmã. Provar que Vesta estava viva e bem, tendo partido por livre e espontânea vontade, e que minha irmã gêmea não tinha nada a ver com seu "assassinato". E quaisquer problemas que as Bruxas Estrela estivessem tramando. Torcia para que minha demonstração de magia tivesse sido suficiente para mantê-las nas Ilhas Mutantes por um tempo. E quanto aos vampiros, depois da demonstração brutal de Ira, eu acreditava que ficariam em sua região reconsiderando qualquer ideia de guerra.

Mas, por enquanto, com a maldição enfim quebrada, tivemos um momento para respirar e desfrutar da companhia um do outro, sem ninguém interferindo ou relógios fazendo uma contagem regressiva do nosso tempo juntos. Queria poder adiar por um mês antes de ter que lidar com aquelas peças finais.

O sono me pegou, e eu cedi à atração sedutora dos sonhos. Tinha sido uma jornada longa e exaustiva. Eu eliminara a ameaça das bruxas quando elas invadiram o círculo de Avareza, depois fora a um baile de comemoração e ao Poço da Memória. De lá, havia ameaçado Sursea, visitado Claudia para pegar a adaga e quebrado a maldição.

Descansar nunca foi tão bom.

"Deveríamos enviar os convites dentro de uma hora." A voz grave de Ira me acordou. "Para a coroação. Queremos te coroar ao anoitecer, se possível. Com a maldição quebrada e sem sua magia, é o melhor momento para alguém atacar."

E, de um minuto a outro, a serenidade se foi. Contorci em seus braços.

"Lembre-me de nunca cometer o erro de achar que um banho com você *alguma vez* será calmo. Primeiro o discurso sobre a Lâmina da Destruição, agora isso." Sorri enquanto balançava a cabeça. "Ainda bem que amo você, ou teria o impulso de segurar sua cabeça debaixo d'água por alguns segundos."

Ele beijou a ponta do meu nariz.

"Pelo menos você não disse alguns minutos. Já é um progresso, *milady*."

"Talvez eu apenas goste muito de certas partes suas para abrir mão delas para sempre."

Ele jogou água em mim.

"Vou garantir que essas partes cuidem de suas necessidades todos os dias, para que eu não me encontre do lado errado de sua lâmina."

"Demônio esperto." Dei um tapinha amoroso em seu rosto. A seriedade substituiu a leviandade. "Quem você acha que vai atacar? As bruxas?"

"Sursea está presa, mas duvido que sua localização ainda seja um segredo. O coven pode estar planejando alguma coisa, considerando que se reuniram. Elas já atacaram a Casa Avareza. Sem o medo de sua magia, elas podem atacar aqui da próxima vez."

"Para libertar Sursea."

Ira confirmou com a cabeça, com uma expressão amarga no rosto.

"Se elas cronometrarem bem e conseguirem ultrapassar minhas defesas de alguma forma, poderiam libertar a bruxa enquanto estivermos na coroação."

"Seria a distração ideal. Uma boa oportunidade. Mas será que tentariam alguma coisa de novo tão pouco tempo depois de terem perdido tantas vidas?"

"Até acharia que elas seriam espertas o bastante para deixar tudo em paz, ainda mais depois de sofrerem um golpe tão grande em suas forças, mas nunca dá para ter muita certeza."

Analisei meu marido.

"Mesmo que seja improvável, você ainda está considerando que o ataque aconteça?"

"A maioria não deixa passar uma oportunidade atraente quando ela surge na sua frente. Mesmo com a suspeita de que seja uma armadilha. Sempre existe uma chance de não ser. Ou de que a taxa de sucesso seja mais alta."

"O que seria verdade. Pois estaríamos ambos ocupados."

"Não apenas ocupados. A coroação vai acontecer no Corredor dos Pecados, diante de todos os meus irmãos."

Não foi o medo que fez meu estômago revirar, mas o desconforto.

"Elas poderiam atacar todas as casas enquanto os príncipes estão fora."

"Ou poderiam se concentrar no Corredor dos Pecados."

E, se conseguissem libertar Sursea, não precisariam se preocupar com as bruxas que perderam. Sem dúvidas estavam desejando vingança. Se arriscassem, poderiam ter a chance de destruir todos os príncipes demônios, e pelo menos uma deusa. Eu não gostava daquilo. Mesmo com os poderes de todos os príncipes do Inferno combinados, parecia um risco grande.

"Por que não fazer a cerimônia aqui?", perguntei.

"A coroação de um príncipe ou princesa consorte acontece na Casa de Pecado que eles irão governar. Mas a coroação de uma rainha deve acontecer no corredor. Isso mostra que você vai reinar de forma justa sobre cada Casa de Pecado, caso algum príncipe solicite assistência. Nunca aconteceu; meus irmãos são mais do que capazes de cuidar de seus círculos, mas a lei continua existindo."

Houve um leve brilho de empolgação no olhar de Ira, lembrando-me de nossa luta com os lobisomens. Meu marido era um pagão encantador. Ele não estava nervoso com um possível ataque; estava na expectativa dele. Superar seus inimigos era um desafio, uma oportunidade para criar uma estratégia e usar seu pecado. E se eu conhecia meu marido, ele já tinha um plano.

"Se elas acreditam que a Primeira Bruxa está aqui, vão atacar. Então você vai mudar Sursea de lugar." Lancei a ele um olhar especulador. "Em vez de bani-la, como no acordo que fez, você vai mandá-la para a Casa Soberba, não vai?"

Seus olhos brilharam de admiração.

"Meu irmão se dispôs com entusiasmo a atender meu pedido. Nunca houve um acordo com Sursea que definisse *quando* ela seria banida. Apenas que seria. Depois do que ela fez para estragar o casamento dele e roubar sua esposa, ele está esperando por uma oportunidade como esta."

A lembrança de Cláudia quando ela ainda era Lucia passou pela minha mente. Mudei para o outro lado da banheira, ficando de frente para o demônio.

"Seu irmão ainda a ama?"

"Lucia?", perguntou Ira.

Confirmei com a cabeça. Ele puxou minha perna para o seu colo e começou a massagear as solas dos meus pés, pensando.

"Só ele pode responder isso. Sei que nunca parou de procurar por ela. Ele acredita que ela está viva em algum lugar. Que talvez a mãe tenha colocado um feitiço de bloqueio nela também." Sua atenção se voltou para o meu peito, para onde meu coração mortal costumava ficar. "Agora que você e Vittoria estão restauradas, ele está mais determinado do que nunca a encontrar Lucia e provar que sua teoria está correta."

"Mas algum dia ele a amou, ou foram seu orgulho e ego que o fizeram cobiçá-la? Imagino que ela tenha sido uma conquista e tanto, sendo a filha da Primeira Bruxa. A bruxa que deveria liderar as outras para guardar este mundo e manter os príncipes do Inferno na linha."

Ira se inclinou para trás com uma expressão pensativa.

"Meu irmão era, e ainda é, muito conhecido por seus galanteios. Em grande parte porque é uma imagem que ele deseja projetar. Ele nunca pediu em casamento nenhuma de suas amantes. Nem nunca passou mais de uma noite com ninguém desde Lucia."

"Você tem certeza de que ele nunca dormiu com Vittoria?", perguntei, pensando em uma conversa anterior.

Ira ergueu um lado da boca.

"Sua irmã é o único outro ser que combina com ele em muitos aspectos, e foi por isso que a traição dela o atingiu de forma tão profunda. Mas não acredito que eles tenham consumado esse relacionamento. Àquela altura, ele já estava tentando resolver os problemas de seu casamento, mas Lucia se distanciou. Tenho cá para mim que ela o amava tanto quanto ele a amava, mas eram muito díspares para fazer a relação durar. Se as coisas tivessem sido diferentes, se ele tivesse conhecido Vittoria primeiro..." Ele deu de ombros. "Só sei que nada disso importa até ele descobrir o que aconteceu com Lucia. Apesar do que se possa pensar, Soberba é leal."

"Se Lucia pedisse para ele parar de flertar com outras, acha que ele teria parado?"

Ira refletiu por um minuto.

"Naquela época, acho que ele já tinha parado. E se não tivesse, ele faria qualquer coisa que ela pedisse. Na corte dele, os namoricos não são escandalosos ou considerados algo ruim, como são no mundo mortal. Se era isso que a deixava infeliz, é possível que ele nem tenha considerado essa possibilidade. Não por insensibilidade, mas por ignorância."

Olhei para o meu príncipe com atenção.

"É isso que você pensa sobre ter amantes?"

Ele abriu um sorriso lento e diabólico.

"Não, *milady*. Estou bem satisfeito com minha esposa."

"Ótima resposta, marido." Lembrei-me da memória da minha amiga, de como ela ficara preocupada com a decisão de partir sem escrever um bilhete. "Você acredita que Lucia foi assassinada?"

"Quando a procurei, não encontrei nenhum rastro dela. E quando os novos assassinatos começaram, pensei que talvez um dos inimigos de Soberba a tivessem encontrado." Ele ergueu o ombro. "Depois de ter encontrado você de novo, acredito que ela possa estar viva e bem. Soberba procurou pelas bruxas com a linhagem mais forte, assim como a dela, aquelas com mais magia de deusa, mas ele não localizou nenhuma descendente direta. Ele tem uma sala dedicada a grimórios e história das bruxas. Ele tinha esperança de que, se encontrasse a linhagem certa, poderia voltar até encontrar Lucia."

Ira continuava a massagear meus pés, e minha mente vagava pelo emaranhado de mentiras, enganos e esquemas com os quais todos estavam envolvidos, juntos ou separados. Não é de se admirar que tenha sido difícil de desvendar. Quando Vittoria havia dito que o diabo estava procurando uma noiva, era verdade. Assim como quebrar a maldição, de uma forma deturpada, envolvia o diabo se casar dentro de um certo período. Naquele mundo, Ira tinha só seis anos, seis meses e seis dias até que tudo fosse perdido, enquanto quase vinte anos haviam se passado nas Ilhas Mutantes.

Nosso laço e o meu subsequente sacrifício *quebraram* a maldição. No entanto, os assassinatos das bruxas infelizmente se misturaram à busca de Soberba para encontrar Lucia. Ele estava procurando mulheres descendentes de Bruxas Estrela, na esperança de encontrar sua ex-esposa.

Sem que ele soubesse, Vittoria também procurava Bruxas Estrela, mas para benefício próprio: ela foi atrás delas porque, muito tempo atrás, suas matriarcas haviam colocado o feitiço de bloqueio em nós.

E Ira havia investigado cada um daqueles assassinatos para ver quem estava matando qualquer um que pudesse estar relacionado a Lucia. Lembrei-me da noite em que invoquei Soberba. Ao contrário de quando invocara Ira, Soberba não conseguiu aparecer.

Ira deslizou a mão para minha panturrilha e a apertou com cuidado.

"Em que você está pensando agora?"

"Finalmente compreendi por que você estava tentando impedir os assassinatos", admiti. "A maldição tirou suas asas, mas trancou Soberba nos Sete Círculos, correto?"

"Sim. Quando a maldição entrou em vigor, tirou algo de cada príncipe. Soberba perdeu sua capacidade de viajar para fora de nosso mundo, o que atrapalhou suas tentativas de encontrar Lucia."

Sabendo o que eu agora sabia sobre a noite em que a esposa de Soberba partiu, aquilo devia ter sido terrível. Correr para casa depois que Ira quase destruiu seus irmãos e descobrir que sua esposa tinha desaparecido sem deixar vestígios. E depois ser trancado nos Sete Círculos, sem poder procurar por ela... era outro tipo de inferno. Ainda mais se ele realmente não tivesse feito as coisas que Lucia acreditava que tinha. Era trágico para os dois.

"E seus outros irmãos? O que eles perderam?"

Ira balançou a cabeça.

"Eles nunca falaram comigo sobre isso."

"Isso é estranho, não é?"

"Na verdade, não. Admitir ter perdido algo, mesmo uma quantidade pequena de poder, indicaria vulnerabilidade. Eles não arriscariam suas cortes. Eu só soube da perda de Soberba porque ele entendeu como me senti depois de perder você. Ele deixou seu pecado de lado na esperança de que, se eu encontrasse você, Lucia não estivesse muito longe.

Agora que a maldição não era mais um problema, eu queria poder resolver as coisas, mas algumas escolhas não cabiam a mim. Claudia tinha feito sua decisão antes de a maldição ser ativada. E embora Vittoria e eu tivéssemos entrado no jogo terrível pelo qual a Casa Vingança havia sido contratada, minha amiga havia se dado conta de que não era feliz *antes* do nosso esquema. Rachaduras haviam surgido em seu relacionamento bem antes de sua mãe os separar. Às vezes, demonstrar amor por alguém é deixar esse alguém partir, não o puxar mais para perto. Mesmo assim, eu não conseguia deixar de pensar em como seria o final da história deles se tivessem simplesmente conversado.

"Você está bem?" Ira me puxou do outro lado da banheira e me sentou em seu colo. "É a perda de sua magia?"

"Um pouco." Massageei seus ombros, notando que, diferente de mim, ele não estava mais tenso. "Eu também quero ajudar seus irmãos. Odeio o fato de a bagunça só estar parcialmente arrumada. Há muito a fazer."

Ira acariciou meu queixo com os ossinhos dos dedos.

"Você os ajudou."

"Eu sei que quebrar a maldição ajudou até certo ponto, mas o restante depende deles, não é?"

"Ficar longe para que alguém possa seguir o restante do caminho sozinho costuma ser a parte mais difícil, ainda mais quando você se importa." Ira se inclinou para a frente, dando um beijo carinhoso em meu coração. Quando olhou para mim de novo, sua expressão era contemplativa. "Você quer se tornar rainha?"

A pergunta dele me pegou desprevenida. Parei para pensar.

"Quero ficar ao seu lado. E embora existam alguns aspectos desagradáveis em governar, assumir o fardo para nos tornarmos uma força unida é algo que eu quero." Sorri com tristeza. "Posso não possuir mais a magia de Fúria, mas ainda a governo. Estou feliz em me juntar à sua casa. Parece certo."

Ira não disse nada por um instante; ele somente me analisou daquele modo intenso que indicava que estava vendo muito mais do que eu gostaria de compartilhar.

Minha atenção recaiu sobre a tatuagem clara em sua clavícula: *Acta non verba*. Ele podia não acreditar que eu queria ser rainha, talvez eu devesse lhe mostrar o contrário. Meus lábios se curvaram.

"Precisamos enviar os convites neste exato momento ou temos um pouco mais de tempo?"

O olhar de Ira se derreteu quando ele sentiu a verdade que estava por trás de minha pergunta. Ele ficou duro sob mim, demônio safado.

"O que você tem em mente, *milady*?"

"Como se você já não soubesse." Eu o conduzi para dentro de mim, rindo enquanto ele praguejava baixinho, e montei nele até ambos rogarmos aos deuses antigos e novos.

Coroação de Lady Emilia,
Deusa da Fúria,
Princesa da Casa Ira

Por ordem do rei

Você está convidado a comparecer
à cerimônia de
sua majestade, a rainha Emilia
esta noite, no Corredor dos Pecados.

Não se atrase.

28

"Eu assumo a partir daqui." Por um instante, a máscara de Soberba, de uma realeza orgulhosa e debochada, escorregou, revelando o demônio calculista escondido sob o encanto cortês. A maioria dos vestígios de seu pecado desapareceram; a magia e o ego foram eliminados com tanta facilidade quanto alguém tira um casaco de inverno. O demônio que estava conosco naquela sala merecera a cicatriz que cortava seu lábio e parecia orgulhoso dela.

Anir se afastou, como solicitado, mas não deixou seu posto ao lado de Sursea. Ira tinha dado a ordem, e a lealdade de Anir a seu rei e sua corte era sem precedentes. Fiquei perto de meu marido, observando Soberba entrar devagar na cela gelada em que a Primeira Bruxa era mantida.

Antes da chegada de Soberba, Ira havia me dito que essa era a primeira vez que o príncipe encontraria a sogra desde o desaparecimento da esposa. O clima no calabouço subterrâneo era tenso, como se um fósforo tivesse sido aceso perto de um contêiner de querosene, um inferno de morte pronto para se incendiar a qualquer momento.

O único pedido de Soberba era que ninguém comentasse o que ocorreria naquela câmara. Sua atenção por fim pousou sobre Sursea e nela permaneceu, fria e insondável.

Se ela não estivesse congelada, ele teria libertado o monstro que eu sentia estar rastejando sob a sua pele, arranhando para sair. Ele não tinha um público, à exceção de nós e de um punhado de seus guardas mais próximos. Nenhum cortesão para quem se exibir. Nenhum lorde ou lady para testemunhá-lo alimentando um pecado diferente. Esse era o exato motivo pelo qual ele havia solicitado a discrição de todos os presentes. Soberba cederia à sua raiva, à sua ira.

Ele arregaçou as mangas da camisa até os cotovelos e inclinou a cabeça de lado; quanto mais ele olhava para a bruxa congelada, mais sua expressão se tornava estrondosa e selvagem. Ele flexionou a mão, pronto para atacar se Sursea demonstrasse qualquer sinal de vida. Ele tensionou a mandíbula e se virou para os guardas que ainda escoltavam a bruxa. Eles olhavam para a frente, mas suas mãos se apertaram sobre as armas.

"Sinceramente, *você* que me chamou aqui", disse Soberba, virando-se para Ira com irritação. "Vai me deixar levar a prisioneira ou devo beijar sua bunda e implorar?"

Ira olhou bem nos olhos dos irmãos por um longo momento, depois inclinou a cabeça.

"Não se esqueça de seu objetivo final. Sursea vai fazer de tudo para controlar a sua mão se você a descongelar."

"Mais alguma palavra de sabedoria, querido irmão?"

"Seu orgulho já te fodeu regiamente. Tenha isso em mente antes de qualquer jogo que fizer a seguir. Descubra o que importa de verdade e planeje o ataque de acordo com isso."

Ira fez um sinal com o queixo, dispensando tanto seu irmão quanto os guardas que esperavam nas sombras. Demônios usando as cores da Casa Soberba entraram na cela, levando com eles picadores de gelo afiados. Eles estavam preparados para levar a estátua de gelo de nossa maior inimiga. Ótimo. Saber que ela logo estaria fora de nossa Casa, sob os cuidados de outra pessoa, era um alívio. Se eu nunca mais a visse, ela já tinha ido tarde. Com sorte, eles a manteriam congelada por toda a eternidade.

Ira me ofereceu o braço antes de encarar o irmão.

"Você tem duas horas até a coroação. Sugiro que não se atrase."

*

Fiquei diante do enorme espelho em meu quarto de vestir recém-mobiliado e girei para todos os lados, admirando o vestido que a costureira real havia feito para a coroação. Não se tratava apenas de uma roupa, mas de uma obra de arte. Em vez de tinta e pincel, o material da costureira era tule, delicadas correntes douradas, contas facetadas de ônix e diamantes brilhantes. Era pesado como uma armadura, mas havia uma delicadeza nele que não se esperava de couro e cota de malha.

Passei os dedos sobre o trabalho detalhado. Partes de cada uma das Casa de Pecado estavam representadas, assim como uma homenagem à minha afinidade por flores. Era o casamento perfeito entre os demônios e eu, indicando meu governo imparcial sobre todas as sete cortes. Oito, se tudo corresse de acordo com o plano. Olhei para o relógio sobre a mesinha de canto e depois para a janela arqueada. O crepúsculo era o estado normal daquele mundo, mas o céu havia escurecido. A noite tinha chegado completamente.

Fauna entrou no quarto. Assim que me viu, ela ficou paralisada, com a mão sobre a boca e os olhos cintilando de lágrimas.

"Você parece a deusa que é, Lady Emilia."

Parei de me atormentar e a puxei para um abraço.

"Obrigada por ter vindo."

"É claro, *milady*." Fauna me apertou um pouco mais, então se afastou e secou o canto dos olhos. "Do que você precisa?"

Fui até uma pequena mesa repleta de joias — opções para eu escolher para a cerimônia — e peguei uma carta lacrada que tinha escondido lá.

"Pode entregar isto para minha irmã?"

A atenção de Fauna recaiu sobre o selo de cera. Uma adaga de cabeça para baixo com flores ardentes. O símbolo da Casa Vingança. Uma tatuagem similar marcava a perna de meu marido, sua forma de nunca esquecer a oitava Casa de Pecado, que tinha virado seu mundo de cabeça para baixo de muitas formas.

Achei que ela poderia se assustar, mas os lábios de Fauna se curvaram de um lado. Era fácil esquecer que ela também tinha seus motivos para fazer parte daquela Casa. Guerra, batalha e inspirar raiva não a deixavam nem um pouco ansiosa. Ela gostava disso.

"Os príncipes Inveja, Avareza e Soberba terão uma bela surpresa esta noite."

Soltei uma risada nervosa.

"Ira também."

O sorriso de Fauna aumentou.

"Vocês dois foram mesmo feitos um para o outro. Sua majestade tem sorte de ter reencontrado você. E por você estar disposta a aguentá-lo por toda a eternidade."

"Fauna! Você acabou de zombar de seu rei?" Fingi choque. "Se eu já não gostasse de você, isso teria selado nossa amizade." Uma amizade com a qual, percebi, eu estava falhando de forma espetacular. "Como estão indo as coisas com Anir?"

De repente ela começou a achar o relógio fascinante.

"Preciso sair logo se quiser entregar este convite e voltar a tempo para a coroação. Sua majestade deixou bem claro que não devemos nos atrasar."

Estava curiosa, mas não a pressionei. Quando ambas tivéssemos mais tempo, teria com ela uma conversa adequada para botarmos os assuntos em dia. Eu odiava que as coisas estivessem tão caóticas e que não tivéssemos tido muito tempo para aproveitar a companhia uma da outra. Minha amiga parecia precisar de uma conversa para resolver as emoções que transpareciam em seu rosto. Jurei que isso seria uma de minhas primeiras tarefas pessoais como a nova rainha: arrumar tempo para ela.

"Obrigada, Lady Fauna. Vejo você em breve no Corredor dos Pecados."

Fauna fez uma pequena mesura e saiu do quarto às pressas, deixando-me sozinha mais uma vez. Voltei à mesa repleta de pedras preciosas e joias, e um anel em particular chamou minha atenção. Vinhas rosa-douradas com espinhos se entrelaçavam ao redor de uma pedra lilás.

"Mandei fazer este anel."

Fiquei tensa ao ouvir o som inesperado da voz de meu marido, e virei-me para vê-lo entrar no quarto. Fiquei sem fôlego ao vê-lo.

Em sua cabeça havia uma coroa simples de ouro claro. Os trajes eram em preto com detalhes dourados, pois essas eram as cores de sua Casa, mas também tinha flores rosa-douradas costuradas em uma das lapelas. Dava a impressão de que ele usava uma faixa real complementada por um broche de serpente.

Sua calça estava ajustada ao corpo e, se não tivéssemos outro compromisso, eu gostaria de mostrar a ele o quanto apreciava como ele estava bonito com suas roupas elegantes.

Um sorriso se abriu em seu rosto.

"Mais tarde, meu amor. Prometo que nada vai me impedir de admirar todos os detalhes de seu vestido. E tudo que há sob ele."

Dei um sorriso recatado.

"Não há nada sob ele, meu rei."

"Emilia." Ele fechou os olhos, como se tentasse expulsar a imagem e combater o ímpeto de me possuir bem ali.

"Vamos." Dei o braço para ele. "Um certo demônio mal-humorado proclamou que ninguém deveria se atrasar."

"Vou matar aquele idiota."

"Por favor, não faça isso. Eu gosto muito dele." Beijei seu rosto.

Ira e eu demos um jeito de não nos agarrarmos pelo tempo necessário até chegarmos à entrada, onde uma surpresa me aguardava. Soltei o braço do meu marido e levantei as saias, correndo até a bela égua cor de lavanda.

"Tanzie! Minha querida."

Acariciei a crina da minha égua, admirando as flores que tinham trançado nela. Tanzie amava ser mimada, e bateu com o pé no chão enquanto eu falava com ela. Olhei para o meu marido, que tinha uma expressão entretida.

"Gula tinha certeza de que você se lembraria dela, mesmo com o feitiço de bloqueio. Você costumava cavalgar..."

"Eu costumava entrar escondida nas terras dele e cavalgar até ele mandar filhotes de dragões de gelo atrás de nós." Ri com a lembrança. "Esqueci o quanto eu amava irritá-lo."

"Ele sentiu a sua falta." Ira assobiou, depois se virou para mim. "Ele não se importava com o que sua Casa tinha sido contratada para fazer. Gula sempre colocou a culpa em Sursea, e com razão."

"Nós podíamos ter recusado o pedido."

"Não, não podíamos." Ira balançou a cabeça. "Você é uma deusa da vingança. Assim como eu sou o príncipe da Ira."

Antes que ele pudesse argumentar, o chão tremeu. De novo. Passos. Enormes e estrondosos passos se aproximavam. Fiquei tensa, levando a mão na direção da adaga que havia escondido sob o vestido. Do banco de neve à nossa direita saiu um dos cães do Inferno de Ira. O cão de três cabeças caminhou até seu dono, balançando o rabo enquanto Ira acarinhava suas orelhas.

Alternei o olhar entre minha égua e o cachorro dele e balancei a cabeça. É claro que meu marido apareceria em minha coroação montado em um cão do Inferno gigante. Consegui para imaginar o ciúme estampado no rosto de Inveja e tive que conter outra risada.

"Está pronta, minha rainha?"

Anir e Fauna saíram do castelo, ambos vestidos de maneira impecável. Fauna fez um aceno sutil com a cabeça em minha direção, indicando que o convite e o pedido tinham sido entregues. Suspirei. Com sorte, minha irmã faria exatamente o que eu havia pedido.

Depois que Soberba levou Sursea e eu tive um tempo para mim, pensei muito na minha última conversa com Domenico. E em minha irmã. Eu tinha quase certeza de que enfim juntaria as peças que diziam respeito ao mistério de Vesta. Aproveitaria a celebração e compartilharia a descoberta diante de todos os príncipes demoníacos. Mesmo que as bruxas não atacassem, ainda haveria *alguma* empolgação além da coroação.

Olhei para o meu marido e deixei que sua presença me acalmasse. "Estou pronta."

Aceitei a ajuda de Ira para subir na égua: o vestido era lindo, mas não me permitia levantar as pernas. Um detalhe sobre o qual comentei com a costureira para futuros trajes.

Dois cavalos do Inferno que eram da cor do ébano trotaram até Anir e Fauna e, quando os demônios se acomodaram e Ira montou em seu cão, marchamos devagar na direção do Corredor dos Pecados. Assim que chegamos à base e começamos a subir a ladeira íngreme, senti o estímulo não tão sutil de cada pecado.

O cortejo pela montanha e pela passagem coberta de neve foi surpreendentemente rápido, embora a agitação me dominasse a cada passo que os cavalos e o cão davam. Muita coisa dependia do comparecimento de minha irmã. Eu estava nervosa para ver se minha teoria estava correta. E, se estivesse, como Avareza reagiria à revelação do papel que ele havia desempenhado.

Ira me lançou um olhar preocupado algumas vezes, mas com sorte ele acreditava que meu nervosismo se devia ao fato de ser coroada na frente de seus irmãos. Ele já tinha muita coisa na cabeça, considerando a possibilidade do ataque de bruxas, e eu não queria distraí-lo de sua missão.

Eu torcia para que tudo saísse de acordo com o planejado.

Nossa procissão chegou ao alto de uma ladeira, e logo eu reconheci a árvore da deusa, embora ela tivesse mudado de lugar, como Inveja havia dito que aconteceria. Senti as Sete Irmãs por perto. Celestia também ainda não fora pegar seu livro de feitiços, e eu rezei em silêncio para que ela não escolhesse aquele momento para o querer de volta. As coisas já seriam tensas o bastante se minha irmã aparecesse e seguisse minhas instruções.

"*Milady*?" Ira aproximou seu cão de Tanzie, que cheirou a fera do Inferno.

"Estou pronta."

Ira me lançou um olhar especulativo, mas não me pressionou a dizer nada. Sua desconfiança pairou sobre mim, e eu o olhei de um jeito que esperava consolá-lo. Os seis príncipes já estavam no local, esperando nossa chegada com seriedade. Ira me ajudou a descer da égua e, no instante em que meus pés tocaram o chão, os príncipes se enfileiraram, três de cada lado, formando um corredor para que passássemos.

Alguém tinha providenciado uma pequena plataforma, do tamanho certo para que apenas para Ira e eu conseguíssemos ficar em pé. Atrás dela, ao longe, ficavam os portões do Inferno, agigantando-se como dois pilares de medo. Minha atenção percorreu o chão coberto de neve. Além do nosso grupo, não havia rastros frescos. Nenhum sinal de que bruxas ou outros tipos de ser pudessem estar à espreita. Considerei isso como um sinal positivo.

Também não vi minha...

Um estalo estrondoso percorreu o ar, seguido por um rosnado. Virei-me e fui tomada pelo alívio. Minha irmã gêmea atravessava um portal, parecendo uma rainha por si só. Vittoria lançou um olhar irritado para o lobisomem que entrava no reino ao seu lado.

"Domenico, comporte-se. Se você estragar a noite da minha irmã, minha mão vai encontrar o caminho para seu peito."

Ira me olhou de soslaio, mas não disse nada. Soberba e Avareza, no entanto, explodiram.

"O que ela está fazendo aqui?"

Suspirei. Eu ainda nem havia sido coroada rainha e já tinha que acabar com uma disputa entre cortes.

"Ela é a deusa da morte, irmã de sua futura rainha. E a única governante da recém-restabelecida Casa Vingança."

"Ela é uma assassina", esbravejou Avareza.

"Um título que todos compartilhamos", rebati.

Soberba passou os olhos por minha irmã gêmea. O ódio brilhou naqueles olhos estranhos, mas eu poderia jurar ter visto algo mais. Algo parecido com mágoa. Ele levantou as mãos e se afastou.

"Contanto que fique longe de mim."

Avareza estava com a adaga de sua Casa, a lâmina apontada na direção de minha irmã.

"Obrigado pelo presente, irmão. Como já foi decretado, estou dentro de meu direito de ter minha retaliação de sangue."

"Avareza", alertou Ira. "Não se mexa."

Abri caminho por entre os príncipes e olhei para Domenico.

"Onde está a sua irmã?"

Eu tinha falado baixo, mas juro que de imediato se fez um silêncio absoluto. Até o vento parou. O maxilar de Domenico travou.

"Quero um juramento de seu príncipe dizendo que ela vai poder sair daqui se quiser."

Inclinei a cabeça e olhei para Ira.

"Você vai atender ao pedido dele?"

Meu marido analisou meu rosto antes de voltar o foco ao lobisomem. Ira estava depositando uma confiança enorme em mim. Uma ação que não passaria despercebida aos outros príncipes.

"Sua irmã não será levada por nenhuma Casa de Pecado contra a vontade dela."

Vittoria alcançou o braço de Domenico e ele permitiu que ela o segurasse. Ira não deixou de notar. Nem Avareza, que deu um passo à frente e apontou a adaga de sua Casa para Ira.

"Você me concedeu uma retaliação de sangue. Estou em meu direito de atacar."

"Ira concedeu uma retaliação de sangue pelo assassinato de sua comandante", respondi com frieza. "Um assassinato que nunca ocorreu. Portanto, você não tem direito a nada. Guarde sua adaga. Agora."

A atenção de Avareza se alternou entre mim e Ira.

"Vesta está morta. Vocês viram o que sobrou do corpo dela."

"Vesta é da alcateia", falei. "Você fez um acordo com a família dela porque cobiçava uma aliança com os lobos. Queria a magia dela. Seu poder. Sua ganância não permitiu que visse o quanto ela estava infeliz. O quando desejava se reunir com sua família."

Lembrei da jovem loba do Poço da Memória, do terror de ter sido arrancada da família quando ainda era filhote. Os uivos, o medo. Tinha sido um verdadeiro pesadelo. E também teve a forma com que a filhote de lobo mandou um lampejo de energia calmante para o seu pai, o que me fez pensar na lobisomem desconhecida das Ilhas Mutantes, aquela que levou minhas roupas antes de Vittoria remover meu feitiço de bloqueio. Aquela loba também tinha alterado minhas emoções. Tinha me acalmado quando eu estava com muito medo.

"Conte-me tudo que descobriu." Ira balançou a cabeça para me incentivar, e eu comecei a contar a história sórdida, expondo todas as pistas para Avareza e seus irmãos.

Levou um tempo para juntar todas as peças, mas o homem cujo rosto eu não consegui ver no Poço da Memória tinha uma *voz* familiar, e depois que refleti sobre a lembrança em minha cabeça, descobri de quem era a voz: do pai de Domenico. O garotinho no berço era Domenico, o meio-irmão de Vesta. Depois disso, tudo fez muito mais sentido do que o suposto "assassinato" de Vesta.

Em minha busca pelo assassino de minha irmã na Sicília, encontrei o pai de Domenico na casa de apostas de Avareza, embriagado e apostando. Parecia que aquilo tinha ocorrido fazia uma vida, mas eu me lembrava com facilidade da dor em seus olhos. Suas apostas pareciam ter mais a ver com punição do que com prazer.

A tristeza daquele homem não poderia ser apenas porque seu filho havia transmutado pela primeira vez. Mas se a transmutação de Domenico Júnior trouxera à tona lembranças da primogênita, Marcella, sua queda na bebida e no jogo fazia sentido. O pai de Domenico estava se punindo pela filha que havia perdido em uma aposta. Ele nunca se perdoou, e era provável que tivesse procurado a casa de apostas de Avareza na esperança de vê-la. Ou talvez roubá-la de volta. Mas Avareza a havia mantido ocupada como sua comandante, a havia mantido longe das Ilhas Mutantes e de sua alcateia.

Até minha irmã chegar, querendo uma aliança com ele e com os lobos.

Eu apostaria qualquer coisa que o corpo que Avareza encontrou em sua casa, e que continha sangue similar ao de Vesta, era do pai de Domenico. A morte dele tinha sido "coisa da alcateia", como Domenico havia declarado, para libertar sua filha. Eles devem ter sido atacados na tentativa de fugir, e o sacrifício era algo que qualquer pai faria por um filho.

"Não sei mais o que se passou entre Avareza e a alcateia de Domenico", expliquei, "mas suspeito que haja muito mais nessa história. De alguma forma, quando Vesta e Domenico estavam nos encontros iniciais para a aliança que Vittoria buscava, eles se reconheceram".

Ira chegou ao meu lado, com o olhar fixo no lobisomem.

"Isso é verdade, alfa?"

"É sim." Domenico parecia pronto para cortar a garganta de todos. "E é assunto *nosso*."

Olhei para minha irmã.

"Por favor. Diga a Marcella que ela pode aparecer."

Vittoria olhou para Domenico e acenou para ele com a cabeça. Ele sumiu e, em um piscar de olhos, reapareceu com uma loba. Vesta. Marcella. Ela era alta e flexível, mas havia uma expressão fatal em seus olhos que não existia na noite em que meu feitiço de bloqueio foi removido. Havia uma ameaça para sua segurança ali, e ela parecia pronta para a batalha, se fosse preciso chegar a esse ponto.

Ao lado de Domenico, era impossível negar que eles eram parentes. Marcella passou os olhos pelo pequeno grupo de pessoas antes de se fixar em Avareza.

"Um dia você vai pagar pelo que fez com minha família."

O príncipe da Avareza olhou feio para sua comandante.

"Eu lhe dei um lar. Um título. Uma posição de poder. Você não tinha o direito de me fazer de tolo."

"Você me sequestrou. Não confunda o assunto para justificar o que aconteceu depois." Ela olhou para Vittoria.

"Com todo o respeito, eu gostaria de ir embora, *milady*."

Vittoria inclinou a cabeça, levantando a mão quando Avareza deu um passo à frente.

"Eu não faria isso, vossa alteza. Marcella fez a escolha dela. Você vai respeitá-la."

Fiquei ao lado de minha irmã gêmea e de Marcella.

"Como não houve assassinato, solicito que a retaliação de sangue contra Vittoria seja considerada nula e sem efeito."

"Muito bem." Ira lançou ao irmão um olhar enojado. "À luz desta informação, Vittoria Nicoletta não é mais inimiga dos Sete Círculos. Nenhuma retaliação de sangue está em vigor. E se alguém", prosseguiu, com a atenção apenas em Avareza, "*qualquer um*, resolver atacá-la, ou aos lobos, ou a Marcella, se qualquer ato de vingança for executado, essa pessoa vai ter que se ver comigo pessoalmente. Agora, se toda essa bobagem externa acabou, eu gostaria de coroar minha rainha."

Avareza apertou a mão sobre a adaga que não tinha guardado e que mantinha apenas abaixada. Por um momento tenso, prendi a respiração. Por fim, ele embainhou a lâmina.

"Muito bem."

Soltei um suspiro silencioso, grata por não termos que lutar. Mas o brilho escuro e raivoso nos olhos de Avareza me fez questionar se a questão estava mesmo resolvida. Ou se ele estava apenas recuando por um momento, já tramando seu próximo passo.

Vittoria abriu um sorriso provocador para Avareza antes de se posicionar ao lado de Inveja. Ambos os príncipes fervilhavam em silêncio, mas não causaram cena. Graças à deusa, passaríamos pela coroação sem nenhum derramamento de sangue. Marcella nos agradeceu rápido e partiu com Domenico para o Mundo das Sombras, provando que minha teoria de que ela não conseguia viajar para lá sozinha estava correta. Um instante depois, Domenico voltou e ficou ao lado de minha irmã.

Com aquilo resolvido, Ira e eu subimos na plataforma e ficamos um de frente para o outro.

Meu marido tirou a coroa da cabeça e a segurou no alto, mostrando-a para a pequena multidão reunida atrás de nós.

"Como um símbolo de nosso reinado compartilhado, ofereço minha coroa à minha rainha."

Com uma demonstração de poder que me fez querer beijá-lo, Ira quebrou a coroa ao meio usando nada além das próprias mãos. Deusa do céu, ele era sedutor.

Sua boca se curvou por uma fração de segundos antes de entregar a coroa quebrada para mim, assentindo para me encorajar enquanto meus dedos se fechavam sobre o ouro quebrado.

"Com essas duas metades, combinamos nossa força unificando nossos corações, almas e poder para o melhoramento de nosso reino." Ira colocou sua metade da coroa na cabeça. "Emilia, deusa da fúria, cogovernante da Casa Vingança, ajoelhe-se, meu amor."

Com o olhar fixo no dele, fiquei de joelhos, sem me preocupar em esconder o sorriso enquanto me lembrava da última vez que estivera nesta posição. O poder que senti na ocasião, o controle.

Ira deve ter se lembrado da mesma coisa, e a fria máscara real caiu. Ele passou os olhos sobre mim, permitindo que o Corredor dos Pecados reforçasse seu desejo. Notei um leve volume em suas calças um segundo antes de alguém assobiar no meio da multidão.

Virei a tempo de ver Inveja chutando Luxúria na canela. Voltei minha atenção mais uma vez para o meu rei, meu amor, minha salvação. Meu igual. Para ouvi-lo me chamar de seu amor, para compartilhar abertamente o coração e a alma, eu atravessaria o inferno de novo e de novo.

O olhar de Ira queimava de desejo e orgulho.

“Coloque sua metade da coroa na cabeça e levante-se, em frente de todas as testemunhas aqui presentes, como a Rainha dos Sete Círculos, princesa da Casa Ira, deusa do submundo e do Mundo das Sombras.”

Coloquei a coroa na cabeça e me levantei. Ira olhou para a multidão.

“Irmãos, Vittoria, é hora da benção de cada corte de nosso reino.”

Todos pegaram as adagas de suas Casas e furaram os dedos, derramando uma gota de sangue sobre o chão coberto de neve. Minha irmã foi a última, concentrada apenas em mim quando deixou a gota de sangue se formar e cair. Sangue que sempre fomos alertadas a não derramar.

Seus lábios se moveram silenciosamente e eu respirei fundo. Soltei o ar quando li seus lábios murmurarem: “*Eu te amo*”.

Balbuciei o mesmo, então o solo retumbou sob nós. Fios mágicos nas cores de cada Casa demoníaca, junto do lilás de minha irmã, chicoteavam ao redor de mim e de Ira, enrolando-se cada vez mais enquanto os fios corriam ao redor de nossos corpos, circulando nossas cabeças.

Em um vislumbre de poder e brilho, cada parte de nossa coroa quebrada se tornou inteira. Levantei a mão, passando os dedos sobre o metal frio. Minha coroa servia perfeitamente. Nossos familiares gritaram, indicando o fim da coroação. Eu mal podia acreditar. Era mesmo rainha.

“Vossa majestade.” Ira levou minha mão à boca e deu um beijo.

Gula se aproximou e deu um tapinha no ombro do irmão, depois beijou minhas duas bochechas

“Bem-vinda à família, rainha Emilia. Espero que esteja pronta para o um banquete que vai desbancar todos os outros.”

Uma jovem demônia de cabelo azul-gelo revirou os olhos enquanto se movia entre os príncipes. Era a repórter que eu vira pela primeira vez no Banquete do Lobo. Eu não havia notado sua presença antes, talvez ela tivesse chegado durante a revelação do não assassinato. Ela lançou a Gula um olhar meloso.

"O príncipe Gula está certo a respeito de uma coisa: seu banquete fará com que os convidados desejem que ele nocauteie com todos eles."

O sorriso descontraído de Gula desapareceu.

"Minha querida, se minhas festas pudessem matar, eu mesmo entregaria o seu convite."

"Isso foi tão inteligente quanto a sua ideia de misturar vinho com raiz do sono, nocauteando todos os convidados. Pelo menos daquela vez não foi o tédio que os fez dormir." Ela deu um sorriso mordaz e fez uma mesura. "Quando vossas majestades estiverem estabelecidas em seu governo conjunto, adoraria entrevistar os dois. Demônios de todas as cortes estão curiosos para saber mais sobre a maldição e se eles precisam se preocupar com o retorno dela. Eles também gostariam de saber se o amor tem mesmo o poder de superar tudo."

"Acredite em mim, nem tudo que os demônios estão fazendo é perguntar sobre o retorno da maldição. Eles vivem com medo de que alguma repórter superior com propensão ao esnobismo estrague a diversão deles." Gula a enxotou, recebendo de imediato um olhar feroz. O sorriso dele era genuíno quando se virou de novo para nós. "A comemoração da coroação será na Casa Luxúria. Resolvemos combinar nossos esforços."

Ira balançou a cabeça e soltou um suspiro bem-humorado.

"Vemos vocês lá."

Gula esfregou as mãos com uma expressão travessa no rosto.

"Querem saber? Aquela víbora me deu uma ótima ideia, acho que vou oferecer uma taça de vinho com raiz do sono e expulsá-la junto de seu assistente. Então veremos quem vai achar que não sou inteligente. Pelo menos não vamos ter que nos preocupar com sua festa de coroação saindo nas colunas de fofoca."

"É tocante ver sua preocupação com nossa privacidade", brincou Ira.

"Sim." Gula tirou uma linha invisível da lapela. "Digamos que se ela pegasse vocês dois como Luxúria pegou, duvido que seria tão discreta."

"Luxúria!" Procurei aquele demônio miserável, mas ele já tinha saído do Corredor dos Pecados. E eu que tinha cometido o erro de acreditar que ele não havia contado a ninguém sobre o incidente no barco na Casa Avareza. Ou talvez na cozinha da Casa Ira. Príncipes demoníacos fofoqueiros. Gula riu e eu revirei os olhos. "Pode rir. Vocês todos já fizeram e viram coisa pior. Tenho certeza de que *eu* vou ver coisa pior esta noite."

"Só se tivermos muita sorte."

Com uma piscadinha, Gula se virou e colocou as mãos em forma de concha na frente da boca, gritando sobre o burburinho das conversas. "Posso ter a atenção de todos? Vamos nos encontrar na Casa Luxúria dentro de uma hora!"

"Espere", disse Ira, sua voz grave se sobressaindo sobre a pequena multidão. "Há mais um assunto para tratar." Lancei um olhar questionador a ele. "Você gostaria de fazer um juramento de sangue e se tornar a cogovernante oficial da Casa Ira?"

Olhei para minha irmã, que abriu um pequeno sorriso e assentiu. Vittoria ficaria bem governando nossa Casa sozinha. A empolgação cresceu dentro de mim quando encarei meu marido de novo, pegando a adaga que havia escondido embaixo do vestido.

"Sim. Estou pronta para me tornar a Princesa da Ira. Oficialmente."

29

“Que delícia!” Apertei os lábios sobre a ponta e suguei o máximo que pude para dentro da boca. Estava tentando manter *alguma* aparência de dignidade, mas, que o diabo me amaldiçoasse, era *muito* bom. Afastei-me com meu prêmio ainda em mãos e admirei minha obra. “Quero lamber cada centímetro.”

“E eu também”, murmurou Ira da porta.

Soltei a colher cheia do recheio do *cannoli* que eu havia preparado e caí na gargalhada quando notei qual era o foco dele. O demônio estava *mesmo* falando de sua sobremesa preferida, não de sua esposa. Minha risada rendeu um sorriso largo do meu marido, que entrava na cozinha. Tínhamos pouco menos de uma hora até o início da festa na Casa Luxúria e, segundo Ira e Inveja, era de bom tom o casal homenageado chegar um pouco atrasado.

Resolvemos voltar para casa e, enquanto Ira cuidava dos cães do Inferno, fui para a cozinha preparar um docinho para comemorar nossa vitória. Resolvemos o “assassinato” de Vesta, limpamos o nome de minha irmã e quebramos a maldição. Eu não poderia estar mais feliz.

“Gula enviou cinco demônios para nos buscar. Ele disse que, se não chegarmos logo à festa, virá até aqui. Com todo mundo. E jurou que escoltaria pessoalmente a colunista.”

A expressão de Ira dava a entender que ele preferia lutar mais uma vez contra uma horda de lobisomens a ter que dar uma festa e convidar todos os seus irmãos à nossa Casa de Pecado. Entreguei a ele uma tigela de ricota adocicada.

"Ainda dá tempo de você pelo menos experimentar."

"Tem razão. Dá tempo." Ele colocou a tigela de lado e me puxou para um beijo. Derreti junto a ele, entregando-me completamente ao doce abraço. Ele se afastou muito mais rápido do que gostaríamos; seu olhar sombrio tinha uma necessidade carnal que combinava com a minha. "Dói em mim não poder te deitar na bancada e lamber cada centímetro do seu corpo neste instante, mas precisamos ir."

A voz dele era grave e aveludada. Sugeria todos os tipos de fantasias e desejos. Aqueles que eu acolheria com prazer como realidade.

Olhei com saudade para a bancada, lembrando a última vez que fomos interrompidos. Então saí de seus braços, deixando alguma distância entre nós. "Certamente seria inaceitável que o rei e a rainha dos pecados e dos vícios chegassem muito atrasados."

Ira me seguiu pela cozinha, sem tirar a atenção de mim enquanto me pressionava devagar contra a mesa e se abaixava, enrolando os dedos em volta da barra de meu vestido e levantando depressa as saias. Ele abriu minhas pernas para ficar entre elas.

"Eu disse que *precisamos* ir, *milady*. Em nenhum momento disse que *iremos*." Os dedos espertos de Ira descobriam que eu não tinha mentido quanto às roupas de baixo, e sua atenção se concentrou no ponto secreto que ansiava por ele. Ele acariciou minha excitação escorregadia até eu gemer cada vez mais de desejo. "Ainda não, pelo menos."

Meu rei se ajoelhou diante de mim, seu olhar escuro e perverso enquanto cumpria a promessa de lamber cada centímetro do meu corpo.

*

O Príncipe da Luxúria governava todo tipo de prazer, mas a porção externa de sua Casa de Pecado era dedicada à forma pela qual era mais famoso: a luxúria. Assim que a carruagem parou em frente à entrada circular, ficou claro qual príncipe comandava aquela corte.

Estátuas de mármore de casais envolvidos em encontros apaixonados alinhavam-se na grande escadaria que levava a um conjunto de exuberantes portas de madeira. Minha atenção viajou para a moldura representando uma orgia posicionada acima da entrada, com a frase ENTREM TODOS entalhada.

Sorri de leve ao notar o duplo sentido. Sutileza era uma arte que Luxúria não tinha interesse em aprender.

Ira e eu fomos levados para dentro e logo anunciados à corte. Entramos no grande salão de baile, e lordes e ladies se curvaram — uma das primeiras e últimas vezes que uma corte demoníaca rival faria isso quando seu próprio príncipe governante estivesse presente.

"Levantem-se", disse Ira. "Esta noite, vamos celebrar Sua Majestade, a Rainha Emilia. Agradeço ao meu irmão, o Príncipe da Luxúria, pela gentil recepção."

Um quarteto de cordas tocou uma melodia e os devassos voltaram à folia.

O salão de baile era diferente da demonstração crua de luxúria do lado de fora; o cômodo exalava sensualidade de bom gosto em todos os níveis. Do tom ameixa profundo do papel de parede de brocado aos tecidos nobres, como veludo e seda, que eram destinados a proporcionar prazer tátil, estava fácil identificar cada aspecto da influência de seu pecado. Havia almofadas grandes empilhadas nos cantos, convidando lordes e ladies daquele círculo a deitar e recostar. A se entregar a prazeres simples como comida, vinho e conversa.

É claro, não seria uma Casa de Pecado e devassidão se não houvesse mais demonstrações literais de luxúria.

Os casais se uniam tanto de forma privada quanto pública, submetendo-se ao prazer físico. Balanços pendiam do teto, e demônios aventureiros cavalgavam uns nos outros acima dos dançarinos que rodopiavam pelo chão xadrez de calcário e mármore.

Eu não tinha visitado aquele círculo antes do feitiço de bloqueio, então era tudo novo.

Ao contrário do excesso de indulgência exibido na Casa Gula, o salão de baile de Luxúria e todos os demônios de sua corte exalavam o mesmo tipo de sensualidade que era difundido naquele cômodo, desde as obras de arte que Luxúria havia escolhido às roupas e olhares sedutores, bater de cílios e... a caça. Os membros da corte se estimulavam com a dança da sedução, quase tanto quanto gostavam do prazer real. As ladies usavam vestidos transparentes que ofereciam um vislumbre de nudez. A roupa dos lordes era feita com o mesmo material, tudo concebido para inspirar luxúria, desejo.

Movimentamo-nos pelo salão de demônios que conversavam educadamente, absorvendo todo o esplendor da festa. Uma seção estava fechada com cortina, e eu espiei lá dentro. Era a seção mais ousada. Lordes e ladies dançavam usando nada além de máscaras.

Um casal masculino se abraçava, um perdido no olhar do outro. Ao redor da porção externa dessa câmara fechada, colchões cobriam o chão. Casais iam da pista de dança às camas, continuando suas seduções.

"Se quiser uma máscara, vossa majestade, isso pode ser arranjado com facilidade." Luxúria sorriu quando soltei a cortina. "Uma senha também é exigida para indicar consentimento. Algum de vocês gostaria?"

Ira tomou um gole da bebida servida quando entramos e disse de forma casual: "Gostaria de estar em casa com a minha rainha em vez de ficar tolerando essas suas sacanagens desprezíveis."

"Ah, entendi." A voz de Luxúria tornou-se insolente. "Você está zangado porque queria estar em casa fazendo sacanagem com sua esposa."

"Talvez sua ideia de que alguém goste de 'ser sacaneado' seja o motivo de estar solteiro, irmão."

Avistei Inveja no meio da multidão, e ele levantou uma taça em minha direção. Às vezes, a ajuda vinha dos lugares mais inesperados, mas eu não me importava.

"Vocês me dão licença?"

Saí correndo, deixando os dois irmãos discutindo, e peguei uma taça de vinho de fruta-das-trevas. Toquei minha taça na de Inveja.

"Obrigada por me salvar daquela conversinha."

"Imaginei que eles estivessem tendo alguma discussão adolescente envolvendo seus paus."

"Você não está errado."

Ele sorriu.

"Quase nunca estou."

"E é modesto também."

"Sou um príncipe. A realeza não se importa com coisas prosaicas como humildade."

Eu ri, e o som desencadeou outro sorriso nos lábios do príncipe. Era difícil acreditar, depois de tudo que tínhamos passado, que poderíamos estar ali, por vontade própria, rindo juntos.

"Cuidado, é melhor não demonstrar muita emoção, ou alguém pode pensar que você gosta mesmo da sua rainha."

"Eu não me esforçaria para te esfaquear", disse ele. "Isso já é um progresso."

Foi minha vez de sorrir.

"E eu não me esforçaria para incinerar você."

"É claro, você não pode mais invocar magia de fogo, mas agradeço a intenção." Ele ergueu as sobrancelhas. "Nós somos... amigos?"

Inveja parecia horrorizado, mas de alguma forma senti que minha resposta importava. Mais do que ele deixava transparecer. Lancei um olhar sem me sentir nem um pouco enojada.

"Parece que sim."

"Que trágico."

"De fato. Estou bastante desanimada com isso", menti.

A cara feia que Inveja fez não combinava nada com o novo brilho em seus olhos. Não era felicidade — o que quer que fosse a coisa sombria pela qual ele passou, não tinha se curado ainda —, mas parecia algo muito próximo de contentamento. Mas aquilo logo desapareceu. Eu posso ter interpretado errado, mas para o bem dele eu esperava que não. Os irmãos de Ira, minha irmã e todos os nossos amigos mereciam encontrar a própria felicidade, independentemente do que ela seja para eles.

As portas se abriram e um silêncio recaiu sobre a multidão.

"Vittoria, deusa da morte, princesa da Casa Vingança."

A voz do anunciador da corte soou e, por um breve instante, a música parou.

Vittoria entrou no salão de baile como a deusa temida que era. O vestido preto era todo transparente, exceto nas pedras preciosas e apliques posicionados de forma estratégica.

Todos os olhos se voltaram para ela e lá permaneceram. Ela estava deslumbrante, com os cabelos escuros descendo pelas costas em cachos suaves, os lábios pintados de vermelho brilhoso e a confiança de uma mulher dona de si e que não dá a mínima para o que os outros pensam.

Meus lábios se torceram para cima. A Casa Vingança encontraria dificuldades ao se restabelecer, mas se havia alguém capaz de lidar com adversidades, esse alguém era minha irmã.

"Vossa majestade." Inveja se curvou sobre minha mão e beijou os ossinhos dos meus dedos. "Imagino que será benéfico ter as boas graças da Rainha dos Sete Círculos."

Observei-o com atenção.

"Isso mais parece um mau agouro."

"Ah, olha só. Você tem outro convidado para dar atenção." Inveja puxou Soberba para junto dele e mostrou suas covinhas. "Aproveite sua festa, Lady Emilia."

Inveja bebeu o restante de seu vinho e fugiu do salão de baile, saindo um pouco antes de se encontrar com Vittoria. Soberba cruzou os braços diante do peito, vendo minha irmã aceitar uma dança com um demônio bastante arrojado. A expressão de Soberba era cuidadosamente nula, mas ele pediu outra taça de vinho frisante bem antes de terminar a que estava segurando.

"Espero que você saiba o que está fazendo", disse ele, ainda prestando atenção em minha irmã. "Nicoletta", ele rangeu os dentes antes de se corrigir, "ou melhor, *Vittoria* ama arrumar confusão".

"Você parece gostar de um bom desafio. O suficiente para ser incapaz de recusá-lo."

Soberba tirou os olhos de minha irmã e se concentrou em mim.

"Sua irmã e eu temos muitas coisas em comum. Ou melhor, a pessoa que ela fingia ser compartilhava de meus interesses. Não sei quem ela é de verdade, e isso também não importa mais. Nicoletta nunca foi real. Minha esposa foi. E eu estraguei tudo. Regiamente, como meu irmão fez questão de apontar com tanta gentileza. Eu devia ter me esforçado mais para entendê-la. Ambos sabíamos que éramos diferentes. Era responsabilidade de nós dois tentar diminuir a distância entre nossa educação e culturas."

Escolhi com cuidado as palavras seguintes.

"Você acha que, além do amor que tinham um pelo outro, você e Lucia combinavam?"

Soberba piscou os olhos fixos para além de meus ombros. Mesmo sem olhar, sabia que ele voltara a observar Vittoria. Por ódio ou alguma outra coisa, mas não ousei perguntar.

Ele balançou a cabeça e bebeu o restante do vinho.

"Perdoe-me, vossa majestade. Esta noite diz respeito a você, e eu dei um jeito de fazer que fosse sobre mim. Se me der licença, não sou uma boa companhia." Como Inveja tinha feito, Soberba se curvou e beijou a minha mão. "Trate bem meu irmão."

Ele se endireitou e fez uma reverência, depois caminhou até a mesa repleta de vinho. Pelo visto, naquela noite não fingiria embriaguez. A tristeza tomou conta, mas não havia nada que eu pudesse fazer. Vittoria, Soberba e Lucia precisavam resolver seus sentimentos e ser sinceros em relação a si mesmos. Isso se Lucia desejasse se envolver na história de novo.

Preguiça se aproximou devagar, tão bonito quanto seus irmãos, embora parecesse pronto para se encolher em um canto a fim de ler o livro que eu tinha quase certeza de que ele havia levado escondido no bolso do paletó. Luxúria zombaria dele por toda a eternidade se visse isso.

"Príncipe Preguiça." Eu o cumprimentei de forma calorosa. "Obrigada por vir."

Um sorriso lento se formou em seus lábios.

"Não se ignora uma exigência de Ira. Mas estou feliz por demonstrar meu apoio. Apesar do passado, sei que você será uma rainha justa. Meus irmãos podem não dizer, mas apreciamos o sacrifício que você fez, quebrando a maldição."

A lembrança de ter perdido minha magia doeu só um pouco dessa vez.

"Obrigada. De verdade." Segurei a mão dele. "Quais são seus planos, agora que a maldição foi quebrada?"

Ele olhou ao redor do salão lotado, parando para ver Gula e a colunista a trinta centímetros de distância, sem conversar.

"Meu plano é não planejar nada. Viver um dia de cada vez. Estamos nos Sete Círculos, e as coisas mudam depressa por aqui. Gostaria de ver o que acontece depois que o quebra-cabeça for montado. O que acontece depois daquele último capítulo? Essa é a parte da história que sempre me intriga mais. Quem surge a seguir, um herói ou um vilão? Certamente ainda há muitas outras histórias que precisam ser contadas." Ele se curvou e beijou minha mão. "Vossa majestade."

Depois daqueles comentários curiosos, porém sinistros, fui apresentada a vários demônios do alto escalão da Casa Luxúria. Enquanto conhecia lordes e ladies, duques e duquesas, consegui avistar Fauna. Ela se virou para Anir, e eu pagaria um bom dinheiro para saber o que ela havia dito para fazer as sobrancelhas dele baterem na linha dos cabelos.

Anir logo colocou o vinho de lado e a acompanhou na direção da sala fechada com a cortina. *Bom para você, minha amiga.* Sorri. O mortal era detalhista o bastante para ser o segundo em comando de Ira, muito bem treinado em batalha e guerra, mas lhe faltava a sutil arte da sedução. Tolos, todos eles. Estava orgulhosa por Fauna ter assumido o comando, indo atrás do que queria. Desejei que a noite fosse o início de algo maravilhoso para eles dois.

Algo que eu não sentia havia eras me encheu de calor. *Felicidade. Nonna* e as Bruxas Estrela podiam ainda estar tramando contra nós de alguma forma, era provável que isso nunca mudasse, e os vampiros podiam se rebelar um dia. Mas, naquele momento, Sursea estava fora de minha vida. Minha irmã tinha sua Casa de Pecado de volta, Ira e eu enfim estávamos juntos e minhas lembranças eram minhas de novo. Abrir mão da minha magia tinha valido a pena por todo o bem que veio em decorrência disso.

Meu marido pecaminosamente encantador chegou ao meu lado e levou os lábios ao meu ouvido.

"Gostaria de ir a algum lugar mais privado, meu amor?"

Um vislumbre da última vez que havíamos estado em uma festa cruzou minha mente. Nós tínhamos escapado para fazer amor em um quarto vazio. Desta vez, não me lembrei só de fragmentos. Eu me lembrei de como tinha sido aquela noite em detalhes.

Os olhos de Ira brilharam quando o peguei pela mão e dei um sorriso travesso.

"Conheço um lugar prefeito, meu rei."

30

A Casa Vingança era um castelo gótico situado entre altas montanhas cobertas de neve ao sul, mantendo-o escondido das sete cortes demoníacas ao norte.

Como minha irmã havia me mostrado no mapa mágico, sua localização remota e o véu mágico de perda de memória ajudava a mantê-lo enigmático para os príncipes demoníacos e seus súditos. Apenas um convite, que Vittoria e eu nunca fizemos, permitiria que os príncipes passassem para o reino governado pelas deusas da vingança. O reino que, diziam, era a morada da Donzela, da Mãe e da Anciã.

Com minha memória recuperada, lembrei que aquela fora uma existência solitária. Solidão que preenchíamos nos jubilando de nosso título: as Temidas.

Na manhã seguinte à festa de coroação, eu estava no terraço do castelo da Casa Vingança, de frente para os jardins orientais, com o vento gelado açoitando meus cabelos soltos enquanto olhava para a paisagem familiar. Aquele fora o meu lar por séculos. O lugar de meu poder. O lugar de onde as grandes deusas da morte e da fúria faziam seus jogos de vingança.

E agora, não só eu havia retornado como uma deusa sem magia, mas também era a cogovernante de uma Casa de Pecado rival. Eu podia ter perdido minha magia, mas tinha ganhado um coração, uma alma, coisas que agora importavam mais do que vingança fria e impessoal. Antes, parecia justiça. E talvez em nosso mundo, repleto de pecados e vício, tivesse sido. Agora, depois de ter vivido entre mortais, eu via como fora errado. Havia mais na vida do que vingança e retaliação. Se fôssemos atrás de todos que tinham nos machucado ou injustiçado, nunca apreciaríamos o bem em nossa vida.

Consciente do que agora sabia e experimentando como era me concentrar na parte boa da vida, sentir paz genuína, eu nunca voltaria a ser quem tinha sido. Minha vida seria longa, e eu, ainda assim, queria saborear cada ponto de brilho que surgisse em meu caminho.

"Você está quieta", disse Vittoria, juntando-se a mim. "Tem sido silencioso sem você aqui."

Olhei para baixo e vi os lobos lutando sobre o gramado coberto de neve. Domenico estava treinando lobisomens recém-transmutados e, como também era costume dos malditos demônios, ele havia abandonado a camisa apesar da temperatura brutal.

"Parece que você vai se adaptar muito bem."

Vittoria observou o alfa trabalhar em uma série de chutes e socos, a expressão propositalmente sem emoções.

"Eles não podem ficar. A alcateia precisa ficar nas Ilhas Mutantes com o restante da família. Eles precisam assegurar que as Bruxas Estrela irão manter o equilíbrio e guardem apenas a prisão. É hora de deixarem este mundo."

"Você poderia ir com eles."

"Lutei muito para voltarmos para cá, para o nosso lar de direito." Vittoria olhou para mim. "A Casa Vingança é o meu lugar. É onde eu vou ficar." Um pequeno sorriso logo apareceu em seu rosto. "Além disso, preciso estar por perto caso minha irmã precise de mim. Seu rei pode não sancionar as partes mais complicadas do governo. Por isso você vai ter a mim."

Ela balançou os dedos e eu balancei a cabeça.

"Que a deusa ajude os demônios."

"E as bruxas." Vittoria olhou de novo para os lobos. "Obrigada por encontrar as provas de que eu precisava para limpar meu nome. E por confiar em mim mesmo quando não facilitei as coisas."

"Teria sido mais rápido se você tivesse me contado a verdade."

"O segredo não era meu. Além disso, eu não tinha certeza se Vesta, ou melhor, se Marcella era da alcateia, mas sabia que Domenico estava escondendo alguma coisa. Em nosso primeiro encontro, quando o persuadi a me acompanhar para fazer uma aliança com Avareza, ele ficou tenso quando ficaram juntos na mesma sala. Estávamos apenas nós quatro, e ele não ficaria tenso por minha causa ou de Avareza. Suspeitei que Domenico tivesse tramado e executado um plano por causa do timing do "assassinato" de Vesta e da chegada de Marcella à alcateia, mas não quis chamar atenção para ele."

"Você não a reconheceu?"

"Ela lançou um encanto de convencimento. Isso, somado à sua habilidade de mudar as emoções, impediu-me de questioná-la por um tempo. Quando descobri a verdade e ela parou de esconder sua identidade, não cabia a mim obrigá-la a voltar. Além disso, eu não trairia Domenico. Mesmo que isso significasse esconder a verdade de você."

Para uma deusa que deveria estar apenas em busca de vingança, minha irmã levou a culpa quando poderia, com facilidade, ter entregado Domenico a Avareza.

"Você gosta dele, do transmorfo?"

"Não importa se gosto ou não." Ela deu de ombros. "Ele vai viver mais do que a maioria, mas não é imortal. Um dia, daqui a muitas luas, ele vai perceber que está mudando e eu não. Domenico precisa ficar com alguém que envelheça com ele. E eu preciso ficar com alguém que eu possa irritar por toda a eternidade. Isto é, se eu escolher um parceiro em vez de apenas me divertir do meu jeito."

"Esse alguém especial comanda o pecado da inveja ou da soberba?"

Vittoria riu.

"Bem que Inveja gostaria de ter a minha atenção por toda a eternidade. Até fico curiosa, por causa dos rumores que ouvi quanto aos talentos sexuais dele, mas seria uma fantasia passageira." Os olhos dela brilharam quando fechei bem os meus, sem querer pensar nos *talentos* de Inveja. "Ouvi dizer que seu..."

"Por favor, não quero saber nada do que dizem sobre Inveja. Já fiquei sabendo do retrato pintado acima de sua cama, no qual ele exibe como é bem dotado."

"O diabo que me livre." Vittoria jogou a cabeça para trás e riu. Era a primeira vez que ela perecia seu antigo eu mortal, e isso me deu esperança para o futuro. "Achei que ele estivesse brincando quando falou desse quadro. Agora penso que deveria ter aceitado a oferta de usar o quarto."

Notei que ela não havia dito nada sobre Soberba, mas não toquei no assunto. Estava claro que essa era uma ferida não curada. Mesmo que ele não a desejasse em termos românticos, eu suspeitava que esse não era o caso de Vittoria. Uma outra coisa sobre a qual eu estava curiosa veio à tona.

"Quando você recuperou sua magia de deusa, reconheceu Lucia?"

De maneira quase imperceptível, minha irmã ficou tensa.

"Você contou a ela?"

"Não. Mas lhe entreguei a pedra da memória. É ela quem deve decidir seu futuro."

O silêncio se plantou entre nós, quebrado apenas pelos ecos fracos do treinamento que acontecia abaixo. Em vez da batida de espadas de metal, ouvíamos o som de garras arranhando pedra e pele. Minha irmã continuou em silêncio, então continuei.

"Se você se apegou a Soberba, e se Lucia realmente não quiser ficar com ele, você precisa contar a verdade a ele. Sem jogos ou mentiras."

"Não quero ser esposa dele."

"Ninguém disse que você quer", afirmei. "Mas, agora que recuperamos nossa Casa, o que você quer?"

Minha irmã parou para pensar por um momento, sem tirar os olhos do alfa que treinava abaixo.

"Quero me concentrar em reconstruir nossa Casa. Quero estabelecer nossa corte e reconquistar a confiança dos nossos súditos. E não quero mais responder perguntas sobre aquele príncipe miserável. Pensar em Soberba me faz querer arrancar corações e pisar neles." Ambas abrimos um sorriso com a explosão dela, mas não insisti no assunto. "E quanto a você, querida irmã? O que, em nome de tudo que é bom e sinistro, a possuiu de tal forma que te convenceu a abrir mão de sua magia?"

"Era isso ou a maldição vigoraria para sempre."

"Não", disse Vittoria com um raro acesso de raiva na voz. "Matar Sursea era uma opção viável. E seu príncipe deveria ter mencionado isso."

“Ela é imortal.”

“E *eu* sou a deusa da morte. Até o seu poderoso marido sucumbiu ao veneno da Morte. Antes de nossa mãe interferir com seu tônico.” Os lábios de Vittoria se retorceram, virando um sorriso cruel. “De qualquer modo, nossa mãe é a Anciã. Acredita mesmo que ela não poderia ter nos ajudado a matar uma única bruxa, mesmo que fosse uma bruxa abençoada com a imortalidade?”

“Ela é sobrinha de nossa mãe”, lembrei minha irmã. “Celestia não teria matado alguém da família.”

“Você esquece que nossa mãe também tem um probleminha de orgulho. Ela nunca permitiria que alguém destruísse suas criações preferidas. Nós, este reino, habitamos um mundo que ela criou. Isso é maior do que apenas eu e você.” Os olhos lilases de Vittoria brilharam. “E você abriu mão de seu poder por ele.”

Fiquei surpresa por ela se sentir dessa forma, mas estava longe de ser verdade. Fiquei em silêncio por um instante para organizar meus pensamentos, para fazê-la entender por que a minha escolha *me* empoderava.

Olhei para os lobos. Eles estavam transmutados e realizando seus exercícios.

“Escolhi acabar com uma maldição que teria me deixado presa por toda a eternidade. Abri mão de meu poder por liberdade, para consertar um erro que eu tinha ajudado a criar, de forma intencional ou não. Não renunciei minha magia por um demônio. Mas seguir meu coração era o caminho certo, pelo menos para mim. Quando considerei os rumos que a situação poderia tomar, percebi que poderia viver sem magia, mas não consegui me imaginar abrindo mão de tudo que eu amava para ficar com ela. Escolhi o caminho que me oferecia a vida que eu queria viver.”

Minha irmã balançou a cabeça, mas não se pronunciou. Estava tudo bem ela se sentir diferente, escolher outro caminho. Eu não tinha que concordar com todas as suas escolhas e ela também não tinha que concordar com todas as minhas. Isso não significava que não nos amávamos e nos respeitávamos com toda força. Éramos gêmeas, mas cada uma era sua própria deusa.

“Escolhi a liberdade em vez do medo”, conclui. “E escolheria de novo, sem nenhum arrependimento.”

Vittoria soltou um longo suspiro, criando pequenas nuvens no ar frio diante dela.

“Então estou feliz por você, Emilia, de verdade.” Ela me olhou com olhos travessos. “Se precisar de alguma coisa, qualquer coisa, sempre poderá contar comigo.”

31

As asas de fogo de Ira queimavam com intensidade contra o céu crepuscular. Ficamos um de frente para o outro nos jardins da Casa Ira, perto da estátua que — como eu suspeitara, e enfim tinha confirmado — representava a temida deusa que Ira nunca se permitiu esquecer. Nossas mãos esquerdas estavam unidas, palma com palma, as tatuagens iguais *SEMPER TVVS* alinhadas como se nos lembrasse de que havíamos dado nosso coração um para o outro para sempre.

O rei dos demônios usava um terno preto, embora tivesse prendido uma flor de laranjeira na lapela, uma homenagem às flores que eu tinha voltado a enroscar nos cabelos soltos.

Meu vestido cor de pérola não tinha mangas e era de uma bela seda guarnecida com rendas delicadas, mas o frio gélido não tocava minha pele. Uma vantagem de ter um marido com asas tão incomuns. Era como se uma lareira viajasse conosco, mesmo durante uma tempestade.

Felizmente, a neve tinha cessado para a nossa cerimônia de união, embora as nuvens escuras reunidas acima de nós eram um alerta de que a calma não duraria. Anir e Fauna se aproximaram como nossas testemunhas diante de todos os deuses, cada um segurando a ponta de uma vinha cheia de espinhos. O material mais se assemelhava a um cordão do que a um galho inflexível; e com movimentos lentos eles o entrelaçaram por nossas mãos e pulsos, atando-nos de forma literal e simbólica.

Depois que os nós foram testados e apertados, nossos amigos se afastaram. Os olhos de Fauna ficaram turvos e Anir não parava de piscar. Os dois bobões sentimentais fizeram meus próprios olhos lacrimejarem.

Ira esperou meus olhos encontrarem os dele para começar a falar.

"Quando nos reencontramos, eu odiei você."

Comecei a rir e balancei a cabeça.

"Sempre romântico, querido marido. Assim como os heróis de meus romances preferidos, você sabe mesmo como conquistar o objeto de sua afeição."

"Agora você sabe por que ele é um demônio de ação, não de palavras, Em", gritou Anir.

Os lábios do demônio se torceram.

"Eu te odiei porque, naquele momento, eu me lembrei. Como a bruxa disse que aconteceria. Pela primeira vez em anos, minhas lembranças de você vieram à tona. Em vez de reconhecimento ou alívio, senti o seu medo, depois a sua fúria, e me dei conta de que a maldição não tinha sido quebrada. Que havia apenas uma pequena fenda. Eu te odiei porque você tinha se tornado uma das criaturas que nos separaram. Você havia adotado os costumes delas. Você me desprezava, e eu sentia isso cada vez que nos aproximávamos. Jurei deixá-la com suas próprias escolhas, ficar de lado enquanto você descobria o seu próprio caminho, mesmo que isso significasse você escolher ser uma Bruxa Estrela.

Uma escuridão cruzou as feições de meu marido.

"Quando conheci aquele garoto humano no mosteiro, Antonio, estava preparado para deixar você para sempre. Mas então você disse meu nome verdadeiro, o que me fez reconsiderar. Talvez você se lembrasse, em algum lugar lá no fundo da memória. Talvez houvesse algo que a maldição não tivesse corrompido." A expressão dele mudou de novo, como se essa confissão lhe custasse. "Eu disse para você nunca mais me chamar de Samael, não porque você dissera o meu nome, mas porque eu não queria que sua família de bruxas o usasse contra nós. Se elas soubessem que tínhamos nos reencontrado, contra todas as probabilidades... era revoltante pensar no que poderiam fazer para nos separar."

"Também pensei nisso."

"A maldição me impedia de dizer certas coisas, como você sabe. O que, por fim, nos deu uma oportunidade de nos conhecermos de novo. Éramos ambos diferentes em certos aspectos. Eu não sabia ao certo se ainda combinaríamos como antes. Mas, pouco a pouco, você conseguiu entrar."

Sorri quando ele disse isso.

"Quando me encontrei em sua mente, após o ataque do Viperídeo, senti o seu medo. Tive a impressão de que eu era uma espécie de farpa que se enterrava sob sua pele."

"Era o que eu sentia." A risada grave de Ira foi inesperada e calorosa. "Eu queria vingança contra Sursea, e queria minhas asas de volta mais do que tudo." Suas magníficas asas bateram para pontuar a questão. "Mas em algum momento, comecei a querer algo mais. Você. Eu não queria apenas o seu corpo. Queria o seu coração. A sua mente. Queria uma companheira. Uma confidente. Alguém com quem caminhar pelo inferno, e alguém que também pudesse me mostrar o paraíso. Alguém sem medo de me desafiar, que criticasse as merdas que faço. Queria uma igual. Fúria."

Minha atenção se voltou para as asas de fogo que pareciam ter crescido em chamas e calor quando ele disse meu nome verdadeiro.

"Ainda sou Fúria, apenas com um pouco menos de fogo."

Um sorriso secreto tocou seus lábios.

"Quando um laço é totalmente aceito por ambas as partes, compartilhamos todas as coisas. Aceito o nosso laço. Eu lhe dou meu coração, minha alma e meu poder.

A vinha na mão de Ira se afundou em sua pele, a magia brilhando como uma estrela que cruza o universo. Eu só precisava proferir aquelas mesmas palavras e estaríamos ligados por toda a eternidade. Dessa vez, seria uma escolha feita por nós dois. Sem magia.

"Eu me apaixonei por você aos poucos, embora sempre o tenha considerado muito atraente." Anir e Fauna riram da minha confissão. "Algo que tenho certeza de que você sentiu. Quando vim para cá e descobri o Corredor dos Pecados e a magia sutil deste mundo, um brilho de empolgação ganhou vida dentro de mim. Eu não estava pronta para admitir para mim mesma, muito menos para você, mas fiquei grata por uma oportunidade de colocar em ação os sentimentos que estava tão desesperada para ignorar." Respirei fundo. "Pode ter sido covardia, mas eu precisava de tempo para entender tudo. Você nunca me apressou. Nem forçou a barra. Eu estava me apaixonando, mas soube que era algo especial depois que esfaqueei você."

"Sempre romântica, amada esposa." Ira brincou, usando minhas palavras de antes.

"Foi a primeira vez que estabelecemos limites. E isso foi importante para mim. Eu queria ver como você reagiria, se algum dia repetiria aquela ação. Você não fez isso. Mesmo quando obteve mais informações, mesmo quando pôde ver as possíveis curvas na estrada quando eu não podia, você nunca mais ultrapassou os limites. Você respeitou aquela barreira, respeitou uma regra estabelecida entre nós, e eu soube que teria um parceiro de verdade se escolhesse me relacionar com você. Não alguém imperfeito, mas alguém que assumiria os próprios erros e não tentaria compensá-los; alguém que faria o certo no futuro, por meio de ações, para me mostrar que eu poderia confiar dali por diante.

"Vocês dois precisam melhorar essas declarações de amor", disse Anir, sem ser rude. Fauna o cutucou com o cotovelo e ele fechou a boca.

"Eu te amo, Samael. As boas partes, as ruins, e tudo que está no meio disso. Cada pedaço complicado..." Ira ergueu a sobrancelha quando eu disse "complicado" e eu revirei os olhos. "Escolho você hoje, amanhã e todos os dias. Aceito o nosso laço. Eu lhe dou meu coração, minha alma e meu poder.

As vinhas em minha mão brilharam tão forte quanto as de Ira e se acomodaram sob minha pele. Agora nós dois tínhamos mais uma tatuagem: as vinhas com espinhos mostrariam que estávamos unidos para sempre, mais do que apenas como marido e mulher. Estávamos unidos alma com alma. Porque essa era nossa escolha.

Ira me puxou para perto e me deu um beijo intenso, então sorriu junto aos meus lábios.

"Você se lembra quando eu disse que compartilharíamos *tudo*?"

"Lembro." Estreitei os olhos, e o sorriso dele se alargou. "O que você está tramando?"

Ele sussurrou alguma coisa em uma língua antiga, uma língua que eu não conhecia, mas sabia que era angelical. Quando ele terminou, aproximou-se e sussurrou.

"Assim como é em cima, é embaixo. Agora estamos verdadeiramente equilibrados de todas as formas. Meu gelo para o seu fogo."

"Mas eu não tenho mais..."

As asas de Ira brilharam, o fogo ardendo com calor o suficiente para fazer o ar ao nosso redor brilhar. As manchas douradas e prateadas de suas asas pulsavam, e eu observei em silêncio enquanto elas piscavam como estrelas. Era belo e...

Em um piscar de olhos, o fogo e a cor se esvaíram de suas asas. Parecia que alguém tinha virado um pote de tinta sobre elas, e que o líquido cor de ébano estivesse pingando sobre as penas, substituindo o fogo com escuridão. Enquanto o fogo se apagava, notei algo a mais. Algo familiar, que começou como uma pequena vibração em meu âmago. No mesmo lugar onde antes ficava minha magia.

"O quê..." Apertei o estômago quando a vibração aumentou.

Mais um lampejo de poder, um raio cruzando um céu tempestuoso, e o fogo das asas de Ira se apagou por completo. Meus joelhos se dobraram quando o poder correu para dentro de mim, preenchendo-me. Meu marido me abraçou com força, até que a última gota de seu poder se estabeleceu em mim.

Lágrimas que eu não sabia que estavam caindo molharam a lapela dele. Em meu âmago, onde a Fonte havia vivido, senti magia. Afastei-me, olhando para as suas asas. Onde antes havia chamas brancas e prateadas, agora estava um preto brilhante. Elas pareciam com o seu *luccicare*.

"O que você fez?", perguntei. Minha voz não passava de um mero sussurro.

Ira beijou o alto de minha cabeça.

"O que é meu é seu, meu amor. Eu disse que tinha magia para nós dois." Ele dera metade dela para mim. As lágrimas caíram com força, e ele beijou cada uma delas, secando-as. "Invoque seu poder, Fúria."

Sequei as lágrimas e testei aquele novo e pulsante poço de magia.

"*Fiat lux*"

Flores ardentes irromperam no céu acima de nós, maiores e mais poderosas do que nunca. Eu esperava que a magia fosse prateada, dourada e branca. Mas ainda era do meu rosa-dourado. Ela podia ter vindo de meu marido, mas era *minha* de verdade.

"Obrigada", sussurrei. Ira me envolveu nos braços, olhando para as flores que queimavam no céu. Eram como nossas estrelas pessoais. "Obrigada por abrir mão de suas asas por mim."

As asas de Ira se abriram dos dois lados, batendo forte o suficiente para levantar a neve.

"Não abri mão de nada. Tenho minhas asas. Tenho minha esposa. E tenho algumas ideias muito interessantes para a arquitetura do nosso novo quarto. Mas gostaria de testá-las primeiro."

"Vamos considerar isso como nossa deixa para sair", disse Anir. "Parabéns aos dois."

Ele beijou os dois lados do meu rosto e deu um tapinha nas costas do seu rei, mas Ira passou um braço ao redor dele e o abraçou de verdade. Fauna fez uma mesura, mas eu também a puxei para um abraço apertado. Ela me abraçou com força.

"Temos que conversar logo, *milady*."

"Você está livre amanhã?", perguntei. Fauna fez que sim com a cabeça. "Vamos nos encontrar então. Quero saber *tudo* que aconteceu naquele baile de coroação."

Os olhos de Fauna brilharam.

"Vou providenciar chá e bolo de frutas com conhaque."

Quando nossos amigos deixaram o jardim, olhei para Ira de novo. Ele era um demônio travesso e intrigante. E eu não podia imaginar amá-lo mais.

"A arquitetura de nosso quarto envolve meios de usarmos essas asas?"

Um olhar perverso tomou conta de seus olhos.

"Não era o que eu tinha em mente. Mas podemos acrescentar à nossa lista de exigências."

"Quais outros itens estão em sua lista?"

Ele estendeu a mão.

"Que tal eu lhe mostrar, *milady*?"

No instante em que dei a mão para ele, Ira nos transportou para sua biblioteca particular. Analisei o cômodo vazio. O fogo crepitava de forma agradável, e as velas dos lustres estavam quase todas apagadas, dando uma sensação suave e sensual ao cômodo. A princípio, não entendi ao certo por que ele escolhera aquela sala, depois voltei minha atenção ao par de algemas penduradas. O calor se acumulou na parte inferior de minha barriga enquanto a expectativa tomava conta de mim. Ele não podia...

Ira foi para trás de mim, descendo as mãos de leve por meus braços e depois subindo-as devagar. Cada carícia parecia magia e fazia meu corpo ansiar por mais.

"Você se lembra de quando perguntou se eu estaria disposto a te amarrar?"

Deusa do céu, eu lembrava.

"Sim. Você estava prestes a nos matar congelados. Eu tinha que encontrar *alguma* forma de distraí-lo."

Ele deu um beijo na minha nuca, e a sensação fez meus mamilos doerem, ansiando por seu toque.

"Não foi o seu pedido que chamou minha atenção, mas a excitação que senti." Suas mãos desceram por meu corpete. "Parecida com a que estou sentindo agora."

Seu polegar acariciou a pequena protuberância do meu seio. Estendi o braço para trás e enrolei a mão em seus cabelos quando ele se inclinou para a frente para beijar meu pescoço e meu ombro. Arqueei o corpo contra o dele, sentindo a prova de sua excitação rija em minhas costas. Demônio perverso.

"Cuidado com o que deseja, esposa. Seu marido pode ser depravado o bastante para realizar."

Virei-me no círculo de seus braços e umedeci os lábios, atraindo seu olhar de caçador exatamente para onde eu queria.

"Espero que sim. Eu detestaria que as coisas ficassem tediosas ou previsíveis entre nós."

Ira riu de forma sombria, sua expressão prometendo me torturar da melhor maneira possível por esse comentário atrevido.

"Essa boca..." Sua atenção recaiu sobre meus lábios, como se ele tivesse mesmo algumas ideias muito perversas para eles. "Vai garantir que as coisas continuem interessantes. Por um bom tempo."

Ele lançou um feitiço de proteção ao redor de sua biblioteca particular, depois se voltou, feroz e ávido, para mim. Ninguém ouviria meus gritos de prazer. Ou os seus gemidos. Porque eu jurei para mim mesma que o faria gritar alto o suficiente para ser ouvido em todas as Casas de Pecado.

Meu coração imortal deixou de bater e passou a galopar em meu peito quando ele me conduziu à alcova. O calor, que havia começado suave, espalhou-se como fogo pelo meu corpo. Seus lábios se curvaram com a sugestão de um sorriso mordaz.

"Sua anja obscura e perturbada. Nem toquei em você ainda e já está mais excitada do que nunca."

Voltei minha atenção para o tecido esticado de suas calças.

"Esse parece ser um problema que compartilhamos, marido."

"Temos mesmo muita sorte." Ira me admirou por um instante, passando os olhos pelo meu rosto antes de descê-los para observar meus seios desnudos. Ele abaixou a cabeça e sugou um mamilo, mexendo a língua até eu me contorcer junto a ele. "Vou lhe dar tudo que deseja."

"É uma afirmação perigosa." Eu queria passar horas me submetendo a todas as coisas tortuosas e depravadas que desejava de meu marido.

"Quer que eu seja perigoso, mas quan?" Ele passou um dedo entre meus seios, seguindo uma linha até descer ao meio. Maldito demônio, ele parou um pouco depois do meu umbigo.

"Pode pegar pesado, vossa majestade. Estou pronta para todas as coisas perturbadoras e obscuras que você possa sonhar."

Com um movimento de seu pulso, meu vestido desapareceu. As roupas de Ira foram em seguida. Sua sensualidade masculina bruta me fez sentir uma onda de calor abrasadora quando ele me olhou de novo; dessa vez, havia uma estratégia em seu olhar. Como se tivesse levado esse desafio para o lado pessoal.

"Uma coisa eu posso prometer." Ira deu um passo à frente e prendeu uma algema em um de meus pulsos. Ele se inclinou para sussurrar em meu ouvido, e seu hálito provocou arrepios deliciosos no meu corpo inteiro enquanto ele segurava meu outro pulso. "Posso ser muito, *muito* perverso, meu amor."

Disso eu não duvidava.

Permiti que meu olhar percorresse a tatuagem lívida que marcava sua clavícula. *Acta non verba*. Era o lembrete perfeito de que agora era hora de ação, não de palavras. Sacudi as correntes, desfrutando do modo com que seu olhar se fixou em meu corpo pouco antes de ele levantar minha perna.

Um sorriso se espalhou pelos meus lábios.

"Já é hora de me *mostrar* isso, demônio." As asas cor de ébano de Ira se abriram. Ele parecia seu pecado encarnado, e quando sua magia me envolveu, agradeci à deusa por ele ser meu.

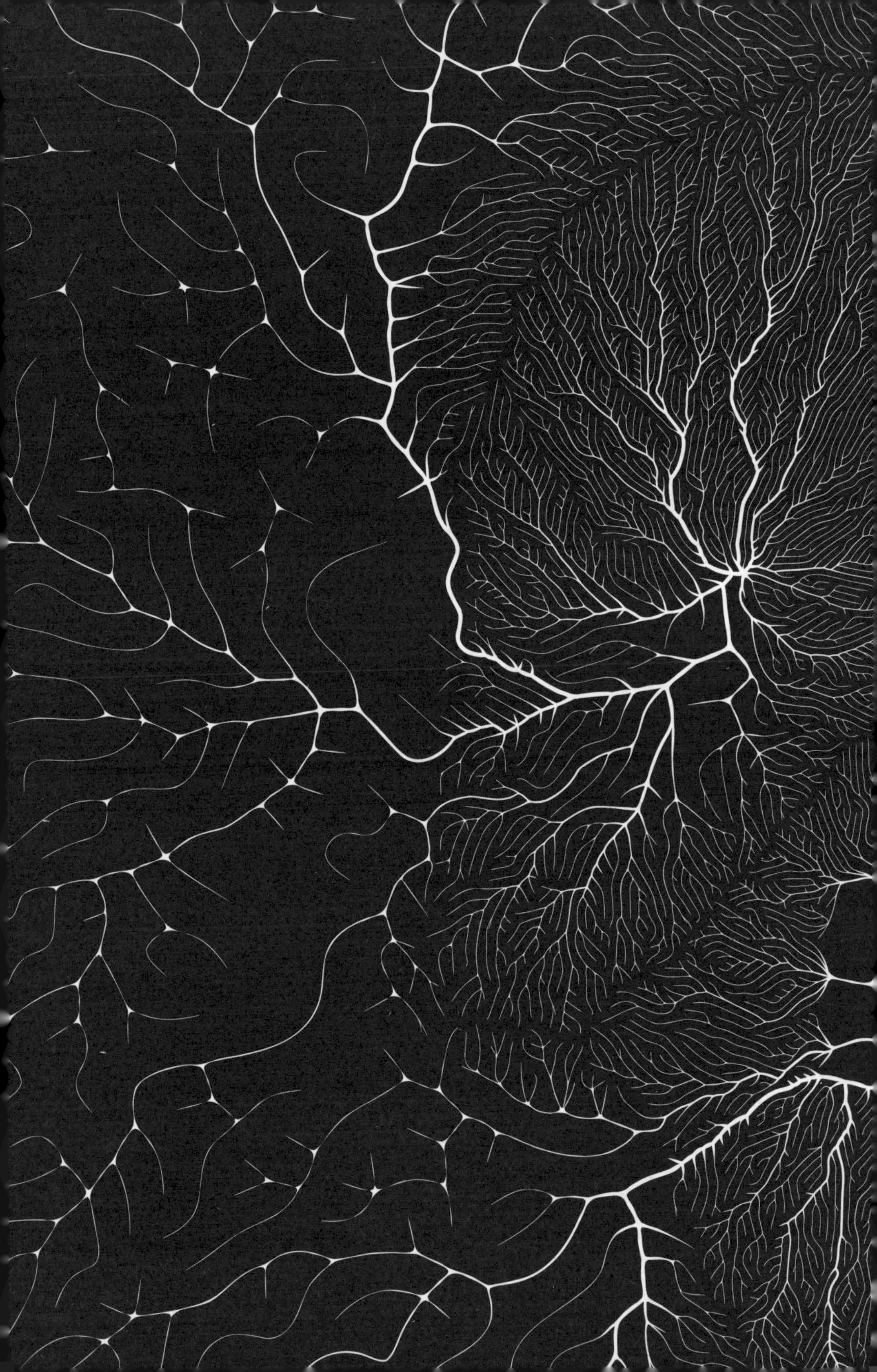

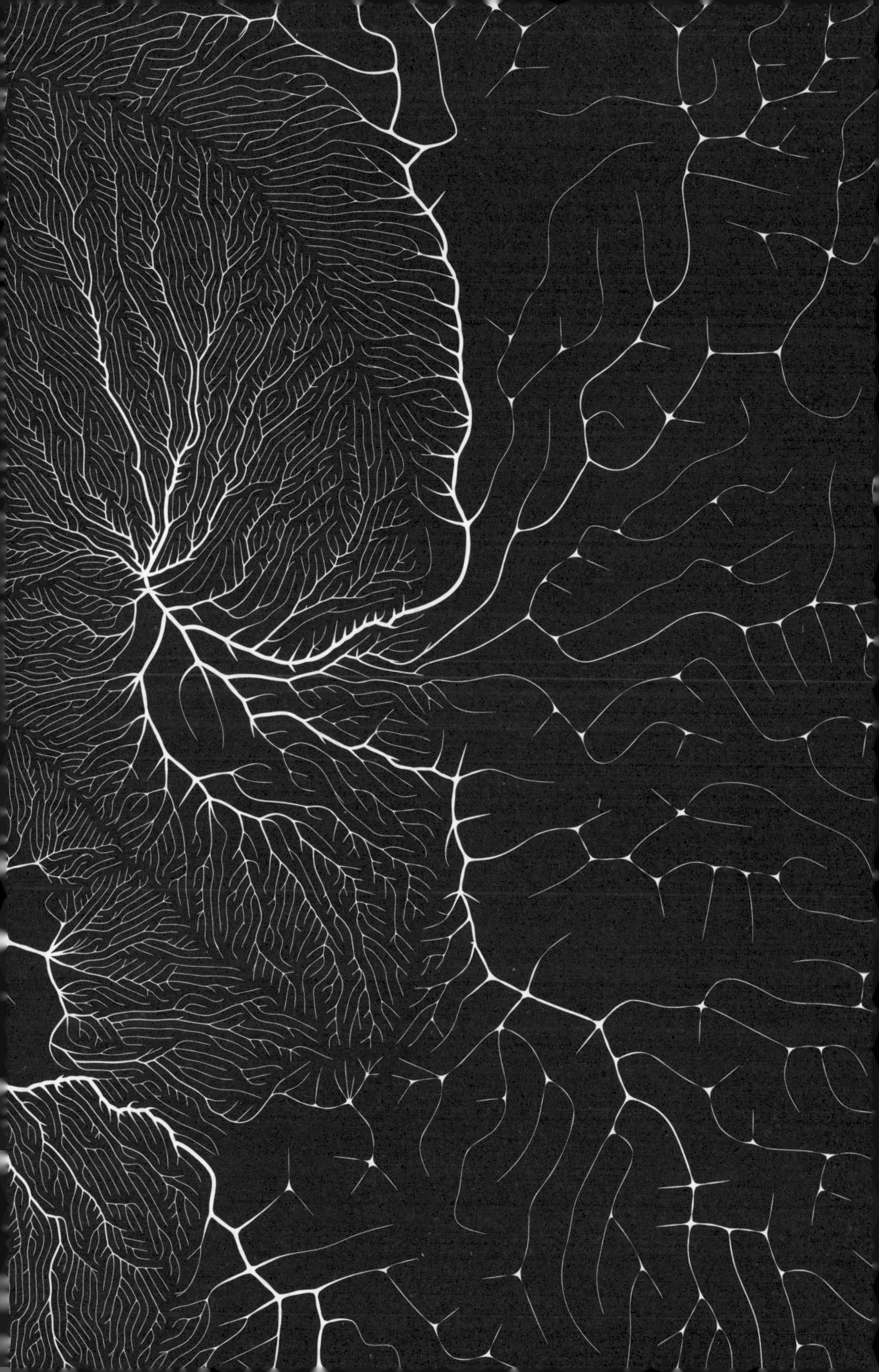

AGRADECIMENTOS

Toda essa trilogia foi lançada, escrita e concluída durante uma pandemia global, e ainda assim encontrou seu lugar no mundo por causa de VOCÊ. Obrigada, querido leitor, por amar tanto esses personagens e esse mundo alimentado pelo pecado. Eu adoro os Sete Círculos e sou muito grata por você ter acompanhado Emilia e Ira nessa jornada traiçoeira pelo submundo. Obrigada mil, milhões de vezes pelo apoio e por promover esses livros. Fico muito feliz por eles terem conseguido tirá-lo do estado caótico do mundo por algumas horas.

Muito obrigada à minha equipe de edição por transformar meus sonhos em realidade. Barbara Poelle, agente, amiga e deusa extraordinária, obrigada pelos muitos papéis que assume e por tudo que faz nos bastidores. Toda equipe da Irene Goodman Agency. Heather Baror-Shapiro, por fazer esses livros serem traduzidos para mais idiomas do que eu jamais poderia sonhar que fosse possível. A Sean Berard, da Grandview.

Aos meus campeões da Little, Brown Books for Young Readers, um obrigada gigantesco à minha editora Alexandra Hightower, que trabalhou dia e noite comigo para levar este livro à mão dos leitores, apesar de complicações na cadeia de fornecimento e prazos muito apertados. Suas anotações tornaram este livro exatamente o que eu esperava que poderia ser e muito mais. Viva o incrível trabalho em equipe, Alex! Alvina Ling, Cassie Malmo, Savannah Kennelly, Stefanie Hoffman, Emilie Polster, Victoria Stapleton, Marisa Finkelstein, Tracy Koontz, Tracy Shaw, Virginia Lawther, Danielle Cantarella, Shawn Foster, Claire Gamble,

Karen Torres, Barbara Blasucci, Carol Meadows, Janelle DeLuise, Siena Koncsol, e minhas *publishers* Megan Tingley e Jackie Engel. Muito obrigada por tanto apoio interno e empolgação!

Minha equipe da Hodder & Stoughton, no Reino Unido — Molly Powell, Kate Keehan, Laura Bartholomew, Natasha Qureshi, Callie Robertson, Sarah Clay, Iman Khabl: vocês são uns tesouros. Espero que eu tenha acrescentado tempero suficiente. ☺

Para a minha família, é difícil acreditar que esta é a sétima vez que escrevo um agradecimento. Amo vocês mais do que as palavras podem expressar. Como sempre, um alô especial para a minha irmã Kelli e sua loja (Dogwood Lane Boutique) por toda a inspiração. (E terapia de compras.)

Livreiros, bibliotecários, indies, clubes de livros e todos os negócios, grandes e pequenos, envolvendo livros, obrigada pelo apoio infinito. BookTok: eu adoro vocês! Um alô especial para Ayman Chaudhary (@ Aymansbooks) e Pauline (@thebooksiveloved), por seus vídeos incríveis e apoio a esta série desde o início.

Stephanie Garber, Isabel Ibañez e Samira Ahme, vocês são escritoras extraordinárias e, o mais importante, seres humanos incríveis. Anissa de Gomery, sua amizade ilumina meus dias! Fico tão feliz de chamar cada uma de vocês de amigas. Obrigada por todas as mensagens, ligações e amor. Em meio a prazos, pandemia e a vida normal, vocês são as melhores.

Obrigada pela leitura do começo ao fim. Mal posso esperar para ver qual aventura perversa vem a seguir... Beijos.

KM
RB

KERRI MANISCALCO cresceu em uma casa semiassombrada nos arredores de Nova York, onde sua fascinação por ambientes góticos começou. Em seu tempo livre, ela lê tudo que consegue, cozinha todos os tipos de comida com a família e os amigos, e toma bastante chá enquanto discute as melhores coisas da vida com seus gatos. É autora das séries *Rastro de Sangue* e *Reino das Bruxas*, que estiveram em primeiro lugar nas listas de mais vendidos do *New York Times* e do USA *Today*. El a está sempre animada para compartilhar trechos e teasers de seus livros no Instagram @KerriManiscalco. Para notícias e novidades, confira kerrimaniscalco.com

Os Sete Círculos
Ventos Inclementes
Casa Luxúria
Portões do Inferno
Corredor dos pecados
Lago de Fogo
Casa Ira
Rio Sombrio